FICTION CONNECTION

COLECȚIE COORDONATĂ DE
Magdalena Mărculescu

Jill Alexander Essbaum

Casnica

Traducere din engleză și note
de Mariana Piroteală

TREI

Editori:
Silviu Dragomir
Vasile Dem. Zamfirescu

Director editorial:
Magdalena Mărculescu

Redactor:
Carmen Botoșaru

Coperta colecției: Faber Studio
Foto copertă: Guliver/Getty Images/ © lambada

Director producție:
Cristian Claudiu Coban

Dtp:
Adrian Tiriblecea

Corectură:
Irina Mușătescu
Rodica Petcu

Descrierea CIP a Bibliotecii Naționale a României
ESSBAUM, JILL ALEXANDER
Casnica / Jill Alexander Essbaum ; trad.: Mariana Piroteală. - Bucureşti : Editura Trei, 2016

ISBN 978-606-719-664-1

I. Piroteală, Mariana (trad.)

821.111(73)-31=135.1

Titlul original: Hausfrau
Autor: Jill Alexander Essbaum

O.P. 16, Ghișeul 1, C.P. 0490, București
Tel.: +4 021 300 60 90 ; Fax: +4 0372 25 20 20
e-mail: comenzi@edituratrei.ro
www.edituratrei.ro

ISBN 978-606-719-664-1

Tatălui meu, Jim Schulz
1942–1999

Când cerul dimineții se îmbracă în roșu
Și-și revarsă strălucirea
Tu, Doamne, te întrupezi în lumina lui.
Când Alpii lucesc în splendoare,
Rugați-vă Domnului, lăsați-vă vrerii lui,
Căci simțiți și înțelegeți,
Căci simțiți și înțelegeți,
Că aici sălășluiește.
Că aici sălășluiește.

Prima strofă din Schweizerpsalm,
imnul național al Elveției.

Asemenea tuturor lucrurilor de natură metafizică, armonia dintre gândire și realitate se regăsește în gramatica limbii.

Ludwig Wittgenstein

Omul care nu a trecut prin infernul pasiunilor sale nu le-a depășit niciodată.

Carl Jung

Dragostea este un foc. Dar nu poți ști niciodată dacă îți va încălzi inima sau îți va arde casa din temelii.

Joan Crawford

Septembrie

1

Anna era o soție bună, în general.

Era trecut de amiază, iar trenul în care se afla a luat curba smucit, după care și-a continuat călătoria lin, intrând în *Bahnhof* Dietlikon la și treizeci și patru, ca întotdeauna. Nu este un mit, ci un fapt real: trenurile elvețiene sosesc la timp. Trenul S8 pleca din Pfäffikon, un orășel aflat la treizeci de kilometri. Din Pfäffikon, își croia drum spre nord pe lângă Zürichsee, prin Horgen, pe malul vestic al lacului, apoi prin Thalwil și Kilchberg. Orașe mărunte în care se duceau vieți mărunte. Din Pfäffikon, trenul oprea în șaisprezece gări până ajungea în Dietlikon, orașul mărunt în care își trăia viața măruntă și Anna. Astfel, banalul mers al trenurilor îi stabilea Annei programul zilnic. Autobuzul din Dietlikon nu trecea prin oraș. Taxiurile erau scumpe și ineficiente. Și deși familia Benz avea mașină, Anna nu conducea. Nu avea carnet.

Așa că lumea ei era strâns legată de venirea și plecarea trenurilor, de bunăvoința lui Bruno, soțul ei, sau a Ursulei, mama lui Bruno, să o transporte cu mașina în locurile în care nu se putea ajunge cu autobuzul, și de motorul propriilor ei picioare și distanța pe care rezistau să o ducă, distanță care rareori era atât de mare pe cât i-ar fi plăcut ei.

Dar trenurile elvețiene sunt cu adevărat punctuale, iar Anna reușea să se descurce fără prea mare bătaie de cap. Și chiar îi plăcea să meargă cu trenul; felul în care înainta legănându-se i se părea confortabil și liniștitor.

Edith Hammer, o altă expatriată, îi spusese mai demult Annei că, dacă în Elveția întârzia vreodată trenul, exista un singur motiv.

— Când sare cineva în fața lui.

Frau Doktor Messerli a întrebat-o pe Anna dacă se gândise sau încercase vreodată să se sinucidă.

— Da, a răspuns Anna la prima întrebare. Iar la a doua: Cum definiți „a încerca"?

Doktor Messerli era blondă, măruntică și de o vârstă incertă, dar în orice caz între două vârste. Își primea clienții într-un birou de pe Trittligasse, o stradă pietruită, nu foarte circulată, chiar la vest de muzeul de artă din Zürich. Studiase psihiatria în America, dar pregătirea în domeniul psihanalizei și-o făcuse la Institutul Jung din Küsnacht, un orășel din Zürich aflat la nu mai puțin de șapte kilometri. Cu toate că era elvețiancă prin naștere, Doktor Messerli vorbea o engleză perfectă, doar că avea un accent pronunțat. *W*-urile luau forma unor v-uri, iar vocalele ei erau deschise și alungite ca niște arce parabolice: *Ce cooonsideri tuuu, Anna?* întreba ea adesea (de obicei, când existau cele mai mici șanse ca Anna să dea un răspuns sincer).

Era o reclamă la televizor care promova o bine-cunoscută școală de limbi străine. În reclamă, un operator radio naval novice este condus la post de comandant. După câteva secunde, receptorul bâzâie.

— SOS! SOS! scrâșnește în difuzor un glas cu un puternic accent american. Ne auziți? Ne scufundăm! Ne scufundăm!

Operatorul face o pauză, apoi se apleacă spre transmițător și răspunde foarte politicos:

— Vă vorrbește Paza de Coastă dzerrmană. Și apoi: Țe confundați[1]?

Invariabil, Anna ridica leneș din umeri și rostea singurele cuvinte care păreau demne de a fi rostite:

— Nu știu.

Deși, desigur, de cele mai multe ori știa.

Era o după-amiază ploioasă. Vremea în Elveția este schimbătoare, dar rareori era extremă în *Kanton*-ul Zürich, și de obicei nu în septembrie. Și chiar *era* septembrie, întrucât copiii Annei se întorseseră deja la școală. De la gară, Anna a străbătut agale nesuferita distanță de o jumătate de kilometru pe strada centrală din Dietlikon, întârziind în fața vitrinelor, șterpelind frânturi de timp. Toată euforia postcoitală se evaporase și îi mai rămăseseră doar frâiele plictisului, moi, în mână. Nu era un sentiment nou. O încerca adeseori, o apatie care abia se târa, sleită. Ochelarii de vânzare expuși la optică au lăsat-o rece. A căscat când a văzut piramida de remedii homeopate de la *Apotheke*. Coșul cu prosoape de bucătărie la preț redus de la SPAR o plictisea de moarte.

Plictiseala, asemenea trenurilor, o purta pe Anna de-a lungul zilelor.

1 Joc de cuvinte intraductibil. Se bazează pe pronunția greșită a cuvântului think (a crede) specifică multor persoane care nu sunt vorbitoare native de engleză ducând astfel la confuzia cu sink (a se scufunda).

Așa o fi? s-a gândit Anna. *Nu poate fi complet adevărat.* Și nu era. Cu o oră mai devreme, Anna stătuse goală, udă și deschisă în patul unui necunoscut într-un apartament din cartierul Niederdorf din Zürich, patru etaje deasupra aleilor drepte ale vechiului oraș și a străzilor pietruite, cu chioșcuri unde se vindea doner kebab și bistrouri care serveau brânză topită Emmental.

Vagul sentiment de rușine de mai înainte s-a dus, s-a gândit ea.

— Este vreo diferență între rușine și vină? a întrebat Anna.

— Rușinea este șantaj psihic, a răspuns Doktor Messerli. Rușinea nu se duce cu una, cu două. Dacă faci o femeie de rușine, va crede că greșește fundamental, că este organic o delincventă. Nu va avea încredere decât în eșecurile ei. Și nu o vei mai putea convinge niciodată de contrariu.

Era aproape ora trei după-amiaza când Anna a ajuns la fiul ei la școală. *Primarschule* Dorf era așezată lângă piața orașului, între bibliotecă și o casă veche de trei sute de ani. Cu o lună în urmă, de ziua națională a Elveției, piața fusese ticsită de cetățeni care mâncau cârnați și se legănau ca niște bețivi pe melodiile interpretate de o formație de muzică tradițională sub cupola cerului luminat de artificii. În timpul manevrelor militare, soldații au parcat camioanele de aprovizionare aproximativ în diagonală lângă fântâna din centrul pieței, care, în zilele de vară, se umplea de copii goi ce împroșcau cu apă și ale căror mame stăteau pe bănci din apropiere, citeau și mâncau iaurt. Bruno terminase deja de mulți ani cu îndatorirea de rezervist. Din această experiență nu mai rămăsese decât cu o armă de asalt în pivniță. Cât despre Anna, ei nu-i plăcea să citească, iar când copiii ei voiau să înoate, îi ducea la piscina municipală.

În ziua aceea, piața nu era foarte circulată. Un trio feminin pălăvrăgea în fața bibliotecii. Una împingea un cărucior, o alta ținea o lesă la capătul căreia gâfâia un ciobănesc german și ultima stătea pur și simplu cu brațele încrucișate. Erau mame care își așteptau copiii, mai tinere decât Anna cu zece ani. Erau pline de vervă și energice, în timp ce Anna se simțea acrită și vlăguită. Afișau pe fețe, se gândea Anna, lejeritatea luminoasă de a exista, o atitudine relaxată, o strălucire înnăscută.

Anna rareori se simțea comod în propria ei ființă. *Sunt crispată și am treizeci și șapte de ani,* se gândea Anna. Sunt suma tuturor grimaselor mele. O mamă i-a făcut cu mâna și i-a aruncat un zâmbet sincer, deși de circumstanță.

Îl cunoscuse pe acest străin la cursul de germană. *Anna, fii serioasă, i-ai făcut sex oral,* și-a amintit sieși. *Nu mai e chiar un străin.* Și nici nu era. Era Archie Sutherland, scoțian, expatriat și, asemenea Annei, învăța germana. *Anna Benz, cursant de limba germană.* Doktor Messerli o încurajase să facă acest curs. (Și, ca o înspăimântătoare ironie, Bruno insistase să se ducă la un psihoterapeut: *Anna, m-am săturat dracului de nefericirea ta. Du-te și te repară,* așa îi spusese.) Atunci, Doktor Messerli îi dăduse Annei orarul cursului și-i spusese:

— Este timpul să te înscrii pe o traiectorie care te va determina să te implici din plin în lumea din jurul tău.

Discursul afectat al lui Messerli, deși condescendent, era corect. Era timpul. De mult era timpul.

Până la finalul întrevederii, ademenită fiind și cu alte vorbe mieroase bine țintite, Anna a încuviințat și a fost de acord să se înscrie la un curs de germană pentru începători la Migros Klubschule, același pe care ar fi trebuit să-l urmeze când, cu nouă ani în urmă, sosise în Elveția, cu limba înnodată, fără niciun prieten și privindu-și cu disperare soarta.

Cu o oră mai devreme, Archie o strigase pe Anna din bucătărie: *Voia o cafea? Un ceai? Ceva de mâncare? Avea nevoie de ceva? Ceva? Orice?* Anna s-a îmbrăcat cu grijă, de parcă ar fi avut spini în cusăturile hainelor.

De pe strada de jos, a auzit amplificându-se strigătele copiilor care se întorceau la școală după prânz și vocile turiștilor americani care umblau mormăind pe panta dealului pe care era construită catedrala Grossmünster din Zürich. Catedrala este o clădire greoaie, de un cenușiu medieval și inimitabilă, cu două turle simetrice care se înalță drept pe fațada bisericii și se ițesc mult deasupra acoperișului boltit precum urechile unui iepure în alertă.

Sau coarnele unui încornorat.

— Care e diferența dintre nevoie și dorință?

— Dorința este ispititoare, dar nu e esențială. Nevoia este ceva fără de care nu poți supraviețui. Doktor Messerli a adăugat: Dacă nu poți trăi fără ceva, atunci viața ta se va sfârși.

Orice? La fel ca Doktor Messerli, Archie vorbea o engleză cu un accent magnific, marcată nu de consoanele schimbătoare ale germanei din Germania

Superioară, ci de cuvinte care clocoteau și se smuceau. Ici un *r* rostogolit, colo un șir de vocale care se izbeau unele de altele precum mugetele unei forje, înghesuite pârjolitor unele în celelalte. Anna era atrasă de bărbații care vorbeau cu accent. Cadența englezei lui Bruno era cea pe care o lăsase să-și strecoare degetul și limba dincolo de elasticul chiloților ei la prima întâlnire (și *Williamsbirnen Schnaps*, țuica de culoarea perei pe care o băuseră până nu mai știuseră de ei). În tinerețe, Anna visase moale și umed la bărbații pe care își imagina că-i va iubi într-o zi, la bărbații care aveau s-o iubească într-o zi. Le dădea nume potrivite, dar le punea fețe neclare, străine: Michel, sculptorul francez cu degete lungi, pline de lut întărit; Dmitri, paracliserul unei biserici ortodoxe, cu pielea mirosind a camfor, trandafiri de piatră, rășină de santal și smirnă; Guillermo, iubitul ei cu mâini de matador. Erau bărbați-fantomă, născociri adolescentine. Dar formase din ei o întreagă armată internațională.

S-a măritat cu elvețianul.

Dacă nu poți trăi fără ceva, atunci viața ta se va sfârși.

În ciuda sugestiei date de Doktor Messerli de a se înscrie la acest curs, Anna avea de fapt cunoștințe elementare de limba germană. Se descurca. Dar se remarca prin cât de prost se exprima și prin efortul uriaș pe care trebuia să-l facă să vorbească. Totuși, timp de nouă ani se descurcase, cu abilitatea ei rudimentară. Anna cumpărase timbre de la femeia de la poștă, consultase pediatri și farmaciști în chestiuni mai mult sau mai puțin specifice, le descrisese coafezelor tunsorile pe care și le dorea, se tocmise la târgurile de vechituri, pălăvrăgise în treacăt cu vecinii și le făcuse pe plac celor doi afabili, deși cam insistenți *Zeugen*

Jehovas[2] care, lună de lună, soseau la ușa ei cu un număr în limba germană din *Turnul de veghe*. Deși nu foarte des, Anna dăduse indicații străinilor, adaptase rețete din emisiuni culinare, luase notițe când coșarul îi detaliase pericolele structurale pe care le puneau îmbinările crăpate din mortar și canalele de fum înfundate și scăpase de o eventuală citație când, la solicitarea conductorului, nu putuse prezenta la control biletul de tren.

Dar Anna nu stăpânea gramatica și vocabularul, se exprima greoi, iar expresiile și sintaxa corectă îi scăpau complet. Lunar, cel puțin, apăreau zeci de situații în care lăsa o sarcină anume în seama lui Bruno. El se ocupa de hârțoagele locale, el plătea asigurările, taxele, rata la casă. El depunea actele pentru permisul de ședere al Annei. Și tot Bruno era cel care se ocupa de finanțele familiei, deoarece lucra ca bancher de nivel mediu la Credit Suisse. Anna nici măcar nu avea un cont bancar.

Doktor Messerli o încuraja pe Anna să-și asume un rol mai activ în chestiunile familiale.

Așa ar trebui, a spus Anna. Chiar ar trebui.

Ea nici măcar nu știa exact ce face Bruno la serviciu.

Nu exista niciun motiv pentru care Anna să nu li se poată alătura mamelor care stăteau de vorbă în piață, nicio regulă nu-i interzicea acest lucru, nimic n-o împiedica să ia parte la pălăvrăgeala lor. Pe două le cunoștea din vedere, iar uneia îi știa numele, Claudia Zwygart. Fiica ei, Marlies, era colegă de clasă cu Charles.

Anna nu li s-a alăturat.

---

2 Martorii lui Iehova, în original în lb. germ.

Ca explicație, Anna a invocat pe scurt următorul pretext: *Sunt timidă și nu pot să vorbesc cu necunoscuți.*

Doktor Messerli s-a arătat înțelegătoare.

— Străinilor le este greu să-și facă prieteni elvețieni. Problema este mai profundă decât faptul că nu stăpânesc limba germană, care este și ea în sine o problemă destul de mare. Elveția este o țară izolată, închisă la granițe și neutră din voia ei, de două secole. Întinde mâna stângă spre refugiați și azilanți. Iar cu dreapta smulge bani proaspăt spălați și aurul nazist. (Nedrept? Poate. Dar când era singură, Anna dădea frâu liber furiei.) Și asemenea peisajului în care s-au stabilit, elvețienii au și ei granițele închise. Înclină în mod natural spre izolare, uneltesc să țină străinii la distanță recunoscând nu doar una, două sau trei, ci patru limbi oficiale. Numele oficial al Elveției este într-o a cincea: Confoederatio Helvetica. Însă majoritatea elvețienilor vorbesc germana și tot germana se vorbește și-n Zürich.

Dar nu este chiar germana.

Germana scrisă în Elveția este limba *Hochdeutsch*[3] standard, ca la carte. Dar elvețienii vorbesc Schwiizerdütsch, care nu este deloc standard. Nu există o ortografie bine stabilită. Nu există reguli de pronunție. Nu există un vocabular general valabil. Variază de la un canton la altul. Iar limba în sine țâșnește din gât ca o amigdală infectată care încearcă să evadeze. E doar o mică exagerare. Străinul are senzația că vorbitorul alcătuiește cuvinte inventate din cele mai stranii ritmuri, din cele mai ciudate și mai tăioase consoane și din cel mai tulburător aranjament de vocale căscate, lăbărțate. Îi rămâne

3 Limba germană vorbită în Germania Superioară.

interzisă oricăror încercări de învățare din exterior, căci fiecare cuvânt este șibolet.

Anna vorbea foarte puțină Schwiizerdütsch.

Anna nu le-a abordat pe celelalte mame. În schimb, a frecat talpa unui sabot maro de bordura trotuarului. S-a jucat cu părul și s-a prefăcut că se uită la o pasăre invizibilă care zbura pe deasupra.

Este greu să iubești un om în afara limbii lui materne. Și totuși, Anna s-a măritat cu elvețianul.

Soneria de la școală a sunat, iar copiii s-au revărsat din clădire în curte. Anna l-a observat prima pe Victor, se hârjonea cu doi prieteni. Charles îl urma la mică distanță, prins într-o mulțime de copii gălăgioși. A alergat la Anna când a observat-o, a strâns-o în brațe și a început să sporovăiască despre ceea ce făcuse în ziua aceea la școală, fără vreun îndemn din partea ei. Victor a rămas cu amicii lui, târșâindu-și picioarele. Victor se purta în felul lui obișnuit — era rezervat și oarecum rece. Anna i-a tolerat reticența și s-a mulțumit să-i ciufulească părul. Victor a făcut o grimasă.

Anna a încercat primele unde de vinovăție în timp ce mergeau spre casă (nu le putea numi valuri). Erau nețintite și deloc istovitoare. Acest grad de indiferență era destul de nou în patologia ei. Într-un mod ciudat, o umplea de mulțumire de sine.

Soții Benz locuiau la cel mult o sută de metri de *Primarschule Dorf*. Casa lor ar fi fost vizibilă din curtea școlii dacă n-ar fi existat *Kirschgemeindehaus*, parohia cu pereți din grinzi de lemn a bisericii din sat, aflată exact între cele două. De obicei, nu Anna îi aducea pe copii acasă. Dar trecuse o oră de la eveniment și încă simțea mâinile lui Archie pe sânii ei; o remușcare moderată era în ordine.

Se mutaseră în Elveția în iunie '98. Însărcinată și obosită, Anna nu era în stare să discute în contradictoriu. Și-a dat consimțământul oftând prelung și tăcând și și-a ascuns multele neliniști în una dintre cele o mie de cămăruțe ale inimii ei. A căutat partea bună a lucrurilor, jumătatea plină a paharului. În definitiv, cine nu ar profita de șansa de a locui în Europa, dacă i s-ar oferi? În liceu, în cele mai multe nopți, Anna se încuia în camera ei și se gândea obsesiv la multele *altundeva*-uri unde aveau s-o ducă într-o zi bărbații ei. Bruno lucrase la Credit Suisse ani de zile. Se întrebaseră: voia să accepte un post la Zürich? Anna era căsătorită și însărcinată și oarecum îndrăgostită. Era de ajuns. *Va fi de ajuns,* se gândise ea.

Și așa se mutaseră în Dietlikon. Era destul de aproape de Zürich, legătura fiind asigurată de două trenuri din oraș. Era aproape de un mare centru comercial. Șoselele erau sigure, casele de acolo bine întreținute, iar deviza orașului era promițătoare. Apărea pe site și pe broșuri. Era afișată pe indicatorul din fața *Gemeinde* și pe prima pagină din *Kurier*, micul săptămânal din Dietlikon: *Menschlich, offen, modern.* Personal. Deschis. Modern. Anna își revărsase întreg optimismul în acele trei cuvinte.

Dietlikon era în același timp și orașul natal al lui Bruno. Un Heimatort al său. Locul în care se întorcea fiul risipitor. Anna avea douăzeci și opt de ani. Bruno, la treizeci și patru de ani, pășea confortabil prin locul său de baștină. Lucru simplu de realizat — Ursula locuia foarte aproape, pe Klotenerstrasse, în casa în care îi crescuse pe Bruno și pe sora lui, Daniela. Oskar, tatăl lui Bruno, murise de peste zece ani.

Bruno își apărase bine cauza. Dacă locuiau în Dietlikon, le ofereau copiilor (*O să mai avem și alții? Ești sigur?* De fapt, nu discutaseră cu adevărat nici despre primul) o copilărie sănătoasă, fără limitări, sigură și stabilă. Odată ce acceptase ideea (și după ce Bruno jurase că vor discuta înainte de concepere posibilitatea viitorilor copii), Anna a putut admite virtuțile acestei mișcări. Așa că, atunci când se întâmpla, rar în acele prime luni, să o cuprindă singurătatea sau dorul de oameni, sau de lucruri și de locuri cărora n-ar fi crezut niciodată că o să le ducă dorul, se consola pe sine imaginându-și fața copilului. *Oare voi avea un Heinz roșu în obraji care o să mă strige* Mueti? *O Heidi a mea cu părul blond și împletit?* Iar Bruno și Anna erau, mai mult sau mai puțin, îndrăgostiți.

Calificativul „mai mult sau mai puțin" o tulbura pe Doktor Messerli.

Anna i-a explicat:

— Nu e așa întotdeauna? Dacă iei oricare doi oameni care au o relație, întotdeauna unul va iubi mai mult, iar celălalt mai puțin. Nu?

Victor, de opt ani, era primul născut al Annei. Charles avea șase ani. Erau într-adevăr copiii rozalii, hrăniți cu lapte, pe care și-i imaginase Anna. Aveau părul blond-cenușiu și ochii căprui. Erau băiețoși, gălăgioși, categoric frați și fără îndoială fiii bărbatului cu care se măritase Anna.

— Dar ai mai avut și alți copii, nu-i așa? Nu se poate să fi fost chiar groaznic.

Sigur că nu. Nu fusese deloc groaznic. Nu dintotdeauna. Nu totul fusese mereu groaznic, nu, nu totul. Anna dubla negațiile, le tripla. Cu zece luni mai devreme, Anna născuse o fată cu părul negru și pielea ca de porțelan, pe care o botezase Polly Jean.

Așa că erau familia Benz, locuiau în orașul Dietlikon în districtul Bülach, în cantonul Zürich. Familia Benz: Bruno, Victor, Charles, Polly, Anna. O familie simplă și de cele mai multe ori temperată, care locuia pe o stradă numită Rosenweg — Aleea Trandafirilor — un drum privat care se înfunda chiar în fața casei lor, aflată la rândul ei la poalele unui deal lin al cărui vârf se afla la o jumătate de kilometru în spatele proprietății lor și se netezea la marginea pădurii Dietlikon.

Anna trăia într-o fundătură, pe ultimul drum de ieșire.

Dar casa era frumoasă și curtea era mai mare decât aproape toate celelalte dimprejurul lor. Imediat la sud erau ferme, iar aceste proprietăți se învecinau cu lanuri de porumb, de floarea-soarelui și rapiță. În curtea lor laterală creșteau opt Apfelbäume ajunși pe deplin la maturitate, iar în august, când pomii erau plini de mere coapte și mari, fructele cădeau de pe crengi pe pământ cu un poc-poc-poc care aproape că amintea de căderea unei ploi liniștite. Aveau tufe de zmeură, un strat de căpșuni și coacăze — și roșii, și negre. Și deși grădina de legume din curtea laterală era în general lăsată neîngrijită, soților Benz le plăcea să aibă nenumărate tufe de trandafiri revărsându-se în spatele gărdulețului înalt până la coapsă din fața proprietății, cu flori de toate nuanțele. Totul stă pe roze pe Rosenweg. Așa se gândea uneori Anna.

Victor și Charles au dat buzna pe ușa de la intrare. Au fost întâmpinați înainte să treacă prin vestiar de Ursula, cu o față mohorâtă și cu degetul la buze. *Doarme sora voastră!*

Anna îi era recunoscătoare Ursulei — cu adevărat. Dar Ursula, care de obicei nu se purta niciodată în mod flagrant urât cu Anna, încă o trata ca pe un lucru străin, un mijloc prin care fiul ei putea fi fericit (dacă se putea folosi cuvântul „fericit" în cazul lui Bruno, iar Anna era aproape sigură că nu) și recipientul în care nepoții ei — pe care îi iubea foarte mult — fuseseră aduși pe lume. Ursula îi oferea ajutor de dragul copiilor, nu al Annei. Fusese profesoară de engleză la liceu treizeci de ani. Vorbea o engleză pompoasă, dar fluentă și accepta s-o vorbească ori de câte ori era Anna în cameră, lucru pe care uneori Bruno nu-l făcea. Ursula și-a alungat nepoții în bucătărie, să ia o gustare.

— Eu mă duc să fac un duș, a spus Anna. Ursula a ridicat dintr-o sprânceană, dar apoi a coborât-o, în timp ce-i urma pe Victor și pe Charles în bucătărie. Nu o privea. Anna a luat un prosop din dulapul cu lenjerie și a încuiat ușa de la baie în urma ei.

Trebuia să facă duș. Mirosea a sex.

2

— Tu de ce anume nu te poți lipsi în viață?

Asta l-a întrebat Anna pe Archie în timp ce împărțeau, imprudenți, o țigară în pat. Anna nu fuma. Stătea înfășurată într-un cearșaf. Era vineri.

— De whisky și de femei, a spus Archie. În ordinea asta.

Archie era un iubitor de whisky. La propriu. Îl aduna, îl stivuia și-l vindea într-un magazin pe care îl deținea împreună cu fratele lui, Glenn.

A râs într-un fel interpretabil. Archie și Anna erau amanți de puțin timp, amanți necopți, *ganz neue Geliebte.* Aproape virgini în relația cu celălalt, încă aveau motiv să se atingă. Archie era mai mare cu zece ani decât Anna, dar cârlionții lui brunet-roșcați încă nu începuseră să se rărească și avea un trup tare. Anna a răspuns și ea cu un râset la râsul lui: râsul trist, pustiu, când știi că noutatea, deși plăcută, nu va dura. Noutatea este o haină care se ponosește într-un ritm alarmant. Așa că Anna avea să se bucure de ea înainte să se zdrențuiască. Pentru că avea să se zdrențuiască, fără nicio îndoială.

— Dacă ești nefericită, a întrebat-o Doktor Messerli, atunci de ce nu pleci?

Anna a vorbit fără să stea pe gânduri:

— Am copii elvețieni. Sunt ai tatălui lor așa cum sunt și ai mei. Suntem căsătoriți. Nu sunt cu adevărat nefericită. Apoi, a adăugat: El n-ar fi de acord să divorțăm.

L-ai întrebat.

Nu era o întrebare.

Anna nu-i ceruse lui Bruno divorțul. Nu direct. Însă, în momentele în care era cât se poate de afectată și de abătută, făcea aluzie la această posibilitate. *Ce-ai face dacă aș pleca?* întreba. *Dacă aș pleca și nu m-aș mai întoarce niciodată?* Punea această întrebare la modul ipotetic, cu o voce oarecum veselă.

Bruno rânjea. *Știu că nu mă vei părăsi niciodată, pentru că ai nevoie de mine.*

Anna nu putea nega acest lucru. Avea nevoie de el, categoric. Era adevărat. Și sincer, Anna nu avea de gând să plece. *Cum am împărți copiii?* se întreba ea, de parcă aceștia ar fi fost un ster de lemne, iar divorțul, un topor.

— Anna, a întrebat Doktor Messerli, ai pe altcineva? Ai avut vreodată pe altcineva?

Prânzul a lăsat locul primelor ore ale amiezii. Archie și Anna împărțeau o farfurie cu brânză, câteva renglote, o sticlă de apă minerală. Apoi au lăsat totul deoparte și și-au tras-o din nou. Archie a ejaculat în gura ei. Avea gust de lipici, de amidon, dens. *Fac un lucru bun,* și-a spus Anna în sinea ei, deși „bun“ nu era tocmai cuvântul potrivit. Anna știa acest lucru. Voia să spună *indicat.* Voia să spună *convenabil.* Voia să spună *greșit în aproape toate privințele, dar justificabil, pentru că mă face să mă simt mai bine, și de atâta timp mă simt așa de rău!* Mai bine spus, era o combinație șovăitoare din toate aceste înțelesuri înghesuite într-un ceva de nerostit, care îi dădea Annei o speranță nepermisă, deși incontestabilă.

Dar toate lucrurile tind spre un final.

În noaptea aceea, după ce îi dusese pe copii la culcare, spălase farfuriile de la cină și frecase chiuveta până căpătase strălucirea absolută pe care o cerea Bruno (Doktor Messerli a întrebat: „Chiar e un adevărat căpcăun?" la care Anna a răspuns: „Nu", în traducere: „Uneori"), Anna își întinsese caietele pe masă și începuse să-și facă exercițiile la germană. Rămăsese în urmă. Bruno era încuiat în biroul lui. Singurătatea fiecăruia nu era un aranjament neobișnuit pentru ei; în cele mai multe nopți, Bruno se retrăgea în biroul lui. Rămasă singură, Anna citea sau se uita la televizor, ori lua pe ea o haină își făcea plimbarea de seară pe dealul din spatele casei.

Când Anna era singură în casă, aceasta căpăta un linţoliu de nemișcare de nesuportat, catatonică. *Așa a fost mereu?* Anna ar fi mințit dacă ar fi spus că da. Trăiseră și vremuri bune, ea și Bruno. Ar fi fost nedrept să nege acest lucru. Și chiar dacă el suporta cu greu ceea ce numea „țâfna ei melancolică" sau „pornirile ei posomorâte" și Bruno, la rândul lui, dacă era presat, ar fi recunoscut că simțea față de Anna o dragoste și o tandrețe care, deși deseori erau înlocuite de dezamăgire, se bucurau de un loc important incontestabil în inima lui.

Anna își făcuse curaj abia cu o săptămână în urmă, luni, și se urnise la școală pentru prima oară de când terminase facultatea. Cursul de la Migros Klubschule se numea „germană pentru începători avansați". Era un curs care se adresa celor care aveau cunoștințe de la sumare până la moderate de limbă, dar care nu înțelegeau bine gramatica și nu foloseau nuanțat sintaxa.

Migros este numele celui mai mare lanț de supermagazine din Elveția și este cel mai mare angajator din această țară. La Migros lucrează mai mulți oameni decât în oricare bancă elvețiană din lume. Dar Migros nu are numai supermagazine. Există librării deținute de Migros, benzinării, magazine de electronice, magazine sportive, de mobilă, de îmbrăcăminte pentru bărbați, terenuri de golf publice și case de schimb valutar. Migros mai are și o franciză de centre educative pentru adulți. Nu există niciun oraș elvețian cu un număr considerabil de locuitori în care să nu existe măcar un Migros Klubschule. Și nu oferă doar cursuri de limbi străine. Poți studia aproape orice la Migros Klubschule: *arta culinară, croitorie, tricotat, desen, canto*. Poți învăța să cânți la un instrument sau să ghicești viitorul în cărțile de tarot. Poți chiar să înveți să interpretezi visele.

Când a început s-o psihanalizeze pe Anna, Doktor Messerli i-a cerut să fie atentă la visele ei.

— Scrie-le, a învățat-o doctorița. Vreau să le scrii și să le aduci la întâlnirile noastre, să le discutăm.

Anna a protestat.

— Eu nu visez.

Însă Doktor Messerli nu se lăsase:

— Prostii. Toată lumea visează. Chiar și tu.

Anna a povestit un vis la următoarea ședință: *Sunt bolnavă. Îl implor pe Bruno să mă ajute, dar nu mă ajută. Cineva turnează un film în altă cameră. Eu nu joc în el. Vreo zece adolescente se sinucid în fața camerei. Nu știu ce să fac, așa că nu fac nimic.*

Doktor Messerli a găsit imediat o interpretare.

— E un semn de inerție. Se turnează un film, dar tu nu joci în el. De aceea fetele nu scapă cu viață. Fetele acelea ești tu. Tu ești fetele acelea. Nu scapi cu viață. Ești bolnavă de inacțiune, ca un spectator care stă cu mâinile în sân într-un cinematograf întunecos.

Pasivitatea Annei. Centrul din care radia cea mai mare parte a atitudinii ei mentale. Totul se reducea la o aplecare a capului, la o încuviințare, la un: *Da, dragă.* Anna era conștientă de acest lucru. Era o trăsătură pe care nu se deranjase niciodată să o pună sub semnul întrebării sau pe care s-o revizuiască, și care, privită prin lentila unei anume tristeți neînsuflețite, părea să fie dovada acestei pasivități. Anna era o ușă batantă, un trup inert în brațele altui trup care îl căra cu sine. O barcă fără vâsle pe un ocean. *Oare sunt chiar așa de vulnerabilă?* Da, așa părea uneori. *Nu mă pricep să fac alegeri. Coloana vertebrală îmi e prinsă în chingi. Asta e povestea vieții mele.* Și așa era. Priveliștea de la fereastra bucătăriei dădea spre această poveste. Încadrată de triunghiul străzii, merilor și potecii care urca pe deal, o marchiză invizibilă dezvăluia o ușă secretă ce ducea la același cinematograf întunecos pe care îl visa ea. Anna nu trebuia să-l vadă ca să-și dea seama că era acolo. Titlurile se schimbau, dar filmele erau toate de același soi. Într-o săptămână rula *Ai putea să vorbești, să spui ce ai de spus!*, în următoarea rula *Nu ești victimă, ești complice.* Iar filmul *Și lipsa alegerii este tot o alegere* rula de ani de zile.

Apoi mai erau și copiii. Anna nu-și dorise să fie mamă. Nu tânjea după maternitate, ca alte femei. Pe ea o îngrozea. *Trebuie să fiu răspunzătoare pentru altcineva? Un om micuț, neajutorat, dornic de afecțiune?* Totuși, Anna a rămas însărcinată. Și apoi încă o dată, și încă o dată. Părea să se întâmple pur și simplu. Nu a spus niciodată *Hai s-o facem*, dar nici *Hai să n-o facem*. Anna nu a spus nimic. (Și, în acest caz, nici Bruno. Genul de discuție despre viitorii copii? *Nu avusese niciodată loc.*)

Dar nu a fost groaznic cum se temuse ea și, în mare măsură și mare parte din timp, Anna se bucura că este mamă. Anna își iubea copiii. Își iubea toți copiii. Acei frumoși copii elvețieni pe care o Anna mai sigură pe sine nu i-ar fi cunoscut niciodată. Așa că pasivitatea Annei avea meritele ei. Era utilă. Avea drept rezultat o liniște relativă în casa de pe Rosenweg. Faptul că-i permitea lui Bruno să ia decizii în numele ei o scutea de responsabilitate. Nu trebuia să gândească. Ea urma direcția trasată. Mergea cu un autobuz pe care îl conducea altcineva. Iar lui Bruno îi plăcea să-l conducă. Ordin după ordin. Regulă după regulă. După cum bătea vântul, așa mergea și ea. Aceasta era înclinația naturală a Annei. Și, ca atunci când joci tenis, dansezi foxtrot sau vorbești o limbă străină, devenea din ce în ce mai simplu dacă exersai. Dacă Anna bănuia că boala ei era mai profundă, atunci era un secret pe care îl păstra foarte bine.

— Care e diferența dintre pasivitate și neutralitate?

— Pasivitatea este supunere. Dacă ești pasiv, renunți la voința ta. Neutralitatea este ne-partizanat. Elvețienii sunt neutri, nu pasivi. Noi nu alegem nicio tabără. Suntem ca o balanță într-un echilibru perfect.

În vocea doctoriței Messerli se simțea ceva ce putea aminti de mândrie.

— Faptul că nu alegi nu este tot o alegere?

Doktor Messerli a deschis gura să vorbească, apoi s-a răzgândit.

Anna a stat la masă aproape o jumătate de oră încercând cu greu să-și facă tema, când Bruno a ieșit din biroul său, ca o marmotă din bârlog. A venit la masă, a căscat și s-a frecat la ochi. Anna și-a văzut fiii făcând acel gest.

— Cum e la curs? a întrebat Bruno.

Anna nu-și mai amintea de când nu o mai întrebase ceva despre ea. A cuprins-o un val spontan de afecțiune față de el și i-a cuprins talia cu brațele, încercând să-l tragă mai aproape. Dar Bruno — insensibil sau încăpățânat — nu a răspuns la fel. S-a aplecat și i-a răsfoit hârtiile. Anna și-a lăsat mâinile să cadă.

Bruno a luat o pagină cu exerciții și a studiat-o să vadă dacă erau corecte.

— Du hast hier einen Fehler, a spus el cu o voce care se voia îndatoritoare, dar pe care Anna a interpretat-o drept arogantă. Făcuse o greșeală. Verbul ăsta se pune la final, a spus Bruno.

Avea dreptate. La viitor și la trecut, acțiunea este la final. Numai la prezent verbul se leagă de substantivul pe care îl determină. Bruno i-a înapoiat absent tema.

— Mă duc la culcare.

Nu s-a aplecat s-o sărute. Bruno a închis ușa de la dormitor și s-a dus să se culce.

Anna și-a pierdut orice interes față de exerciții.

S-a uitat la ceasul de pe perete. Era trecut de unsprezece, dar nu era obosită.

— Visul este glasul psihicului, a explicat Doktor Messerli. Cu cât este mai înspăimântător visul, cu atât e mai presantă nevoia de a privi acea parte din tine. Scopul nu este să te distrugă. Pur și simplu, își duce la îndeplinire sarcina obligatorie într-un mod foarte neplăcut. Și apoi a adăugat: Cu cât acorzi mai puțină atenție coșmarurilor, cu atât devin mai înfricoșătoare.

— Și dacă le ignori?

Fața doctoriței a căpătat un aer grav.

— Psihicul se va face auzit. O cere imperios. Și există și alte moduri, mai amenințătoare de a-ți reține atenția.

Anna nu a întrebat care erau acelea.

La acea oră târzie din noapte, cele mai multe case de pe Rosenweg erau cufundate în întuneric, iar cei care locuiau acolo dormeau deja. Annei îi luase ani de zile să se poată obișnui cu acest lucru, cu faptul că Elveția, ca o mașinărie ce era, se oprea din funcționare noaptea. Magazinele se închideau. Oamenii dormeau când trebuia. În America, dacă nu reușeai sau nu voiai să dormi, puteai să faci cumpărături la un supermagazin non-stop, să-ți speli rufele la o spălătorie non-stop, să mănânci o plăcintă și să bei o cafea la un bufet non-stop. Canalele de televiziune difuzau emisiuni acceptabile toată noaptea. Așa că niciodată nu era totul închis. Lumina era mereu aprinsă pe undeva. Era mângâierea insomniacului.

Doktor Messerli a întrebat-o de insomnia ei. De cât timp suferea, cum se prezenta. Cum lupta împotriva ei. Anna nu avea cu adevărat un răspuns, în schimb a spus:

— Somnul nu-mi va rezolva situația.

Până și Annei i se părea un răspuns lipsit de originalitate.

Când Anna a ieșit, lumina de pe verandă, sensibilă la mișcare, s-a aprins. Treptele din față duceau spre alee. Aleea dădea spre stradă. Terenul de joacă din curtea *Kirchgemeindehaus* era vizavi. Anna a traversat strada, a trecut peste un gărduleț de lemn și s-a așezat pe un leagăn de lemn destinat copiilor foarte mici. Se simțea nelalocul ei, tulburată, iar aerul nopții era suficient de umed cât să fie chinuitor.

Chiar și Anna recunoștea că hoinărea prea des pe străzile din Dietlikon la ore târzii. În a doua lună de la sosirea în țară, Bruno s-a trezit în miez de noapte și Anna nu mai era. Nu era nici în casă, nici în mansardă, nici în curte. A fugit afară și a strigat-o. Când ea nu a răspuns, a sunat la *Polizei*. *Soția mea a dispărut! Soția mea este însărcinată!* Polițiștii au venit acasă, au pus întrebări insinuante și au făcut schimb de priviri ușor de interpretat. Se certaseră de curând? A luat ceva cu ea? Cum era căsnicia lor? Știa să aibă pe altcineva? Bruno, crispat și cu un aer interogativ pe chip, și-a înfundat energic mâinile în buzunare. *E însărcinată și e ora două noaptea!* Până să-i abată de la acea direcție a interogatoriului, Anna se întorsese acasă. Abia a trecut pragul, că Bruno s-a repezit la ea, de parcă Anna ar fi fost un soldat întors din bătălie. Un polițist a spus ceva în Schwiizerdütsch pe un ton scăzut și tăios, dar Anna nu a înțeles. Bruno a răspuns cu un mormăit. Polițiștii au plecat.

Când au rămas singuri și nu-i auzea nimeni, Bruno i-a înfipt Annei degetele în umeri și a scuturat-o. Cu cine ți-o tragi? Cu cine ai fost? Îl făcuse de râs în fața polițiștilor. Cu nimeni, Bruno — niciodată! Jur! Bruno a înjurat-o, a făcut-o târfă și pizdă. Cine ți-a dat muie? Cui i-ai supt-o? Nimănui, Bruno, jur! Și era adevărat. Anna și Bruno erau într-un fel îndrăgostiți și Anna se dusese la plimbare pentru că nu o lua somnul. A fost doar o plimbare! Nimic mai mult! Și cui să i-o sugă, în definitiv? Asta a gândit, dar nu a spus tare. A durat aproape o oră, dar în cele din urmă Bruno a crezut-o. Sau așa a spus.

Pisica unei vecine a scuipat spre ceva ce semăna cu un arici. Trei minute mai târziu, orologiul bisericii a bătut sfertul de oră.

Când s-a prezentat la prima oră de germană, Anna nu avea niciun fel de așteptări. Nu era pe deplin indiferentă la emoțiile primei zile de școală, chiar și la vârsta ei. La micul dejun, le-a spus copiilor că începe școala. Charles i-a oferit amabil penarul lui. Așa era Charles. Victor nu a spus nimic; el nu avea nicio părere. Ursula s-a agitat smulgând ostentativ o cârpă de vase.

Deutschkurs Intensiv se ținea dimineața, cinci zile pe săptămână. În acea primă zi, Anna a ajuns cu o întârziere de șase minute și s-a lovit de o femeie cu un rucsac, în timp ce aceasta încerca să treacă și să ocupe ultimul loc la masă. Era o clasă de dimensiuni modeste, cu cincisprezece elevi ale căror vârste variau, cu naționalități și motive de expatriere diferite. Profesorul lor era Roland, un elvețian înalt a cărui primă cerință a fost să facă înconjurul sălii și să se prezinte în germana pe care o cunoșteau deja. A arătat spre o femeie blondă cu ochii mari și o privire neastâmpărată. Se numea Jeanne și era franțuzoaică. Femeia de lângă ea, Martina, era și ea blondă, dar cu zece ani mai tânără decât Jeanne. Le-a spus celor prezenți că era din Moscova, că-i plăcea muzica și că ura câinii. Apoi o femeie de vârsta Annei s-a prezentat drept Mary Gilbert și a spus că este din Canada și că a venit cu copiii și cu soțul ei, care era extremă stângă în echipa de hochei din Zürich. Era în Elveția de numai două luni. Mary și-a cerut scuze pentru germana ei stângace, terminase cursul elementar și nu mai găsise loc decât aici. De fapt, nu conta. Toată lumea vorbea germană cu un neîndoielnic accent străin, rar și cu multe greșeli.

Apoi bărbatul care stătea lângă Mary s-a aplecat în față. Accentul lui, chiar și când vorbea germana aceea stâlcită, era indiscutabil scoțian. Din Glasgow, după cum avea să afle Anna. Se numea Archie Sutherland. În timp ce vorbea, studia cu privirea suprafața mesei. Când și-a terminat prezentarea, ochii lui o fixaseră pe Anna, care stătea în partea opusă a încăperii, în diagonală față de el. La final i-a făcut scurt și vag cu ochiul, să nu vadă nimeni altcineva. Anna s-a rușinat în secret.

Ceva a început să ardă în ființa ei.

Mai era Dennis din Filipine. Andrew și Gillian, amândoi din Australia. Tran din Vietnam. Yuka din Japonia. Ed din Anglia. Nancy din Africa de Sud. Alejandro din Peru și încă două femei ale căror nume Anna nu le înțelesese. Împreună formau o mică Organizație a Națiunilor Unite.

Când Anna s-a prezentat, a afișat un zâmbet aparent sincer (învățase trucul ăsta) și a rostit cuvintele pe care și le repetase în minte. *Ich bin Anna. Ich bin in die Schweiz für* nouă ani. *Mein Mann ist* bancher. *Ich habe* trei copii. *Ich bin* din America. *Ich bin, ich bin, ich bin.* Când nu găsea cuvântul în germană, îl înlocuia cu cel în engleză. Annei nu-i plăcea să se prezinte. Era ca și când ar fi deschis o ușă.

Anna s-a uitat la Archie. Era vrăjită de mâinile lui aparent puternice, lucru vizibil chiar și peste masă. Întotdeauna o dădeau gata mâinile unui bărbat. *Penisul caută o gaură. Nimic mai mult. Dar un bărbat poate să-și pună mâinile oriunde vrea, oriunde îi cer eu.*

În timp ce stătea la coadă la cantină în prima pauză de cafea, Archie s-a aplecat spre Anna și i-a vorbit cu o voce scăzută, susurată, cum rareori auzeai altundeva decât în capele sau în nișele dintr-un muzeu.

— Anna te cheamă, așa e?

— Da.

— Pe mine mă cheamă Archie.

— Așa am auzit.

Anna era rezervată, dar se alinta. *Lovitură de voleu. Vrea să jucăm ping-pong. Bine,* s-a gândit ea, *hai să jucăm.*

Archie a luat un corn cu ciocolată dintr-un șir de produse de patiserie așezate pe farfurii și l-a pus pe tavă.

— Vrei și tu unul?

Anna a clătinat din cap.

— Nu prea-mi plac produsele de patiserie.

Rândul avansa într-un ritm constant. *Kantine* era ticsită, dar casierul elvețian era eficient.

— Și tu ce ciugulești când ai chef să guști ceva?

Se pricepe tipul, s-a gândit Anna.

— Să gust ceva sau să iau o gustare?

Archie s-a prefăcut nerăbdător. Avea o voce răgușită și pătimașă.

— Ce mănânci, femeie?

Anna a răspuns cu o privire rușinată, piezișă și cu un zâmbet afectat, ușor strâmb. Au înaintat iar. Archie a zâmbit larg:

— Soțul tău e bancher, zici?

— Așa am zis. Răspunsul era complet obraznic. *Flirtez? Categoric flirtez.* N-o mai făcuse de ceva timp. *Am s-o las mai moale.*

— Și Anna? Anna ce face când nu învață germană?

Anna a așteptat o clipă înainte să răspundă.

— Anna face ce poftește.

Orice spui, spune cu încredere, s-a gândit Anna, *și lumea va crede că e adevărat.*

Archie a râs jucăuș, șiret.

— E bine de știut.

Ajunseseră la capătul rândului. Anna și-a plătit cafeaua, s-a întors scurt spre Archie și i-a oferit un ultim zâmbet, după care a plecat.

Când s-a întors în clasă, Roland a recapitulat o listă cu prepoziții: *sub, lângă, deasupra, din spate.*

Mai târziu, la sfârșitul celei de-a doua pauze, Archie a prins-o din urmă pe Anna lângă tomberoane.

— Ce faci în după-amiaza asta?

I-au venit în minte o duzină de răspunsuri nevinovate. Anna l-a ignorat pe fiecare. I-a pus mâna lui Archie pe braț și s-a apropiat mult cu gura de urechea lui.

— Pe tine, a șoptit ea.

Și asta a fost tot.

Ce zici de treaba asta? s-a gândit Anna când pleca. A străbătut-o un mic val de entuziasm amețitor. *Da, ce zici de treaba asta?* Întrebarea era irelevantă. Răspunsul la orice întrebare din ziua aceea era „da".

Dar nu i-a fost greu să aprobe. Mai spusese „da".

După curs, Anna i-a telefonat Ursulei și i-a spus că trebuia să rezolve niște treburi în oraș și că nu se întorcea înainte de trei. Apoi Anna și Archie au luat tramvaiul numărul zece din Sternen Oerlikon, unde străzile pornesc ca niște raze dintr-un miez, ca o stea cu cinci colțuri, spre Central, o stație de la capătul nordic al districtului Niederdorf din Zürich. De acolo, au făcut cinci minute până la apartamentul lui Archie. A urmat o oră și jumătate de sex dezlănțuit.

Marți și din nou miercuri, Anna l-a urmat pe Archie acasă după curs. Joi și vineri, pur și simplu au chiulit de la școală.

Anna s-a răsucit în leagăn, învârtind lanțurile ca să ajungă și mai mult deasupra pământului decât era deja. Apoi a ridicat picioarele și s-a lăsat să se răsucească până jos. A făcut acest lucru de mai multe ori, până a cuprins-o amețeala.

În cele din urmă, clopotele bisericii au bătut, anunțând miezul nopții. A cuprins-o un sentiment discret, răscolitor. Numai la timpul prezent subiectul se lega de verbul lui. Acțiunea — orice acțiune, trecută și viitoare — vine la sfârșit. Chiar la sfârșit, când nu mai ai ce face și trebuie să acționezi.

Cu toate acestea, Anna a intrat din nou în casă, înainte de a douăsprezecea bătaie a clopotului.

3

Anna nu putea iubi niciodată *cu adevărat* un Steve, un Bob sau un Mike.

Detesta apatia și indiferența pe care le implicau un diminutiv. Felul în care, cel mai adesea, un nume de alint anunța: „Sunt suma fiecărui Matt pe care l-ai cunoscut vreodată, media aritmetică a unui Chris, a unui Rick sau a unui Jeff". Nu lungimea era problema — numele nu pot fi mai scurte decât „Anna". Ea era de părere că numele unui om ar trebui să aibă rezonanță și însemnătate. Ar trebui să poată purta greutatea și presiunea personalității lui. O Steffi nu ar putea fi numită niciodată într-un cabinet prezidențial; un Chad nu ar numi-o niciodată.

Anna și-a botezat copiii cu nume care să li se potrivească. Aveau nume americane, dar mulți elvețieni aveau nume neelvețiene; o treime din populația Zürichului este străină, datorită industriei bancare. Credit Suisse unde lucra Bruno, de exemplu, avea mulți angajați elvețieni, mai mulți germani, câțiva englezi, câțiva americani și un nigerian incredibil de chipeș, cu o piele netedă și închisă la culoare ca ciocolata Sprüngli. În cele din urmă, totul este normalizat de diversitate. Numele copiilor Annei erau neobișnuite în Elveția, dacă nu chiar rare. Le alesese gândindu-se la acest lucru. Îi plăceau numele lor. Păreau să se potrivească.

Un nume e un lucru fragil. Dacă îl scapi, s-ar putea sparge.

Precum Steve. Numele unui bărbat pe care Anna nu l-ar putea iubi niciodată.

Anna a analizat un vis extrem de încurcat. Era haotic, fără nicio legătură cu vreo temă sau circumstanță și nu era limitat de particularități temporale sau spațiale. Un vis cu simboluri evidente, imagini arhetipale și nuanțe alegorice, Anna era sigură de acest lucru.

Erau douăzeci de uși pe care ar fi putut intra un Doktor dacă ar fi existat. *Hai să începem cu semnificația calului,* ar fi putut spune Doktor Messerli. *Ce asociezi tu cu baloanele și avioanele? Ce crezi tu că înseamnă faptul că un montagne-russe merge numai înapoi? De ce, Anna, erai goală în biserică?* Dar Doktor Messerli nu i-a pus acele întrebări, în schimb i-a adresat-o pe singura pe care Anna nu și-ar fi dorit-o.

— Apare un Stephen în visul tău. Cine este?

Psihanaliza este costisitoare și cel mai puțin eficientă când un pacient minte, chiar și prin omisiune. Dar psihanaliza nu este un clește și adevărul nu este un dinte: nu-l poți smulge cu forța. Gura stă ferecată cât poftește ea. Adevărul este rostit când se rostește de la sine.

Anna a clătinat din cap, vrând parcă să spună: *Nu e important.*

Sâmbătă la șase fără un sfert dimineața, Anna a fost trezită din somn de un țipăt nefiresc. A sărit din pat și s-a repezit pe scări, urcând câte două odată. Polly Jean țipase. Îi dădea un dinte. Vârsta de zece luni era destul de mare pentru apariția primului dinte; lui Victor îi dăduse la cinci luni, iar lui Charles, la patru. Anna a strecurat degetul mare în gura lui Polly Jean și s-a convins de prezența unui dințișor mic și alb. Polly a răspuns cu un șir de proteste furioase, de copil. Anna și-a luat fiica, a liniștit-o, a legănat-o și a încercat să facă astfel încât s-o ia din nou somnul. Sau un fel de somn.

Pentru că, atenție: totul poate fi de un fel sau altul. Așa cum există versiuni ale adevărului și ale iubirii, există și versiuni ale somnului. Somnul cel mai adânc le este destinat doar copiilor și marilor proști. Toți ceilalți trebuie să plătească cu nopți albe.

Cerul era întunecat încă, iar cartierul era liniștit. De la pătratul ferestrei de deasupra pătuțului lui Polly se vedea modesta fleșă a bisericii parohiale. Familia Benz locuia, la propriu, în umbra aruncată de biserica reformată elvețiană din Dietlikon. Trăiau, de asemenea, și la figurat în umbra acesteia. Timp de treizeci de ani, curmați doar de moartea sa, Oskar Benz, tatăl lui Bruno și al Danielei și soțul Ursulei, a fost *Pfarrer* al enoriei. Pastorul său.

Mersul la biserică în Elveția este o chestiune de obișnuință, nu de fervoare. Nici măcar un creștin elvețian practicant nu ar face paradă de religiozitatea sa. Asta este un caraghioslâc american. Credința elvețienilor pare mai birocrată. Ești botezat în biserică, te căsătorești în biserică, tot în biserică ți se aduce și ultimul omagiu și cu asta, basta. Totuși, când Bruno și Anna s-au dus la *Gemeinde* să depună actele pentru permisul ei de ședere, a fost întrebată de orientarea ei religioasă. Bisericile sunt finanțate din taxe; banii sunt distribuiți după afilierea cetățenilor.

La fel ca în America, deși majoritatea creștinilor elvețieni nu merg la slujbă, chiar și orașul cel mai mic are cel puțin o *Kirche*. În Dietlikon erau trei: enoria în care mai demult fusese pastor Oskar Benz, o biserică catolică aflată la o jumătate de kilometru de casa Annei și a lui Bruno și un grup de ortodocși așa de puțin numeros, încât biserica nu avea o adresă permanentă, ci se reunea într-o clădire închiriată, obișnuită, chiar vizavi de cimitir. Ursula mergea la biserică duminica și uneori își lua și nepoții cu ea. Bruno și Anna stăteau acasă.

Cunoștințele despre religie ale Annei erau superficiale, ezitante. Într-un moment de convingere din copilăria ei, părinții săi cochetaseră pentru scurt timp cu Biserica Episcopală. Au mers sporadic la biserică timp de aproape un an, după care au găsit altceva cu care să-și ocupe orele de inactivitate din dimineața de duminică (în cazul mamei Annei erau gustările cu prietenele, iar în cazul tatălui ei, golful). De vină era mai degrabă apatia decât opoziția teologică. Pur și simplu, nu le păsa așa de mult încât să continue. Așa că educația spirituală a Annei a fost îndreptată spre expresia culturală a credinței: pruncul Iisus de Crăciun și cadourile lui, Hristos înviat de Paște și iepurașii de ciocolată și un exemplar din *Pasărea spin* scos din biblioteca mamei ei.

Anna nu se opunea credinței religioase. O accepta în teorie, chiar dacă nu și în practică. Deși nu era convinsă de credința ei în Dumnezeu, voia să creadă. Spera că are credință. În orice caz, uneori. Alteori, credința o copleșea de groază. *Față de Dumnezeu nu poți avea secrete. Nu sunt convinsă că-mi place asta.* Dar, de fapt, *era* convinsă: nu-i plăcea.

Dar oricine ar putea simți la fel în timpul unei plimbări prin centrul Zürichului; Altstadt este plin de biserici de importanță istorică. Oriunde te duci, Ochiul lui Dumnezeu te fixează. Fraumünster este celebră pentru vitraliile pictate de Chagall. Cadranul ceasului de pe clopotnița bisericii Sfântul Petru este unul dintre cele mai mari din toată Europa. Wasserkirche a fost construită pe locul în care Felix și Regula — sfinții ocrotitori ai Zürichului — au fost martirizați. Iar cenușia și impozanta Grossmünster a fost înălțată chiar pe locul unde se spune că aceiași martiri au fost decapitați, înainte ca, în sfârșit și nemaiavând ce face, să-și încredințeze sufletele morții.

Felix și Regula. Fericire și ordine. Cât de tipic pentru Zürich să-și care singuri capetele sus pe deal! s-a gândit Anna. Modul tipic elvețian de a muri — pragmatic și corect!

Pragmatic, corect, eficient, predeterminat. Această teologie o tulbura cel mai tare pe Anna. Anna îi învinovățea pe elvețieni fără nicio remușcare pentru această anxietate; fiul lor adoptiv, Jean Calvin, era cel care insista că păcătoșilor le era imposibil să aleagă în mod conștient să-l urmeze pe Dumnezeu, cel care te învăța că toți oamenii sunt pierduți, cel care predica faptul că toți oamenii sunt rătăciți. Ne numea sclavi ai depravării, neajutorați în fața capriciilor Voinței Divine. Nu putem face nimic pentru a ne elibera. Soarta fiecărui suflet este prestabilită. Veșnicia este determinată. Rugăciunea, inutilă. Ai cumpărat bilet, dar tombola este aranjată. *Atunci ce rost are să-ți faci griji, dacă nu se poate face nimic?* Asta era tot. Nu avea rost. Așa că ori de câte ori apărea această criză,

Anna își amintea că oricum nu conta. Fie soarta îi era prestabilită, fie nu avea nicio soartă. Nu putea face nimic s-o schimbe. De aceea, când își făcea griji, niciodată nu dura prea mult.

Oskar Benz era un pastor iubit. Din câte se spunea. Cât de generos! Cât de înțelept! Profund. Milostiv. Înțelept. Dar Anna nu știa nimic despre el ca soț. Nu discutase acest lucru cu Ursula. Presupunea că fusese bun cu ea. Zâmbeau în fotografii. Ursula încă purta verigheta. Dar nu știa mai mult de atât. Era romantic? Săruta bine? Era pervers în pat? Violent dincolo de ușile închise? *Nu e treaba mea,* se gândea Anna. *Dacă Ursula nu-mi spune, eu n-am s-o întreb.*

Danielei îi luceau ochii de adorație când vorbea despre tatăl ei. „L-am iubit așa de mult", îi mărturisea ea Annei, nostalgică. „Mi-e dor de el în fiecare zi. Tatăl este bărbatul cel mai important din viața unei fete." Singurul răspuns al Annei era tăcerea întristată. Ea avea douăzeci și unu de ani când părinții ei muriseră într-un accident de mașină, la două săptămâni după ce absolvise facultatea. Și ea își iubise tatăl — amândoi părinții —, dar după șaisprezece ani, ardoarea se risipise (deși, cel mai probabil, Anna n-ar fi descris niciodată afecțiunea pentru ei cu acel cuvânt).

— Nu știu, i-a spus doctoriței Messerli când aceasta i-a cerut să catalogheze relația cu părinții ei. Era normală. Obișnuită.

Doktor Messerli a insistat.

— Străduiește-te.

Anna a închis ochii și a scotocit în memorie.

— Pozitivă. Degajată, poate. Rezervată, din când în când. Politicoasă, întotdeauna. Suficientă.

Erau buni. O iubeau. Și-i iubea și ea. Anna a omis acest lucru.

— Mm... Doktor Messerli a mâzgălit ceva.

— Ce e?

Doktor Messerli și-a reținut un chicot. Rareori râdea.

— E interesant cum sufletul nostru caută echilibru. Căutăm ceea ce ne este familiar. Familial. Ceea ce ne e cunoscut și cunoaștem poate de dinainte să ne naștem. E inevitabil.

— Cum adică?

— Ți-ai descris părinții?

— Da.

— În același timp, i-ai descris și pe elvețieni.

Bruno vorbea foarte rar despre Oskar. Fuseseră împreună la schi și în drumeții, în tabere și la pescuit. Bruno era un tată bun; Anna presupunea că și Oskar fusese la fel. Bruno renunțase să mai meargă la biserică cu mult timp înainte să-l cunoască Anna și nu-l întrebase niciodată ce crede despre Dumnezeu. *Nici măcar o dată,* se gândea Anna. *E în regulă? Nu se poate să fie în regulă, nu?* Nu știa ce credea el. Dacă îl întreba, s-ar fi rușinat și ea, și el.

La șapte dimineața, au început să bată clopotele. Clopotele. Dimineața o trezeau, seara o alinau, iar în orele sâcâitoare de beznă de dinainte să se lumineze de ziuă, o întovărășeau. Băteau din oră în oră, iar de două ori pe zi băteau timp de cincisprezece minute neîntrerupt. Băteau duminica înainte de slujbă. Băteau la nunți, înmormântări și de sărbători naționale. Mulți le urau, iar multora le erau indiferente. Puțini erau cei cărora le plăceau. Dar Anna se număra printre ultimii. Se poate ca bătaia clopotelor să fi fost singura ei bucurie din Elveția. Anna s-a stăpânit să nu recunoască pe deplin acest lucru cât timp își ținea fiica în brațe.

În cele din urmă, somnul i-a înfrânt durerea lui Polly, Anna a pus-o din nou în pătuțul ei și apoi a ieșit tiptil din cameră. *O să fie bine,* și-a spus Anna. *Noutatea durerii o face să țipe.* O durere nouă, căreia Polly nu învățase cum să-i facă față. Căci până și copiii mici înțeleg adevărul putred, instinctiv: nicio durere nu părăsește definitiv trupul. Durerea este lacomă și nu se retrage. Un corp își amintește ce-i face rău și în ce fel. Vechile dureri sunt înghițite de durerile noi. Dar durerile mai noi le urmează întotdeauna.

— Care e rostul durerii? a întrebat-o Anna pe Doktor Messerli.

Era o întrebare care plutea în aerul din jurul ei de ani de zile, ca o fantomă care bântuie prin podul unei case pe care e blestemată să o bântuie veșnic.

— Este instructivă. Te avertizează în legătură cu evenimentele viitoare. Durerea precedă schimbarea.

Este o unealtă. Vorbea ca din carte. Anna privea cu suspiciune aceste răspunsuri. Doktor Messerli a ridicat din sprânceană:

— Nu mă crezi?

Anna a ridicat și ea dintr-o sprânceană. *Nu. Nu te cred.*

Anna a închis ușa de la camera fiicei ei și s-a dus la parter să-și facă o cafea. După standardele americane, casa de pe Rosenweg era mică. Familia Benz era formată din cinci oameni, care locuiau într-un spațiu locuibil de puțin peste o sută douăzeci de metri pătrați. Erau două dormitoare la etaj, fiecare cât un dulap de dimensiuni mai mari — o cameră comună pentru băieți și o cameră pentru Polly. Mansarda ocupa restul etajului al doilea. Toate celelalte se aflau la parter: bucătăria, baia, salonul cu micul spațiu pentru luat masa, biroul lui Bruno și dormitorul pe care îl împărțeau Anna și Bruno. Dedesubt se afla un beci rece din beton. Era un spațiu înghesuit.

Anna a coborât scările fără să facă zgomot pe cât posibil. Casa lor era veche, iar treptele scârțâiau și gemeau sub greutatea oricui. Anna era mereu conștientă de zgomotele pe care le făcea, pentru că Bruno, când era tulburat în momentele lui de tăcere, se înfuria deseori și-l deranjau imediat gesturile obișnuite, de zi cu zi. Anna învățase să meargă în vârful picioarelor, să calce ușor.

Bucătăria lor era mică, îngustă și fiecare spațiu era ocupat. Nu prea găseai loc pentru un blat, darămite pentru un cuptor cu microunde, iar frigiderul era doar puțin mai mare decât cele pe care le găsești în căminele studențești. Anna se ducea la cumpărături cel puțin de două ori pe săptămână. Acesta era programul ei pentru după-amiaza zilei de sâmbătă. Fusese ocupată toată săptămâna și neglijase cumpărăturile. Aveau cămara aproape goală.

— O femeie modernă nu trebuie să ducă o viață așa de limitată. O femeie modernă nu trebuie să fie așa de nefericită. Ar trebui să călătorești mai mult și să faci mai multe lucruri. Doktor Messerli nu-și ascundea enervarea din voce.

Anna se simțea certată, dar nu a dat niciun răspuns.

Și-a dus cafeaua în salon. Cărțile de germană și toate notițele ei din noaptea trecută încă erau împrăștiate pe masă, ca niște haine aruncate pe un pat. Fereastra salonului dădea spre hambarul vecinilor, Hans și Margrith Tschäppät. Cuplul vârstnic, format din Hans și Margrith, locuia dintotdeauna în Dietlikon. Hans era genul fermierului voios care îi făcea cu mâna Annei din tractorul lui când treceau unul pe lângă celălalt pe dealul din spatele casei Annei și a lui Bruno. Hans îi dădea Annei borcane de *Honig* de la albinele lui și de două ori pe an le curăța merii. Margrith era și ea drăguță. Dar mai era și foarte receptivă, Anna nu putea să-și alunge sentimentul că aceasta știa întotdeauna despre ea mai multe decât și-ar fi dorit Anna. Nu o prinsese niciodată aruncând ocheade pe fereastra lor deschisă sau trăgând cu ochiul în tomberonul familiei Benz. Dar era ceva în întrebările pe care i le adresa și în felul pătrunzător în care i le punea, deși păreau dezinteresate: *Wohin gehen Sie, Frau Benz? Woher kommen Sie?*[4] De fapt, miercurea trecută, Margrith a prins-o pe Anna când cobora din tren, abia plecată din patul lui Archie. Anna avea părul ciufulit și i se ștersese machiajul din cauza transpirației. *Grüezi, Frau Benz; woher kommen Sie?* a întrebat-o ea.

Mă întorc de la cursul de germană, Frau Tschäppät, a răspuns Anna, și apoi fiecare a mers mai departe în direcția în care se îndrepta înainte să stea de vorbă. La această oră matinală, ferestrele lui Margrith și ale lui Hans încă erau întunecate. Soarele duminical nu răsărise încă.

---

[4] În orig. în lb. germană: Unde vă duceți, doamnă Benz? De unde veniți?

Polly Jean s-a trezit de tot în jur de șapte și jumătate. Bruno și băieții s-au trezit la opt. Vremea erau frumoasă; era o zi generoasă, însorită. Doi băieți odihniți zguduiau pereții casei cu energia pe care o acumulaseră peste noapte, ca două baterii reîncărcate. Anna i-a trimis afară să se joace în curte. Charles a ieșit pe ușă fără să protesteze. Victor s-a trântit pe canapea și s-a prefăcut că nu a auzit nimic. Când Anna i-a repetat lui Victor să se ducă afară, el s-a bosumflat. Voia să meargă cu bicicleta până la un prieten. Voia să se uite la televizor la desene animate. Voia să se ducă la etaj. Voia să-l lase în pace Anna. Atunci a intervenit Bruno. *Ieși.* De atât a fost nevoie ca Victor să cedeze. Un cuvânt rostit cu fermitate, scurt, pe un ton grav, de Bruno.

Charles era cel mai nepretențios copil al Annei. Era agreabil, săritor și se enerva greu. Se purta frumos și doar câteodată era agitat. Era un băiat fericit. Dimpotrivă, Victor rareori era cu adevărat fericit. Un fiu bun în felul lui, Victor era amuzant, inteligent, fermecător și uneori de o receptivitate atipică pentru vârsta lui (*mămico,* i-a spus odată Annei, *eu am să te iubesc întotdeauna, chiar dacă Papi nu te iubește).* Dar Victor era în același timp lipsit de moderație. Avea porniri meschine și nu-i plăcea să dea nimic nimănui. Era rigid și nu se împăca deloc ușor cu planurile sau nevoile altora. Iar când se simțea neglijat, devenea irascibil și ursuz. În acele momente, Annei îi era imposibil să-l placă prea mult.

Victor era fiul tatălui său.

Despre Charles, Anna i-a spus doctoriței Messerli:

— N-are nici urmă de viclenie.

— Și Polly Jean?

— Încă nu o cunosc.

Doktor Messerli credea că știe ce voia să spună Anna.

— Și Victor?

— Pe Victor îl cunosc. Nu voia să recunoască nimic cu glas tare, iar dacă ar fi fost forțată (și numai dacă ar fi fost forțată foarte tare), ar fi trebuit să spună că, dintre cei doi fii ai ei, Charles îi era mai drag. Sigur că-l iubesc pe Victor.

Annei îi părea rău în sute de moduri diferite.

Doktor Messerli a făcut o schiță. Era un cerc într-un cerc aflat într-un alt cerc. Pe Anna o ducea cu gândul la păpușile rusești sau la setul ei de castroane Pyrex, așezate unul într-altul.

— Cercurile astea? Te reprezintă pe tine. Cercul exterior este eul. Eul este costumul pe care îl poartă psihicul tău. Felul în care ești văzută de lume. Este prima parte din tine pe care o văd ceilalți. Doktor s-a aplecat înainte și a lovit cercul din mijloc cu stiloul. Acesta a lăsat o pată mică de cerneală, dar care se întindea. Aici sunt problemele tale. Doktor Messerli a desenat iar cercul, trasând o margine dezordonată, zimțată.

— În ce fel?

— Haosul îi refuză eului seninătatea, soliditatea și solidaritatea sinelui.

Anna s-a întrebat dacă exersase acest discurs; părea rece și repetat înainte.

— Și care e răspunsul?

Doktor Messerli s-a lăsat pe speteaza scaunului.

— Nu există un răspuns general valabil.

— Care e diferența dintre sine și suflet?

— Anna, ședința s-a terminat.

Anna a citit mai demult că *târfele sunt cele mai bune soții*. Sunt obișnuite cu schimbările de dispoziție ale bărbaților, nu vorbesc cu nimeni despre inima lor frântă; femeile ușoare trec mereu fără efort peste durere.

Acest lucru i-a trecut pe nepusă masă Annei prin cap când, ajunsă în fața supermagazinului Coop de pe Industriestrasse, a băgat o monedă de doi franci în fantă, eliberând căruciorul de cumpărături din capătul șirului său. Era un gând atras de simplul gest de a introduce un lucru în gaura care îi era destinată.

Ursula se oferise s-o ducă pe Anna la supermagazin cu mașina. Era un gest de clemență din partea Ursulei, pe care Anna l-a acceptat politicoasă. I-a spus lui Bruno că o ia cu plăcere pe Polly Jean cu ea, dacă are el grijă de băieți. *Da, da,* a spus Bruno, fluturând din mână și spunându-i să aducă șase sticle mari de apă, câteva cutiuțe cu brânză quark și trei-patru tablete de ciocolată neagră. În această privință, Bruno era elvețianul tipic; adora dulciurile. Anna a notat.

Ursula împingea căruciorul copilului. Anna îl manevra pe cel de cumpărături. Polly era agitată și încă o deranja dintele. Anna s-a uitat la fiica ei și și-a dorit să termine cu plânsul.

Dietlikon nu duce lipsă de magazine. La sud de calea ferată, o cuprinzătoare — și, pentru un oraș a cărui populație abia însumează șapte mii de locuitori, nerușinată — serie de restaurante, magazine și servicii: un magazin de electronice, un IKEA, un magazin de bricolaj foarte mare. Un Toys „R" Us, un Athleticum, câteva magazine de încălțăminte, o piață de pește și un salon de manichiură. Este un cinema multiplex cu scaune așezate pe gradene, un Qualipet, o sală de bowling, un magazin de echitație, o spălătorie auto, o pizzerie, un magazin de mobilă pentru bebeluși, un mall cu mărfuri ieftine și un restaurant mexican. Sunt mai multe magazine cu haine la modă pentru adolescenți, o benzinărie, o farmacie, un cinematograf pentru adulți, unul cu mâncare sănătoasă și, pe lângă Coop de pe Industriestrasse, este și un Coop City un cvartal mai departe, unde, pe lângă alimente, găsești și accesorii pentru casă, haine, produse naturiste și cosmetice, jucării și jocuri. Tot ce-și poate dori cineva, așezat astfel încât să încapă pe o suprafață de câteva cvartale de comerț ce pot fi înconjurate de traseul unui autobuz. Este un cerc intim, închis de nevoi mici și dorințe mărunte.

Cerc în cerc în alt cerc. Anna nu-și imagina ce s-ar putea întâmpla dacă ar privi dincolo de lumea restrânsă în care își ducea viața.

Anna și Ursula aveau o relație complicată. Ursula era o împletitură de contradicții consecvente. Uneori era sinceră, deschisă la interacțiune, nepretențioasă, generoasă și săritoare. În alte împrejurări era apatică, imposibil de impresionat, de o punctualitate agresivă, inexpresivă și furioasă. Acelea erau momentele pe care le împărtășea cel mai adesea Annei.

Și mama are toane proaste, spunea Bruno.

— Când dispoziția unui om se află în dezechilibru, psihicul va încerca întotdeauna să restabilească echilibrul. Va apărea o opoziție inconștientă. Tensiunile caută să se destindă. Tristețea se agață de orice stare de bună dispoziție pe care o găsește. Plictiseala își caută de lucru. Există o legătură între gravitatea stărilor proaste ale unei persoane și lipsa autocunoașterii. Chiar și în absența unui diagnostic clinic de tulburări de dispoziție, a adăugat Doktor Messerli.

Fusese vreodată Anna mai vorbăreață sau vorbise mai repede decât de obicei? Trecuse de la îndoieli profunde la încredere excesivă? Avusese momente în care se simțise în același timp în culmea fericirii și pe fundul prăpastiei? Doktor Messerli punea prea repede întrebările, așa că Anna nu le putea asimila și răspundea simplu: „Uneori sunt tristă. Uneori sunt neliniștită". Drept răspuns, Doktor Messerli i-a prescris un tranchilizant ușor.

Magazinul Coop de pe Industriestrasse era, după cum anticipase Anna, ticsit. Ursula și Anna aveau fiecare câte o listă. Polly Jean era și ea ocupată să se uite, cu neîncrederea specifică unui copil, la șuvoiul de cumpărători care colindau prin magazin.

Erau la raionul de fructe și legume. Ursula studia nectarinele. A inspectat aproape douăzeci până să aleagă cele patru fructe pe care a decis să le ia acasă. Anna se uita la ciuperci, când a simțit o vibrație în buzunarul jachetei. Era *Handy*, mobilul. A dus mâna la el, l-a deschis și a răspuns fără să se uite cine o sună.

— Alo?

Era Archie. Nu voia să aștepte să treacă weekendul până să vorbească cu ea. *Hai în oraș, Anna,* a spus el. *Hai la mine.* Ursula s-a uitat la nora ei, dar apoi și-a îndreptat la fel de repede atenția spre nectarine. Anna nu spunea nimic. *Ești pe fir? Alo?*

— Edith, mă bucur că ai sunat.

Anna a vorbit pe un ton neutru. Nu și-a pierdut nicio clipă cumpătul. Ursula s-a întors și a pus punga cu nectarine în cărucior. *Edith Hammer,* a mimat Anna. Ursula a ridicat din umeri și s-a întors, împingând căruciorul lui Polly spre țelină și praz.

— Nu ești singură?

Anna a continuat:

— Vorbim luni, bine?

Anna era măgulită. Anna era iritată. Ursula a ridicat o pungă de fasole verde în mâna stângă și cu dreapta i-a făcut semn Annei s-o urmeze la raionul de condimente. Anna a închis telefonul fără să salute.

Douăzeci de minute mai târziu, au plătit produsele și au plecat. Abia trecuse de miezul zilei.

— Dar cine este Stephen, Anna?

4

Lunea următoare a venit la curs fiecare elev înscris la Deutschkurs Intensiv — inclusiv Anna și Archie. Archie sosise la timp și, când a apărut Anna cu cincisprezece minute întârziere, rezolva exercițiile de pe o foaie, alături de toți ceilalți. Balamalele ușii au scârțâit când a intrat Anna și toată clasa a ridicat privirea și-a urmărit-o cum intră sfioasă. Anna a rostit un „scuze“ șoptit și, nonșalantă, spera ea, a ocupat singurul loc liber, scaunul neocupat dintre Roland și Mary, canadianca. Dar deseori Anna, pe cât era de pasivă, pe atât era de neîndemânatică și, în timp ce scotocea cu o mână prin geanta cu cărți, a părut să uite că în mâna cealaltă avea un fragil pahar de carton cu cafea fierbinte. Așa că a vărsat tot paharul — pe ea, pe masă și pe Mary.

Anna și Mary au exclamat la unison. Mary a strigat *Of, Doamne!* Iar Anna a scos un arțăgos *Mamă care m-ai făcut!* care, chiar și ei, care era obișnuită, i s-a părut grosolan. Roland a părut agitat. Cafeaua s-a scurs pe puloverul Annei; a murdărit-o pe Mary pe manșetă și pe coapsă. Foaia ei cu exerciții era distrusă. Anna a șoptit o scuză plăpândă, s-a ridicat și a ieșit din clasă. Mary a urmat-o. Ochii lui Archie au rămas ațintiți în foaie.

În baie, Anna a tamponat pata de pe pulover, a frecat-o și a clătit-o. Nimic nu a fost de ajutor. Își stricase puloverul de cașmir. Era unul dintre lucrurile cele mai frumoase pe care le avea, iar Anna, căreia îi plăceau fleacurile și gătelile, avea multe lucruri frumoase. Un cadou de Crăciun de la Bruno, ar fi trebuit să-și dea seama și să nu-l poarte la curs. Dar se convinsese să-l ia în dimineața aceea, imaginându-și plăcerea vlăguită, mătăsoasă pe care avea s-o simtă mai târziu, după-amiază, când avea să fie convinsă cu atâta ușurință să și-l scoată, cum avea să-și strecoare Archie mâinile pe sub marginea elastică de jos a puloverului, să le urce pe marginile taliei, să le lase să alunece pe interiorul brațelor ridicate, cum avea să i-l scoată pe cap, cum apoi avea s-o împingă spre pat și s-o săvășească pentru cel puțin următoarele două ore.

Annei îi plăcea și nu-i plăcea sexul. Anna avea și, în același timp, nu avea nevoie de el. Relația ei cu sexul era o tovărășie întortocheată care izvora în același timp din pasivitatea și din dorința ei incontestabilă de a fi distrasă. Și dorită. Voia să fie dorită.

Pofta de distracție era un lucru nou în viața ei; pofta de a fi dorită era veche de câteva decenii. Dar amândouă proveneau dintr-o apatie născută din mici dușmănii și răni neînsemnate, triviale, dintre care pentru cele din ultimii zece ani îl învinovățea pe Bruno. De acolo venea plictiseala și din plictiseală, anumite obiceiuri. Pentru asta nu putea da vina pe Bruno. Asemenea priceperii de a afișa acel zâmbet aparent sincer, Anna deprinsese singură acest lucru așezându-se la casa ei, învoindu-se.

Aventura cu Archie avea și nu avea legătură cu sexul. Anna era slabă și ea știa acest lucru. Dar era încă destul de tânără, încât să fie atrăgătoare privită din anumite unghiuri și după gustul anumitor bărbați.

— Ce crezi că face ca viața unui om să fie reușită? a întrebat Doktor Messerli.

— Adică împlinită?

Discutaseră despre ceva fără nicio legătură cu reușitele.

Doktor Messerli a închis ochii în timp ce căuta cuvintele cele mai potrivite.

— Genul de reușită la care mă refer eu decurge din faptul că femeia trăiește o viață care o mulțumește în așa măsură, încât, atunci când își analizează viața la bătrânețe, poate afirma cu siguranță: „Am trăit o viață conștientă, utilă, întreagă și completă și am umplut-o cu atâtea lucruri vrednice pe cât s-a putut". La asta mă refer. Înțelegi? Tu îți dorești asta?

— Nu știu.

Anna nu-și dorea.

— Nici eu nu știu dacă îți dorești, i-a dat dreptate Doktor Messerli.

Bluza lui Mary era acceptabilă, dar blugii îi erau uzi până la piele. Se tampona cu un ghemotoc de șervețele în timp ce vorbea.

— Ți-am simțit lipsa la cursul de săptămâna trecută.

Anna aștepta să audă o acuzație, dar nu a venit niciuna. Tonul lui Mary era vesel, deși pe Anna o uimea că o persoană pe care abia dacă o cunoștea remarca măcar faptul că lipsise. Mergeau la curs de numai câteva zile.

— Îmi pare rău că am vărsat cafea pe tine.

Mary a făcut un gest indiferent în timp ce se îndrepta spre ușa de la baie.

— Auzi, Anna...?

Anna și-a ridicat ochii de la puloverul ei la imaginea lui Mary din oglindă. Mary avea fața rotundă și părul ondulat, nisipiu, tuns în stil bob discret. Era scundă și îndesată. Nu era grasă, dar avea sâni mari, șolduri generoase, era genul matern și, deși avea un trup voinic, era indiscutabil drăguță. Anna și-a luat ochii de la imaginea lui Mary și și i-a îndreptat spre ai ei, cântărind diferențele.

— Eu și soțul meu ne întrebam dacă ai vrea să vii cu soțul și copiii la noi la cină săptămâna asta. Aveți băieți? Le place hocheiul? Dar soțului tău? Anna a făcut o pauză destul de lungă încât să o descumpănească. Sau, s-a bâlbâit ea, săptămâna viitoare. Sau nu. Cum vreți.

Avea un ton de parcă se scuza. Anna dezamăgise.

— Ah, nu, a dres-o Anna. Sunt cu gândul aiurea, nimic mai mult. A arătat spre puloverul ei. Sigur..., ne-ar face mare plăcere să venim. Sunt convinsă că băieților... le-ar plăcea.

S-a bâlbâit în timp ce încerca să fie cât se poate de amabilă când rostea cuvântul „sigur". *Femeia asta vrea o prietenă.* Anna recunoștea dorința aceea. O făcea să tresară. Singurătatea era ancora ei. O nefericire familiară și abordarea cea mai sigură, mai înțeleaptă.

Dar în baie și în acel moment, Anna se simțea prinsă în capcană. Obligată să accepte.

— Va trebui să discut cu Bruno. Adică să văd ce program are.

Mary s-a înseninat.

— Așa e, Bruno, a spus ea, amintindu-și un nume care nu-i fusese spus niciodată. Nu uita să-mi dai adresa ta de e-mail. Așa putem să facem planuri.

— Nu folosesc prea mult e-mailul.

— Serios? a întrebat Mary, de parcă nu mai auzise niciodată în viața ei așa ceva. De ce?

Anna a capitulat:

— Nu prea mă pricep.

— Nu ai nici Facebook? Myspace?

— Nu.

Nu era chiar adevărat. Sigur că Anna avea adresă de e-mail. Toată lumea avea o adresă de e-mail. Sigur că Anna o folosea. Așa îi trimitea anunțuri școala băieților. Așa își confirma Anna programările la dentist. Fără ea, nu ar fi putut face cumpărături online. Dar nu o folosea când nu era nevoită. Cui să-i trimită e-mailuri, în afară de cei pe care îi vedea în mod regulat? Cu cine să ia și să păstreze legătura? Cu toate rudele acelea îndepărtate cu care nu era în contact? Cu colegii de școală și cu foștii iubiți? Nu exista nicio persoană pe care Anna să vrea sau s-o poată contacta. Și nimeni nu lua în calcul că ar putea s-o contacteze. În ultimă instanță, minciuna era mai puțin umilitoare.

— Mă rog, să nu uităm să facem schimb de numere, da? Bun. Mary a inspirat adânc. E timpul să ne întoarcem! Ne vedem la curs? Mai vorbim în pauză?

— Sigur.

Anna era ceremonioasă, atât cât să nu pară nepoliticoasă. Era într-o dispoziție proastă și nu era cinstită. S-a corectat adăugând un „categoric" și Mary a plecat.

S-a mai uitat o dată la pulover. *Am distrus un lucru frumos,* s-a gândit Anna. *Nu am cu ce să mă schimb.*

Într-un moment de îndrăzneală și dor mistuitor, Anna i s-a plâns doctoriței:

— Mi-aș dori să arăt mai bine.

— Crezi că e ceva în neregulă cu aspectul tău?

Anna a ridicat din umeri. „În neregulă" nu era expresia cea mai potrivită.

— Nu sunt nici obișnuită, dar nici drăguță. Sunt de un irevocabil nivel mediu.

— Jung spunea că femeile frumoase sunt o sursă de groază. Că, de regulă, o femeie frumoasă e o mare dezamăgire.

Anna a fluturat indiferentă din mână.

Atunci, Doktor Messerli a întrebat:

— Când vei avea destulă încredere în mine încât să-mi spui totul?

Anna s-a studiat în oglindă. Nu era nici prea înaltă, nici prea scundă, nici prea grasă, nici prea slabă. Părul îi cădea în șuvițe lejere, dar ciufulite, până la umăr. Era de culoarea pământului uscat și îi albea pe frunte (și-l vopsea). *Ce văd la mine bărbații?* Nu era modestă. Chiar nu știa.

Și-a coborât și mai mult privirea pe corp în oglinda de la baie, încă un minut, apoi s-a întors la curs.

În clasă, Roland explica declinarea adjectivelor. Anna și-a luat notițe și a încercat să urmărească. *Declinarea adjectivelor. De parcă ar fi o ceașcă de ceai. Nu, mulțumesc, am băut destul.* A trecut prin toate descrierile relevante. Singură. Mediocră. Influențabilă. Ușoară. Speriată. *Nu, nu, m-am servit deja cu destul din fiecare.*

Dar declinarea, așa cum o explica Roland, avea legătură cu claritatea. Construirea unei propoziții în așa fel încât funcția fiecărui cuvânt să fie lipsită de ambiguitate, imposibil de înțeles greșit. Să clasifici unitățile lingvistice după scopul acestora, să fixezi toate cuvintele în construcția lor sintactică printr-o silabă constantă, finală, ca un fluture prins pe un panou. *Acesta este un subiect masculin, acela este obiectul lui feminin.* Anna a zâmbit mulțumită de sine. Era uniforma gramaticală a unui cuvânt. *Insigna polițistului. Coroana regelui.*

Inelul de aur al soției.

Roland mormăia.

— Ich fahre ein blaues Auto.

Anna lua notițe, cu gândul aiurea; mâzgălea săgeți și cruci și desena trist fețele unor femei cu ochi melancolici pe marginile caietului de exerciții. Nu exista niciun motiv pentru care ziua aceasta să fie așa de dificilă.

Roland a continuat:

— Ich fahre ein blaues Auto. ABER — ich fahre das blaue Auto. Vă dați seama de diferență?

Anna își dădea seama. Era diferența dintre „un" și „-ul".

Separația dintre „general" și „specific".

Abisul vast și monoton ce desparte „acesta, anume" de „unul dintre mulți".

Discrepanța care separă oricare doi „el". Nu era nevoie să i se atragă atenția asupra acestui lucru.

Nu, nu. Am luat destul. Mulțumesc. E de ajuns.

Mai târziu la Kantine, Anna a stat cu Archie, Mary, Nancy din Africa de Sud și Ed, care era din Londra. Vorbitorii de engleză formau un grup. Cine se aseamănă se adună; căutăm ceea ce ne este familiar, exact cum a spus Doktor Messerli. Asiaticii stăteau în spatele lor, separându-se și ei. Iar cuplul de australieni, franțuzoaica și doamna din Moscova se rupeau și ei de grup din motive personale — să iasă în curte și să fumeze. Pe sub masă, Archie și-a plimbat o mână pe piciorul Annei. Ea și-a băut cafeaua fără să clipească sau să se foiască pe scaun. Ed îi vorbea la ureche lui Archie despre politică, în timp ce Mary o întreba pe Anna despre copiii ei. Nancy trecea de la o conversație la cealaltă, interesată mereu de altceva.

Anna i-a povestit un vis doctoriței.

Un fotograf vrea să mă fotografieze. Studioul lui este din gresie. Nu sunt ferestre. Camera e o cutie închisă. Îmi cere să-i arăt actul de identitate. Nu am decât Ausweisul. *I-l arăt, dar, cine știe de ce, nu este bun.*

Doctor Messerli a început cu generalități.

— Nu există reguli clare în interpretarea viselor. Nu-ți pot spune punct cu punct semnificația fiecărui simbol. Mesajul visului depinde de asocierile pe care le face cel care visează. Dar există niște linii directoare. Fiecare om se visează de fapt pe sine. Fiecare om care ne apare în vis este o manifestare a unui aspect al psihicului. Fiecare personaj, o reflexie a propriei naturi subconștiente.

Anna s-a încruntat, dar a dat din cap.

Lovindu-și ceasul, Roland le-a făcut semn să se întoarcă la curs. Toată lumea s-a ridicat, luându-și cafeaua și ceaiul, farfurioarele și lingurițele care Annei îi aminteau mereu de farfuriile de jucărie cu care se juca în copilărie, de seratele și petrecerile pe care le dădea pentru doamnele-jucării de pluș. Anna a încercat să-și aducă aminte cum e să ai cinci ani. Apoi a încercat să-și amintească felul în care își imagina la cinci ani că va arăta la treizeci și șapte de ani. Versiunea sa de cinci ani nu putea înțelege așa ceva. Era un viitor prea îndepărtat să însemne ceva pentru o fetiță atât de mică.

Pe hol în fața liftului, Archie i-a reținut Annei atenția și apoi a mimat cuvântul *scări,* după care a pornit drept spre ieșirea de incendiu. *De ce nu?* s-a gândit Anna și apoi a lăsat liftul să se umple, fără ca ea să se suie. Mary i-a făcut semn că e destul loc, dar Anna a clătinat din cap și a spus: „Nu-i nimic", și în timp ce ușile liftului se închideau, a intrat pe casa scării. Archie stătea pe palier deasupra ei.

— Mi-a fost dor de tine.

Archie a prins-o pe Anna, a strivit-o între el și peretele din beton și a sărutat-o. S-au sărutat timp de treizeci de secunde intense, până când Anna l-a împins, au urcat împreună pe scări și s-au întors în clasă.

Să nu-ți fie dor de mine, Archie, s-a gândit Anna. *E o prostie.* Părea o nesăbuință, improbabil, nepotrivit, o invadare a spațiului personal. Anna înțelegea această neconcordanță. Dintre toate lucrurile insultătoare sau nepotrivite din relația lor, dorul lui de ea (sau chiar simplul fapt că spunea acest lucru) era cel mai puțin deplasat.

Roland a predat conjugarea.

În după-amiaza aceea, Anna și Archie au făcut dragoste pe fugă, încheind aproape înainte să înceapă. Glenn avea o întâlnire în Berna; era rândul lui Archie să se ocupe de magazin. S-au grăbit amândoi să se îmbrace. Anna avea să-și revină în tren.

Pe hol, Archie a arătat spre puloverul ei; îl luase pe dos. Pata de cafea era mai aproape de corp. Anna nu s-a deranjat să se întoarcă în apartament. În mijlocul holului comun, public, și-a scos puloverul, l-a pus bine și s-a îmbrăcat din nou. Un minim gest de nonșalanță. *Să nu-ți fie dor de mine, Archie.* S-a gândit din nou. *Nici să nu-ți treacă prin cap.*

Anna a mers pe jos până la Stadelhofen și a ajuns la două minute după ce S3 a plecat în direcția Dietlikon. Stadelhofen este a doua gara din Zürich după numărul de pasageri și cea aflată cel mai aproape de apartamentul lui Archie. La ora aceea, gara era aglomerată. Anna se simțea recunoscătoare că erau așa de mulți oameni. Nu voia atenție. A cumpărat un covrig de la un vânzător și s-a așezat în capătul nordic al peronului 2, neavând prea multe lucruri de făcut, decât să mediteze.

E alarmant de simplu să comiți un adulter. O adâncitură delicată în bărbie, un zâmbet. E nevoie de așa de puțin. Înclină capul. E agitație în aer. Percepția îți pâlpâie. Strădania e simplă. Cedarea e tăria ta. Încuviințarea, punctul tău forte. Cedezi câte puțin în fiecare zi. Nu ai nicio intenție. Nu te opui.

Doar vârful, s-a gândit Anna. *Și doar de data asta. Dar nu e niciodată doar vârful.*

Anna a mâncat trei sferturi de covrig și apoi a aruncat restul.

Deși afirmase contrariul, Doktor Messerli a continuat cu interpretarea visului Annei.

— Fotografia este reflectarea exactă a feței unui om. După cum se spune, aparatul foto nu minte. Dar nu te fotografiază pentru că nu dovedești cum ești. Îi dai un act de identitate, id-ul tău, dacă vrei — dar nu e bun. Cartea de identitate elvețiană nu este de ajuns. Pentru că tu nu ești elvețiancă și sunt puține lucruri cu care te identifici din țara asta. Casa lui e din nisip. Nu este sigură structural. Clădirea s-ar putea prăbuși în jurul tău în orice clipă. În absența ferestrelor, studioul lui este întunecos și înăbușitor. La fel e și natura inconștientului.

La cina din seara aceea, Anna le-a pomenit lui Bruno și băieților de invitația lui Mary.

— Im Ernst? Încântarea lui Bruno a surprins-o. Serios? Avea un glas vesel. Bruno era înnebunit după sport. Fotbal, tenis, hochei, toate îi plăceau. Îi dusese de multe ori pe băieți la Hallenstadion să-i vadă jucând pe ZSC Lions. Sigur că auzise de Tim Gilbert.

— Ce tare, Anna! Pe Anna o încânta bucuria autentică a lui Bruno. S-a ridicat de la masă, s-a aplecat, i-a înclinat Annei bărbia spre a lui și i-a oferit un sărut scurt, dar generos. Merci vielmal, Anna.

În seara aceea, Anna i-a telefonat lui Mary și au făcut planuri pentru vinerea următoare.

— E prima oară când luăm cina cu prieteni de când ne-am mutat, a spus Mary.

Anna nu și-a putut aminti imediat când avusese familia Benz invitați ultima oară.

La următorul curs, Roland a predat o lecție despre „prieteni falși", cuvinte germane care seamănă cu cuvinte din engleză, dar al căror sens diferă foarte mult. *Bad*, de exemplu, nu înseamnă „rău", ci „baie". Iar *fast* nu înseamnă „repede", ci „aproape". *Lack* înseamnă „vopsea", nu „lipsă".

Și das Gift[5], își amintea Anna, *este cuvântul german pentru* „otravă".

Anna a întrebat-o pe Doktor Messerli dacă exista o legătură între cuvântul „traumă" din engleză și *der Traum*, cuvântul german pentru „vis".

— Există întotdeauna o legătură între visele și rănile noastre.

---

5 În limba engleză, cuvântul *gift* înseamnă „cadou".

După cursul de marți, Anna a mers din nou acasă la Archie. A dus-o în dormitor și a spus simplu: *Porți mai multe haine decât îmi convine mie,* apoi a împins un năsturel prin mica butonieră și apoi încă unul, iar când Anna a rămas fără cămașă, i-a lins mica scobitură din capătul sternului și i-a strecurat mâinile în chiloți, în timp ce Anna ceda în fața mugurelui rozaliu, înflorit, al erecției lui.

Dar în după-amiaza următoare, Mary a forțat-o pe Anna să meargă împreună la cumpărături.

— Vreau o rochie nouă. Facem o fotografie de familie săptămâna viitoare. Pentru felicitările de Crăciun. Am nevoie de ajutor. Eu nu mă pricep la modă. Încă o dată, Anna s-a simțit destul de prinsă în capcană încât să cedeze.

— Fac chiar și cinste cu prânzul...? A continuat Mary înflăcărată.

Anna a sugerat să încerce la Glatt, un mall enorm în stil american din Wallisellen, la un oraș distanță de Dietlikon. Acolo se găseau cel puțin o duzină de magazine exclusiviste pentru doamne și câteva malluri. Glatt este numele unui afluent al Rinului care curge prin Zürcher Unterland. De asemenea, înseamnă „lin" în germană.

— Glatt, a spus Mary, lungind silaba „at". E așa de grosolan!

Pe drum, Mary a vorbit cel mai mult. Anna asculta, dar nu contribuia cu nimic la conversație. Mary era neexperimentată și însetată. Dar naivitatea îi era temperată de o bunătate statornică, căreia până și Annei i se părea greu să i se opună.

— Chiar nu ai prieteni în Zürich, Anna? Nu ai prietene apropiate?

Anna a mărturisit tristul adevăr.

— Nu. Nu chiar.

— Aveți prieteni comuni, tu și Bruno?

Edith Hammer trecea drept prietenă. Un fel de prietenă. Soțul lui Edith, Otto, era colegul de serviciu al lui Bruno. Anna și Edith aveau un singur lucru în comun: amândurora le era scris să iubească un elvețian. Mai în vârstă decât familia Benz, de două ori mai bogați decât aceasta, soții Hammer aveau iaht și două fiice gemene adolescente. Locuiau în Erlenbach, pe malul estic al Zürichsee, acea superbă întindere cunoscută drept Goldküste, Coasta de Aur. Edith era arțăgoasă, conștientă de nivelul ei social și pe deplin îndreptățită, fără lipsă de menajamente. Avea o opinie despre orice. Când Anna a pomenit de cursurile de germană, Edith a pufnit disprețuitoare și și-a luat un aer indiferent. *De ce să-ți bați capul? Oricum, aici toată lumea vorbește engleză.*

— Nu chiar, a răspuns Anna la întrebarea doctoriței.

Mallul a copleșit-o pe Mary. Își frângea mâinile și bâiguia, în timp ce se uitau la rafturile magazinelor mai luxoase. Dar gusturile lui Mary nu erau prea sofisticate și, în cele din urmă, au ajuns la un H&M, unde Mary a găsit o rochie largă din lână neagră, pe care Anna nu și-ar fi ales-o pentru ea, dar care de fapt i se potrivea lui Mary. Mary și-a încheiat cumpărăturile cu o pereche de ciorapi în dungi, iar dintr-un impuls de moment, Anna și-a luat un set alcătuit din sutien și chiloți de satin, de culoarea prunei.

— Lui Bruno or să-i placă le nebunie, Anna!

După aceea, au poposit într-o cafenea din centrul mallului. Mary a comandat o supă, iar Anna a cerut doar o sticlă de Rivella, băutura carbogazoasă elvețiană, din zer. Mary a vrut să guste și ea. Anna a avertizat-o că s-ar putea să nu-i placă. Și nu i-a plăcut. E nevoie de timp să ajungă să-ți placă o băutură carbogazoasă pe bază de lapte.

Cele două au stat fără să vorbească timp de două minute apăsătoare, după care Mary a spart tăcerea:

— Ție ți se face dor de casă, Anna?

Era greu să răspunzi la o asemenea întrebare. Anna nu mai revenise niciodată în America de când plecase. Nu-i lipsea nimic de acolo așa de mult încât să vrea să se întoarcă. Dar niciodată nu se simțise ca acasă în Elveția,și niciodată nu avea să se simtă.

— Nu.

5

Când a venit ziua de vineri, familia Benz a mers cu mașina în Uster să ia cina cu familia Gilbert. Uster e un sat aflat la treisprezece kilometri de Dietlikon, pe malul estic al Greifensee, al doilea lac ca mărime din *Kanton*-ul Zürich.

— Arăți foarte bine, i-a spus Bruno Annei, în timp ce mergeau pe aleea ce ducea spre casa lui Tim și a lui Mary.

Bruno pronunța v-urile în engleză ca pe w: wery nice, waulted ceiling, wampire bat[6]. Așa pronunță majoritatea elvețienilor. Uneori mai greșea și spunea Wictor. Efectul amabilității lui Bruno era fermecător și neașteptat. Nu era irascibil tot timpul — nimeni nu este. Dar toată lumea are anumite porniri, iar a lui era să fie iritabil.

Mary s-a prezentat, apoi i-a prezentat pe Tim, pe fiica lor Alexis și, în cele din urmă, pe fiul lor Max. Anna, la rândul ei, i-a prezentat pe Bruno, pe Victor și pe Charles. O lăsaseră pe Polly Jean cu Ursula.

Familia Benz adusese cadouri. Anna le-a făcut semn cu cotul băieților. Charles i-a dat lui Mary o cutie cu

---

6 Foarte drăguț, tavan boltit, liliac-vampir (*N.tr.*).

praline Lindt, iar Victor, o sticlă de lichior de vișine. Mary le-a mulțumit, dar i-a asigurat că nu trebuia.

— N-am fi fost niște elvețieni adevărați dacă veneam cu mâna goală, a răspuns Bruno.

Grupul s-a mutat în salon, unde Mary le-a oferit de băut. Vorbea cu un accent cadențat autentic, în timp ce le turna bere bărbaților și vin dulce ei și Annei. Copiii au trecut neobservați, până când Mary i-a spus lui Max că el și Charles erau de-o vârstă și că poate Max ar vrea să-l ducă pe Charles în camera lui să-i arate trenulețele. La această sugestie, au luat-o la fugă.

— Alexis, a continuat Mary, ce-ar fi să te duci și tu cu Victor sus?

Alexis era cu un an mai mare decât Victor. Niciunul dintre ei nu voia să se joace cu celălalt. Dar Alexis avea jocuri video și, în lipsă de altceva, acestea sunt întotdeauna o idee bună, așa că cei doi copii au ridicat din umeri și s-au urnit pe scări.

Adulții s-au așezat: Bruno și Anna pe o canapea, Tim pe un scaun cu speteaza dreaptă, iar Mary pe podea, la picioarele lui. Anna i-a oferit locul ei, dar Mary a pufnit, explicând că se simțea bine acolo. Pentru cel puțin a treia oară, Mary a menționat că soții Benz erau primii lor oaspeți de când se mutaseră.

— Zum Wohl! a spus Bruno, ținând un toast.

Și așa a început seara.

Anna a sorbit din băutură și a cercetat împrejurimile. Salonul era o cameră intimă, care părea surprinzător de locuită, deși familia stătea de puțin timp acolo. Pe pereți se înșiruiau rafturi cu cărți. În general erau romane de mister, ficțiune, cărți pentru copii și enciclopedii, cărți de bucate și câteva volume de psihologie practică, instantanee înrămate. Fotografii de familie umpleau golurile în care nu erau cărți, printre care și ceea ce Anna a dedus că era portretul de la Crăciunul trecut. Membrii familiei Gilbert purtau toți pulovere de culoarea merișoarelor. Patru fețe zâmbitoare în fața unui peisaj de iarnă încremenit. Familia Benz nu făcuse niciodată o fotografie de Crăciun.

— Cât de des înșală aparențele, Anna! Anna nu avea nevoie de Doktor Messerli să-i spună acest lucru. Când s-a mutat în Dietlikon, Anna a observat că pe multe ferestre erau lipite abțibilduri decorative cu păsări mari, negre, stilizate. Probabil că e un obicei de-al locului, s-a gândit ea. O tendință în design. Așa fac oamenii în Elveția, a presupus ea. Au trecut câteva luni — poate un an — până să realizeze că abțibildurile serveau scopului practic de a împiedica păsările în carne și oase să se lovească de geam. Nu trăise niciodată într-un loc în care, de obicei, păsările se loveau de geamuri.

A recunoscut acest lucru față de Bruno când și-a dat seama de greșeala ei. Iar el a râs vreo zece minute. Era cea mai bună glumă pe care o auzise în săptămâna aceea, a spus el. Anna a fost indignată, apoi jenată, apoi umilită. Cât de măruntă se simțea, și de proastă! A început să plângă.

— O, Anna, a spus Bruno, deși nu s-a oprit din râs. Te iubesc foarte mult, femeie prostuță. Apoi s-a aplecat și a sărutat-o pe cap, pe obraz, pe buze, pe nas. Foarte mult, femeie groaznic de prostuță. Nu mai spusese niciodată ceva așa de tandru până atunci. Încă râdea pe când pleca. Foarte mult, femeie groaznic de prostuță.

Nu erau păsări adevărate. Și el nu era deloc răutăcios. Erau versiuni ale unor păsări. Iar Bruno se purta, în acel moment, afectuos, în singurul fel în care știa el.

Bruno și Tim erau prinși într-o discuție despre echipele din Liga Națională Elvețiană. Anna a ascultat până când Mary i-a sugerat să meargă cu ea în bucătărie. Au primit aprobări automate din cap de la soții lor, care, în rest, nu și-au întrerupt pălăvrăgeala.

În bucătărie, Mary i-a făcut semn să stea la o masă înaltă dintr-o parte, flancată de câteva scaune de bar cu spetează. Anna recunoștea setul. Era sosit direct din depozitul IKEA.

— Ia loc, Anna.

Anna s-a așezat. Mary deschidea uși: de la frigider, cuptor, cămară. Mary se simțea ca acasă în bucătăria ei, o bună gospodină, veselă ca un cintezoi. Mary fredona în timp ce amesteca, sota și gusta. Era o femeie drăguță, dar cumva simplă și păstoasă, o mamă canadiancă dintr-un loc uitat de lume. Purta haine practice; avea părul aranjat într-un stil sobru și era machiată foarte discret. *De obicei, soțiile jucătorilor de hochei nu sunt mai țipătoare? De regulă nu au mai mult stil?* Anna nu a văzut nimic lipsit de modestie la ea, la bucătăria, la casa, la familia ei. Anna a pus acest lucru pe seama pragmatismului tipic din Manitoba al soților Gilbert. Mary era cu patru ani mai tânără decât Anna. Acest lucru îl descoperiseră în săptămâna aceea, în timpul unei pauze.

Vestea rănise vanitatea Annei. *Oare chiar așa par, o mamă de familie?* În acea după-amiază, mai târziu, în apartamentul lui Archie, cu sânii goi și călare pe el, Anna l-a întrebat dacă lui așa i se părea, avertizându-l mai întâi să se gândească bine înainte să răspundă. El a jurat pe osemintele unui erou scoțian de care Anna nu auzise niciodată că *nu* i se părea așa. Anna s-a simțit puțin mai bine.

— Bruno pare foarte de treabă, Anna. Iar copiii — Doamne! — sunt o comoară!

Anna a sorbit îndelung din pahar și a mormăit ceva de genul *A părea și a fi sunt veri, nu gemeni.* Bruno chiar se purta adorabil și fermecător. Dar era o noapte dintr-o mie.

— Mă bucur că ai venit, a spus Mary, iar tristețea a răzbătut din cuvintele ei ca apa printr-un tifon. Ceilalți bărbați din echipă au soții elvețience, și încă nu o cunosc pe niciuna dintre mamele copiilor de la școala lui Max și a lui Alexis. Știu că o să cunosc oameni și o să-mi fac prieteni până la urmă. Toată lumea e destul de amabilă. Dar rece, știi?

Anna i-a spus că știa.

Mary a scos friptura din cuptor și a pus-o pe un platou. Anna s-a ridicat s-o ajute, dar Mary a spus:

— Nu, nu, mă descurc. Anna s-a așezat din nou pe scaunul de bar. Anna, a început Mary. După cât timp ai simțit că aici ți-e locul?

Vocea ei se agăța de speranța că Anna avea să răspundă: *Nu prea mult.*

Dar nu acesta era răspunsul ei.

— Ah!

Anna a bătut în retragere.

— Mary, de fapt nu e chiar așa de rău, a mințit ea. E doar un mediu mai rece. O să prinzi mersul. O să-ți găsești locul. E bine că te-ai înscris la cursul de germană. Eu am așteptat prea mult, nouă ani.

— Dar, Anna, tu știi cel mai bine germană din toată clasa.

— Sunt singura care trăiește în Zürich de mai mult de câteva luni, a corectat-o Anna.

Mary a luat friptura și a făcut semn cu cotul spre un bol cu salată. Anna l-a luat și a venit după ea în sufragerie.

— Mă bucur așa de mult că ne-am cunoscut, a spus Mary. Hai să mergem undeva săptămâna viitoare, după curs. Nu contează unde. Mă bucură să am cu cine sta de vorbă. Se pare că și pe Tim.

Mary a făcut un semn spre salon, unde Tim și Bruno stăteau pe scaune, concentrați. Bruno folosea măsuța de cafea drept masă de scris și mâzgălea ceva pe o bucată de hârtie zdrențuită pe margine, ruptă dintr-un caiet cu spirală. Anna a bănuit că dădea sfaturi financiare.

— E gata masa! a strigat Mary, iar Max și Charles au dat buzna pe scări.

I-a strigat din nou pe Victor și pe Alexis. Ei se ciorovăiau al cui era rândul să se joace.

Max era în bucătărie, în drum.

— Dragule, te rog să te dai din drumul mamei.

Max țopăia de colo colo.

— Mămico!

— Ce e, dragul mamei?

Mary și-a ocolit fiul, în timp ce ducea o carafă cu apă în sufragerie.

— Charles mi-a spus un secret!

Anna s-a uitat la Charles, care se făcuse mic în cadrul ușii, având un aer rușinat.

Mary a observat și ea neliniștea lui Charles.

— Max, dacă e secret, nici măcar nu poți să spui așa ceva. Da? Du-te să te speli pe mâini!

Max l-a înșfăcat pe Charles și s-au dus amândoi în fugă să se spele.

Anna voia — aproape cu disperare — să știe care era secretul.

— Ai secrete față de mine, a acuzat-o Doktor Messerli.

Anna a întrebat dacă ea realizează că secretul bancar e o invenție elvețiană din secolul al XX-lea.

— Există o diferență între secret și intimitate.

— Da? Și care ar fi aia?

Era un răspuns defensiv.

Doktor Messerli a clătinat din cap și a scris ceva în caietul ei.

Cu vreo cinci minute înainte de finalul cursului de vineri, Anna își ridicase ochii din caiet și-l văzuse pe Archie uitându-se la ea peste masă. El a ridicat dintr-o sprânceană. Anna a înțeles invitația tacită. A făcut o față pe care spera că el o interpretează drept *Discutăm după curs*. Cinci minute mai târziu, după ce Roland și-a încheiat lecția, iar Anna a mai asigurat-o pe Mary o dată că știe cum să ajungă la ei acasă și că da, or să ajungă la timp, și după ce în sfârșit Mary s-a dus să ia trenul și restul clasei s-a împrăștiat, Anna a pornit spre tramvaiele de la Sternen Oerlikon și, fără nicio încuviințare verbală, l-a condus pe Archie spre numărul zece. Au urcat împreună.

Anna s-a așezat la fereastră; privea străzile cenușii ale orașului trecând scrâșnind pe lângă ei, în timp ce tramvaiul se năpustea spre sud, spre centru. Era o zi monocromă. Se potrivea cu starea ei.

Tocmai trecuseră pe lângă campusul Irchel al Universității din Zürich, când Archie s-a aplecat, și-a apropiat buzele de urechea Annei și i-a șoptit ceva porcos:

— Vreau să ți-o trag în gură. Anna nu a răspuns nimic. El a așteptat un moment, apoi a spus din nou:

Când mergem la mine, o să ți-o trag în gură. Mă auzi? La Milchbuck, două măicuțe cu fuste cenușiu-închis și văluri asortate de lungime medie au urcat în tramvai și s-au așezat exact în fața Annei și a lui Archie. Anna s-a făcut roșie ca racul. Archie a ignorat orice urmă de bună-cuviință. Îți place în cur? Vrei să-ți bag scula în cur? Una dintre măicuțe s-a foit pe scaun. Archie a pufnit. O să te lovesc la cur cu scula mea groasă și tare.

Anna s-a întrebat dacă măicuțele vorbeau engleză.

Cu cât se apropia mai mult tramvaiul de Central, cu atât deveneau mai explicite detaliile partidei de sex care urma. O să ți-o trag în cur. O să-ți bag degetul în cur. O să te lipesc de zid, Anna, jur. O să te aplec pe masă și o mă șterg pe față cu păsărica ta. A doua măicuță s-a întors, dar s-a uitat dincolo de ei. Archie a rânjit. Anna nu-și dădea seama ce-l excita — limbajul vulgar, natura agresivă a cuvintelor, sau faptul că-i auzeau și alții. Nu-l cunoștea atât de bine încât să poată presupune măcar.

Archie a continuat și când au coborât din tramvai. *O să te leg de pat. O să-ți leg încheieturile. O să te leg la ochi. O să-ți bag o cârpă în gură.* Mergeau cu pas iute, Archie o conducea pe Anna prin mulțime ca un soț, cu palma pe spatele ei înclinat, împingând-o ușor. *O să-ți ling clitorisul până se umflă ca o prună, femeie.* Până să ajungă la Altstadt, ce voia el să obțină a început să dea roade. Anna era excitată, avea pulsul ridicat și începea să o cuprindă amețeala, aproape gata să-l lase să facă tot ce jura să facă.

Dar nu erau decât vorbe. În ziua aceea au făcut sex necomplicat, deși rebel. Când au ajuns în apartamentul lui, erau amândoi așa de tulburați, încât niciunul nu s-a mai deranjat să-și dea jos cămașa — Archie nici măcar nu și-a scos geaca. A căzut pe spate pe canapea și a așezat-o pe picioarele lui goale. Ea l-a încălecat și el a deschis-o cu degetele. Anna era udă; Archie a alunecat ușor înăuntru. A prins-o de șolduri ca de mânere și a pistonat tare în sus și-n jos. Ea nu și-a dat seama cât de tare o strânsese până a doua zi, când era în duș și a văzut micile pete mov, unde își înfipsese el degetele.

— Mă doare.

Era o afirmație; nu protesta. Archie a mormăit într-un fel care Annei i-a sugerat că aproape a terminat, ceea ce era adevărat. A ieșit așa de repede, încât aproape că a împins-o de pe el. A ejaculat vijelios, pe abdomenul ei. Avea sânge pe penis. Mult sânge, o nuanță lucioasă de roșu, culoarea indicatorului de stop, lumina intermitentă de avarie.

— Iisuse!

Era peste tot. Pe penisul lui, pe coapsele ei, în poala lui, pe canapea. Lucea în părul ei pubian și i se scurgea dincolo de genunchi desenând o dâră pe jumătatea gambei. Rahat! Sângele l-a scuturat pe Archie din orgasm. Nu aveau prosop, așa că el și-a scos șoseta și i-a dat-o.

— Îmi pare rău, a spus Anna aproape în lacrimi.

Archie a râs ușor, în timp ce Anna se ștergea. Toată violența din glasul lui fusese înlocuită de o prietenie jovială, aproape camaraderie și grijă față de starea Annei.

— Nu trebuie să-ți pară rău — mie ar trebui să-mi pară rău. I-a făcut cu ochiul. N-am vrut să te crăp. I-a făcut iar cu ochiul și a zâmbit ștrengar. Nu alesese bine momentul. Asta sugera expresia Annei. Archie și-a îndreptat atenția spre nefericirea ei. N-ai pățit nimic, nu?

Anna a încuviințat din cap, trăgându-și nasul. I se mai întâmplase, sexul sălbatic îi declanșase sângerarea, iar țesutul buretos lăsase cale liberă menstruației. Nu era tocmai vina lui. I-ar fi venit oricum ciclul, dar cel mai probabil nu în după-amiaza aceea și categoric nu pe canapeaua lui.

— Nu e cazul să-ți fie jenă.

Archie încerca să fie amabil. Nu trebuia. Annei i se părea arogant. Nu-i era deloc jenă. *De ce o fi crezut asta?* Dar *ceva* tot simțea. Dar încă nu putea spune exact ce. Și-a tras iar nasul și și-a șters coapsele cu șoseta. Archie a dat din cap spre baie.

— Du-te să faci un duș. Eu îți pregătesc ceva de băut. Ce fată cuminte!

Anna s-a adunat, și-a strâns hainele, geanta și a intrat împiedicat în baie, cu șoseta între picioare, iar acum sângele îi curgea șiroaie prin interiorul ambelor coapse. A găsit un prosop pe suport și un tampon în geantă. S-a curățat repede, s-a îmbrăcat și i-a spus lui Archie că nu are timp să stea la un pahar.

— Trebuie să plec, a spus ea, în timp ce ieșea pe ușă.

Lăsase prosopul și șoseta încă murdară de sânge în chiuvetă.

— En guete! a spus Bruno înainte de prima îmbucătură.

Mary l-a întrebat ce înseamnă, iar el a explicat că așa spun elvețienii „poftă bună". Mary era o bucătăreasă excelentă și cina ei a fost bine primită de toți. Conversația a rămas prietenească și jovială. Tim i-a spus lui Mary că Bruno îi dăduse sfaturi legate de investiții.

— Ah, bine!

Vocea lui Mary părea sinceră.

Bruno a zâmbit respectuos.

— Cu asta mă ocup. Asta mi-e meseria. Mă bucur că pot ajuta.

Copiii s-au purtat frumos, deși o clipă Victor s-a bosumflat; nu voise să se joace cu o fată. Nu voise să vină deloc. Anna s-a încruntat la el și Victor s-a apărat ca de obicei îmbufnându-se, a mormăit ceva că avea o mamă rea și i-a ordonat să nu se mai uite la el.

— Victor!

Vocea lui Bruno avea o notă de avertisment, iar Victor a răspuns cu un aproape inaudibil *Da, să trăiți* sau *Jo,* Anna nu-și dădea seama. Nu conta. Bruno era destul de agreabil în noaptea aceea, încât să-i ia apărarea. Ea era bucuroasă. Max și Charles au râs la câteva glume numai de ei știute, purtându-se ca cei mai buni prieteni. Alexis stătea și mânca. Afișa un aer neutru, îngăduitor. Docilă, dar rece. Nu tocmai pasivă, dar nici altfel. Anna recunoștea expresia aceea și a avut o pornire compătimitoare. *O cunosc pe fata asta,* s-a gândit Anna. *Am fost și eu ca ea.*

— Fața pe care o porți ca adult este o mască creată în copilărie, să se potrivească.

Sunt multe feluri de măști, s-a gândit Anna. *Măști de teatru și măști de Halloween și măști chirurgicale și măști pentru scrimă și măști pentru scafandri și măști de lupte și măști de schi. Măști de sudură și măști ca o cușcă, legături pentru ochi și măști domino. Și măști mortuare.*

Doktor Messerli a continuat:

— Fiecare mască devine o mască mortuară când n-o mai poți pune sau scoate după plac. Când se adaptează la contururile feței tale psihice. Când confunzi imaginea pe care o afișezi cu sufletul tău. Când nu mai faci diferența dintre cele două.

S3 s-a zguduit brusc când *Bahnhof* Dietlikon și-a făcut apariția. Era din cauza construcției căii ferate și se întâmpla de fiecare dată când trăgea trenul din Stettbach. Nu conta cât de des se întâmpla; pe Anna întotdeauna o făcea să tresară. Anna ocupa un loc la fereastră; avea capul sprijinit de geam când trenul a făcut obișnuita mișcare bruscă. S-a lovit la cap și a scos un scâncet. Un adolescent care stătea vizavi de ea a râs pe înfundate. Avea o față rea, grosolană. S-au privit în ochi trei-patru secunde apăsătoare, după care i-a sunat *Handy*-ul și și-a desprins privirea. A răspuns, s-a ridicat și s-a dus pe un alt șir de bănci. Dintre toate evenimentele din ultima oră, acesta o jena cel mai mult pe Anna.

Anna a rămas în tren. Când plecase din apartamentul lui Archie, simțise nevoia să se alinte, să facă ceva ce-și dorise dintotdeauna, dar pentru care nu-și făcuse timp niciodată: să meargă până la capătul liniei, în ambele sensuri. În acest caz, la Wetzikon, ultima stație estică a S3, după aceea înapoi de unde venise din Aarau, capătul vestic al orașului, apoi să se întoarcă la Dietlikon. Călătoria avea să-i ocupe toată după-amiaza. *Nu știu de ce. Pur și simplu, așa vreau. Contează?* s-a certat Anna pe sine. I-a telefonat Ursulei din Stadelhofen, și-a cerut iertare, i-a spus că uitase că mai programase o ședință în după-amiaza aceea și a promis că avea să se revanșeze. Nu era pe de-a-ntregul o minciună; Doktor Messerli spusese o dată, de douăzeci, de o sută de ori: *Analiza are loc fie că psihanalistul e de față, fie că nu.* Cina la soții Gilbert avea loc abia în seara aceea. Avea timp.

Era agitată după partida de sex. *Nu,* s-a gândit Anna, *vulnerabilă*. Nicio femeie nu se vede sângerând fără să-și amintească astfel că tot ce o ține laolaltă nu este decât pielea și o serie de membrane subțiri, vasculare. Iar lumina strălucitoare, primitivă a zilei făcea ca sângele să pară și mai înfiorător. Nu o jenase. O *expusese*. Pălăvrăgeala precoitală a lui Archie nu ajutase. O neliniștea cât de repede ceda la insistența lui, la șoapta lui poruncitoare. Dar vulnerabilitatea este un magnet care atrage întotdeauna agresiunea. Unele slăbiciuni imploră să fie înșfăcate.

Anna și-a petrecut călătoria cu trenul prinsă în cicluri alternative de explorare de sine, furie și liniște. Sesiza metafora. *Pasager. Pasiv. Nu sunt inginerul vieții mele. Pe drumul cel bun sau pe lângă. La asta mă pricep.* Anna nu putea să nu zâmbească la aceste jocuri de cuvinte inspirate.

În analiza ei cea mai recentă, Doktor Messerli a insistat ca Anna să mediteze la sursa pasivității ei. Ce credea Anna că stă la rădăcina problemei? Știa? Se gândise vreodată la asta? Anna încercase să mintă. *Sigur că m-am gândit.* Dar nu se gândise. Nu prea bine. Era doar un lucru pe care îl știa despre sine. Nimic mai mult. Ce altceva mai putea fi? Doktor Messerli i-a lansat provocarea, i-a spus că nu, nu se gândise la asta, nici profund, nici superficial. Căci dacă s-ar fi gândit, ar fi văzut ce vedea și ea.

— Pasivitatea nu este boala. Este simptomul. Complicitatea nu e decât unul din multele tale talente bine puse la punct. Când îți convine, sfidezi cu foarte multă pricepere.

Anna a luat afirmația ca pe un afront și, parcă pentru a contrazice adevărul concluziei doctoriței, a acceptat-o fără să riposteze. Era o copilărie, știa, dar o explicație mulțumitoare în acel moment. Când trenul Annei a ajuns la Wetzikon, a realizat că exact de acest tip de manipulare o acuza Doktor Messerli. Nu era deloc pasivitate. Era o intrigă iridescentă, un manechin creat să semene cu o femeie timidă, supusă.

— Care este sursa, Anna? Care poate fi cauza?

Anna a spus că ea crede că nu știe.

— Exact asta e. Ți-e frică, a spus Doktor Messerli, fără să mai adauge altceva.

În mare, a fost o seară plăcută acasă la Tim și Mary Gilbert în Uster.

Până la un moment dat.

Mary a plecat de la masă, apoi s-a întors cu desertul. Tim a întrebat-o pe Anna cum i se părea cursul de germană. Anna a spus:

— E în regulă, e bine, mă ajută, învăț.

Mary s-a așezat.

— Anna este eleva de nota zece a lui Roland, Bruno. Toată lumea o ascultă când vorbește. Unii chiar mai mult decât alții, dacă mă înțelegi.

Mary s-a uitat la Anna și i-a făcut cu ochiul. Pe Anna o deranjase felul în care spusese Mary „dacă mă înțelegi".

— Cum adică? a întrebat Bruno.

— Nu i-ai spus, Anna?

Anna a clătinat din cap și i-a spus lui Mary că nu știe la ce se referă.

— Nu știu la ce te referi, Mary, vorbise Anna cu o voce calmă, degajată.

— Nu fi așa de modestă! Mary i-a vorbit lui Bruno în aparteu: Anna are un admirator.

Nu, Mary, a gândit Anna.

— Ah, serios? a întrebat Bruno. În voce i se simțea puțin suspiciunea. Anna a fost singura care a remarcat. Și cine o admiră pe Anna mea?

Anna lui. Anna a spus iar că tot nu știa la ce se referă Mary.

Mary a chicotit într-un fel care, în alte împrejurări, putea fi considerat drăgălaș. În momentul acela, Annei i se părea găunos și infantil.

— Îl cheamă Archie și e adorabil cum se duce după ea, se așază lângă ea la curs. Ba chiar o și așteaptă și o conduce la tramvai în fiecare zi după curs.

— La tramvai? Tonul lui Bruno era întrebător. Tramvaiul nu merge în Dietlikon. Anna nu ar avea niciun motiv să ia zilnic tramvaiul.

— Trenul, a intervenit Anna. Vrea să zică trenul.

— Mă rog. Omul e îndrăgostit, Bruno. În locul tău, aș avea grijă!

Mary nu era guralivă. Era jucăușă.

Nu, Mary. Nu, nu, nu, nu. Dar era prea târziu.

Mary a continuat:

— Ah și e și arătos, nu-i așa, Anna?

Bătăile inimii Annei au luat-o razna; în clipa aceea, pe Anna a cuprins-o panica și era îngrozită că toată seara aceea era o cursă în care ea trebuia dovedită drept mincinoasă, adulteră și târfă.

Anna s-a înroșit. Tim a intervenit în favoarea ei.

— Mary, ne pui oaspetele într-o situație delicată.

Mary și-a subliniat tachinările cu un zâmbet sincer. Zâmbetul lui Bruno era voios. Dar Anna nu avea încredere în el.

— Bun, a spus Mary. Cine vrea o felie de prăjitură?

Copiii (printre care și Alexis) au spus la unison, înfometați: „Eu!", iar adulții au mormăit aprobator. Mary a tăiat checul cu glazură de lămâie și a servit o felie groasă fiecăruia dintre ei.

— Merci vielmal, i-a mulțumit Bruno, și toată lumea a început să mănânce. Mmm, a făcut Bruno. Sehr gut!

Și așa s-a derulat seara, râsetele au continuat, și la fel și pălăvrăgeala. Bruno a mai oferit și alte sfaturi bancare și, drept mulțumire, Tim i-a invitat pe Bruno și pe băieți la un meci cu ZSC Lions. Bruno a fluturat din mână — Tim nu trebuia să facă asta —, dar, în cele din urmă, a acceptat politicos invitația. Mary a turnat cafea, iar copiii au fost trimiși din nou să se joace la etaj. După aprecierea tuturor, cina s-a încheiat la fel de bine cum începuse.

Dar Anna văzuse când se întâmplase. Cum atmosfera dintre ea și Bruno se tensionase când Mary rostise tare cuvintele „îndrăgostit", „arătos", „admirator", „tramvai".

O să plătesc pentru asta, s-a gândit Anna.

Când a venit momentul ca soții Benz să plece, și-au dat mâna și au făcut planuri la modul general pentru „data viitoare".

— Ne vedem la meci săptămâna cealaltă, le-a strigat Tim lui Bruno și băieților.

— Ne vedem luni la curs, a strigat Mary către Anna.

Max i-a făcut cu mâna lui Charles, care i-a întors gestul. Victor și Alexis s-au despărțit neceremonios, iar familia Benz a pornit spre casă. Pe drum, băieții au tras un pui de somn.

Atmosfera era apăsătoare. Anna a încercat să facă puțină conversație.

— A fost frumos, nu?

— Cine e Archie? a mormăit Bruno.

Anna a vorbit cu grijă.

— Ah! Nimeni. Un tip din grupa noastră. Presupun că-i place de mine. Cel puțin, așa zice Mary. Nu observasem.

— Înțeleg...

Drumul a durat mai puțin la întoarcere decât la dus; curând, au ajuns acasă. Era aproape zece când Bruno a intrat pe Rosenweg, a virat brusc pe alee și a oprit pe neașteptate motorul.

— *Wacht auf*[7], a strigat peste umăr când s-a dat jos din mașină.

Băieții erau adormiți și își târșâiau picioarele. Bruno a închis ferm portiera. Anna a observat puțin ușurată că nu o trântise.

Anna a strigat după el în timp ce descuia ușa casei:

— Am uitat-o pe Polly.

Bruno le-a făcut semn să intre și le-a făcut semn să se ducă la culcare. Anna a închis portiera și a urcat repede în urma lui scările de la intrare.

Bruno a mormăit ceva ce Anna a înțeles că ar fi *Du-te și ia-o tu.*

Dura două minute să ajungă de la ușa lor de la intrare până la a Ursulei, dacă nu mai puțin. Anna nu avea nicio pornire să se grăbească. A luat-o pe un drum șerpuit, în diagonală care ducea în direcția opusă, sus, pe dealul din spatele casei. Era o potecă pe care mergea deseori; o cunoștea bine. În timpul zilei, era plină de nordici care se plimbau și de oameni care își antrenau câinii. Noaptea, era necirculată, iar câmpurile întinse păreau bântuite. Zona avea un aer misterios. Pe deal, Anna s-a simțit nemângâiată, izolată și părăsită. *Lumina lunii mă decolorează,* s-a gândit ea. *Sunt o fantomă din cimitirul săracilor.*

— Crezi în fantome? a întrebat-o Anna pe Doktor Messerli.

— Nu contează dacă tu crezi în fantome. Fantomele cred în tine.

---

[7] Treziți-vă (în orig. în lb. germană).

Anna a luat-o pe potecă, până a ajuns la o bancă din vârful dealului. Dealul acesta, banca aceasta, miezul multor, multor nopți — Anna nu putea spune de câte ori urcase poteca doar ca să se așeze. Pe ploaie, pe zăpadă. În weekend sau la jumătatea săptămânii. În nopțile de disperare cumplită. În nopțile în care aerul era groaznic sau nesimțitor. Când oribila suferință a singurătății o mușca de gât. Când peisajul și inima sa rănită făceau ce voiau cu ea. Asta era banca ei. Banca pe care venea să se așeze și să plângă. Un indicator galben pe care scria *Wanderweg*[8] arăta spre pădure. În spatele băncii, un teren împrejmuit în care erau închise vitele unui fermier. În noaptea aceea, vacile erau în grajd și Anna era singură cuc. La fiecare câteva minute, de la puțin peste un kilometru, Anna auzea un tren de noapte zguduindu-se pe șine. Unde merge? Cine e înăuntru? Doarme? E tristă? Întotdeauna o surprindea cât de clar și de aproape se auzeau trenurile, chiar și de pe vârful dealului. Simt. O femeie din tren e tristă.

Anna a așteptat lacrimile. Dar nu au venit. Cinci trenuri au trecut prin valea de dedesubt, până ca ea să se ridice și să pornească spre casa Ursulei.

În mod previzibil, Ursula a fost tăioasă când Anna a venit în sfârșit acasă în după-amiaza aceea. Anna abia salutase, când Ursula a trecut pe lângă ea și a plecat. Anna nu i-a dat importanță. Ursula avea tot dreptul să fie supărată.

Polly țipa și băieții se ciorovăiau. Anna s-a uitat la ceas — mersese cu trenul trei ore și jumătate. După prima oră, nu mai avea chef de introspecție. Și-a lăsat mintea

---

8 Potecă pentru drumeții (în orig. în lb. germană).

să se golească de gânduri. Pulsul i-a încetinit. Și-a relaxat ochii și a încercat să se concentreze pe spațiile dintre obiecte, în timp ce trenul o legăna ca o mamă. Dar casa, zgomotul, copiii, soacra ei, după-amiaza târzie și planurile de la cina din seara aceea au condus-o toate într-un punct tăios, fin, care a țintuit-o pe Anna de zidul propriei ei suferințe. Nu putea face nimic în acel moment, doar să se lase dusă de val. Așa că i-a lăsat pe băieți să se încaiere și pe Polly Jean să plângă până îi seacă lacrimile. Unele lacrimi nu pot fi șterse, doar vărsate.

Când s-a întors Bruno de la birou, fiii lui erau îmbrăcați, soția lui, machiată și Polly Jean pregătită să meargă la Ursula în seara aceea. Bruno s-a oferit s-o ducă el. Anna i-a privit de la fereastra livingului. Bruno o legăna pe șold și fluiera. Polly se oprise din plâns înainte ca Anna să termine dușul.

Ultima lecție a lui Roland din dimineața aceea fusese despre conjuncțiile subordonatoare. *Falls* înseamnă „în caz că". Iar *weil* înseamnă „pentru că".

— Nu uitați că se pronunță „vail", a spus Roland, iar Annei i s-a părut nimerit[9].

Când Roland a scris *damit*[10], clasa a chicotit.

— Da, exact ca înjurătura. Înseamnă „să", „ca să".

Apoi le-a amintit că sunt adulți și că ar trebui să înceteze cu râsetele, pentru că nu era deloc amuzant.

Anna a rămas la fereastră, ca să-i privească pleacând, pe soțul și fiica ei. Anna a stat la fereastră să vadă. A privit până au cotit și au dispărut din câmpul ei vizual.

La naiba, la naiba, la naiba, fir-ar al naibii.

---

[9] În engleză, cuvântul german *weil* se pronunță ca *vile*, care înseamnă „mârșav, detestabil".

[10] În engleză, *dammit* înseamnă „la naiba".

Anna a bătut ușor la ușa Ursulei și a deschis-o fără să aștepte să i se răspundă. În ciuda antipatiei Ursulei față de Anna, depășiseră de mult faza ceremonioasă în care mai întâi băteau și apoi așteptau ca una sau cealaltă să deschidă ușa. Anna a intrat în casă și a spus un „bună" șoptit. Ursula adormise în fața televizorului, cu lucrul de tricotat în poală. Mike Shiva, un cunoscut mediu și ghicitor în cărți de tarot, prelua apeluri în direct. Emisiunea lui era difuzată în fiecare noapte; nu puteai scăpa de fața lui rotundă ca o farfurie și de părul drept, șuvițe, dat pe spate și prins cu o bentiță ca de femeie. Annei i se părea în același timp ciudat și minunat. Un mediu părea așa de puțin elvețian, de ne-empiric.

Ursula s-a mișcat când Anna a oprit televizorul. S-a trezit cu o tresărire și, pentru o clipă, a părut că nu-și recunoaște nora.

— Am venit s-o iau pe Polly, a anunțat Anna, de parcă ar fi putut exista un alt motiv pentru care venise acasă la Ursula la o oră așa de târzie.

— Las-o în pace, a spus Ursula. Dacă o trezești, nu mai adoarme.

— Oh!

Tensiunea din mașină îi împrăștiase gândurile. Anna se simțea prost că nu-și dăduse seama singură. Sigur. Se subînțelegea. Polly avea să rămână acolo în noaptea aceea.

— Ai dreptate, Ursula. Nu m-am gândit.

Și așa era. Dar Polly Jean era o scuză la fel de bună ca oricare alta ca să scape de Bruno o vreme.

Ursula s-a ridicat, a scuturat amplu din cap, de parcă ar fi vrut să scape de ceva.

— Ăsta e unul dintre cele mai rele obiceiuri ale tale, nu te gândești.

Apoi a condus-o pe Anna la ieșire, a scos-o neceremonios pe ușă și a încuiat în urma ei, toate astea în nu mai mult de cincisprezece secunde. Anna a plecat acasă fără copilul după care venise.

— Fantomele, a continuat Doktor Messerli, nu sunt întotdeauna spiritele morților legați de pământ. O fantomă poate fi sentimentul rezidual pe care îl ai după un gest pe care l-ai făcut și din cauza căruia te simți prost. Sau gestul în sine. Ceva ce ai fost sau ai făcut și de care nu poți scăpa.

6

Două săptămâni mai târziu, într-o zi de duminică, ultima zi din lună, Anna, Bruno, Ursula și copiii au urcat în trenul de la ora 10. Mergeau la Mumpf, un oraș din Cantonul Aargau aproape de granița nordică a Elveției, unde locuiau Daniela, sora lui Bruno, și iubitul ei, David. Daniela împlinea patruzeci de ani.

Deseori, era mai practic să meargă cu trenul decât cu mașina. Astăzi, alegerea fusese decisă de împrejurări: întrucât era și Ursula cu ei, nu încăpeau toți în mașină. Singurul inconvenient al planului era că trebuiau să schimbe trenul de două ori. David avea să-i ia de la *Bahnhof* Mumpf, când ajungeau.

În InterRegio, Charles s-a așezat pe banca de la fereastră cu fața spre direcția de mers, iar Victor, cu spatele. Așa li se cerea permanent când familia mergea cu trenul, spre iritarea fiului mai mare al Annei. Charles avea stomacul sensibil și i se făcea rău de la mișcare. Faptul că stătea la fereastră îi reda echilibrul. Cum era de așteptat, la cinci minute după ce plecaseră, fața lui Charles a căpătat culoarea unei mici murături.

— Uită-te în depărtare, Schatz[11], l-a sfătuit Anna. Inspiră adânc și încet.

Asta părea să ajute.

Anna s-a așezat lângă Victor spre culoar, cu fața la Bruno care, la fel ca Charles, se așeza întotdeauna cu fața spre direcția de mers. Ursula stătea pe unul dintre scaunele de vizavi de ei, cu ochii închiși strâns, de parcă s-ar fi rugat, și cu cadoul pentru Daniela în poală. La rândul lui, Bruno o ținea în poală pe Polly Jean.

Nimeni nu întrebase niciodată. Nici Bruno, nici Ursula, nici Daniela, nici Hans, nici Margrith, nici Edith, nici Doktor Messerli, nici Claudia Zwygart, nici poștașul, nici casiera de la magazin, nici Mary, nici Archie, nimeni dintre cei care o cunoșteau din vedere sau bine pe Anna, cunoștințe mai vechi sau mai noi. Niciunul nu întrebase. Iar dacă ar fi întrebat, Anna ar fi mințit.

Dar nu au niciun motiv să întrebe. Așa-și spunea Anna mereu.

Totuși, faptele erau dăltuite în alabastrul splendid al feței lui Polly Jean, unde oricine voia să pună la îndoială chestiunea o putea face, iar faptele erau acestea: Polly nu semăna nicicum cu Bruno.

Polly Jean nu era o Benz.

— Anna, cine este Stephen?

Era a treia oară când Doktor Messerli îi punea această întrebare.

Un bărbat pe care nu îl puteam iubi niciodată, dar pe care l-am iubit, s-a gândit Anna, dar nu a spus. Doktor Messerli nu a mai întrebat.

---

11 Dragule, în orig. în lb. germană.

Vremea le juca feste. Un front de aer rece care traversase Zürichul cu o noapte în urmă abătuse asupra Dietlikonului vântul și ploaia. Dar la jumătatea drumului spre Mumpf, cerul era senin. Familia Benz învingea forțele naturii.

Era o poveste pe care și-o spusese doar sieși, dar pe care o repetase așa de des, încât deja devenise o rutină. Singurul lucru care se schimba vreodată era tonul pe care o spunea: uneori cu o părtinire înțelegătoare, alteori cu teatralismul rânced al isteriei și alteori cu sângele rece și detașarea târfei. Uneori îi aducea alinare. Dar cel mai adesea o îngrețoșa, îi frângea inima (întotdeauna, totul îi frângea inima). Dar fie printre lacrimile scânteietoare ale suferinței, fie prin geamurile lucioase și încețoșate ale memoriei, Anna se resemnase cu o derulare de fapte inalterabile.

— Nu există accidente, Anna. Totul se leagă. Totul derivă din ceva. Fiecare detaliu are o consecință. O clipă dă naștere următoarei. Și următoarei. Și următoarei.

Anna și-a privit soțul. Bruno părea să fi uitat de gelozie. Ultimele două săptămâni trecuseră fără incidente. Se înțelegeau. Merseseră împreună la piață, munciseră împreună în grădină, luaseră cina în oraș cu toată familia și chiar fuseseră și la un film pe care amândoi voiau să-l vadă. Nu a mai pomenit nimeni nimic de Archie. Dar bărbatul vesel și exuberant cum se dovedise a fi acasă la familia Gilbert fusese înlocuit de soțul posac, supărat, pe care Anna îl cunoștea prea bine.

Și de ce să nu fie supărat? își reproșa Anna. *Doar pentru că nu știe ce fac nu înseamnă că nu fac nimic.* În ultimele două săptămâni, Anna a încercat să se dea un pas înapoi, să se detașeze de sine, să-și analizeze alegerile cele mai recente și să le cântărească beneficiile și costurile. Fusese cât pe ce. *Cine e Archie?* întrebase Bruno. *Nimeni,* răspunsese Anna. Și așa era. Abia dacă îl cunoștea. *Ăsta e dealul pe care vreau să mor?* s-a întrebat. *Nu? Atunci nu muri pe el, femeie!*

Dar oare chiar fusese cât pe ce? Dacă incidentul ar fi fost marcat pe o hartă, momentul de suspiciune al lui Bruno n-ar fi fost mai aproape de adevăr decât este o suburbie față de centrul orașului. Când Anna se gândea astfel la acest lucru, răul părea minim, în totalitate.

Așa, Anna ricoșa între consecință și alegere.

Și în final, mingea ateriza în terenul ne-răului, ne-imoralului. *Sunt o soție bună, în general,* se autoproclama. *Toată lumea e în siguranță, toată lumea are de mâncare.*

Anna a continuat să se întâlnească cu Archie.

— În copilărie, ce voiai să fii când vei fi mare? a întrebat-o o dată Doktor Messerli.

Anna a dat un răspuns plângăreț:

— Iubită. Protejată. În siguranță.

Știa că nu asta voise să spună doctorița.

Doktor Messerli a schimbat abordarea.

— Ce-ai studiat la facultate?

Anna a roșit. Nu voia să spună.

— Zi-mi.

— Economie casnică, a șoptit Anna.

Se întâmplase cu aproape doi ani în urmă. Mai erau patru zile până la Crăciun. O zi de miercuri. Anna luase trenul să meargă în oraș. Nu avea niciun chef, era, chipurile, ultima rundă de cumpărături, sarcină în care nu era implicată decât puțin.

Săptămânile de dinainte de Weihnachten[12] în Zürich sunt perfect acceptabile. Străzile sunt înțesate de cumpărători ale căror haine elegante, viu colorate par și mai elegante, și mai viu colorate pe fundalul mohorât, cenușiu al lunilor de decembrie din Zürich, de obicei fără zăpadă. Din butoaie pline de funingine, bărbați oacheși scoteau castane fierbinți și le puneau în pungi subțiri de hârtie. Un cort de sezon, în care se fac lumânări, se află aproape de Bürkliplatz Quaibrücke. Și, un timp, dacă ajungeai pe Bahnhofstrasse după apus, te puteai plimba pe sub strălucirea luminițelor de culoarea șampaniei și pe o întindere de un kilometru cu becuri tubulare, lungi de doi metri. Erau atârnate de cabluri întinse bine între clădiri, deasupra firelor înlănțuite care alimentau tramvaiele electrice ale orașului și erau controlate de un soft care adapta licărirea becurilor la intensitatea activității umane de pe stradă. Aranjarea era modernă — prea modernă, de fapt. Le detestau destui oameni, așa încât primăria s-a întors în cele din urmă la aspectul mai tradițional. Dar băieților Annei le plăcea foarte mult. Chiar și Victor, care se plictisea repede și, pentru un copil de vârsta lui era foarte apatic, își permitea luxul fascinației copilărești, minunării și uluielii.

Anna își petrecuse toată ziua traversând centrul Zürichului de la vest la est pe jos, iar decorațiile perioadei sărbătorilor — adorabile, în doze mai mici — începeau să pară excesive, nenecesare. Totuși, și-a

---

12 Crăciun, în orig. în lb. germană.

continuat cumpărăturile. La Piz Buch und Berg a găsit cadoul de Crăciun pentru Bruno, mai multe hărți la scară mică pentru drumeții, ale cantoanelor Graubünden și St. Gallen, și un ghid cu trasee sugerate din munții elvețieni Jura. La Manor de pe Bahnhofstrasse, Anna s-a războit cu mulțimile agresive să aleagă un set modest de bluză și flanelă, care credea că ar fi fost un cadou drăguț pentru Edith, pe principiul „gestul contează".

Începuse ziua pradă amărăciunii. Bruno o indispusese dintr-un motiv pe care ea reușise să-l uite. Dar sentimentul, indiferent care era acesta, o rodea ca niște dinți. Toca mărunt și fierbea la foc mic, ca o eternă tocană pe aragaz. Era singură și rezervată. Anna era singură și rezervată oriunde mergea.

— Femeia singură este periculoasă, vorbise Doktor Messerli cu o sinceritate gravă. Femeia singură este o femeie plictisită. Iar femeile plictisite acționează sub impuls.

Anna și-a luat privirea de la Bruno și s-a uitat pe fereastră. Cantonul Aargau era încețoșat de urmele de palme de pe geam și de viteza trenului. Victor și Charles se ciorovăiau pe o figurină din care Anna uitase, în neatenția ei, să se asigure că ia două. Bruno a amenințat că le-o ia dacă nu-și puteau rezolva neînțelegerile. Ursula a adormit la jumătatea drumului spre Mumpf. Sforăitul ei slab, șuierat, abia se auzea peste zgomotul obișnuit al trenului. Băieții au râs; Anna i-a atenționat. Bruno a dat ochii peste cap și a spus:

— Mama doarme prea mult.

Bruno era un fiu devotat, dar era critic uneori, nu doar cu Anna, ci cu toate femeile din viața lui, inclusiv cu Ursula și Daniela (deși cu Anna cel mai mult.)

Anna s-a încruntat la el.

— Nu-ți da ochii peste cap, e mama ta. Ursula nu se putea abține să nu sforăie. Era o femeie bătrână.

— Nu e chiar așa de bătrână.

Anna îi dădea dreptate lui Bruno. Ursula urma să împlinească șaizeci și șapte de ani. Fusese o mamă tânără, avea doar douăzeci și trei de ani când îl născuse pe Bruno. Până să ajungă la vârsta Annei, fiul ei era deja un adolescent insolent. Anna va avea peste cincizeci de ani când îi vor pleca de acasă toți copiii. Gândul acesta o istovea. *Și mama are toane proaste,* bombănise Bruno, dar Anna știa doar de una, dispoziția aceea acră, iritabilă, încruntătura în care se transforma fața ei când Anna făcea ceva cu care ea nu era de acord, liniștea pe care o scuipa drept răspuns când Anna spunea ceva ce ea nu voia să audă. Anna renunțase de mulți ani să mai încerce să-i facă pe plac.

— Există vreo diferență între destin și soartă?

Anna era agitată, mai neliniștită decât de obicei. Doktor Messerli a întrebat-o dacă înțelege conceptul de sincronie.

— Nu prea bine.

— Evenimentele nu se supun întotdeauna regulilor timpului și spațiului. Uneori, simplul gând la o prietenă anume o va face să sune după luni de pauză. Sau poate că un bărbat se întreabă dacă ar trebui să-și părăsească soția și, în clipa următoare, deschide radioul și aude o reclamă la apartamente. Nicio coincidență nu este întâmplătoare.

Sincronia este manifestarea exterioară a unei realități interioare.

Anna a privit-o întrebătoare.

Dacă Anna ar fi ratat o singură oprire în ziua aceea sau dacă vreunul din schimburile din magazine sau de pe stradă ar fi durat un scurt minut mai mult sau o lungă jumătate de minut mai puțin, atunci ceea ce s-a întâmplat nu s-ar mai fi întâmplat. Anna era gata să renunțe și să plece acasă. Îi era foame. Îi era frig. Aproape că terminase de făcut cumpărăturile. Nu-i mai rămăsese de cumpărat decât cadoul pentru Ursula. Ursulei îi plăcea să tricoteze; Anna avea de gând să-i ia câteva sculuri de lână. A traversat Liammat pe Rathausbrücke și a pornit spre magazinul Hand-Art de pe Neumarkt.

Membrii familiei Benz erau tăcuți în trenul spre Mumpf, fiecare încuiat în dulapul propriilor lui gânduri. Anna răsfoia o revistă pentru femei, în limba germană, pe care o cumpărase de la un chioșc din gara Oerlikon. Și-a studiat horoscopul lunii. Anna se născuse pe 22 octombrie și era Balanță, iar peste mai puțin de o lună, împlinea treizeci și opt de ani. *Pădure, pericol, foc, proces.* Cunoștea majoritatea cuvintelor din horoscop. Prinsese esența. Se încheia cu un avertisment: *Gib acht.*

Ai grijă.

Înainte să-i sugereze cursurile de germană, Doktor Messerli îi recomandase Annei să țină un jurnal.

— Nu trebuie să-l aduci la ședințe și nici nu-ți cer să mi-l împărtășești, dacă nu dorești. Consideră-l o conversație privată, interioară. Dar fii complet sinceră! Față de tine însăți trebuie să recunoști totul. Annei i-a plăcut ideea, a urmat sfatul doctoriței și, imediat după ședința din ziua aceea, s-a dus la o papetărie cu pretenții din apropierea cabinetului medical și și-a cumpărat un jurnal cu cotorul drept, cu foaie velină și cu coperta verde. Aproape că era prea frumos ca să scrie în el.

A scris prima filă în tren, în drum spre casă. *Recunoaște tot, Anna. Nu o lua pe ocolite.* Propozițiile îi erau răsfirate, incoerente: *Toate lucrurile de care fug mă prind din urmă. Rugile mele rămân neauzite. Le car în spate. Nu le pot lăsa jos. Am pierdut un an de somn din cauza insomniei. Crunta monotonie se târâie mai departe. Fața mea e precum cheia unui jurnal. Ar trebui să descuie ceva. Îmi lipsesc majoritatea felurilor de vigoare. Îi sunt datoare propriei mele ironii bizare: ca să supraviețuiesc, autodistrug. Dar logica inimii își urmează propriile ei reguli. Mi-e dor de el pur și simplu pentru că mi-e dor.*

Anna a citit ce scrisese și s-a strâmbat. Avea să mai încerce, era sigură. Probabil. *Poate.* Pentru moment, a scos pixul și a tăiat toată pagina cu un X agresiv.

— Ce aștepți de la povestea asta, Archie?

Era miercurea de după cina din Uster. Anna era întinsă pe spate în patul lui Archie, cu pătura trasă până la bărbie. Era timpul să plece acasă, dar camera era rece și ea era goală, iar dacă se dădea jos din pat, trebuia să se confrunte cu asta.

— Ce vrei să spui?

Anna nu credea că era o întrebare complicată.

— Vreau să spun că asta nu e o relație.

— Dar tocmai am avut relații, a făcut cu ochiul Archie.

Anna a rămas inflexibilă:

— Ce fel de bărbat are o aventură cu o femeie măritată?

Nu era o acuză. Voia să știe.

— E irelevant.

Anna a clipit. Nu era de acord. Archie a clătinat din cap. Sunt mai mulți cei care au aventuri decât cei care n-au, a continuat el.

Anna s-a încruntat:

— Nu se poate.

Archie i-a întors întrebarea.

— Dar femeia măritată? De ce o face? Ce fel de femeie este?

— O femeie singură. O femeie plictisită, vorbea Anna ca o autoritate în domeniu.

Archie a clătinat din cap:

— Nu, nu e asta.

— De unde știi tu?

Anna s-a întrebat dacă Archie mai trecuse prin așa ceva.

— Femeile plictisite se înscriu în cluburi și fac voluntariat. Femeile triste au aventuri.

Asta e afirmația unui reducționist, s-a gândit Anna, dar nu avea tragere de inimă să-l contrazică.

— Crezi că sunt tristă?

— Am știut din momentul în care te-am văzut. Anna a întrebat cum de era posibil. Un bărbat miroase tristețea unei femei, a adăugat el.

— Iar tu ai mirosit-o pe-a mea.

Pe Anna o deranja cuvântul „a mirosi". De parcă tristețea putea fi acoperită cu trandafiri. De parcă disperarea putea fi spălată cu săpun.

— Da.

— Și ai profitat de ea.

Anna era tulburată, fascinată și... încă ceva, deși nu putea spune exact ce. *Vinovată? Descoperită? Prinsă asupra faptului?* Ceva de acest fel.

— Și am răspuns la ea, a corectat-o Archie.

— E vreo diferență?

— Nu ești tristă?

De data asta, era rândul Annei.

— Irelevant, a mințit ea. S-a foit în pat. Niciunul dintre ei nu a vorbit un minut, două. Ce-ți place la mine?

Archie a râs.

— Deci vrei să purtăm genul ăsta de discuție, nu? Anna a dat din cap și Archie s-a înmuiat. Ești complicată. Ești de nepătruns.

Ca un seif. Dar nu e așa.

— Mersi, probabil.

— Cu plăcere. S-au așezat pe spate, fiecare cu ochii în tavan. De ce ai acceptat?

Acum era rândul Annei să râdă.

— Ce altceva era să fac?

Trenul InterRegio a tras în gara din Frick la 10:56. Au trebuit să aștepte opt minute până să treacă S-Bahn spre Mumpf. Familia Benz s-a dat jos din vagon, a coborât la subsol să meargă la alt peron, apoi s-a înghesuit în jurul unei bănci goale, în timp ce aștepta legătura. Presiunea barometrică scăzuse. Se schimba vremea. Toată lumea era obosită și nu era nici măcar ora prânzului.

Cu o lună în urmă, fusese descoperită în Frick o groapă comună cu oase de dinozaur. Le găsise un paleontolog amator. Descoperise peste o sută de schelete, intacte. Fosile de Plateosaurus vechi de două sute de milioane de ani. În unele zile, Anna îi invidia pe dinozauri că dispăruseră. O cometă își urmase traiectoria. Un frumos dezastru care era sortit să se întâmple se întâmplase.

Cele opt minute au trecut repede și, la 11:05, familia Benz era în S-Bahn, în direcția Mumpf.

Magazinul Hand-Art era plin de culori drăguțe și sculuri moi și totul mirosea a lavandă și scorțișoară, cardamom și nucșoară. Adorabil, s-a gândit Anna. Și așa era. Adorabil și mângâietor. Liniștitor. A petrecut patruzeci de minute în magazin, alegând sculuri de lână exotică și lipindu-și-l melancolică pe fiecare pe obraz, după care îl punea înapoi pe raft, totul sub privirea mărinimoasă a stăpânei magazinului. Experiența tactilă o consola și groaza care o indispusese începea să se risipească. În final, a ales sculuri de mătase vopsită de mână, de alpaca și cașmir — fire de lux pe care știa că Ursula le va adora și pe care ea nu și le cumpără niciodată. Anna a plecat din magazinul de textile mulțumită că, măcar o dată, Ursula avea să fie încântată de ceea ce-i oferea.

Putea lua autobuzul numărul 33 direct spre Hauptbahnhof; asta era intenția Annei. Stația de autobuz era în capătul estic al Neumarktului. Așa că atunci când a plecat din magazinul de textile, Anna a cotit brusc și imediat la dreapta. Dar era încărcată cu pachete, nu se uita pe unde merge și-și trăsese căciula până la ochi. De aceea, nu l-a observat pe bărbatul din mijlocul trotuarului, care avea și el fața cufundată în harta orașului Zürich. Și nici el, așa de absorbit de întretăierea zigzagată, bidimensională a străzilor de pe hârtia subțire, greu de manevrat, nu a văzut-o pe Anna năpustindu-se spre el.

Uneori, sincronismul se deghizează în coincidență. În „în locul potrivit la momentul potrivit". În genul de incident „și apoi, dintr-odată". În acest caz, a fost o combinație a celor trei care, când s-au intersectat, au format un stereotip la fel de dulceag ca o pisicuță cu fundă moale, galbenă. Previzibilitatea răsuflată a acesteia era una dintre dovezile de care se agăța Anna după aceea, pentru stabilitate. *Vezi? Cum se poate să* nu *fi fost adevărat? Lucrurile de genul ăsta* nu *se întâmplă doar în filme.*

Nu fusese atentă.

Nu fusese atentă și se lovise de acel bărbat.

— Eggscusi! s-a scuzat imediat Anna, recurgând la unul dintre puținele cuvinte în dialectul elvețian pe care le știa.

Bărbatul s-a îndreptat și a dat indiferent și ușor din mână. Era un gest simplu, fermecător. Apoi și-a cerut și el scuze, dar în engleză, apoi a râs jenat și a întrebat-o pe Anna într-o germană groaznică dacă știe unde este Lindenhof și, dacă da, vrea să-i arate pe hartă? Avea părul negru, pielea albă și era cu vreo cincisprezece centimetri mai înalt decât ea. Harta pe care voia s-o împăturească nu se lăsa împăturită. El tremura în ceață, îmbrăcat doar cu o haină subțire de culoarea cenușii. Un dinte din față din stânga îi era ușor ciobit și avea o aluniță la coada ochiului, tot în partea stângă. Anna a observat lucrurile astea. Ei i s-a părut că are accent din Vestul Mijlociu, după tăioșenia lui fonetică. Annei i-a crescut inima.

E posibil să te îndrăgostești după o singură privire? Anna nu putea spune. Dar, la porunca unei priviri aruncate întâmplător pe trupul ei, a devenit martoră, victimă și sclavă a culminării tuturor miturilor ei. Și fiecare moment de până atunci din viața ei, cele care contau și cele care doar păreau să conteze, se adăugase la suma acestui intens moment, doar acestui moment. În acea scurtă clipită a știut că nimic din ce spusese sau făcuse vreodată și că nimic din ce avea să spună sau să facă vreodată nu va fi nici pe jumătate la fel de intens ca acesta.

Anna s-a uitat pe fereastra trenului, de la Frick la Mumpf.

De nu l-aș fi cunoscut niciodată pe bărbatul acela!

7

Ascunzătoarea cea mai sigură a unui secret este în văzul tuturor. Încearcă să faci un efort cât de mic pentru a-ți păstra calmul și, indiferent de secret, toată lumea te va accepta așa cum pari. Gândește-te la nazistul care fuge în America de Sud și-și trăiește viața cu un conformism tăcut, ducându-și ultimele zile calm și fără cusur. Dimineața se trezește, se ridică din pat, iese la lumina zilei. Trimite scrisori, merge cu autobuzul, cumpără pere de la piață. Ia prânzul într-o cafenea în aer liber. Își bea cafeaua neagră și citește întotdeauna mai întâi rezultatele sportive. Când trece o fată drăguță, își duce mâna la pălărie.

Nimeni nu știe că, acum șaptezeci de ani, cizmele lui înalte au rupt coastele unui rabin din Varșovia și că ceasul de buzunar pe care îl poartă l-a smuls din mâinile bătrâne ale unui rândaș țigan, chiar la porțile lagărului Treblinka.

Așa că nu spune nimic! Nu tresări! Joacă-ți rolul! Indiferent ce secret ascunzi. Atroce sau banal, de neînțeles sau obișnuit. Este o metodă adecvată pentru *Aufseher* și femeia adulteră deopotrivă. Dacă nu faci tam-tam, nu trebuie să te ascunzi.

Și uite așa, minciunile tale mari și tenebroase devin mici și nevinovate.

— Știi ceva despre alchimie, Anna?

— Convingerea că metalul comun poate fi transformat în aur?

Doktor Messerli a dat din cap.

— Da. În Europa medievală, erau oameni care credeau în această posibilitate. Și-au dedicat toată viața experimentului. Sigur că n-au reușit. Dar punctul de plecare al muncii lor a devenit temelia altor studii științifice. A chimiei, în principal.

— Ah!

— Jung a studiat alchimia din punct de vedere filosofic. A comparat-o cu psihanaliza. O persoană ajunge la individualizare printr-un proces similar. Transformă materia întunecoasă a inconștientului în conștient. Aurul sufletului. Dacă vrei.

Anna nu mai asculta de când aceasta spusese „chimie".

David îi aștepta pe cei din familia Benz pe peron. Le-a sărutat pe obraz și pe Ursula, și pe Anna (o dată, de două ori, de trei ori, cum era obiceiul), a dat energic mâna cu Bruno, le-a ciufulit scurt părul băieților și a luat-o pe Polly Jean din brațele lui Bruno, agitându-se, scuturând-o strașnic ostentativ pe lângă ea, după care i-a dat-o Annei. Apoi au urcat cu toții în mașină pentru foarte scurta călătorie până la casa lui David și a Danielei. Erau înghesuiți. Victor stătea pe genunchii lui Bruno, Charles pe ai Ursulei. Nu aveau de mers decât un kilometru și jumătate; David a promis să vireze cu grijă.

Daniela și David locuiau împreună de când Daniela avea nouăsprezece ani. Atunci, David avea în jur de patruzeci de ani, fiind destul de mare cât să fie tatăl Danielei, și încă era însurat cu mama copiilor lui în vremea în care începuse relația lor. Dar căsătoria neoficială dintre David și Daniela dura deja de două decenii. Se părea că făceau lucrurile cum trebuie.

David era un tip șifonat, bejuliu, cu păr des, cenușiu, și rareori era văzut fără o pipă din tigvă în gură. Anna îl plăcea pe David. Asemenea Ursulei, lucrase în învățământ; mai bine de treizeci de ani, predase studii sociale la școala generală. David era blând, plăcut și maleabil, trăsătură pe care în mod tipic nu o întâlneai la elvețieni. Ceea ce era logic: David nu era elvețian. Era francez.

În mai puțin de cinci minute, mașina a ajuns acasă la David și Daniela.

Bărbatul căuta Lindenhof. Lindenhof era cel mai vechi cartier al Zürichului, locul unui străvechi punct vamal roman. Acum era parc, iar în cele mai multe zile (chiar și pe vreme urâtă, cum era și în ziua aceea) Lindenhof era ticsit de oameni vârstnici care jucau șah în aer liber cu *Schachfiguren*[13] de mărimea unor ţânci, pe table de șah vopsite pe pământ, iar turiștii se delectau cu această imagine. Toată zona Altstadt din Zürich se vedea de la miradorul care dădea spre piață.

Când Anna a răspuns în engleză, ușurarea deplină a înlocuit total tensiunea de pe chipul lui.

— Doamne, știi engleză. Slavă Domnului! Nu vorbesc prea bine germană.

---

[13] Piese de șah, în orig. în lb. germană.

Zâmbetul Annei a fost dulce și amuzat.

— Se vede.

I-a zâmbit și el.

— Mi-am făcut curaj să cer indicații.

Anna i-a întors zâmbetul.

Așa a început aventura dintre Anna Benz și Stephen Nicodemus.

— Întâi de toate, a spus Anna luându-i harta din mâini și întorcând-o, o ții invers. Lindenhof este pe partea cealaltă a râului.

Pe fața lui Stephen a apărut un aer rușinat. Anna l-a studiat cu atenție. Era și nu era atrăgător, în același timp. Dar nu de trăsăturile lui s-a îndrăgostit Anna imediat (dacă se putea numi dragoste, căci doi ani după aceea, Anna nu mai era sigură că fusese vreodată vorba de așa ceva). Ci de vocea lui. Era o voce joasă, puternică, solidă, grăbită și totuși blândă. Avea o voce de bariton, intimă și tainică. Cuvintele lui aveau ceva cărnos. Anna i-a spus cum să ajungă în Lindenhof, trăgând de timp. Voia să prelungească întâlnirea cât de mult posibil, înainte să se rupă firul. Așa că s-a apropiat de el, i-a respirat aerul, i-a atins mâna și și-a arcuit spatele sub privirea lui, gesturi pe care avea să le repete mai curând decât se aștepta oricare dintre ei, iar asta îmbrăcați mai sumar. Anna a scos un pix și un bon din geantă, și a scris stațiile de tramvai la care trebuia să fie atent, schimbările pe care trebuia să le facă. I-a dat hârtia și, preț de câteva secunde stânjenitoare, au stat amândoi, înfrigurați, tremurând și, deși îmbrăcați complet, ciudat de goi unul în fața celuilalt, neștiind ce să mai spună sau dacă să mai spună ceva. Au vorbit la unison:

— Cred că ar trebui să plec acasă.

— Vrei să bem o cafea?

Au râs amândoi jenați și liniștea absurdă s-a așternut din nou. Dar nu totul este liber-arbitru. Anna a rupt liniștea, rușinată.

Da, a spus ea. *Haide.*

David i-a condus prin casă și apoi în curtea din spate, unde se strânseseră ceilalți invitați. Ursula a pus cadoul pentru Daniela pe masa din sufragerie, iar Anna și-a pus geanta și sacoșa cu scutece pentru Polly pe speteaza unui scaun și i-a urmat pe David și Bruno afară. Ursula s-a oprit în bucătărie, nu s-a alăturat imediat grupului.

Daniela și prietenii ei stăteau pe bănci de o parte și de alta a unei mese mari de picnic din mahon, umbrită și ea de o umbrelă la fel de mare. Toată lumea bea bere europeană — Feldschlösschen, Hürlimann, Eichhof — și aproape toată lumea fuma țigări europene — Parisienne, Davidoff, Gitanes. Un radio era dat pe un post de muzică rock din Basel. Daniela stătea aproape de mijlocul mesei. Povestea ceva. Anna nu înțelegea detaliile, dar modulațiile vocii Danielei sugerau că era o poveste deocheată. Daniela dădea din mâini în timp ce vorbea, cu o sticlă de bere pe jumătate goală în mâna stângă, iar în dreapta cu capătul unui boa roșu din pene, pe care i-l adusese un prieten să-l poarte. Și-a întrerupt povestea, râzând. Era sinceră în amuzamentul ei de acum, veselă și jucăușă. Preț de o clipă, invidioasă, Anna i-a purtat pică pentru această veselie. A ridicat-o mai sus pe Polly pe șold și s-a încheiat la pulover, parcă pentru a se proteja de înțepătura unei bucurii pe care ea nu o cunoștea. Bruno a intervenit în povestea surorii lui, sărutând-o și urându-i „la mulți ani". Ea a lăsat deoparte berea, trandafirul și a salutat familia. Părea sincer bucuroasă că veniseră.

— Anna, a început ea într-o engleză la fel de corectă gramatical, dar cu un accent mai pronunțat decât al fratelui ei. Mă bucur foarte mult să te văd. Arăți așa de bine! Ce mare e Polly!

A luat-o pe Polly Jean din brațele Annei. Daniela își iubea nepoata și ar fi ținut-o în brațe tot restul după-amiezii dacă i-ar fi dat voie Anna. Daniela lucra în Basel pentru o organizație din domeniul comerțului echitabil. Era blândă, atentă, amuzantă, cinstită, agreabilă, o persoană complet admirabilă. Dacă Anna ar fi cunoscut-o în alte împrejurări, poate ar fi fost prietene. Dar nu a fost așa și nu erau prietene. Erau cumnate. Se purtau prietenos. Dar nu erau tocmai prietene.

Daniela s-a întors iar spre ceilalți invitați, care au dat din cap și i-au făcut politicos cu mâna Annei. Bruno o părăsise pentru o bere, iar Victor și Charles fugiseră în hambar, preferându-i companiei adulților pe cea a lui Rudi, Saint Bernard-ul de zece ani al lui David.

Acum, că Polly era în brațele Danielei, Anna nu știa ce să facă cu mâinile. Se simțea stingheră, ca o fată fără partener la balul școlii. S-a dus la Bruno, dar el era deja prins într-o discuție cu un alt invitat la petrecere, un bărbat pe care Anna îl mai întâlnise, dar al cărui nume nu și-l amintea. Era blond, musculos și numai cu patru-cinci centimetri mai înalt decât ea. Când a observat-o pe Anna, a lărgit cercul și, cu un gest amplu, a invitat-o să li se alăture. L-a întrerupt pe Bruno la jumătatea propoziției, a arătat spre berea lui și a ridicat din sprâncene.

— Willst du?

Asta părea să fi spus. Vorbea în dialectul elvețian. Voia și Anna?

Ce plăcut e să fii întrebat!

Anna s-a apropiat mai mult, în timp ce clătina din cap. Nu era amatoare de bere. Bărbatul blond a dat din cap și a zâmbit, apoi i-a făcut lui Bruno semn să continue.

Anna a mers împreună cu Stephen la un bistro din apropiere, Kantorei. Au stat pe scaune scârțâitoare de lemn, cu picioare inegale și supărătoare. Anna a comandat un coniac, iar Stephen a cerut o bere. Și apoi au început să vorbească. Stephen era un om de știință aflat într-o scurtă perioadă de pauză de la MIT și trimis la ETH, Institutul Federal Elvețian de Tehnologie. Era una dintre cele mai bune școli din lume. O absolvise și Einstein. În afară de băncile și afacerile din industria financiară a Zürichului, ETH era cea mai prestigioasă instituție a orașului. Stephen subînchiriase un apartament în Wipkingen, un cartier din partea nordică a orașului care își luase numele de la gara districtului. Stephen era, după cum a aflat Anna, termochimist. Lucra cu focul. Studia combustia. Stephen era expert în foc.

În dificilele luni care au urmat după ce aventura lor a început, Anna a avut timp din belșug să mediteze la implicațiile simbolice ale muncii lui Stephen și la efectul pe care îl avusese bărbatul asupra ei. Concluziile Annei erau acestea: că focul are o frumusețe plină de cruzime. Că topirea are loc numai la o anumită temperatură. Că, de fapt, sângele poate fierbe. Că destrămarea unei relații amoroase este o reacție entropică și că dezordinea spre care tinde este inflamabilă. Că o inimă va arde. Va arde iar și iar. Că punctul cel mai înalt al unei flăcări obișnuite nu poate fi văzut întotdeauna.

Doktor Messerli a deschis o carte și a arătat spre o serie de desene legate între ele, în care un cuplu făcea dragoste într-o fântână. În primul, pe cei doi îi plouă. În următorul, corpurile li s-au contopit și perechea — acum ca unul — se înalță.

— Rezultatul împletirii opusurilor. Regele și regina se întind într-o baie de mercur. Se confruntă cu adevărul gol-goluț al celuilalt. Împreunarea psihosexuală este un simbol al revenirii la conștiență.

Anna i-a aruncat o privire întrebătoare.

— Și ce legătură are asta cu mine?

— Schau. Ființa moare și ia și corpul cu ea. Dar se întoarce. Transcendența a fost atinsă, dar are un preț. Prețul acela e moartea.

— Moartea simbolică?

— Desigur.

Anna a stat deoparte și și-a privit soțul interacționând cu prietenii lui. Era ciudat să-l vadă așa, sociabil și familiar, relaxat printre vechi amici. Părea brusc cu douăzeci de ani mai tânăr. Și-l imagina un crai tânăr, un șmecher cu un zâmbet strâmb, dând berea pe gât, agitându-și energic mâinile în timp ce povestea ceva, un meci de fotbal ori despre o fată. Așa era Bruno la douăzeci și patru de ani. Anna trebuie să fi avut optsprezece. Dacă s-ar fi cunoscut cu douăzeci de ani înainte, s-ar fi speriat unul pe celălalt. Anna cu singurătățile ei însetate de afecțiune, Bruno cu încrederea care radia din postura pe care corpul său părea să și-o amintească chiar atunci, în curtea Danielei.

Bruno a dat peste cap ultima înghițitură de bere, s-a întors spre bărbatul blond și l-a întrebat dacă mai voia una. I-a zis Karl. Karl a dat din cap, *Jo gärn*. Când Bruno a trecut pe lângă Anna, a aplecat capul spre al ei și a întrebat-o. Avea o privire mai blândă decât cu douăzeci de minute mai devreme. *E de la bere,* s-a gândit Anna. Privirea lui Bruno se înmuia întotdeauna când începea să bea. *Apă, te rog*. Bruno a aprobat din cap, a făcut cu ochiul, apoi s-a dus să ia băutură pentru toată lumea.

Îi spusese Karl blondului. Acum, Anna își amintea. Era Karl Trötzmüller, un prieten din copilărie al lui Bruno și al Danielei. Anna era rușinată că nu-și amintise imediat numele lui. Venise acasă de o mulțime de ori. A pus neatenția ei pe seama vremii.

— Ce faci, Anna? E bun să vorbesc cu tine. Apari foarte drăguță.

Karl vorbea o engleză foarte ciudată și neglijentă. Prin „bun", voia să spună „plăcut", iar prin „apari", „arăți". Erau amândouă greșeli ciudate, dar Karl era din capătul locului ciudat. Aparent blând, dar fără îndoială ciudat. Chiar și numele lui era puțin anapoda. *Are prea multe umlauturi,* pufnise odată Bruno. *Pare inventat. Nu e elvețian.* Dincolo de umlauturi, Bruno avea dreptate: nu era tocmai elvețian. Dar era al lui Karl. Și i se potrivea.

Anna și-a studiat hainele. Purta o rochie de toamnă de culoare ruginie, largă la poale, ciorapi galbeni cu dungi și pantofi Mary Jane negri. Annei îi plăcea senzația pe care i-o dădeau rochiile pe corp. Pantalonii și blugii o constrângeau prea mult. Elvețiencele, a observat Anna, nu se prea dădeau în vânt după rochii, alegând cel mai adesea practicii pantaloni. Mâine, rochia aceasta avea să se întoarcă în dulap până la primăvară. Acum vremea era destul de rece, încât Anna să-și completeze ținuta cu singurul pulover pe care îl avea la îndemână, în timp ce ieșeau pe fugă din casă, un cardigan aspru de culoare roșie. Îi strica ținuta, altfel elegantă.

— Arăt ca o decorație de Ziua Recunoștinței, i-a spus Anna lui Karl, care a râs, punându-și brațele ca pe o barieră.

— Nu înțeleg ce să spun, a zis el, confundând „a înțelege" cu „a ști". Noi nu avem Ziua Recunoștinței în d'Schweez, a spus Karl, pronunțând numele Elveției în modul tradițional.

Afișa și el un zâmbet șmecheresc și avea o postură aproape nerușinată, cu mâinile în buzunare, cu picioarele bine înfipte și cu șoldurile împinse înainte, de parcă i-ar fi făcut avansuri. *Oare îmi face avansuri?* s-a întrebat Anna. *Oare mă măsoară din priviri?* Da, Karl o privea în timp ce vorbea. *Dar așa fac oamenii, se privesc când vorbesc,* și-a amintit Anna sieși. *Nu toate lumea are o moralitate îndoielnică, așa, ca tine.*

Bruno s-a întors cu berile lor și cu apa Annei, iar bărbații — băieții aceia șmecheri — și-au reluat discuția de unde o lăsaseră. Anna era doar puțin atentă, până când a auzit numele lui Tim și și-a închipuit că Bruno îi spunea lui Karl despre cina la familia Gilbert. Bruno vorbea într-o Schwiizerdütsch rapidă, grăbită. Anna nici măcar nu a încercat să asculte cum trebuie. Karl i-a intuit descurajarea și l-a întrebat pe Bruno dacă nu ar fi mai bine să vorbească în engleză. Bruno a băut cu sete din bere, a clătinat din cap și a răspuns, în germana elvețiană. Se duce la cursuri, trebuie să exerseze, e timpul să învețe naibii odată limba. Anna a înțeles asta. Zâmbea când spusese acest lucru și zâmbetul lui era autentic. Bruno nu făcea gesturi la întâmplare. Tot ce spunea Bruno era spus cu seriozitate.

Anna și Stephen au vorbit la unul, două, trei rânduri de pahare. Anna i-a telefonat Ursulei, i-a turnat minciuni, i-a explicat că magazinele erau aglomerate, că fiecare sarcină dura dublu decât plănuise și ar deranja-o pe Ursula să aibă grijă de Victor după ore? Voia să-l ia ea pe Charles de la *Kinderkrippe*? *Vrei? Vrei*...? Sigur că Ursula voia. Dar nu era deloc încântată.

Până atunci, Annei îi trecuse supărarea care o apăsase. Inima ei suferise o nouă deplasare gravitațională, numai că, de data asta, i se ridica deasupra capului ca un balon cu heliu. Anna a remarcat absurditatea acestui sentiment. Nu conta. Se bucura din plin de senzație. Putea veni o rafală de vânt s-o spulbere. Implora ceasul să-și miște mai încet limbile. Implora ceasul să se oprească.

— În germană, diateza pasivă se formează cu verbul werden. „A deveni". Așa că bicicleta devine furată, dacă vreți. Sau femeia a devenit întristată.

Sau corpul va deveni devastat. Iar inima va deveni frântă. Într-un fel, Annei i se părea mai logic așa. „A fi" este static. „A deveni" implică mișcare. O mișcare paradoxală spre capitularea neputincioasă. Indiferent despre ce e vorba, nu o faci tu. Ți se face. „Pasivitate" și „pasiune" încep la fel. Numai felul în care se termină e diferit.

Ceasurile nu se opresc. În cele din urmă, foarte dezamăgită, Anna s-a desprins de băuturi, de amețeala ei și de compania lui Stephen. Era timpul să meargă acasă. I-a scris numărul ei de telefon pe un șervețel și l-a implorat, făcându-i cu ochiul, să nu-l piardă. A roșit în timp ce pornea fericită spre gară. Da, da, desigur. Flirt. Nimic mai mult. N-am să mă bizui pe dorință să-mi spună adevărul.

Rareori se întâmplă. Nu mă va suna și chiar nu ar trebui s-o facă. Dar în timp ce trenul spre casă trecea pe lângă triajele de la vest de Hauptbahnhof, Anna a simțit un tremur în mână. L-a pus pe seama frigului. În definitiv, era iarnă. Dar tremurul s-a repetat și a realizat că era telefonul mobil. Primea un mesaj care-i fusese trimis: Ce faci mâine? Anna nu a răspuns. Dar după acel mesaj, a mai venit unul: Vino să ne vedem. Și în timp ce trenul încetinea și oprea în Bahnhof Dietlikon, a sosit și ultimul mesaj: Mâine. Ora 10. Nürenbergstrasse 12. Anna era presată să răspundă; nu putea face nimic altceva. Și-a spus — s-a convins — că nu putea face nimic altceva. A trimis un singur răspuns.

Da.

Nici măcar nu a încercat să dea senzația că nu avea de gând să se culce cu el.

8

Petrecerea Danielei a fost obișnuită, ba chiar prozaică. La două s-au înfruptat cu Cervelat, cârnatul gros și scurt cunoscut drept cârnatul tradițional al Elveției. La trei au mâncat o prăjitură cu cremă de unt făcută de Eva, o verișoară îndepărtată a fraților Benz care locuia în apropiere. La ora patru, Daniela și-a desfăcut cadourile primite de ziua ei. Era ora cinci. Pe Anna o durea capul. Când și-a verificat *Handy*-ul, a găsit un mesaj de la Archie. *Mâine după ore?* I-a răspuns: *Poate.*

A doua zi după ce l-a cunoscut pe Stephen Nicodemus, Anna l-a lăsat pe Charles la *Kinderkrippe* și i-a spus Ursulei, pe lângă care a trecut pe stradă când se întorcea de la poștă, că mai trebuia să facă ceva cumpărături în oraș, dar că avea să se întoarcă acasă la timp să-l ia pe Charles și să se întâlnească cu Victor după ore. Ursula a dat din cap și a mers mai departe. Anna s-a certat că era așa de vorbăreață. Abia câteva săptămâni mai târziu avea să afle că secretul când spui minciuni e pur și simplu să nu minți: *Omite, Anna, omite. Cu cât dai mai puține detalii, cu atât vei părea mai credibilă.* Când

Anna a ajuns la gară, a urcat în trenul pe care îl lua de obicei. Dar în loc să meargă până la capăt la Hauptbahnhof, s-a dat jos la Wipkingen, stația anterioară. Din Oerlikon, gara care o precedă, drumul spre Wipkingen a fost scurt, de doi kilometri, din care trei sferturi le-a petrecut într-un tunel întunecos și drept. Pe Anna o speriau tunelurile. E drept, găsea liniștitor mersul cu trenul, dar asta se întâmpla doar în aer liber. În tuneluri nu se putea gândi decât la pământul de deasupra. *Dacă se dărâmă pământul? Dacă mă îngroapă dedesubt? Cum e să fii îngropat sub pământ? O să știu când mor?* În tuneluri făcea tot posibilul să se gândească la altceva. Atunci își imagina topografia de deasupra, poate cu o hartă în mână, și trasa calea urmată de tren. În S3, își imagina dealurile Zürichberg, Dolderbahn, sediul FIFA, câmpurile pustii dintre Gockhausen și Tobelhof. În acest tren, S8, și-a imaginat casele pe sub care trecea, oamenii din ele. Cine gătea, cine dormea, cine se certa, cine făcea dragoste. Cine stătea pe balcon și-și plângea de milă. Cine îi rupea inima cuiva. Cui i se rupea inima. Deși era sentimentală, acest lucru o tulbura mai puțin decât alternativa. *Printr-un tunel vine pe lume un corp*, s-a gândit Anna. *Dar când un corp o părăsește?* Anna nu știa, deși unii descriau un tunel de lumină. Anna era dornică să accepte acest lucru ca pe o certitudine.

A mers puțin pe jos și a ajuns la Nürenbergstrasse. Stephen stătea pe o bancă în fața clădirii în care locuia. O aștepta. A dus-o în camera lui de la primul etaj.

Anna nu se dăduse niciodată în vânt după preludiu. Nu era genul de femeie care avea nevoie de complicate jumătăți de oră de frecări, împunsături și pliometrie explozivă, ca trupul să i se tensioneze și stăvilarul care îi reținea plăcerea să cedeze. Dorințele ei erau simple. *Înăuntru, afară. A se repeta cât de mult posibil.*

Aceasta a fost prima infidelitate a Annei.

Și-au tras-o așa de tare, încât, după aceea, niciunul dintre ei nu mai putea să meargă.

Doktor Messerli i-a arătat o imagine care înfățișa o fântână cu trei picioare încadrată de stele, soare și lună și un dragon cu două capete. De o parte și de alta, se înălțau coloane de fum.

— Focul, a spus ea, este primul act al transformării. Și, a adăugat, în alchimie, focul este întotdeauna asociat cu libidoul.

Anna mâncase prea mult. O durea stomacul și era neliniștită. Era gata să plece acasă, dar asta avea să se întâmple peste abia cel puțin două ore.

S-a ridicat de la masă, și-a întins brațele deasupra capului și s-a uitat împrejur:

— Vrea să meargă cineva la plimbare?

Bruno a mârâit. Berea începea să-i vină de hac, îl cuprindea oboseala și devenea irascibil. Anna a interpretat mârâitul drept un refuz. Ursula nu era interesată. Băieții erau în altă parte. Daniela trebuia să se ocupe de musafiri. Nici măcar Polly Jean; dormea în patul lui David și al Danielei. Anna a ridicat din umeri și a plecat singură.

Nu a ajuns decât până la alee, când Daniela a strigat-o și a întrebat-o dacă vrea o umbrelă. Anna a scuturat din cap. Toată ziua, ploaia păruse inevitabilă. Și totuși, ei o evitaseră. Avea să-și asume riscul. Câțiva pași mai târziu, s-a auzit din nou strigată. S-a întors. Karl Trötzmüller traversa curtea în fugă spre ea.

— Vreau să vin eu cu tine, a spus el.

Bruno s-a uitat scurt în direcția lor, apoi s-a întors iar la conversația lui. Anna nu avea nevoie de permisiunea lui. Dar se pare că o avea.

Karl a prins-o din urmă pe Anna și, împreună, au pornit pe poteca ce ducea în pădurea Mumpf.

— Gândește-te la o găleată, Anna. Inima ta e ca o găleată cu o gaură în fund. Are pierderi. N-o poți ține plină.

Anna a dat vag din cap. O vrăbiuță a aterizat pe pervazul de afară și, la fel de repede, și-a luat zborul.

— Am o gaură.

— Cu timpul, se lărgește. De la mărimea unei monede de un franc, ajunge cât o prună mică, apoi cât un măr, apoi cât pumnul unui bărbat. În cele din urmă, gaura se face așa de mare, încât găleata nu mai are fund. Apoi nu mai e bună de nimic.

— Inima mea nu e bună de nimic.

Era o afirmație goală.

Doktor Messerli a clătinat din cap.

— Nu, Anna. Nu spun decât că nu poți trata o rană profundă cu iod și plasturi. Repară gaura. E singura soluție.

În ianuarie, februarie și în prima jumătate a lunii martie a anului 2006, Anna și-a petrecut fiecare moment liber în brațele lui Stephen Nicodemus. Erau musculoase și îndemânatice — nu erau puternice, dar erau ale lui. Anna era îndrăgostită. Sau ceva asemănător.

Discutau cel mai adesea despre lucruri științifice și teoretice. Așa flirtau ei. Asta le ocupa aproape toate momentele de la final. Anna s-a provocat pe sine să-i adreseze întrebări pe care nu i le mai adresase nimeni până atunci. *De ce e focul fierbinte?* l-a întrebat. *E focul vreodată rece? De ce nu arde lâna? Flacăra are greutate? Masă? Există ceva complet rezistent la foc? Focul poate lua și el foc? Focul poate să înghețe?*

Tot ce era legat de foc devenise fetișul Annei. Își trecea palmele prin flăcările lumânărilor pe care le aprindea în salon. Sălta capacul aragazului și se uita la becul de control. Visa explozii, case în flăcări. Se trezea noaptea în sudori extatice. *Cum ar fi să aprind un ultim chibrit și să-l pun în mijlocul patului?* Până și Anna își dădea seama că era posibil să se apropie de limita rațiunii.

Stephen a încercat să-i vorbească despre munca lui. *Știința focului este o știință aplicată, cu puneri în practică în multe domenii,* a spus el. Anna a răspuns: „Aplică-mi mie știința asta a ta, profesore", apoi s-a aruncat deschisă pe patul lui.

— Există mai multe sisteme, care dau nume diferite etapelor alchimiei, a spus Doktor Messerli. Dar etapa de după ardere este spălatul. Solutio. Spălarea cu apă a elementelor calcifiate. De exemplu, apa lacrimilor.

Casa lui David și a Danielei era în vecinătatea pădurii. Anna și Karl au intrat în pădure pe sub o boltă de frunziș, un acoperiș de copaci. Au trecut pe lângă o femeie bărbătoasă care plimba un Rottweiler.

— Grüezi mitenand, i-a salutat ea în dialectul local.

Anna și Karl au salutat-o și ei. A fost singura persoană pe lângă care au trecut. Anna s-a întrebat dacă ar fi trebuit să aducă umbrela. Începuse să burnițeze, după numai câtiva pași.

Karl și Anna au mers într-un tandem relativ tăcut timp de trei-patru minute. Karl era un bărbat destul de musculos cât să lase vânătăi, oarecum masiv și cu picioarele arcuite aproape imperceptibil. Părul blond îi fusese albit de soare, avea mâini bătătorite și o față roșie, afabilă. Karl lucra la Cantonul Aargau ca *Holzfäller*, tăietor de lemne. Karl și Anna au făcut un strop de conversație. El a pomenit de Willi, fiul lui de treisprezece ani care locuia în Berna cu mama lui, femeia de care divorțase. A vorbit despre o vacanță pe care o petrecuseră cu un an în urmă în California. I-a spus Annei o glumă pe care o auzise într-o emisiune de televiziune și a întrebat-o dacă îi era dor de America. I-a spus tare Annei numele plantelor și copacilor: *Bergulme. Elsbeere. Hagebuche. Efeu.* Ulm de munte. Scoruș. Carpen. Iederă. Anna nu se simțea mai bine. Stomacul îi pulsa de greață, de parcă trupul ei ar fi simțit o cotropitoare inevitabilitate.

La jumătatea lunii martie 2006, Anna stătea întinsă pe podea în fața lui Stephen în apartamentului lui din Nürenbergstrasse. Se tânguia: *Ia-mă, ia-mă, ia-mă cu tine.* Era cea mai proastă zi din viața ei. Nu se mai simțise niciodată așa de groaznic.

Nu, Anna. Nu se poate. A vorbit calm, dar i se simțea iritare în glas. Nu voia să fie crud. Anna se agăța de mijloacele prin care îl putea păstra. *Vin oricum. Nu mă poți opri.*

Era adevărat. Nu ar fi putut-o opri. Dacă Anna ar fi găsit curajul de care avea nevoie să-l urmărească pe Stephen până în America, și l-ar fi etalat, și-ar fi dovedit tăria, și-ar fi respectat promisiunea de a-l urma. Dar nu l-a găsit. Nici măcar nu avea un cont bancar.

Salut, ăă, Bruno? Mda, am nevoie de un bilet dus până la Boston. Singurul moment în care a râs în ziua aceea a fost când și-a imaginat telefonul acela. Nu. *Stephen* trebuia s-o ia cu el. Trebuia s-o facă *el* să conteze, să fie adevărat. *El* trebuia s-o înșface și s-o smulgă de acolo. Anna trebuia să poată spune *n-am avut de ales.*

Dar Stephen n-a făcut-o. Și Anna nu l-a însoțit în Boston.

Timp de trei luni, petrecuseră împreună cel puțin o oră, aproape în fiecare zi. Se întâlneau în apartamentul lui. Se întâlneau în pădure și mergeau la plimbare. Se întâlneau aproape de ETH la prânz, la cafea, la un păhărel, la o partidă grăbită de sex în spatele ușii închise a biroului său. Dar curând s-a petrecut inevitabilul: Stephen a plecat. S-a dus acasă. Și nu s-a mai întors.

La dracu', mă simt așa de folosită.

Nu avea alt refugiu decât alinarea lacrimilor. Le-a ascuns în cel mai bun fel în care știa: le vărsa numai noaptea, numai când se plimba, numai când nu o putea întreba nimeni. Dar au fost atâtea lacrimi!

Și atâtea mustrări zilnice. *La naiba, Anna. Te jelești atât din cauza unei aventuri de trei luni?* A încercat să fie rațională. A încercat să se concentreze pe familie. A încercat să simtă vinovăție. Nu simțea decât durere implacabilă.

Dar durerea autentică nu e niciodată o pierdere. Și fiecare durere este reală. Și acesta era un lucru mai important decât era Anna gata să accepte. Se întindea dincolo de caracterul presant al inimii ei frânte. Dar asta avea să afle mult mai târziu.

La jumătatea lui aprilie, Anna avea deja un plan. Era egoist și irevocabil. *Dar pare așa de ciudat de sănătos și de înțelept,* s-a gândit ea. Bruno avea un pistol. Un Luger din cel de-al Doilea Război Mondial. Semiautomat.

Destul de ușor pentru mâinile unei femei. Cu închizător cu genunchi. O armă nazistă cu cătare metalică. *Am să intru în pădure într-o noapte și n-am să mai ies.* De două ori și-a făcut Anna curaj. De două ori s-a dus în pădure. De două ori a lăsat-o curajul și s-a întors teafără din pădure. Ambele dăți, mâinile i-au tremurat așa de tare, încât nici măcar n-a putut apuca arma. Ironia era evidentă: *Mi-e prea frică de trăgaci să mor.*

Dar a trecut o perioadă până să aibă curajul să mai încerce o dată (iar după a doua încercare, a știut că n-o s-o facă). Bruno mai voise un copil. Anna, nu. Dar vinovăția aventurii și stresul despărțirii o copleșeau. Copilul o putea absolvi. Copilul putea fi premiul ei de consolare. Singura ei consolare.

La cincisprezece minute de când începuseră plimbarea, Karl și Anna au ajuns la o *Waldhütte*, una dintre sutele de cabane publice răspândite prin pădurile elvețiene. Această *Waldhütte* era mai rudimentară decât majoritatea. Era un șopron cu trei pereți, în care erau două bănci și o vatră care părea să fi fost folosită chiar în acea dimineață. Pereții interiori ai *Waldhütte* erau acoperiți de sus și până jos cu graffiti. Deși făceau mare caz de curățenie și ordine, Annei i se părea că elvețienii erau destul de permisivi în legătură cu graffiti. Erau peste tot. Anna a arătat spre o mâzgăleală enigmatică de pe peretele din bușteni suprapuși, lăcuiți.

— Ce scrie? a întrebat ea.

Nu-i păsa de răspuns, dar pălăvrăgeala îi dădea siguranță și Anna și-o dorea. Karl a venit mai aproape, a cuprins-o de mijloc și a șoptit: *Spune că vreau să te sărut, Anna.*

Înainte ca Anna să apuce să spună ceva, Karl o întorsese cu fața la el, așa că era lipită între corpul lui și perete. A sărutat-o. Limba lui avea gust de *Weizenbier*, băutura tare din grâu din care băuse toată ziua.

Anna s-a opus:

— Nu, Karl. Nu.

Karl i-a șoptit *Da* la ureche. *Da*-ul acela a fost de ajuns. Eul pasiv al Annei a cedat. *O să-l las să mi-o tragă.* Era de parcă i-ar fi predat portofelul deschis unui hoț.

Anna se gândea la o mulțime de lucruri odată: *Ar trebui să termin. Ar trebui să-mi fie rușine. Ar trebui să mă simt violată. Ar trebui să mă simt prost față de Bruno. Ar trebui să mă simt prost pentru că nu mă simt prost. Cât e ceasul? Unde sunt băieții mei? Plouă și eu sunt în pădure. E ziua Danielei și-l las pe bărbatul ăsta să mi-o tragă.* Karl a sărutat-o iar. Când Anna l-a sărutat și ea pe Karl, aceste gânduri au zburat ca niște păsărele.

A fost o partidă rapidă și dură. Karl i-a smuls ciorapii și chiloții. Anna și-a aruncat pantoful drept și și-a scos piciorul din ciorapii de nailon. Și-a prins gamba pe după fundul lui Karl și l-a tras spre ea. El deja își slăbise cureaua și-și cobora blugii și chiloții. Avea penisul rigid și ud. A fost de ajuns, ca să se ude și Anna. *Da, așa, bagă-l înăuntru.* Vorbea așa de încet, încât vocea de-abia se auzea.

Și-au scos hainele până la piele. Anna a intrat în panică pentru o clipă; i s-a părut că a auzit scârțâit de pași pe potecă.

— Doar copacii, a spus Karl, și avea dreptate.

Așa că Anna a închis ochii și a deschis coapsele și mai mult. Karl a acceptat invitația și s-a afundat tot mai adânc.

Apoi s-a întâmplat ceva. Anna a simțit o schimbare. O alunecare marginală. O deplasare. Sentimente teribile au început să-i mișune pe sub piele. Voiau să iasă. Mai tare, Karl. Mai. Acum. A făcut ce i s-a spus. Fiecare împinsătură mai elibera ceva. O grijă, o frică, o enigmă, o disperare, o tristețe — indiferent ce era, fiecare sentiment se ofilea, unul după cealălalt. Mary care-mi cerșește prietenia iar eu nu vreau să i-o dau. Archie care-mi miroase tristețea. Victor pe care uneori pur și simplu nu-l iubesc prea mult. Stephen pe care am să-l iubesc până am să mor. Ursula care ar trebui să tacă dracu' din gură. Doktor Messerli căreia deja i-am spus prea multe. Polly care, dacă n-ar fi fost miercurea aceea, n-ar fi existat. Hans. Margrith. Edith. Otto. Roland. Alexis. Părinții mei morți. Vârsta mea. Fața mea. Sânii mei. Bruno. Doar luna de pe cer nu ți-am adus-o. Uită-te la mine! Iubește-mă oricum! Anna a început să plângă. Karl s-a oprit și s-a uitat la ea, dar Anna l-a lovit cu pumnul, Continuă! Și el a continuat. Anna și-a reluat litania. Cu cât o regula mai tare, cu atât îi deveneau mai reale gândurile. Fiecare afirmație dădea naștere unui nou catharsis. Nu mai fusese de mulți ani așa de sinceră. Le-a lăsat să o împresoare. S-a întins printre ele. Sunt o regină într-o afurisită de baie cu mercur. Și-a amintit ce spusese Doktor Messerli: Ființa moare și ia și corpul cu ea. Prețul transcendenței e moartea.

Anna a cedat în fața unui orgasm tăcut, neașteptat. Karl s-a cutremurat și a mormăit când a ejaculat. Anna l-a strâns, apoi a pulsat în jurul lui și l-a lăsat să iasă din ea, ca un deget dat cu săpun care alunecă printr-un inel prea mic.

Anna și-a recăpătat suflul în timp ce se îmbrăca. Karl și-a tras iar fermoarul la blugi și i-a dat Annei pantoful.

— Îmi doresc să fac asta de o sete de vreme.

Voia să spună „grămadă”. Anna nu-l credea, dar nu conta.

— Hai s-o mai facem o dată, a spus el. Aprobarea Annei a fost automată. Bine.

Anna nu i-a spus niciodată lui Stephen de Polly Jean. De fapt, nu luase niciodată legătura cu el.

La șapte și un sfert, familia Benz se îndrepta spre casă. Băieții, Polly și Ursula au adormit după ce au schimbat trenul în Frick. Avea să fie trecut de nouă când ajungeau acasă. În tren, Anna a privit un cadet din Armata elvețiană vorbind la telefonul mobil. Și-a petrecut timpul imaginându-și-l pe cel de la capătul firului. *E mama lui? Tatăl lui? Iubita? E și ziua surorii lui azi?* Anna își ținea în brațe fiica adormită. Victor își ținea capul sprijinit de umărul Annei. Pe Anna a cuprins-o un val de tandrețe față de fiul ei mai mare când, apropiindu-și capul de-al lui, a observat că mirosea precum câinele lui David. Charles dormea și el. Avusese o după-amiază grea. Cât timp fusese Anna la plimbare, căzuse de pe creanga unui copac în care se cățărase. Se tăiase în palmă. Urla în baie, se războia cu Bruno care încerca să-i spele rana când se întoarse Anna. Se ocupase ea de el.

— Trebuie să mă lași să ți-o curăț, Schatz, a gângurit ea. El a scuturat din cap. Știu că doare. Așa că închide ochii. O să ne mișcăm iute, da?

Charles și-a tras nasul, a întins mâna și a închis ochii. Anna a clătit și a tamponat rana, a pus puțină alifie pe ea, apoi a pansat-o cu tifon și a pus leucoplast, totul în mai puțin de un minut. Când Anna l-a întrebat pe Charles cum s-a întâmplat de a căzut, a spus că nu-și amintește. Anna s-a străduit să pară severă și l-a certat că nu era mai atent. Apoi l-a îmbrățișat strâns.

Anna s-a uitat la Bruno, care stătea în fața lui; avea un aer inexpresiv, era cherchelit. În ciuda bolții de nori din ziua aceea, era ars de soare.

— Cum merg ședințele la psihiatru? a întrebat-o Bruno adormit, aproape la jumătatea drumului spre casă și pentru prima oară de când le începuse Anna. Despre ce vorbiți?

Vrea să știe dacă vorbim despre el, s-a gândit Anna.

— Vorbim cum mă pot înscrie pe o traiectorie care să mă determine să mă implic în lume, a spus Anna, citând-o pe Doktor Messerli.

Asta a părut să-l mulțumească. A căscat și a arătat spre piciorul ei.

— Ai ciorapii rupți.

Anna și-a coborât privirea. Avea o gaură de mărimea unei monede de zece *Rappen* pe tibia dreaptă și un fir dus din ea. Probabil îl rupsese cu unghia de la picior când se îmbrăca.

— N-am observat, a spus Anna.

Nu mințea.

Cât timp a fost însărcinată, Anna a încercat să se împace cu sine. *Ăsta o să fie cântecul lui de rămas-bun,* s-a gândit ea. Un adio pe care nu și l-a luat. Va fi, a argumentat ea, singura parte din el ce merită păstrată. Deznădejdea o îngrețoșa. Grețurile matinale o făceau să plângă. Plânsese și cât fusese însărcinată cu ceilalți copii, iar lacrimile ei zilnice nu mirau pe nimeni.

Anna i-a povestit doctoriței Messerli un vis cu o cabană distrusă de foc într-o pădure necunoscută și a întrebat-o ce credea că înseamnă.

Tu ce crezi, Anna?

Anna era în pat la mai puțin de o jumătate de oră după ce intrase pe ușă. I-a grăbit pe băieți să facă baie și a pus-o pe Polly în pătuț. Bruno dormea când Anna a intrat în dormitor. S-a dezbrăcat cât de încet a putut, s-a schimbat într-o cămașă de noapte din bumbac subțire și s-a strecurat în pat. Bruno s-a rostogolit și a cuprins-o cu brațul. Era un gest izvorât din obișnuință. Anna s-a făcut mică și s-a întors cu fața la perete.

De când am devenit așa de lipsită de principii?

A doua zi, Anna începea a doua lună de germană: avansați începători II.

Of, Bruno, Bruno, a spus ea ușor în timp ce aștepta s-o fure somnul. *E și necazul tău.*

Cu o lună înainte să se nască Polly Jean, Anna a ieșit din casă la miezul nopții și s-a dus pe deal la banca unde se ducea mereu să plângă.

Nopții, aerului rece al toamnei, stelelor, trenurilor din depărtare, pădurii din spatele ei și locuitorilor adormiți ai orașului de la poale, Anna le-a mărturisit:

Îl iubesc. Îl iubesc. Îl iubesc.

Așa cum oamenii suferinzi iubesc opiaceele.

Octombrie

9

— O greșeală făcută o dată e nebăgare de seamă. Aceeași greșeală, a doua oară? O aberație. O gafă. Dar a treia oară? Doktor Messerli a clătinat din cap. Ce s-a întâmplat s-a făcut cu un scop. Voința ta acționează. Îți dorești cu ardoare un rezultat. O repercusiune. Anna s-a prins de mâna stângă cu dreapta și și le-a așezat pe amândouă în poală. S-a creat un precedent. Vei primi ce-ți dorești. Și nu e nevoie să cauți greșelile acestea. Pentru că acum te caută ele pe tine.

Începutul lui octombrie a fost tot atât de lin pe cât fusese de nesigur sfârșitul lui septembrie. Așa se întâmplă adesea. Fiecare lună începe cu propriul ei început. Tabla e ștearsă. Bruno era ocupat la serviciu și cu gândul aiurea. Victor și Charles erau absorbiți de școală. În fiecare dimineață, Ursula venea asacă la ei, pe Rosenweg, să aibă grijă de Polly Jean. Și Anna începuse al doilea semestru la cursul de germană.

Majoritatea absolvenților sesiunii din septembrie se înscriseseră la cea din octombrie. Restul clasei era format din absolvenți de la alte secții. Cu toții își îmbunătățiseră germana. La fel și Anna. Anna, în mod special. Lecțiile lui Roland deveneau mai puțin dificile. Începeau să aibă mai mult sens. Atmosfera din clasa din Oerlikon era jovială și prietenească, în timp ce zilele de toamnă deveneau întunecoase.

Consecința lecțiilor era, după cum anticipase corect Doktor Messerli, că Anna era mai obișnuită să vorbească tare în germană. Și ca o consecință a acestei consecințe, Anna a început să nu se mai simtă chiar așa de străină, poate chiar întru câtva în largul ei în viața de zi cu zi, ceea ce nu i se mai întâmplase până atunci. Într-o zi a vorbit cu mamele din piață. Într-o alta a făcut conversație cu casiera de la Coop. Era o premieră absolută. Casiera i-a oferit în schimb un zâmbet forțat, amabil.

Dar Anna nu se simțea complet în largul ei. În aceeași piață, într-o altă zi, cântărise din greșeală perele introducând codul bananelor, și o altă casieră — o femeie grasă și certăreață, tunsă scurt — a pufnit, s-a ridicat de pe scaun și a mers cu gesturi ostentative la cântar să le cântărească ea. Anna s-a simțit certată și rușinată. A fost agitată tot drumul până acasă și nu a mai suflat un cuvânt în germană tot restul zilei.

Bruno îi observa progresele treptate în limba germană, siguranța, comportamentul general.

— Sunt impresionat, a spus el. Dar nu e Schwiizerdütsch.

Era un comentariu cinic, nepoliticos, dar era adevărat. Nu cunoștea mai bine dialectul elvețian al germanei decât atunci când începuse cursurile. Dar era un început. Apoi el a adăugat că va plăti cu mare plăcere și alte lecții. De câte era nevoie, ca Anna să fie fericită. Și Anna era, poate, mai fericită decât fusese de mult timp (dacă „fericită" era cuvântul potrivit, iar Anna era aproape sigură că nu). Cursurile erau axa în jurul căreia gravita viața ei din prezent — publică, privată și cea secretă.

— Vezi? a subliniat veselă Doktor Messerli. Ce-ți trebuia în tot acest timp era pur și simplu un mod de a comunica mai ușor, de a te simți mai sigură pe propriul tău viciu.

Era o eroare de o magnitudine freudiană.

Și, pe la începutul lui octombrie, relația Annei cu Mary a început să devină fără doar și poate o prietenie autentică. Se întâmplase fără tam-tam, la o ceașcă de cafea în *Kantine* la Migros Klubschule. Anna nu avusese niciodată prea mulți prieteni apropiați, nici măcar înainte să emigreze. Dar acum, având-o pe Mary, Anna avea cu cine să se bucure de un prânz târziu, cu cine să vadă un film sau să stea într-un parc, să discute despre lucrurile pe care și le împărtășesc de regulă prietenele (nu făcuseră niciunul dintre aceste lucruri, dar nu asta îi aducea alinare; liniștea venea din faptul că știa că *ar putea*.) Pe Anna o fermeca pornirea compătimitoare a lui Mary. Uitase că oamenii puteau fi cu adevărat buni.

Dar sunt lucruri pe care Mary nu le va ști niciodată despre mine, s-a gândit Anna. *Nu vom fi niciodată cu adevărat apropiate.* Lumea interioară a Annei îi impunea să fie rezervată. O ținea pe Mary la o distanță mică, dar neîndoielnică. Dar Mary nu părea să observe și rămânea săritoare, veselă ca de obicei, în timp ce Anna se ținea deoparte. Mary nu era însă politicoasă tot timpul. Într-o zi după cursuri, i-a căzut geanta în fața *Bahnhof* Oerlikon, iar portofelul, fardurile și fiecare lucrușor pe care îl avea în geantă s-au împrăștiat pe stradă. Pudra din pudrieră s-a spart și un album foto cu instantanee de care nu se despărțea niciodată a aterizat într-o băltoacă uleioasă. *Rahat!* Mary cea cumpătată, cu atitudinea ei supusă, a înjurat așa de tare, încât un ușier de la Swissôtel de vizavi s-a uitat să vadă ce se întâmplase. Nimeni nu e tot timpul echilibrat, Anna știa acest lucru. Totuși, Anna nu îndrăznea să se deschidă. *Există poveri pe care nici măcar cei mai buni prieteni nu ar trebui să le știe.* Astfel, Anna era mai singură ca niciodată.

Anna i-a povestit un vis doctoriței:

Cobor pe o scară într-un labirint de pasaje întunecoase. E umed și amenințător. Cu fiecare pas, mă afund mai mult sub pământ. Sunt înfricoșată. Cu cât merg mai departe, cu atât mă simt mai groaznic. Nu ajung niciodată la capătul labirintului și niciodată nu găsesc drumul de întoarcere.

— Care dintre ele? a întrebat Doktor Messerli.

— Cum adică?

— Dedal sau labirint? Nu e același lucru. Dedalul are o intrare și o ieșire. E o enigmă ce trebuie descifrată. Într-un labirint, intrarea este și ieșirea. Un labirint te conduce prin sine.

Trecuse o săptămână din octombrie, când Anna a mers din nou acasă la Archie. Nu asta voise. O serie neîntreruptă de obligații și impedimente se strecurase între cei doi. Mai întâi a fost Mary, care a implorat-o să meargă cu ea cu trenul la Üetliberg. Anna i-a explicat că pe vremea aceea cețoasă nu vor vedea prea multe și că, dacă stăteau în burnița aceea groaznică la patru sute șaizeci de metri deasupra văii Liammat, aveau mari șanse să răcească cobză. Dar Mary își dorea foarte mult, așa că

Anna a cedat și a mers cu ea. În ziua următoare, Anna a stat cu Charles, care a rămas acasă pentru că avea febră.

— Vreau cu tine. Nu cu Grosi, a spus el.

Anna nu l-ar fi refuzat niciodată. Miercuri, Charles s-a simțit destul de bine încât să meargă la școală, dar în timpul cursului de germană, Anna a început să se simtă și ea amețită, așa că a plecat în prima pauză. („Crezi că a fost din cauză că te-am luat cu mine la Üetliberg?" s-a agitat Mary.) Într-o altă zi, Anna a dat fuga acasă, ca Ursula să se poată duce în Schaffhausen la timp, să se întâlnească cu o prietenă din America aflată în vizită. Și, într-o zi, Archie a fost cel care nu a putut ajunge la întâlnire; Glenn avea programare la medic și Archie trebuia să se ocupe de magazin. Nu se răciseră. Pur și simplu, declanșaseră un incendiu controlat.

Dar, după cursul de germană din a doua marți din octombrie, Anna l-a urmat pe Archie în apartamentul lui și, după un sărut înfocat în cadrul ușii care ar fi putut face țăndări un geam, Archie a dus-o pe Anna în pat și au făcut dragoste ca niște adolescenți lacomi, într-o atmosferă plină de tensiune erotică. Ea i-a făcut sex oral. El a lins-o până a avut orgasm. El a lipit-o de pat și a acoperit-o cu corpul ca o pătură. Anna abia mai putea respira. Dar nu era nimic. Era prețul pe care trebuia să-l plătească să se simtă în siguranță. Un mușchi din suflet îi era masat, o crăpătură din zidul plângerii îi era astupată.

Dar problema cu crăpăturile din ziduri este că apar când fundația e instabilă. Plăcile de beton devin abstracte. Din prima crăpătură, mai pleacă și altele. *Asta? Asta e din vina mea,* s-a gândit Anna când a simțit pământul clătinându-se sub ea. Și se referea la „vină" în toate accepțiunile ei.

Așa că, două ore mai târziu și în ciuda a ceea ce-i spunea judecata, Anna a coborât dintr-un tren pe peronul 3 din Kloten, un oraș aflat chiar dincolo de pădure, la nord de Dietlikon, și a traversat pe sub gară spre hotelul Allegra, unde o aștepta Karl Trötzmüller. Primise sms-ul în timp ce Archie era în baie. *Vino, Anna,* îi scria el și-i dădea adresa.

Îl înșel pe bărbatul cu care îmi înșel soțul, s-a gândit Anna. *Devin din ce în ce mai indecentă cu fiecare zi.*

Pe Anna o întrista adesea schimbarea. Felul în care frunzele învârtejite ale toamnei mai întâi se înroșeau, apoi se uscau până ajungeau maro, sfărâmicioase. Cum florile de primăvară, ascunse toată iarna, țâșneau din pământ pe nepusă masă. Bruno i-a spus că era nebună. *Tuturor ne place primăvara, Anna. Termină cu prostiile.* Dar nu primăvara (sau toamna sau iarna) era cea care o tulbura. Ci mutabilitatea lor. Cum una devenea următoarea, apoi următoarea, apoi următoarea. Era o treabă șireată; nu avea încredere în ea. Iar schimbarea este întotdeauna un motiv de panică, încerca ea să explice. Chiar și schimbările cu care ar trebui să fii cu siguranță obișnuit, precum răsăritul și apusul zilnic al soarelui. Mai ales apusul. *Spune-mi, Bruno, în ce cultură apusul nu anunță dezastrul?* Bruno își dădea ochii peste cap și încheia discuția. Așa că, în timp ce octombrie începea așa de lin, scurtarea zilelor a declanșat în Anna o teamă constantă, indubitabilă.

Anna s-a întors acasă de la Kloten abia după patru și jumătate. Stătuse să facă un duș. Ursula era enervată.

— Ar trebui să fii mai atentă. Nu mai pierde vremea prin oraș. Știi, nu eu sunt mama lor.

Ursula a plecat așa de repede, încât și-a uitat jacheta. Băieții erau în curte, iar Polly Jean în ascunzișul din țarcul ei de joacă, veselă, ronțăia piciorul unui tigru de pluș. Era așa de liniște în casă, încât Anna auzea ticăitul ceasurilor.

Anna rămăsese pe gânduri după lecția de germană din dimineața aceea. Limba germană are moduri, așa cum o femeie are toane. Uneori sunt condiționale, imperative, indicative, conjunctive. Ipotetice, solicitante, constatatoare, pline de dorință. Visătoare, arțăgoase, nesimțitoare, doritoare. Pline de alean, autoritare, anhedonice, imploratoare. Anna a încercat să facă o listă cu fiecare stare pe care o avusese vreodată, i s-au terminat cuvintele înainte să numească măcar jumătate din sentimente.

Anna și-a spus să se întoarcă direct acasă după curs în următoarele câteva zile, în timp ce se apleca în țarc și-și ridica fiica. Polly Jean a început să plângă.

— Șșș, a făcut Anna. Simt nevoia să iau pe cineva în brațe.

S-a așezat într-un balansoar, a strâns-o pe Polly la piept într-o păturică și, din epuizare, compasiune și poate chiar din plictiseală, toate trei la un loc, a plâns.

— Ce crezi că vei găsi în centrul labirintului, Anna?

Catastrofa o împingea pe potecă. Știa că, indiferent ce va găsi, nu va fi plăcut. Asta a spus și Anna.

— Psihanaliza nu este terapie, a răspuns Doktor Messerli. Scopul majorității terapiilor este să te facă să te simți mai bine. Psihanaliza își propune să facă din tine un om mai bun. Nu e același lucru. Rareori te simți bine când faci psihanaliză. Gândește-te la un os rupt care s-a vindecat strâmb. Trebuie să rupi din nou osul și să-l așezi bine. A doua durere este de obicei mai mare decât trauma inițială. E drept, călătoria nu este plăcută. Anna, nu ăsta e scopul ei.

Apelând la o logică întortocheată, Anna putea justifica o aventură: *Mă simt bine pe moment. Mă distrage de la lucrurile care mă apasă. Bruno mă ignoră de ani de zile. Nu pot să am și eu ceva care e doar al meu? Dacă Bruno nu știe, nu contează. Nu va dura veșnic, doar puțin. Puțin. Numai puțin.* Anna era deșteaptă și putea jongla cu o mulțime de argumente.

Dar chiar și Anna cea deșteaptă știa că nu putea justifica două aventuri în paralel. Să le îngăduie? Să cedeze în fața lor? Să capituleze? Să accepte? Da, da, da și da. Dar nu se putea absolvi sau exonera. Așa că nu a făcut-o. În schimb, și-a alungat toate scrupulele și a făcut tot ce a putut ca să nu-și facă griji din cauza asta. Sarcină ușurată cumva chiar de aventură.

Când Anna cedase în pădurea Mumpf, o milă ciudată, implauzibilă o înhățase de gât. Cât de inutil e să fug de impulsurile mele. Revelația era tăioasă. Un cuțit. Îi tăia sforile de la încheieturi. Vinile mele sunt de necontestat. De nealinat. Eu trebuie să le simt. Ale mele sunt. Și asta a decis să facă. Să le posede. Să le trăiască. Sexul adusese limpezimea. Se poate să nu fiu așa de pasivă cum cred eu. Autobuzul e al meu. Și, la dracu', am să-l conduc. Așa că, cu cât devenea mai rea, cu atât devenea mai bună. Încă era tristă. Încă era sperioasă. Încă era ea însăși și risca din plin să fie prinsă sub dărâmăturile propriilor alegeri proaste, când adăpostul improvizat i se năruia. Dar din această teribilă certitudine, Anna își trăgea seva. Luna octombrie a început sub imperiul acestui sentiment. Asta îi cârpea mașina. Și atâta timp cât funcționa — deși era periculoasă —, avea să recurgă la ea.

A doua zi, Anna a venit direct acasă după curs. Era obosită, îndurerată și slăbită, și-i promisese Ursulei că avea să vină devreme. Archie nu și-a ascuns dezamăgirea.

— Hai că ne întâlnim în altă zi din săptămână, i-a șoptit Anna lângă automatul de cafea din Kantine.

El s-a încruntat și a scâncit cum făceau băieții ei când nu primeau ceva ce-și doreau. Ștrengăria lui i-a pus la încercare răbdarea Annei.

— Doamne, Archie, revino-ți!

Anna și-a masat tâmplele în timp ce vorbea. Archie s-a întors fără să răspundă, și-a plătit cafeaua, a luat un ziar pe care îl lăsase cineva pe o tejghea, s-a dus cu el la o masă din colț și s-a așezat, cu spatele la sală. Anna s-a simțit prost. Nu voise să-l jignească. Mary s-a apropiat de ea.

— Ce e, draga mea? Te doare capul? Cred că am eu aspirină.

A început să scotocească prin geantă.

Anna a oprit-o.

— Am nevoie doar de o cafea.

— Atunci hai să-ți facem rost de una!

În drum spre casă, Anna s-a oprit la Coop de pe Bahnhofstrasse din Dietlikon. Făcuse o listă în tren. *Eir. Milch. Brot. Pfirsiche. Müsli. Die Fernsehzeitschrift. Ouă. Lapte. Pâine. Piersici. Cereale. Programul TV*. Anna și-a reținut un pufnet disprețuitor. Pare lista de cumpărături a unei bătrâne. Era ceva adevăr în aceste cuvinte. Anna își simțea vârsta în ziua aceea, plus încă cincisprezece, douăzeci de ani în plus. A cumpărat totul cât de repede a putut.

Cinci minute mai târziu, Anna și-a auzit numele strigat de cineva de la coada la casă.

— Grüezi Frau Benz.

Era vecina Annei, Margrith.

— Grüezi Frau Tschäppät.

Margrith i-a zâmbit ciudat, dar nu neprietenos. A întrebat de Bruno, de copii, de Ursula. Anna i-a spus că toți erau bine și apoi a întrebat-o pe Margrith ce planuri aveau ea și Hans pentru restul anotimpului. Era genul de subiect de discuție cu care mergeai la sigur. Anna nu știa niciodată despre ce să vorbească cu străinii. Iar elvețienii erau întotdeauna niște străini. Conversația a fost politicoasă și expeditivă, cum trebuie să fie conversațiile la coadă la cumpărături.

Margrith a continuat să vorbească, în timp ce Anna s-a întors să plătească.

— Ah, a intervenit Margrith când Anna introducea cardul de credit în aparat. Cred că te-am văzut ieri, parcă? Margrith a făcut o pauză. Da. În Kloten. Mergeai spre gară. Anna a introdus PIN-ul și nu a ridicat privirea. Știi, am o soră în Kloten.

Ah, da, a răspuns Anna, deși nu știa că Margrith avea o soră. *Ce face?*

— Ah, se descurcă, mersi de întrebare. Ai vreun prieten în Kloten?

— Nu, a spus Anna. Și apoi: Margrith, mă tem că te înșeli. Nu eram eu. Anna a spus aceste cuvinte cu fermitate, calm. Das war nicht ich.

Și-a luat un aer neutru și a încercat să-și amintească dacă o condusese Karl la ieșirea din hotel. Nu.

— Hm, mă rog, a spus Margrith, râzând de greșeala pe care trebuie s-o fi făcut. Probabil era dublura ta!

Anna și-a pus cumpărăturile în sacoșe și i-a zâmbit scurt lui Margrith, după care cele două și-au luat la revedere Anna a plecat din Coop și a parcurs în trei minute distanța de cinci minute până în Rosenweg.

10

Istoria dublurilor malefice este fenomenologică. Dublurile apar rareori în același loc ca jumătatea lor autentică. Cel mai adesea, dublura apare când cineva este grav bolnav sau când este într-un mare pericol. Se spune că spiritul unei persoane poate, prin voință proprie, apărea în două locuri deodată, în momente de mare necaz. Aduce ghinion dacă dublura malefică este văzută de familie sau prieteni.

Să te vezi pe tine însuți prevestește moartea.

Anna avea să împlinească treizeci și opt de ani în mai puțin de două săptămâni.

Anna detesta zilele de naștere. O deprimau. Nu-și sărbătorise nici măcar o dată ziua de naștere fără ca bucuria să nu fie în același timp însoțită și de o mare dezamăgire, ca un baros prăvălit asupra unei sculpturi din sticlă.

Nu gândul la îmbătrânire era cel care o umplea de groază. Vârsta este consecința firească a vieții, Anna știa acest lucru, iar alternativa era sumbră.

Dar gândește-te: *În fiecare an ai și o zi a morții, atât că nu știi care este.*

Anna l-a pus pe Bruno să promită că nu va face caz de asta. Nu-i fusese greu să jure: nici nu avusese de gând. În ce o privește pe Anna, ea a decis să se ocupe de ziua aceea când venea, niciun minut mai devreme.

— Durerea care nu-și găsește ușurarea prin lacrimi face alte organe să plângă, a spus Doktor Messerli.

Anna a scris fraza în jurnalul ei. *În cât de multe privințe e adevărat!*

Era sâmbătă, iar Anna și Bruno fuseseră invitați la Edith și la Otto Hammer acasă în Erlenbach la o petrecere. Bruno i-a dus pe copii acasă la Ursula în timp ce Anna se îmbrăca. Nu prea o trăgea inima. Nu voia să meargă, dar familia Hammer îi aștepta, și Bruno a promis că nu aveau să se întoarcă târziu acasă.

Anna își făcuse un obicei din a se îmbrăca bine. Avea haine frumoase și gusturile ei în materie de modă erau ireproșabile. Se simțea în siguranță în hainele ei cele mai frumoase și, chiar dacă nu se putea bucura tot timpul, cel puțin se putea simți — relativ, ocazional — inaccesibilă. O lua pe asta. A ales o rochie neagră strânsă pe corp cu mâneci scurte și motive aurii pe poale. Și-a pus un șal negru de lână pe umeri, și-a strâns părul într-un coc larg și l-a prins cu o clemă cu pietre false. Întâi s-a studiat în oglinda de la baie, apoi în cea din dormitor. Fiecare oglindă o arăta diferit. În dormitor era slabă, dar palidă. În baie avea o culoare sănătoasă, dar brațele îi păreau mai groase și fața buhăită. Niciuna dintre fețe nu era a ei și totuși erau amândouă. Nu ești dublura mea malefică, i-a spus fiecărei reflexii. A făcut suma celor două și a împărțit-o la doi. Era prezentabilă.

Bruno și Anna au luat mașina. Radioul era pe un post de muzică hip-hop. Pe Anna o amuza cât de mult le plăcea elvețienilor muzica negrilor. După ore și în weekend, când era vreme frumoasă, un grup de adolescenți din Dietlikon se întâlneau pe terenul de joacă al bisericii aflate vizavi de casa lor. Purtau hainele specifice tinerilor de la oraș, pantaloni bufanți, adidași albi cu șireturile slăbite și șepci așezate șmecherește, pe o parte. Dădeau radiourile cât de tare le permitea butonul și se loveau cu capul de ziduri de aer, în timp ce beau Red Bull cu votcă, fumau și cântau melodii rap ale căror versuri poate că nici nu le înțelegeau. Anna nu vorbea niciodată cu ei. O înfricoșau. Bruno a lăsat radioul pe acest post, iar Anna a încercat să se piardă în pulsația și zvâcnetul muzicii.

Când Anna se mai gândea la Stephen, aproape întotdeauna era în treacăt, o noțiune tranzitorie care îi traversa mintea de la un capăt la celălalt, ca un pieton care trece strada. Uneori se gândea la el când făcea dragoste (nu conta cu cine). Uneori se întâmpla când se plimba prin pădure. Alteori, când trenul se oprea în gara Wipkingen, când la știri se vorbea despre o pădure incendiată, când lua numărul 33 spre Neumarkt sau când o pieptăna pe Polly Jean. Se întâmpla în tramvaiele din centru când simțea mirosul săpunului sau parfumului său sau auzea un bărbat vorbind în același registru. Anna se răsucea și studia fiecare față, dar a lui Stephen nu era niciodată printre ele. Asta nu se întâmpla des. Dar se întâmpla.

— Care e diferența dintre dragoste și pasiune?
— Tu să-mi spui, i-a zis Doktor Messerli Annei.

— Pasiunea este incurabilă. Dragostea, nu.
— Dorința nu e o boală, Anna.
— Nu?

Edith Hammer rareori dădea petreceri discrete. Petrecerea aceasta, deși nu era modestă, era cel puțin relativ mică. Mai puțin de douăzeci de oaspeți se plimbau prin camerele casei de pe Coasta de Aur a familiei Hammer. Nu era o petrecere prilejuită de vreun eveniment. Nu era ziua nimănui, aniversarea niciunui cuplu, niciun fel de sărbătoare. Petrecerea avea loc pentru că Edith voia pur și simplu. Otto îi făcea întotdeauna pe plac: *Soție, îmi doresc ce-ți poftește ție inima.* Dar în pofida poleielii fericite, familia Hammer nu era pe deplin fericită. Otto avea un temperament mai vulcanic și cu izbucniri mai dese decât al lui Bruno. Edith arunca cu banii și deseori spunea lucruri răutăcioase. Fiicele lor erau nesupuse și locuiau mare parte din an într-un internat din Lausanne. Iar soții Hammer beau prea mult.

Dar împreună formau un cuplu frumos, rafinat, iar Edith era una dintre cele două prietene ale Annei. Deși de obicei Edith era tăioasă și neiertătoare, Anna nu avea încotro și rămânea prietena ei.

Când Anna și Bruno au intrat pe ușă, au fost smulși unul de lângă altul — Anna de către Edith, iar Bruno de către Otto — și duși în livingul mare. Camera era împărțită. Bărbații erau adunați aproape de bar, iar femeile lângă bucătărie. Elveția este fără îndoială o țară modernă, dar ocazional, rolul sexelor își spune cuvântul. În unele cantoane, femeile nu au avut drept de vot până în anii '70. Anna și-a dat seama că trăia de prea mult timp în Elveția când acest lucru a încetat s-o mai îngrozească.

Doktor Messerli insistase atât, încât conversația devenise plină de șabloane: Anna nu-și făcea griji că perpetua stereotipul femeii fragile, subjugate? Că, exceptând felul în care se îmbrăca, limbajul pe care îl folosea și *Handy*-ul din geantă, erau puține lucruri care să o deosebească de o femeie care trăise cu cincizeci, șaptezeci sau o sută de ani în urmă? Nici ele nu conduceau și nu aveau cont bancar. Ea nu înțelegea că putea fi tot ce și-ar fi dorit ea să fie? Nu credea că avea responsabilitatea de a fi *ceva*?

Răspunsul Annei nu varia niciodată. *Înțeleg ce vrei să spui. Se poate să ai dreptate.*

Edith era în cea mai prietenoasă dispoziție în noaptea aceea. Se mișca prin cameră cu o veselie pe care Anna n-o mai văzuse niciodată afișând-o, în timp ce oferea pahare cu vin, boluri cu măsline, alune și mazăre cu crustă de wasabi, gustări despre care Anna ar fi jurat că sunt prea banale pentru gustul lui Edith. Anna stătea într-o mulțime de femei pe care le cunoștea doar din vedere. Erau soțiile bancherilor. Au dat din cap, au zâmbit și au lărgit cercul ca s-o includă și pe ea, dar și-au continuat conversația în Schwiizerdütsch.

Anna înțelegea poate cinci la sută din ce auzea. Era bine că își îmbunătățise germana, dar nu-i era de folos într-un grup de *Schweizerin.* Anna a recurs și ea la zâmbete și aprobări din cap. Așa era cel mai simplu.

În partea opusă a încăperii, l-a zărit pe Bruno. Făcea mișcări exagerate cu brațele și bărbații din jurul lui râdeau, în timp ce povestea ceva, exact cum făcuseră și bărbații de la petrecerea Danielei. Avea o țigară atârnată în colțul gurii. Pe Anna o enerva când fuma. Dar Bruno fuma numai la petreceri, așa că atunci când o făcea, de obicei era semn că se simțea bine. *Accept, cu tot cu țigări,* a încuviințat Anna.

Anna își dorea să ia legătura cu Stephen, dar nu o făcuse niciodată. *Ce-o să-i zic în afară de „bună"? I-aș spune despre Polly Jean? Aș recunoaște că mi-e dor de el? L-aș implora să se întoarcă?* Își imagina diferite scenarii. *Ce s-ar întâmpla? Ce-ar putea fi rău în asta?* Anna știa răspunsurile.

Dorința de a-l căuta îi dădea ghes. Anna era expertă în a-și reprima dorințele. Totuși, avea în *Handy* numărul biroului său de la MIT. Îi pusese numele „Cindy", o verișoară cu care pierduse legătura de mult. Îi smulsese numărul chiar înainte să plece. Cu câteva jalnice apăsări pe butoane, se putea reconecta la vocea lui inoportună, omniprezentă.

Dar nu îl sunase niciodată.

De două ori făcuseră dragoste în săptămâna aceea, Anna și Archie. Intraseră în rutina pe care iubiții fără obligații nu o pot evita. Atracția dintre ei era incontestabilă. Dar afecțiunea nu era un lucru de luat în discuție. Nu erau îndrăgostiți. Nu se punea așa problema. Întâlnirile lor nu erau mai puțin intense, dar erau mai rare.

De câte ori am făcut-o? Anna nu numărase.

Câte indiscreții formează o aventură? Era o întrebare nerelevantă. *Afecțiune, dar nu dragoste. Nici față de Archie, nici față de Karl.* Unele femei colecționau linguri. Anna colecționa iubiți.

Roland a explicat că, în germană, condiționalul se folosește pentru a arăta dependența dintre o acțiune sau mai multe evenimente și o alta. Este o situație: „dacă-atunci". *„Zum Beispiel"*, a spus Roland.

— Dacă sunt bolnav mâine, n-am să merg la școală. Sau: dacă vremea va fi frumoasă, atunci vom merge în parc."

Pe Anna nu o liniștea prea tare. *Dacă mă prinde... atunci am pus-o.*

Anna și-a întors din nou privirea spre soțiile bancherilor, care se îngrămădeau unele în altele. Femeile erau tinere. Soții purtau bijuteria frumuseții lor ca pe un elegant ceas de mână.

Edith lăsase tava cu mâncare și se întorsese la grup.

— Anna, a spus ea, în timp ce-i făcea semn să meargă într-un colț mai retras al camerei.

Anna a lăsat capul în piept și s-a îndepărtat, desprinzându-se la propriu cu o plecăciune de o conversație la care oricum nu lua parte.

Edith i-a făcut semn să se grăbească. Era agitată.

— Vino încoace!

Anna s-a apropiat mai mult de ea. Era deja destul de aproape de ea, atât cât credea că cealaltă dorea să fie.

Edith, întotdeauna transparentă, era în noaptea aceea animată de o agitație și o zăpăceală exagerate.

— Întoarce-te discret și uită-te — nu, încă nu! — în stânga.

Anna a scuturat din cap văzând caraghioslâcurile de școlăriță ale lui Edith, dar i-a făcut pe plac. A așteptat o clipă, apoi s-a întors să se uite peste umăr.

— Ce ar trebui să văd?

— Zău așa, Anna. Mai uită-te o dată!

Anna s-a uitat iar. I-a văzut pe Bruno și pe Otto pe canapea. Lângă canapea, în picioare, era Andreas, un funcționar bancar, subalternul amândurora. Și lângă Andreas stătea un bărbat pe care nu-l cunoștea. Era mai blond, mai scund și mai tânăr decât ceilalți bărbați. Purta un sacou îngrijit, blugi închiși la culoare și ochelari de vedere moderni, de designer. A dat capul pe spate să râdă și Anna a observat că avea strungăreață și o gropiță în bărbie. Era arătos, da. Și avea cel mult douăzeci și cinci de ani.

— Cine e? Lucrează în sucursală? Cu ce se ocupă?

— Eh, nu știu cu ce se ocupă. Edith a fluturat mâna alungând întrebarea ca pe o muscă. Ceva legat de bănci. Anna s-a încruntat. Se numește Niklas Flimm.

— Flynn?

Edith a clătinat din cap.

— Ei, pe dracu'. Fii atentă. Flimmmm. Edith a lungit m-ul. E austriac, a accentuat ea, de parcă, cine știe cum, ce spunea în continuare era de o mai mare importanță, mai plin de semnificații. Mă culc cu el de o lună!

Anna nu putea numi o singură relație amoroasă pe care o avusese vreodată care să nu fi început cu o hotărâre sexuală chiar din ziua în care îl cunoscuse pe bărbat, indiferent care era el. Bruno. Archie. Stephen. Iubitul ei de la facultate, Vince. Se cuplaseră la orientare. În noaptea aceea își dăduse afară colegul de dormitor și mâna Annei ajunsese în pantalonii lui. E adevărat, pe Karl îl cunoscuse înainte de ziua aceea din Mumpf. Dar de fapt niciodată nu purtaseră o discuție adevărată până la petrecerea Danielei. O greșeală comisă prima oară este o scăpare. Dar de trei ori, de patru, de douăsprezece? *Ți-o cauți.*

— O lună întreagă! a repetat Edith.

— Hm, a mormăit Anna nonșalant.

Aventurile nu o mai surprindeau. Edith a zâmbit strâmb. *Se așteaptă la un răspuns mai consistent*, s-a gândit Anna, apoi a căutat ceva relevant de spus.

— Cum s-a... ăă... întâmplat? Anna s-a încurcat la cuvântul „întâmplat". Nu știa ce altceva să spună. Aveți probleme, tu și Otto?

Edith a râs și a zâmbit relaxată.

— Ah, nu. Ne e bine. Dacă nu știe, Otto nu are cum să sufere. Și uite ce piele am! N-am mai avut-o așa de ani de zile!

Anna nu a negat acest lucru, deși nu știa ce legătura avea.

— Ăă, cum e tipul?

Edith i-a aruncat o privire care spunea: „Tu glumești?"

— Anna, uită-te la el! E superb. Și tânăr! Nu-i așa că e extraordinar?

Niklas s-a desprins o clipă de conversație și le-a văzut pe Edith și pe Anna privindu-l. A ridicat din sprâncene și paharul de vin spre cele două femei.

— E palpitant, nu?

Da, s-a gândit Anna. *Adulterul e super.*

— Hai să-ți facem și ție rost de unul, Anna.

— De un iubit?

Edith și-a dat ochii peste cap.

— Nu. De o plantă de apartament. Da, normal că de un iubit. Edith a zâmbit afectată. O să te mai înveselească!

Exact asta n-o să facă, s-a gândit Anna. Deși era slabă, uneori Anna era și înțeleaptă.

— Ești îndrăgostită? a întrebat Anna, cu o sinceritate naivă.

Edith a râs, cherchelită.

— Nu, Doamne ferește! Părea caraghios și misterios, de pară ar fi vorbit Mary. N-are în niciun caz legătură cu dragostea!

Tema la germană a Annei consta deseori din exerciții de vocabular, cu conjugarea verbelor, declinări și scrierea multor, foarte multor propoziții.

Dragostea este o pedeapsă[14], s-a gândit Anna. *O pedeapsă cu moartea.*

[14] Joc de cuvinte intraductibil: Love' s a sentence, înseamnă și „dragostea este o propoziție", și „dragostea este o pedeapsă". (*N.tr.*)

11

Edith și-a tot aranjat gulerul bluzei, apoi s-a uitat împrejur și a plecat de lângă Anna, bătând-o pe umăr.

— Mai am și alți musafiri! a spus ea în timp ce pleca iute și pe Anna o lăsa singură în colțul încăperii.

Soții Hammer puseseră două încălzitoare pe terasă, dar nu era nimeni afară. Anna a traversat camera cât de discret a putut și s-a strecurat pe ușa din spate.

Doamne, cât mă pricep la singurătate! Acesta era adevărul. În copilărie, Anna prefera să-și petreacă singură mare parte din timp. În cele din urmă, părinții au dus-o la un psiholog. Nu părea sănătoasă o asemenea rezervă la o fată de altfel normal. *E deprimată, doctore? O să se facă bine?* Grija lor era justificată. Acasă, Anna stătea retrasă. Se refugia zilnic în dormitorul ei și se încuia, citea, asculta radioul, își scria în jurnal sau stătea pe pervaz și nu făcea decât să se uite pe stradă. *Ce faci acolo, încuiată, singură?* întrebau ei.

— Învăț, răspundea Anna întotdeauna.

Și visez, gândea, dar nu spunea. *Și mă întreb cine voi fi peste douăzeci de ani.* Psihologul i-a pus o mulțime de întrebări și în cele din urmă le-a spus părinților Annei că nu avea nimic.

— Pubertatea e de vină, a spus el. O să-i treacă.

Apoi le-a dat factura de două sute de dolari. Dar pofta de singurătate a Annei nu a trecut. După ce părinții ei au murit și până să-l cunoască pe Bruno patru ani mai târziu, Anna a locuit singură.

Anna a rătăcit prin curtea familiei Hammer, trăgând de același pahar de vin din care băuse și înăuntru. Caracteristica aerului nopții era o răcoare de mijloc de octombrie. Norii ascundeau stelele. Întunericul era încordat și fragmentat. Anna se uita pe cerul greu de ghicit, când a auzit un bărbat tușind. S-a speriat.

— Ah! a făcut ea și s-a răsucit brusc.

— Bună, Anna.

Era Niklas Flimm.

— Bună.

Pe Anna o deranja să audă pe cineva căruia nu-i fusese prezentată spunându-i pe numele mic. Era un avantaj nedrept. În unele triburi indigene, numele unei persoane cuprinde mai mult decât identitatea sa, este adăpostul spiritului. Niklas nu primise acest drept. Anna era deja iritată.

— Eu mă numesc Niklas.

— Știu.

Vorbea engleză pe un ton ascuțit și nazal, și arăta mai bine de aproape decât de la distanță, și era chiar posibil să-l confunzi cu un manechin. *Bravo, Edith*, s-a gândit Anna.

— Edith spunea că ești soția lui Bruno...

Anna a zâmbit afectat.

— Sigur.

Niklas vorbea o engleză stricată. Pronunțase „Edith" ca pe „eat it" și scăpa articolele atât de des pe cât confunda

Karl sensul cuvintelor. Anna l-a privit, neștiind ce altceva să spună. Îi era greu să înțeleagă accentul austriac. Anna a ascultat, dar i-a evitat privirea directă, ațintindu-și ochii asupra frunții lui.

Discuția lor era plictisitoare. Niklas a vorbit despre Viena, schiat și a spus că uneori nu-i înțelegea pe elvețieni. Anna și-a menținut un aer neutru și și-a amintit de o poantă pe care o auzise la Bruno despre austrieci. Uitase partea de început. Anna și-a trecut degetul mare pe buza paharului de vin, s-a întrebat cât era ceasul și cât mai avea Bruno de gând să stea.

Cu un weekend înainte de petrecerea lui Edith, Anna și Mary și-au dus copiii la Greifensee, al doilea lac ca mărime din Cantonul Zürich, al cărui mal se afla la numai o jumătate de kilometru de ușa de la intrare a familiei Gilbert. Cei trei băieți și-au adus și bicicletele. Mary și Anna au luat-o pe poteca din spatele lor. Anna împingea căruciorul lui Polly. Alexis rămăsese acasă.

— Cum l-ai cunoscut pe Tim?

Mary a roșit.

— Ne-am cunoscut în liceu.

Acest lucru nu a surprins-o pe Anna.

— N-ai mai fost cu nimeni altcineva?

Mary a clătinat din cap.

— Nț. Cu nimeni. Doar cu Tim.

Această mărturisire părea s-o rușineze. *Doar cu Tim.* Anna și-a concentrat privirea pe poteca din fața ei. Sigur că avusese iubiți înainte de Bruno. Iubiți de la facultate, bărbați cu care fusese câteva luni și apoi le dăduse papucii sau care îi dăduseră papucii. Prieteni bărbați cu care, în diferite împrejurări, ar fi putut ieși mai puțin circumstanțial. Dar apoi a fost Bruno. Mary a dus discuția în altă direcție.

— Tu cum l-ai cunoscut pe Bruno? Cum v-ați îndrăgostiiit?

Mary a lungit cuvântul „îndrăgostit" ca o fată de clasa a șasea.

Anna a răspuns la prima întrebare.

— La o petrecere.

Acesta era searbădul adevăr. Se cunoscuseră la petrecerea unei cunoștințe comune. În aceeași noapte, urmaseră pipăieli, chercheliți. Și chiar și acum, în ciuda diferențelor și mărunte și importante, poftele carnale pe care își întemeiaseră dragostea încă îi făceau să vibreze. Pentru a doua întrebare, Anna a avut nevoie de un ocol. Mary a așteptat ca Anna să continue.

— Păi, e frumos și responsabil... Anna a ocolit întrebarea, lăsând-o în suspensie. Mary a dat impresionată din cap. Și, a oftat Anna resemnată, iată-ne.

— Așa de simplu? a întrebat Mary. Anna a clipit. Cum te-a cerut?

— Într-o livadă. În Washington. Au mai făcut câțiva pași. Eram într-o excursie.

— Ce romantic!

Așa ar fi trebuit să fie, s-a gândit Anna. Pentru oricare altă pereche de îndrăgostiți, așa ar fi fost. La câteva luni după ce se cunoscuseră, Anna și Bruno se mutaseră împreună. Câteva luni mai târziu, când erau în vacanță și se plimbau printr-o livadă de mere din apropiere de Wenatchee, Bruno se întoarse spre Anna și îi spusese:

— Cred că ai fi o soție bună pentru mine. Cred că vreau să mă căsătoresc cu tine.

O spusese pe negândite și fără ocolișuri. Ideea îi trecuse prin cap și o rostise cu glas tare, așa cum ar fi anunțat că vrea să vadă un film. Nu avea niciun inel la el. O mie de mere rotunde și coapte îi priveau de deasupra. *Sunt de acord,* se gândise Anna. *Aș fi o soție bună. Aș fi o soție bună, în general.* Și Anna îl iubea pe Bruno. Era îndrăgostită de Bruno. Simțea un anume fel de dragoste pentru Bruno. Atât cât o înțelegea ea, Anna se simțea destul de încrezătoare încât să numească dragoste ceea ce simțea ea pentru Bruno. Era plăcut să facă sex cu el și, în zilele acelea, asta conta la fel de mult ca orice altceva. Anna acceptase. Se căsătoriseră două luni mai târziu.

Anna a simțit fâșâitul ierbii uscate sub tălpile pantofilor. Polly Jean se foia din când în când.

— Charles! a strigat Anna.

Ești prea departe — vino înapoi! Charles nu a auzit și nu s-a întors. Anna a strigat la Victor să-și prindă din urmă fratele. Când l-a prins, Charles s-a uitat înapoi și a făcut cu mâna.

— Așa face mereu, a adăugat Anna.

— O ia înainte?

— Nu e atent.

— Ah, e cu capul în nori! Așchia nu sare departe de trunchi! a chicotit Mary.

Poate că propunerea lui Bruno a fost directă, dar Anna a acceptat fără ezitare. Era o atmosferă calmă în livadă. Cerul era promițător. Merele lăsau să se întrezărească posibilitatea bucuriei. Și le amintea pe toate: *Honeycrisp, Honey Sweet, Golden Supreme, Ambrosia, Sunrise, Gala, Fortune, Keepsake.* Cu nume așa de improbabile, fiecare prezicând strania și posibila fericire. *Da, Bruno, voi fi soția ta.* S-au ținut de mână până înapoi la mașină.

La capătul potecii, Anna s-a oprit să ia o pietricică neagră, ca o perlă, dintr-o grămadă de alte pietre șterse. Și-a frecat-o de cămașă și a ascuns-o în buzunar. De atunci, Anna avea la ea pietricica aceea. I se lovea în portmoneu de mărunțiș.

Într-o zi, în timp ce Stephen era în baie, Anna i-a șterpelit o batistă albastră de pânză din sertarul cu șosete. Era brodată cu niște inițiale care nu erau ale lui. Poate era a bunicului său. S-a simțit prost, dar numai puțin. La fel cum făcuse și cu pietricica, o purta în geantă din ziua în care o luase.

Cred că mi-ai fi o soție bună, spusese Bruno.

Dar nu de aceea acceptase Anna.

Acceptase pentru că nu-și putea imagina un bărbat mai potrivit pentru ea.

— De obicei, bărbații nu au o aventură pentru că sunt singuri sau vor legături emoționale. Pentru un bărbat, deseori motivul se reduce pur și simplu la asta: provocarea seducției.

Anna îi spusese doctoriței despre Edith și Niklas.

— Și femeile?

Doktor Messerli a privit-o compătimitor în ochi pe Anna.

— Mă îngrijorezi, Anna.

Conversația cu Niklas a continuat, deși cu greu. Niklas locuia în Elveția de mai puțin de șase luni. A bombardat-o pe Anna cu întrebări. A întrebat-o despre excursiile prin Zürich, magazinele cu delicatese, de unde își putea cumpăra o *mountain bike*. Era vorbăreț și curios. Anna s-a crispat. Era mult prea tânăr pentru Edith. Mult,

mult prea tânăr. Niklas lucra pentru Otto. Ce scandalos din partea ei. Avea un neașteptat moment de corectitudine. care o sufoca pe Anna. *Doamne, ce ipocrită sunt*, s-a gândit ea.

Dar până și ipocriții au momente de luciditate. Anna putea conviețui cu ipocrizia. De luciditate nu se putea ea feri.

Spre sfârșitul plimbării din acea zi, Anna și Mary i-au dus pe copii într-o cafenea din apropiere de *Schiffstation*, vizavi de castelul Greifensee, un turn din secolul al XII-lea. Au comandat suc de portocale pentru băieți, cafea pentru ele, iar Anna a scos o cutiuță cu biscuiți sărați în formă de animale și a pus doi pe tava pentru gustări care se prindea de căruciorul lui Polly. Polly i-a luat și a început să-i lovească de tavă. S-au făcut imediat fărâme.

— Nu, Polly.

Anna a mai luat doi biscuiți și i-a apropiat unul lui Polly Jean de gură. Polly a apucat biscuitul în formă de animal în pumnul grăsuț și l-a lovit de buze, vrând parcă să-l mănânce, și l-a izbit, ca pe ceilalți, de tavă.

— Eu renunț.

Anna i-a dat și biscuitul rămas. Uneori asta făcea Anna: pur și simplu, renunța.

Mary s-a arătat înțelegătoare.

— Așa sunt ei uneori, înțelegi? Încăpățânați. Cred că în special fetele.

Anna trebuia să se gândească la acest lucru înainte să fie de acord.

Când au sosit băuturile, Anna a dat să-și ia portofelul.

— Nu, nu, plătesc eu, a spus Mary și Anna a cedat.

Mary avea o geantă mare, greu de manevrat. Când a băgat mâna înăuntru să ia portofelul, a răsturnat-o și o parte din conținut a căzut, inclusiv un recipient de călătorie cu dezinfectant pentru mâini care a aterizat în poala lui Mary, și un roman broșat care a căzut pe podea.

— Rahat!

Mary a luat dezinfectantul, în timp ce Anna înșfăca romanul.

— *Sărutul lui nepermis*?

Anna era amuzată.

Mary a roșit.

— Ceva de citit în tren.

Anna a dat la o pagină cu colțul îndoit și a citit un paragraf cu glas tare.

— „Degetele ei încăpățânate au căutat carnea de sub cămașa lui. Plăcerea lui era evidentă. «Te doresc», a șoptit ea, apropiindu-se și mai mult de el. I s-a frecat cu șoldurile de zona dintre picioare și protuberanța de acolo a făcut-o să ofteze, căci știa că în curând avea să stea peste ea, împingând și gemând pradă dorinței..."

Mary i-a smuls cartea.

— Anna, copiii.

Dar cei mici erau absorbiți de propriile lor copilării. Nu ascultau.

— Protuberanță? De ce citești chestia asta?

Mary și-a pus din nou cartea în geantă și a oftat.

— Pur și simplu. Știi tu.

Anna a dat din cap într-un fel care sugera și da, și nu. Mary a încercat să-i explice stânjeneala.

— Uneori îmi doresc să nu mă fi așezat la casa mea. Așa de repede, vreau să spun. Recunoașterea acestui lucru a rușinat-o. Mi-am ratat toate șansele de a fi... mai senzuală.

Annei i s-a strâns inima pentru prietena ei. Mary și-a atârnat geanta pe speteaza scaunului.

— Dar nu contează, pentru că de fapt m-am așezat la casa mea, sunt incredibil de fericită și n-aș schimba viața asta cu nimic altceva. Așa că citesc cărți din astea. Mă răsfăț și eu un pic ca să nu... Nu știu ce.

Anna știa.

— Îmi pare rău, Mary.

Mary s-a prefăcut că nu aude.

— Și... în orice caz. Cărțile astea? Sunt pline de prostii.

— Cum adică?

— Toate se termină cu bine. Eroina primește tot ce-și dorește. O slujbă extraordinară. Succes cu ghiotura. Celebritate, bani. E întotdeauna frumoasă, iar tipul ei este bărbatul la care a visat toată viața. O viață perfectă.

Nostalgia lui Mary era palpabilă.

— Hm... De-ar fi așa.

Polly Jean a gângurit și a dat cu picioarele în cărucior, împrăștiind peste tot firimituri de biscuiți.

— Știu, da?

Mary a suflat în cafea, apoi a sorbit cu grijă. Anna a băut-o fierbinte pe a ei. S-a fript, dar ea s-a prefăcut că nu era așa.

Pentru că nu mai avea ce să mai facă, când Niklas Flimm a întrebat-o pe Anna dacă mai vrea să bea ceva, ea a spus: *Da, te rog.* O jumătate de minut mai târziu, Anna avea un nou pahar cu vin. Al doilea pahar de vin a fost urmat de-al treilea. Și trei pahare de vin sau fost urmate de un whisky și Anna era deja beată.

Anna și Niklas erau încă în curte. Bruno era înăuntru, bea și le povestea ceva prietenilor lui. Edith se uita din când în când pe ușa de sticlă din spate, a presupus Anna, să se asigure că Niklas nu încerca s-o agațe și pe ea. A încercat s-o asigure pe Edith din gesturi că așa ceva nu era posibil. Niklas și Anna nu mai aveau ce să-și spună.

— Deci Edith e prietena ta bună? a întrebat el.

Când era beată, tactul și politețea erau primele abilități sociale care o părăseau pe Anna. De obicei erau înlocuite cu aceeași sinceritate relaxată pentru care era cunoscută Edith. Anna avea un rânjet dulceag, precar.

— Eu am auzit că Edith e prietena ta bună!

Beția o făcea de nestăpânit.

Niklas a zâmbit mijind ușor ochii.

— Așa zice ea.

Avea un ton neutru. Nu era demoralizat. Nu-l deconcertase.

— Nu-ți face griji, a adăugat Anna repede. O să păstrez secretul. O să-l păstrez.

— Nu-mi fac griji.

În afară de asta, Anna nu mai avea ce adăuga. Au mai stat un minut în liniște.

— Mă duc înăuntru, a spus Anna.

Mi-a făcut plăcere să vorbesc cu tine. Anna vorbea nedeslușit. Amețeala îi venea de hac. L-a lăsat pe Niklas singur în curte.

Anna nu era așa de beată încât să nu poată merge drept. Mergea foarte bine. De fapt, mai bine decât de obicei. Alcoolul îi dăduse o anume obrăznicie; cu fiecare pas, își legăna șoldurile, precum pendulul unui ceas, și s-a întrebat cine se uita, dacă se uita cineva, în timp ce trecea. În baia familiei Hammer și-a dat cu luciu pe buze și și-a răsucit cu degetele șuvițele de păr care reușiseră să scape din clamă. S-a privit în ochi cum ar fi făcut-o un iubit. *Par fără viață și răutăcioasă.* Undeva între whisky și vin, un buton fusese apăsat.

Când a ieșit din baie, s-a apropiat ușor de Bruno și i-a pus o mână pe umăr. Bruno s-a uitat în sus, a văzut că era Anna și și-a îndreptat din nou atenția spre conversație. Anna s-a așezat pe brațul scaunului pe care stătea el, s-a aplecat spre el și i-a șoptit la ureche.

— Hai acasă să ne-o tragem.

Bruno s-a mai uitat o dată la ea. A chicotit.

— Cred că ești beată.

Anna a zâmbit cu șiretenie.

— Da. Hai oricum acasă să ne-o tragem.

Au trecut câteva secunde, timp în care Bruno i-a cântărit propunerea. A fixat-o cu privirea. Cât trecuse? O lună? Două? Anna făcea așa de des dragoste în ultima vreme, încât pierduse șirul. Bruno a încuviințat în liniște.

— Hai să mergem, a spus Anna.

— Știi cuvântul german Sehnsucht?

Anna a negat dând din cap.

— Înseamnă dor nemângâiat. Este golul din inima ta din care se scurge toată speranța. Pe Anna o cuprinsese greața din cauza groazei. Doktor Messerli a simțit acest lucru.

— Anna, a consolat-o ea. Doar pare o situație deznădăjduită. Nu trebuie să și fie așa.

Nu? a răspuns Anna în mintea ei.

Bruno și Anna și-au luat în fugă rămas-bun de la Edith, Otto și toți ceilalți oaspeți și au plecat repede acasă. Anna și-a plimbat mâna pe coapsa soțului ei. Bruno a scos un geamăt puternic și înfierbântat. Anna l-a mușcat de ureche, i-a supt lobul. *Vreau să mi-o tragi în gură,* a spus ea. *Să mi-o tragi în gură și apoi în fund.* Bruno avea ochii ațintiți asupra drumului, dar mergea totuși cu viteză. *Vreau să-mi freci păsărica cu fața, Bruno. Vreau să-mi sugi clitorisul până se face mare cât o cireașă.* Când au ajuns acasă, el a oprit repede și a parcat strâmb mașina. Nu făcea niciodată așa ceva, era prea rigid și corect. Au început să se dezbrace înainte să intre în casă. Și-au lăsat hainele în debara. Anna și-a aruncat pantofii și rochia la intrare. Cămașa lui Bruno a căzut pe hol. Acolo, Bruno a prins-o pe Anna de braț deasupra cotului și a tras-o violent în dormitor în urma lui.

Pe pat erau haine abia spălate și împăturite. Bruno le-a aruncat pe podea și a împins-o pe Anna pe saltea fără menajamente. Anna și-a desfăcut părul, a aruncat clama spre noptieră, aceasta s-a lovit de ea și a căzut. Și-a dus mâna la elasticul de la ciorapi, la încheietoarea de la spate a sutienului — era prea excitată ca să decidă de care să scape mai întâi. Stai, i-a ordonat Bruno. Te dezbrac eu. Anna s-a supus moale, în timp ce Bruno își desfăcea fermoarul de la pantaloni și și-i lăsa să coboare împreună cu chiloții.

Doamne, ce frumos e! Anna și-a permis acest moment de extaz. Am uitat ce frumos e. Chiar și pentru un elvețian, Bruno era înalt; când stătea relaxat, avea un metru nouăzeci. Avea ochii căprui — cu galben și maro, ca o bijuterie din ochi-de-tigru. Avea pieptul lat și frumos, mătăsos și acoperit cu puf. Părul de pe cap și cel de pe corp, de culoarea maro-roșcat a pământului proaspăt săpat. Avea antebrațe vânoase, puternice ca ale unui tâmplar. Nasul, mai degrabă arian decât alemanic, era drept ca o sfoară, întinsă de la punte până la vârf. Avea trăsături de aristocrat; era moștenitorul unor trăsături fizice dintr-o altă epocă. Iar penisul lui... Anna îl adora. Dintre toate penisurile tuturor iubiților ei trecuți sau prezenți, al lui Bruno era cel mai mare. Când era excitat, era aproape la fel de lung ca un cuțit și gros cât ecranul unui ceas de buzunar. Necircumcis. Drept la milimetru. Era obscen, agresiv și în doar un minut avea s-o crape. Anna nu reușise niciodată să-și bage mai mult de jumătate în gură. Orgasmele ei erau o treabă dureroasă, splendidă.

Bruno i-a desfăcut picioarele. Anna, beată încă, nu voia decât să se întindă și să-l lase s-o domine. Genunchii i s-au depărtat când Bruno a urcat între ei, a pătruns-o, apoi și-a vârât și și-a scos penisul cât de tare putea. După două, trei, patru minute, a ieșit de tot și a întors-o pe Anna pe burtă. I-a tras pelvisul la marginea patului, a îngenuncheat pe podea și i-a depărtat picioarele, după care și-a afundat limba în ea. Anna a gemut, a oftat, și-a arcuit șoldurile, lipindu-i-le de față. Dar nu a avut orgasm. Bruno a împins-o pe pat și și-a băgat genunchii sub ea. Anna a dat să se ridice pe mâini, dar Bruno a strigat *Nu* și cu mâna stângă i-a împins umerii în jos, în timp cu dreapta și-a așezat penisul să o pătrundă iar. Anna și-a îngăduit extazul neputinței. Dintre toți bărbații ei, numai cu Bruno putea realiza pe deplin acest lucru. Dintre toți bărbații ei, Bruno era cel mai amenințător. A intrat așa de adânc, încât Anna a simțit că ar putea-o rupe în două. Anna a mormăit. Bruno i-a pus mâna stângă pe spate, și-a trecut-o pe dreapta pe după ea și i-a găsit clitorisul cu degetele. L-a răsucit, l-a plesnit, l-a ciupit.

— Îmi dau drumul, a spus Anna cu un glas răgușit, și-a dus mâna la spate și i-a împins-o pe a lui.

Bruno a apucat-o de șolduri și i-a tras-o mai tare decât o făcuse de ani de zile. Orgasmul Annei l-a declanșat și pe al lui Bruno. S-au crispat, sângele le-a urcat în obraji, mai întâi și-au strigat unul altuia numele, apoi pe al lui Dumnezeu, după care s-au prăbușit cu un singur țipăt de satisfacție.

Când a terminat, Bruno și-a lăsat greutatea corpului s-o strivească pe Anna între el și pat. Au rămas așa până când penisul lui Bruno s-a oprit din zvâcnet și s-a moleșit destul încât să cadă singur. Atunci Bruno a coborât de pe ea și s-a întins pe spate. Anna a întors capul să-l privească. Golit de energie lângă ea, Bruno s-a întins cât era de lung și a încununat mișcarea cu un frison. La lumina slabă dar incontestabilă a lunii, Anna a văzut pe fața lui Bruno ceea ce putea trece drept un zâmbet.

— Bruno, a șoptit ea. Care e scopul durerii?

— Astea-s discuții de așternut? Bruno a căscat. Culcă-te, Anna.

Anna l-a întrebat iar. Voia să știe. Bruno a respirat de câteva ori înainte să răspundă. Anna credea că adormise.

— Durerea e dovada vieții. Vocea lui era indiferentă. Ăsta e scopul ei.

Era un răspuns mai bun decât cel pe care i-l dăduse Doktor Messerli.

— Bruno, a insistat Anna. Mă iubești?

Răspunsul la întrebarea Annei a fost un sforăit.

12

Deziluzia de după o ședință de psihanaliză este palpabilă deseori. Ca după sex, ești obosit, epuizat și, deși un timp ai fost ușurat, acum s-a sfârșit. Pleci din cabinetul psihanalistului conștient de ciudățenia și deopotrivă de singurătatea ta. Tu ești cel care trăiește în închisoarea pielii tale. Nimeni nu are parte de senzația plăcută de după aceea. Fiecare moare singur. Psihanaliza este un proces. Procesul este o procesiune lentă. E un cortegiu.

Ce crezi? întrebase Doktor Messerli.

Anna a clătinat din cap. Nu voia să recunoască faptul că ar crede ceva. Ședința aproape că se terminase. Anna s-a ridicat, s-a frecat pe gât și s-a întins în mai multe direcții.

— Mă doare spatele. Sunt tensionată. Atâta tot.

Anna s-a aplecat să-și strângă lucrurile și să plece.

Doktor Messerli s-a ridicat și a însoțit-o până la ușa cabinetului.

— Nici măcar umerii cei mai frumoși nu pot căra toate poverile.

Anna era încă beată. Nu putea dormi. Bruno nu avea niciodată această problemă. Adormea ușor. În somn, era mort pentru lume. Asta făcea din el sexul. Anna, după ce făcea sex, era deseori neliniștită și nesigură. *Consecința sexului este întotdeauna îndoiala,* s-a gândit ea. O mai mare intimitate atrăgea după sine o mai mare îndoială. Când Bruno adormea, Anna era singură. Zgomotul alb al îngrijorării n-o lăsa să doarmă.

Anna s-a ridicat, și-a tras pe ea o pereche de blugi și un pulover, și-a pus cizmele. Nu și-a bătut capul cu lenjeria intimă și șosetele. Și-a luat haina de pe hol unde se dezbrăcase cu o oră mai devreme și a îmbrăcat-o în timp ce pleca din casă. *Unde pot să mă duc?* Anna se simțea prizonieră indiferent unde se afla. Chiar și la capătul unei seri ca aceasta.

Pe întuneric, a mers pe poteca familiară din spatele casei. A trecut pe lângă un hambar părăginit și pe lângă apartamentele din spatele unui complex rezidențial. O lumină cu senzor de mișcare s-a aprins. Scânteia bruscă de lumină a făcut-o să tresară, ca întotdeauna. S-a uitat peste câmpul de floarea-soarelui la casele mai noi de la sud de Loorenstrasse. Cele mai multe erau cufundate în întuneric, dar o fereastră ici-colo era luminată slab. *Unde mă duc?* Anna nu avea unde să se ducă și niciun motiv s-o facă. *Oriunde mă duc e niciunde.* Era adevărat. Dar o irita plictiseala ei și și-a alungat-o.

Cerul era așa de senin, încât strălucea. Anna a urcat în vârful dealului și s-a așezat pe banca dintr-un cot al potecii. Banca ei. Unul dintre lucrurile cele mai familiare din toată Elveția. A privit constelațiile autumnale și și-a dorit să le fi știut numele. Deasupra ei atârna luna. N-am nimic de zis despre lună, și-a spus și zicând că nu are nimic de spus, cumva a zis ceva. A privit luminile roșii pâlpâitoare ale avioanelor — trei la număr — aflate la înălțimi diferite, lucind intermitent deasupra câmpului întunecos, presărat cu stele. Anna era obișnuită cu avioanele. Locuiau la numai câțiva kilometri de aeroportul Zürich. Întotdeauna se uita după mișcare pe cer. În anii '70 și la zece kilometri de Bülach, un om pe nume Billy Meier spusese tuturor că veneau să-l viziteze extratereștrii, cu farfurii zburătoare în bună regulă. Avea sute de fotografii cu așa-zise dovezi. Anna văzuse fotografiile pe internet. Imaginea era familiară — o scenă pustie, pastorală, o farfurie metalică așezată astfel încât să-ți înșele percepția și care atârna de fire ce, deși erau invizibile, trebuie să fi existat. Întrucât Anna petrecuse nouă ani meditând la cuvintele „extraterestru" și „alienat" credea povestea lui Billy Meier. Și cu aproape șase ani înainte în Bassersdorf, orașul aflat imediat la nord de Dietlikon, un zbor al companiei Crossair s-a prăbușit la patru kilometri de pistă. Eroare de pilotaj. Anna își amintea noaptea aceea. Auzise un zgomot groaznic și fugise afară. Nu vedea nimic pe întuneric. Bruno a citit despre accident în ziarul de a doua zi. Erau vedete pop la bord, deși nici Bruno și nici Anna nu le recunoșteau numele. Așa că Anna a studiat bolta cerului, în căutarea semnelor. Nu a găsit niciunul.

Aerul făcea ca totul să pară mai singuratic decât era deja. Anna și-a căutat *Handy*-ul pe care îl pusese în buzunar înainte să plece de acasă. A deschis telefonul și a apăsat pe un singur buton de două ori.

Odată, după o dimineață de dragoste aproape dureros de tandră, pe când soarele trecea prin crăpăturile jaluzelelor și cădea pe trupurile lor, Anna i-a spus lui Stephen:

— Vorbește-mi despre combustia umană spontană.

Stephen a râs, a sărutat-o pe frunte și s-a ridicat.

— Nu există. Oamenii nu iau foc pur și simplu.

— Am văzut fotografii.

Stephen a scuturat din cap.

— Nu are nimic spontan. Există întotdeauna un catalizator. Fumatul în pat, instalația electrică defectă, scântei scăpate de sub control, trăsnetul. Ceva. Nu e magie, Anna. E chimie. Nimic nu explodează pur și simplu.

Anna știa că lucrul acesta nu era complet adevărat. Ei îi explodase inima în piept când se cunoscuseră. Sau așa simțise. Ar face orice pentru el. Și-ar da foc dacă i-ar cere. Sau cel puțin așa își spunea ea.

Anna s-a îmbrăcat și s-a dus acasă.

La începutul acelei luni, Anna a primit o carte poștală. Era de la Mary. Pe exterior, imaginea mărită a unei buburuze. Înăuntru, Mary scrisese câteva cuvinte: *Îți trimit cartea asta poștală fără niciun motiv, doar să-ți spun că ești adorabilă, o scumpă și mă bucur că suntem prietene. Să ai o zi extraordinară, Anna!!!*

Telefonul a sunat o dată, de două, de trei ori. La al patrulea țârâit, Archie a răspuns.

— Da?

Acest „da" a descumpănit-o.

— Sunt eu. Anna a făcut o pauză, apoi a precizat sfioasă: Sunt Anna.

Legătura era slabă. A spus ceva ce Anna nu a înțeles prea bine și ea i-a zis să repete. Tot nu înțelegea. Era într-o cameră cu mai multe persoane. Un bar, poate. Anna nu distingea vocile care-i făceau concurență. A vorbit mai departe. *Zi-mi ceva, Archie. Sunt beată, mi-e frig, sunt singură, excitată, în beznă, beată, singură și Bruno doarme și zi-mi ceva, zi-mi ceva, te rog, te rog.* Știa că nu-i datora asta. Dar îi putea cere, nu? *Zi-mi ceva. Te rog. Te rog.*

A urmat o pauză în care Anna l-a auzit pe Archie întorcându-se și spunându-le celor din jur să facă puțină liniște. Anna nu a înțeles ce a răspuns fiecare, dar a distins râsul unei femei, zgomotos și ascuțit.

— Scuze, a spus Archie. E zgomot. Anna a dat din cap, de parcă el ar fi putut-o vedea dând din cap la telefon. Auzi?, a spus el dregându-și glasul. Pot să te sun mai târziu?

— Ești la întâlnire?

Anna avea un ton acuzator. Așa și voise.

Archie s-a prefăcut că nu o aude.

— Pot să te sun mâine? Nu pot să vorbesc acum.

— Nu, a spus Anna și i-a amintit că avea să fie acasă cu Bruno și cu copiii, iar dacă nu vorbea atunci, nu mai putea până luni.

— Atunci vorbim luni, bine?

— Bine, a răspuns Anna.

Dar nu vorbea serios. Nu era bine. A încheiat conversația înainte s-o facă Archie. Imediat a pus stăpânire pe ea o gelozie nedreaptă. Ochii i s-au umplut de lacrimi fierbinți, care s-au revărsat și i-au alunecat pe față. *La naiba, Anna.* În inimă a auzit vocea nepoftită, fără trup a psihoterapeutei: *Cabotinismul te mutilează.*

Da, da, i-a spus Anna tare glasului interior. *E un nimic. O bagatelă. Un nimeni.* Dar o durea oricum sufletul.

A deschis iar telefonul și, în întunericul luminat numai de ecranul gri aprins, a căutat în agendă până a dat de numărul lui Karl. Era simplu cu sms-ul. *Wo bist?* A primit răspuns aproape imediat. *Basel. Mâine în Kloten. Hotel?* Tatăl lui Karl stătea într-un sanatoriu de acolo. De aceea venea așa de des la Kloten. Și stătea mereu în același hotel. *Nu e scump?* Îl întrebase Anna. Ba da, spusese Karl, dar sora unuia dintre colegii lui era manager, îi găsea mereu o cameră în afara sezonului și-i oferea un preț bun. Cel mai adesea, prețul era *Stai liniștit.* Anna a presupus că-i plătea altfel. Poate i-o trăgea și ei.

Da, da, a răspuns Anna. *Trimite-mi un sms. Ne întâlnim oricând poți.*

— Incendiul voluntar și piromania nu sunt același lucru, a spus Stephen. Incendiul voluntar e o infracțiune. Comisă, de obicei, pentru a înșela asigurările.

Deseori, Stephen depunea mărturie la tribunal în calitate de martor expert. Stătea în boxa martorilor și avocații îi puneau întrebări în legătură cu comportamentul focului. Cum se manifesta sub presiune. Cum reacționa. Ce-l declanșa.

— Pe de altă parte, piromania e o boală. Nu sunt psihiatru, așa că nu pot spune decât că piromanul dă foc dintr-o pornire de moment. Îi depășește rațiunea. În același timp, e un lucru rar. Nu se poate abține cu ușurință.

— Piromanii sunt întotdeauna bărbați?

— Cei mai mulți, da. Aproape toți cei care dau foc, inclusiv cei care o fac intenționat, sunt bărbați.

— Și experții în foc?

Stephen a zâmbit larg.

— Ah. Majoritatea covârșitoare a experților în foc sunt bărbați care știu cum să-și canalizeze impulsivitatea spre moduri de a ajunge la un posibil orgasm. Și, cu aceste cuvinte, a băgat capul sub pătura sub care stăteau întinși și a început să-i sugă sfârcul, în timp ce-și plimba mâna printre coapsele ei. Anna a gemut. Era o după-amiază frumoasă.

Anna s-a trezit mahmură. Capul îi zvâcnea, ochii îi pulsau, stomacul o ardea și îi era greață. Era șapte dimineața. Copiii erau la Ursula, iar Bruno dormea încă. Anna a luat o aspirină, a băut un litru de apă și două cești de cafea. După prima ceașcă de cafea, și-a regăsit echilibrul. Dimineața se limpezea puțin câte puțin.

Își lăsase telefonul mobil în buzunarul hainei când se întorsese de la plimbare. Când l-a luat în dimineața aceea, clipea luminița care o anunța că avea un mesaj. Era un sms de la Karl. A strâns din ochi. Ușor, a început să-și amintească de noaptea trecută. Partida de sex. Banca. Archie. Karl. A roșit când și-a amintit de încercările ei disperate de a scăpa de singurătate.

Bruno era vesel când s-a trezit — fără urmă de mahmureală —, patruzeci și cinci de minute mai târziu. A trecut aproape de Anna în drum spre baie și a lovit-o peste fund. Câteva minute mai târziu, era în bucătărie, pregătea micul dejun, fluierând în timp ce prăjea ouă și bacon pentru amândoi. Anna s-a minunat de acest bărbat. De unde apăruse? Cât avea să stea? Și-a scos din minte aceste întrebări. Era mai bine să nu știe. Cum se întâmplă cu scamatoriile: când afli trucul, vraja se risipește.

Au flirtat la masă ca niște proaspăt căsătoriți. Bruno și-a plimbat mâinile pe coapsele ei. Ea i-a lins untul de pe degetele mari. Anna a roșit când, aplecându-se să-l sărute, și-a simțit mirosul pe fața lui. Până aici! Terminase cu mâncarea. Era pregătită să și-o tragă iar. Era pregătită ca Bruno să i-o tragă iar. A conceput mental un sms pentru Karl: *Schimbare de planuri.* Era tot ce trebuia să spună.

Bruno a mușcat-o de buza de jos, apoi i-a trasat cerculețe pe vârful limbii cu vârful limbii lui.

Anna era nebună de dorință. Zâmbetul lui Bruno era firesc, dar uluit.

— La ce te gândești? a întrebat-o în engleza lui obișnuită, cu accent.

Mă codesc? s-a gândit Anna. *Nu mă codesc, jubilez!* Bruno purta pantaloni de pijama din flanelă și un maiou alb ponosit. Anna nu avea pe ea decât un halat. Rămăsese goală și resemnată după plimbarea de azi-noapte. S-a ridicat, l-a prins pe Bruno de umeri, apoi și-a trecut piciorul drept peste el și s-a așezat în poala lui, lipindu-se cu pieptul de corpul lui. L-a sărutat o dată, apoi încă o dată. S-a unduit. Halatul i s-a desfăcut. Era gestul prin care corpul ei îl chema. A simțit cum penisul lui începe să dea semne de interes.

Bruno i-a răspuns la sărutări, dar fost o palmă ușoară și un sărut prietenesc. A clătinat din cap.

— Nu acum. Mai târziu, jo? Anna s-a încruntat. Nu te bosumfla, a spus Bruno, i-a făcut cu ochiul și a lovit-o pe coapsă într-un fel care însemna *Acum ridică-te, da*? și cu asta, Anna s-a ridicat.

Bruno s-a ridicat și el, s-a întins, a căscat, apoi a întins mâna și i-a ciufulit părul, de parcă ar fi fost unul dintre băieți. A dat pe gât ultima înghițitură de cafea.

— Poate faci tu curățenie, dat fiind că eu am făcut de mâncare?

Apoi s-a dus în biroul lui și a închis ușa. Anna s-a așezat iar pe scaun. Auzind ușa închizându-se, s-a închis ceva și în Anna. Ușa închisă i-a amintit de toate lucrurile din viața ei pe care le ura. Și le ura de două ori mai mult decât cu o zi înainte. Scurtul răgaz de la suferință făcea ca pustiul de acum să fie și mai dureros.

Anna a spălat vasele, apoi s-a îmbrăcat și s-a dus să ia copiii.

— V-ați distrat? a întrebat Ursula.

Anna i-a spus frumos că petrecerea fusese plăcută și că fusese o plăcere să mai iasă din casă seara. Dacă spunea „plăcut" de destule ori, era sigură că se va convinge că fusese de-a dreptul minunată.

— Dar tu ieși din casă în fiecare zi.

Anna a sesizat acuzația. Stătea în cadrul ușii, cu Polly Jean pe șold. Băieții au năvălit pe lângă ea. Au luat-o la fugă pe stradă spre casă.

— Ursula, vrei să-mi spui ceva?

Ursula a bătut în retragere.

— Nu. Tu ieși din casă în majoritatea zilelor. Așa este. Nimic mai mult.

În după-amiaza aceea, l-a anunțat pe Bruno că se duce să facă o lungă plimbare cu bicicleta.

— Două ore. Poate mai mult.

Bruno căuta prin fișierele din computer și-și aranja hârtiile de pe birou. I-a spus să fie atent la copii. Bruno a mormăit.

— Polly e sus, trage un pui de somn, a spus Anna, în timp ce-și lega șireturile.

Bruno a mormăit din nou.

Anna s-a întors acasă după trei ore.

— M-am plimbat zdravăn, a strigat ea spre biroul lui Bruno.

El a mormăit din nou.

Erau puține șanse ca Anna să nu se simtă stânjenită și adolescentină la cursul de germană de luni. Nu-i mai trimisese mesaje lui Archie de când acesta îi închisese telefonul și nici el nu încercase să ia legătura cu ea. Erau mărunte resentimentele acestea, Anna știa. Dar chiar și o vânătaie mică doare când o împungi cu degetul. În prima oră, Anna nici măcar nu s-a uitat spre el, ci l-a privit pe Roland predând cuvintele funcționale, acele șirete cuvinte care îndeplinesc rolul de barometru emoțional al unei propoziții. *Da? Și? Sigur! Serios? Vezi să nu! Tocmai. Mă rog.* Archie se uita la Anna, care-i evita privirea. Mary stătea între ei, fără să sesizeze tensiunea. La pauză, Archie a tras-o deoparte pe Anna, în *Kantine*, înainte să se așeze la coadă.

— Nu era cazul să te superi pe mine.

— Nu m-am supărat. Eram beată.

Nu mințea.

— Eram cu Glenn, cu soția lui și cu prietenii lor.

— Nu știam că fratele tău e însurat.

Erau multe lucruri despre Archie pe care nu le știa.

Archie și-a dres glasul.

— Glenn nu știe. De tine.

Anna l-a măsurat din priviri cum n-ar fi avut dreptul s-o facă. Archie a cedat.

— Au vrut să mă cupleze. S-a terminat cu o îmbrățișare. Ea poate voia mai mult.

Nu era nevoie să-i spună asta.

— Serios. Și tu ce voiai?

Anna era sătulă de sine. Nu pretindea că ar avea dreptul să fie geloasă.

Archie a oftat ușor.

— Mi-ar fi plăcut să nu fi fost deloc acolo. Dacă nu pot să fiu cu tine, atunci prefer să stau singur acasă. Serios.

Lucrul acesta a mulțumit-o, deși nu ar fi trebuit. În orice caz, Anna nu putea recunoaște ceea ce nu putea explica.

— Hai să luăm cafea.

Anna îl iubise pe Stephen, sau așa i se părea. Credea că încă îl iubește, dar nu era sigură. Însă o iubea pe Polly Jean și, într-un fel, era ca și când l-ar fi iubit pe Stephen.

După pauză, grupul s-a întors la curs și, de la cuvinte funcționale, Roland a trecut la recapitularea celor patru cazuri din germană, începând cu cazul acuzativ. *Ce cuvânt*, s-a gândit Anna. *Acuzativ*. O arăta cu degetul lui osos (cum păreau să facă toți și toate în ultima vreme). A copiat schema pe care a făcut-o Roland pe tablă și a încercat să invoce chiar și puțină empatie față de sine.

Nu sunt decât o serie de alegeri proaste prost puse în aplicare. Era o acuzație la care nu putea obiecta.

Dar după curs — și după cum era deja un obicei — a mers cu Archie la apartamentul lui din Niederdorf. Au stat de vorbă pe tot parcursul drumului cu tramvaiul. Înăuntru, nici măcar nu s-au deranjat să se sărute. Au făcut dragoste banal, cotidian. Era echivalentul sexual al ridicatului din umeri.

Nu-i datorez nimic din mine acestui bărbat, s-a gândit Anna.

13

E posibil să duci mai multe vieți odată.

De fapt, e imposibil să nu o faci.

Uneori, aceste vieți se suprapun și interacționează. E complicat să le trăiești și necesită o putere de care o singură viață nu are nevoie.

Uneori, aceste vieți trăiesc în liniște în casa trupului.

Alteori, nu. Câteodată, bombăne și se ciorovăie și urcă furioase la etaj și strigă de la fereastră și nu duc gunoiul.

Iar alteori, aceste vieți, aceste mai multe vieți, au mai multe vieți proprii, fiecare. Iar viețile acestea, ca niște iepuri sau niște rozătoare, se înmulțesc, fac și ele copii. Și aceste vieți-copil dau naștere altora.

Atunci, o femeie încetează să-și mai ducă propria ei viață. Atunci, viețile încep s-o ducă pe ea.

Cu o zi înainte de aniversarea ei, când s-a trezit, Anna a avut parte de surpriza duminicală de a-și vedea băieții stând deasupra ei. Charles îi întindea o vază cu flori aproape ofilite, care trebuie să fi fost cumpărate cu o zi înainte. Victor i-a oferit o tavă cu pâine prăjită cu dulceață și cafea. Bruno era în spatele lor, cu Polly Jean în brațe.

— Ce-i asta?

Anna s-a ridicat în pat. Charles a vorbit primul:

— E pentru ziua ta, mami.

— Ah!

Victor a intervenit și el, sigur pe sine.

— Ziua ta e abia mâine.

Anna și-a reținut o încruntătură. Victor era întotdeauna primul pesimist din încăpere. I-a întins tava și Anna a luat-o.

— Mulțumesc! Le-a făcut semn fiilor ei să-i dea un sărut. Ce drăguț din partea voastră!

Charles a zâmbit larg, și-a sărutat mama și apoi a așezat florile pe noptieră. Victor și-a primit pasiv sărutul și s-a mutat de pe un picior pe altul. Anna s-a uitat la Bruno. El i-a spus că fusese ideea lor, apoi și-a dus mâna în buzunarul de la pantaloni și a scos o cutiuță.

— Poftim, Anna.

Anna a luat cutiuța. Era o cutiuță pătrată de bijuterii, neîmpachetată. Balamaua micuță a scârțâit când Anna a deschis-o. Înăuntru, vârât într-o fantă căptușită, era un inel cu trei pietre — granat, diamant și topaz galben. Erau pietrele astrologice ale copiilor. Era un inel de mamă. Anna l-a pus pe inelarul de la mâna dreaptă. Îi era bun, chiar se potrivea. S-a uitat la Bruno și la Polly, apoi la fețele fiilor ei și le-a spus adevărul cu o voce măsurată, serioasă.

— E cel mai frumos cadou pe care l-am primit vreodată.

— Îți place?

Vocea lui Bruno era neutră, dar nu nepoliticoasă.

— La nebunie!

— Foarte bine. La mulți ani! Poftă bună!

Bruno s-a aplecat și și-a sărutat discret soția pe buze. Anna nu și-a reținut lacrimile.

Anna îi scrisese lui Stephen scrisori pe care nu i le trimisese niciodată; doar pe una dintre ele, pe care o scrisese în săptămânile imediat următoare plecării lui. Le ascunsese în albumul cu amintiri din liceu (melancolia este cel mai potrivit adăpost), aflat și el pe fundul unei cutii, care la rândul ei era sub alte câteva cutii dintr-un colț întunecat al mansardei, unde Bruno nu avea să le găsească niciodată. Uneori, Anna scotea scrisorile, se așeza pe podeaua mansardei și-și petrecea ore întregi de melancolie în care le recitea. Erau sentimentale și exagerate și-și amintea unde o scrisese pe fiecare. În Platzspitz: *I se spunea Needle Park. De aici își cumpărau drogații marfa. Sunt dependentă de tine și mă zvârcolesc pe podea în absența ta.* Și o alta, scrisă pe o bancă ce dădea spre Sihl, râul noroios care se varsă în Limmat: *Maro ca ochii tăi, maro ca durerea din inima mea. Întunecos, mâlos și trist, atât de trist!* Burnița. Un bărbat cu o pălărie verde trecuse împleticindu-se pe lângă Anna îndreptându-se spre un copac aflat la vreo patruzeci și cinci de metri mai departe și urinase. O altă scrisoare începea așa: *Îți scriu din Lindenhof, chiar din locul pe care îl căutai tu în ziua în care ne-am întâlnit.* Și o altă scrisoare începută în gara Wipkingen: *Gara ta, Stephen. Îți amintești?* Îi luase săptămâni întregi să scrie scrisoarea aceea. O terminase pe malul râului Zürichsee la Seefeld, în portul Riesbach, lângă sculpturile mari, abstracte. Anna își amintea fiecare incident, fiecare loc, mișcarea pixului, ce haine purta, vremea, cum se schimba, cum se împotmolea, cum o simțea pe piele.

Nu mai citise scrisorile de cel puțin cinci luni. Poate șase. Ultima oară când le citise fusese prima dată când se rușinase pentru ele.

Într-o dimineață din săptămâna care trecuse, Anna ajunsese la cursul de germană cu o durere de stomac. Se simțea ca și când ar fi mâncat pietricele sau ar fi înghițit nisip dintr-o clepsidră. Și-a luat notițe în liniște și fără înflorituri. Roland a vorbit despre pronume și adjective. *Ceva. Cineva. Nimeni. Toți. Oricine. Tot. Destul.* Și: *Nimic.*

Nimic, nimic, nimic.

Mary știa că se apropia ziua de naștere a Annei. În timpul unei pauze, s-a oferit să țină o petrecere la ea acasă și să-i pregătească Annei un tort; a întrebat-o care era preferatul ei?

— Nu, Mary. Nu pregăti nimic! Te rog. Te implor.

Mary a părut încurcată, dar a cedat. A renunțat la subiect.

Restul orei de germană și-au petrecut-o în perechi, simulând că-și telefonează unul altuia.

— Știi cum este? a vorbit Anna repede, pe nerăsuflate. E ca și când ai avea așa de multă simțire în corp, încât devii simțirea aceea. Iar când devii simțirea aceea, nu mai e în tine. A devenit tu. Și simțirea aceea este disperarea. Aproape că nu-mi mai amintesc de un moment în care să nu fi trăit aici. Dar până și mersul mă trădează că sunt americancă. Am uitat să mai gândesc în dolari, și totuși abia dacă înțeleg cum să socotesc în franci — soțul meu lucrează la bancă, la dracu?! Fiecare gând al Annei venea instantaneu: Sunt în iad? Probabil că sunt în iad. Nu știu ce vrei să-ți mai spun. Știu să gătesc, să fac cumpărături, să citesc, să rezolv probleme simple de matematică, știu să plâng și să mi-o trag. Și știu să dau chix. Știu să iubesc? Ce înseamnă asta? Ce contează? Ce contez eu? Nu fac decât să greșesc.

Doktor Messerli s-a tras pe marginea scaunului și i-a făcut semn să vorbească în continuare. Se anunța o realizare, era sigură.

Da, Anna ceruse să nu facă nimeni nimic de ziua ei, dar Mary, draga de Mary, nici nu voia să audă, așa că a sugerat să iasă în oraș, în loc să dea o petrecere. Amândouă familiile. O zi de sărbătoare în cerc restrâns, dar incontestabil deosebită.

— În plus, a spus Mary, trebuia s-o facem oricum.

Așa că Anna a acceptat, cum făcea deseori.

Familia Benz a stabilit să se întâlnească cu familia Gilbert la unsprezece și un sfert la Stadelhofen. De acolo era o călătorie de o jumătate de oră cu trenul spre Rapperswil, unde aveau să se plimbe cu toții o vreme, apoi să ia un vapor care să-i ducă înapoi în Zürich. Călătoria avea să dureze toată după-amiaza, pentru că vaporul oprea de multe ori să ia oameni, ori să-i lase pe alții. Mary luase un coș cu sendvișuri, bere, sucuri și gustări să aibă pe drum. Pentru această călătorie își rezervaseră o zi; iar când se întorceau în Zürich, familia Gilbert avea să meargă la familia Benz să bea ceva, să ia o cină simplă și să mănânce tort. Ursula a stat acasă cu Polly Jean.

Rapperswil este un oraș pitoresc la capătul estic al lacului, la vreo treizeci de kilometri de Zürich. Ridicat pe locul unei așezări din Epoca Bronzului, are pasaje robuste datând din Epoca Medievală. Acolo se află un castel și Circul Knie, cel mai mare din Elveția. Anna nu-l vizitase niciodată.

Familiile au purtat o conversație ușoară în tren. Mary a spus că lucrează ca voluntară la școala lui Max și a lui Alexis, iar Bruno și Tim au vorbit despre schiat. Anna și-a împărțit atenția între cele două conversații. Max și Charles își amuzau părinții spunând glume copilărești: *De ce s-a înecat trenul cu mâncarea? Pentru că nu a mestecat-o!* Anna i-a zâmbit copilului ei mijlociu.

— Ce băiat deștept ești!, a spus, iar Charles a zâmbit mândru, încântat.

Victor stătea singur și juca un joc video. Alexis își adusese o carte. Anna a încercat s-o atragă în discuție, fără prea mare succes. A întrebat-o despre școală, despre Canada, dacă-i plăcea Elveția, dacă-i plăcea cartea. Răspunsurile ei erau politicoase, dar lapidare. Anna a lăsat-o în pace. Copilul nu voia să vorbească. A avut încă o dată un sentiment de familiaritate și Anna a simțit simpatie față de Alexis. Anna nu a mai spus nimic.

Uneori, Anna se întreba dacă Stephen se gândea vreodată la ea. *M-a uitat complet? Îi invadez vreodată gândurile? Ca un cântec pe care nu și-l poate scoate din minte?* Aceste întrebări nu-i făceau niciodată bine. Le evita, de cele mai multe ori.

Dar când nu putea, se oprea la ideea că acum câteva luni realizase că făcuse o mare greșeală, dar era prea timid, prea rușinat sau prea speriat să se întoarcă la ea. *Se poate,* medita Anna. Înțelegea sentimentul insurmontabil că este încercuită, capturată și incapabilă să acționeze. Anna locuise ani de zile în casa propriei ei inevitabilități. Poate că și Stephen la fel. Anna a ales să creadă că acesta era motivul pentru care nu o sunase sau nu-i scrisese niciodată.

Dar ea știa adevărul, desigur. Însă erau momente când uita că știe adevărul și uita că se preface.

— Care e diferența dintre iluzie și halucinație?

Doktor Messerli a scos un sunet care sugera descurajare. Amintea de clicul unui contactor care închide un circuit.

— Halucinațiile sunt de natură senzorială. Omul vede, aude sau simte ceva ce nu există dincolo de experiența lui. Iluzia, în schimb, este o impresie falsă. O convingere de care un om se agață cu încăpățânare, în ciuda probelor convingătoare care dovedesc contrariul. Anna s-a analizat scurt. Nu auzise niciodată vocea lui Dumnezeu și nu simțise niciodată mirosul unor trandafiri inexistenți.

— Ipohondrul se va convinge pe sine că e pe moarte, deși fiecare analiză dovedește că este perfect sănătos. Un altul va jura că îl urmărește guvernul. O altă persoană s-ar putea agăța de convingerea că obiectul iubirii ei celei mai pătimașe îi răspunde cu aceeași afecțiune profundă, deși nu este așa.

— Înțeleg.

Cu asta aproape că o nimerise.

— Ai halucinații, Anna?

— Nu.

De data asta, a fost rândul doctoriței să răspundă *Înțeleg*.

Soarele strălucea ca un cântec. Vaporul aluneca pe apa argintie, scânteietoare. Anna purta mai multe straturi de haine, dar era vânt și, în ciuda soarelui, îi era destul de frig încât să tremure. Bruno a văzut și a tras-o mai aproape de el. Acesta era Bruno de care, într-un fel, se putea spune că se îndrăgostise. Ieșea la iveală când erau cu soții Gilbert. O lejeritate minunată, tihnită, la care păreau să nu ajungă niciodată când erau singuri. Anna era bucuroasă, cum uitase să mai fie. Fericirea i se plimba prin corp de la cap la gură, la gât, în piept și până în abdomen, în odaia ferecată a pelvisului, unde își păstra de obicei supărările pe lume.

Anna a privit ziua așa cum era: un dar. Un cadou. Acum. Nu mai ținea minte de când nu mai fusese așa de bucuroasă. Pe vapor, nimeni nu a stat bosumflat. Alexis și-a pus cartea deoparte când Victor a lăsat-o să se joace și ea. Amândoi erau amabili cu frații lor mai mici. Charles și Max alergau pe vapor, se prefăceau că sunt pirați. Copiii beau suc, adulții beau bere și toată lumea lua gustări din pungi de chipsuri cu aromă de boia de ardei. Bruno a sărutat-o pe furiș o dată, apoi încă o dată. Anna l-a lăsat. Și l-a mai lăsat o dată. Toată lumea râdea și zâmbea. Tuturor le plăcea lacul. *Nu e drept din partea mea să mă simt așa de fericită. Nu merit. E o dovadă de milă pe care nu o merit.* Brusc, Anna a înțeles. *La asta se referă lumea când vorbește despre milostenie.* I-a mulțumit tare zeului în care nu era sigură că ar crede. Anna a surprins-o pe Mary verificându-și ceasul de patru ori în treizeci de minute. *Călătoria cu vaporul durează două ore,* a zis Anna și Mary a răspuns: *Ah.*

La fiecare *Schiffstation*, câțiva oameni urcau și câțiva coborau. Familiile Benz și Gilbert se jucau ghicind cine erau călătorii. Au decis că bărbatul tânăr, înalt, ras în cap și însoțitoarea lui cu părul negru-albăstrui erau la a cincea întâlnire, că femeia și bărbatul mai vârstnici de pe bordul babord al vaporului erau turiști englezi care-și sărbătoreau a patruzecea aniversare, iar că femeia de vreo treizeci de ani care fuma o țigară aproape de proră își oblojea inima frântă cu singurătatea și împroșcarea mării. Sau cel puțin asta a fost concluzia la care a ajuns Anna.

La capătul călătoriei cu vaporul, cu fețele arse de soare și înțepate de vântul de pe lac, familiile au luat tramvaiul de la Bürkliplatz spre Hauptbahnhof și apoi trenul înapoi spre gara Dietlikon, toți cei opt. Era aproape șase și se întuneca. Acasă îi așteptau tort și șampanie.

Annei nu-i venea să creadă cât de plăcută, cât de perfectă fusese ziua. Nu se așteptase să fie așa. Uitase că acest lucru era posibil, dacă știuse cu adevărat.

Încă simțea bucuria blândă a zilei când au urcat dealul pe Hintergasse pe lângă piață și au cotit pe Rosenweg. În dreapta, parcarea bisericii era plină de mașini. Dacă Anna ar fi observat — ceea ce nu s-a întâmplat —, ar fi presupus că se ținea o slujbă de seară. Au trecut de micul teren de joacă, au mers spre casă, au urcat treptele și au deschis ușa.

Era întuneric în casă. Bruno a aprins lumina și, după o pauză de o jumătate de secundă, aproape o duzină de oameni au strigat: „Surpriză!"

Dumnezeule, s-a gândit Anna. *Mi-au organizat o petrecere, fir-ar să fie!*

Era evident cine fusese creierul acestei surprize. Înainte să inventarieze oaspeții, înainte ca Anna să observe exact fețele celor care veniseră în casă fără invitația ei, Mary i-a sărit în care. Sărea de colo-colo și bătea din palme ca un omuleț pe arcuri care țâșnește din cutie când ai apăsat pe buton.

— Ești surprinsă? Ești? Ai ghicit? Uite ce mirată ești!

Da, da, și-a calmat Anna prietena. *Mare surpriză!* A îmbrățișat-o mecanic pe Mary în semn de mulțumire, apoi s-a convins în sinea ei să accepte situația. *Bun, Anna, te descurci. A fost o zi foarte, foarte frumoasă. Mă descurc. Pot să fiu recunoscătoare.*

Anna a studiat încăperea. Era și Ursula, la fel și Daniela și David, Margrith, Hans și fiica lor Suzanne și soțul ei

Guido; Anna nu-i cunoștea prea bine pe niciunul dintre cei doi, dar până anul trecut locuiseră în casa din spatele hambarului lui Hans cu cele trei fiice ale lor, care veniseră și ele la petrecere. Vecinii lui Bruno și ai Annei veniseră și ei, Monika și Beat, și la fel și Edith și Otto. Majoritatea celor de la cursul de germană, inclusiv Nancy și Ed, cuplul australian cu care vorbea rareori, franțuzoaica aceea care fuma întotdeauna în pauză, asiaticii retrași care, de fapt, nu schimbaseră nici măcar o vorbă cu Anna, veniseră cu toții. Și Roland. Și Archie. Și Karl.

O față văzută într-un alt context creează confuzie. Și cei mai mulți paranoici au motive să fie astfel.

14

Este adevărat: o față văzută într-un alt context creează confuzie. O clipă de dezorientare. Uluire tranzitorie. Percepția personală este pusă sub semnul întrebării. Ca și când ai fi într-un bar unde chiar intră un preot și un rabin. *E o glumă?* te întrebi. Răspunsul este „da". Răspunsul este „nu". Răspunsul este și unul, și altul.

E o glumă? s-a întrebat Anna. Aproape fiecare persoană aflată în casa ei în noaptea aceea era ruptă de contextul său. Anna s-a dezorientat când podeaua de sub picioare a încercat să se miște și a trebuit să facă un efort să nu leșine, la propriu. Mary radia. Era încântată de sine și încă avea impresia că atunci când Anna spusese *Nu organiza nimic de ziua mea,* de fapt voise să spună *Vreau să-mi organizezi o petrecere.* Roșeața i-a urcat Annei de pe piept pe față.

— Știu că ai spus că nu vrei tevatură, dar n-a fost nicio bătaie de cap! Mary aștepta un răspuns. Anna i-a oferit un zâmbet slab, plin de tact.

— Și eu chiar voiam! Ești cea mai bună prietenă a mea!

Mary a tras-o pe Anna în living și i-a pus o coroană din hârtie pe cap. Era roz, strălucitoare, pentru copii.

Anna a luat-o imediat. Bruno a dat mâna cu bărbații pe care îi cunoștea și, în scurt timp, Bruno, Guido, Otto, Beat, David și Karl aveau câte o bere în mână și se duceau spre ușă. Când au trecut pe lângă Anna, fiecare i-a urat la mulți ani, a îmbrățișat-o rapid și a sărutat-o de trei ori pe obraji, cum era obiceiul. Când a venit și Karl, Anna i-a șuierat la ureche: *De ce ai venit?* La care Karl a răspuns:

— I-a invitat pe Daniela și pe David, iar ei m-au invitat pe mine.

Bruno a condus grupul afară, urmat de copii. Edith s-a apropiat de Anna și i-a dat un pahar cu vin spumos.

A zâmbit strâmb.

— E rar, Anna.

Anna era tentată să-i dea dreptate. Și-a dat gata șampania din două înghițituri rapide și i-a înapoiat paharul lui Edith cu o față care spunea: *Acum du-te și adu-mi o băutură ca lumea.* Edith a râs în stilul caracteristic și a plutit spre bucătărie.

O clipă mai târziu, s-a întors cu un whisky. Anna a sorbit din el. Whisky-ul avea un gust plăcut, de fum.

— Ăsta de unde a apărut?

N-ar fi trebuit să mai întrebe.

— L-a adus el.

Edith a făcut un gest spre partea opusă a camerei, unde Archie stătea cu Roland și Ed. Anna a dat să spună ceva, dar s-a răzgândit. Edith a deschis și ea gura să vorbească, dar a fost întreruptă de sosirea lui Mary. Anna le-a făcut cunoștință. Mary și Edith au fost una efuzivă, cealaltă detașată. Nu era neașteptat, dar în acest moment Anna nu avea destulă putere să concilieze personalități incompatibile. S-a scuzat sub pretext că vrea să se schimbe de hainele pe care le purtase în călătoria cu vaporul și s-a strecurat în dormitor, închizând ușa în urma ei și lăsându-le pe Mary și pe Edith să descopere singure ce puține aveau în comun.

Anna a căutat un pulover frumos și s-a schimbat. Și-a studiat fața — încă era îmbujorată. O să dau vina pe whisky, s-a gândit și apoi, studiindu-se încă o dată: Ar trebui să fie de ajuns. O bătaie în ușă a făcut-o să tresară.

— Cine e?

— Arch.

— La dracu'!

Anna s-a dus tunând și fulgerând la ușă, a deschis-o vijelios și l-a tras înăuntru.

— Anna ..., a dat Archie să spună, dar ea a ridicat mâna.

— De ce-ai venit?

— M-a invitat Mary. Anna era sursa fiecărei probleme din prezent. Ar fi părut ciudat dacă nu veneam.

— Serios, Archie? a spus Anna. Du-te și zi-i chestia asta înaltului meu soț elvețian, cu prieteni elvețieni musculoși care se îmbată în curtea mea elvețiană.

Anna nu se putea abține să nu spună „elvețian", dar nu știa de ce. Era furioasă. Se străduise din răsputeri să-și separe viețile, viețile secrete.

— Trebuie să mă întorc.

Anna a deschis ușa și a trecut furtunos pe lângă el pe hol. *Oare numai pentru mine au sens secretele mele?* s-a întrebat ea, după care și-a amintit că doar ea cunoștea aceste secrete.

Murmurul de la petrecere se întețise. Oamenii beau și mâncau și, deși atmosfera era chinuită și plictisitoare, conversația a devenit mai animată și au început cu toții să se relaxeze. Anna a rămas deoparte un moment, a răsuflat adânc și și-a făcut curaj să interacționeze. A dat de Edith, care o cotea spre salon.

— E totul în regulă, Anna? a întrebat ea cu viclenie.

— Totul e de nu se poate, a spus Anna simplu.

— Știi — Edith s-a apropiat de ea — am evaluat șeptelul. Anna s-a strâmbat. Pun pariu că e cel puțin un bărbat cu care te-am putea cupla.

— Edith! Serios! Anna i-a amintit că e căsătorită.

— Da. Mă rog. Edith a continuat. Ce zici ce tipul ăla, Roland?

Anna i-a aruncat o privire exasperată. Bine, atunci ce zici de scoțian? Nu cumva tocmai l-am văzut ieșind din dormitorul tău?

Edith avea o lumină jucăușă în priviri.

— Termină, Edith, a spus Anna tăios.

— Doamne, Anna. Calm. Mary aia a făcut din tine o mironosiță.

— Nu sunt mironosiță, a spus Anna. Sunt decentă.

— Ha, ha! a râs Edith ironic. Crede-mă, Anna. Știu despre ce vorbesc.

Anna s-a uitat la ea și a decis că probabil așa era.

Edith i-a întors privirea Annei.

— Pe de altă parte, Mary…, a spus ea făcând o pauză afectată.

Indiferent ce voia să spună, nu era nevoie să o facă.

— Fii drăguță cu ea, Edith.

— Doamne, Anna. Mă plictisești.

— Edith, am musafiri.

Edith a rânjit.

— Mă rog.

Edith a trecut pe lângă ea, a ieșit pe hol, și-a scos telefonul din buzunar și a început să-i trimită un mesaj lui Niklas, a presupus Anna.

— Care e diferența dintre obsesie și compulsiune?

În copilărie, Anna avea pornirea nestăpânită de a număra lucruri. Pietrele de pe potecă. De câte ori sună telefonul. Cuvintele din propoziții. Propozițiile din paragrafe. Fiecare acțiune trebuia ordonată. Fiecare gând, măsurat și împărțit. Era chinuitor. Așa era mereu la datorie. Însă era un compromis acceptabil. Număratul, aranjatul și clasificarea o ajutau să-și controleze panicile. Psihiatrul a decis că aceasta, asemenea depresiei Annei, era o fază. Așa era. Nu durase multă vreme. Trecuse peste acest obicei, adoptând altele noi.

— Obsesia este modul în care te aperi de sentimentul că nu deții controlul. Compulsiunea apare atunci când nu reușești să te aperi.

La finalul unui curs recent, Anna i-a cerut lui Roland să-i traducă un mesaj dintr-un graffiti pe care îl văzuse pe speteaza unui scaun din tren. Graffiti era un lucru rar în trenurile elvețiene. Anna îl copiase pe spatele caietului de germană. „*Was fuer ae huere Schweinerei...*"

— Ce înseamnă?

Roland s-a încruntat, și-a foșnit hârtiile și a pornit spre ușă.

— Înseamnă ceva nu foarte drăguț.

Anna a așteptat un răspuns. Roland a oftat și s-a înduplecat.

— Înseamnă „am căcat steagu'."

Toată lumea se dă de gol. La pocher, regula de bază în analizarea lor este aceasta: ofensiva înseamnă cărți proaste, iar defensiva, cărți bune. Tremură? Se uită pieziș la teancul de fise? Se uită prea atent la cărți? Aruncă ce pariază, cum aruncă bucătarul un cartof fierbinte? Îi privește sau nu pe ceilalți jucători în ochi?

Sigur, mai sunt și alte atitudini care te pot da de gol. Fiul tău îți spune Zi-mi o poveste, Mami, iar tu te așezi lângă el și începi: Es war einmal eine Prinzessin... Mai este și manifestarea publică, în care poate pentru prima oară în viața ta lași la vedere un aspect intim, nefiind conștient încă de posibilele consecințe ale acestei dezvăluiri. Odată, în clasa a doua, Anna a dus la școală păpușa ei preferată. O păpușă cu capul mâinile și picioarele din porțelan și cu păr de om, negru, perfect. O botezase Frieda și, deși n-o iubea așa cum își iubesc alte fete păpușile, legănându-le, prefăcându-se că le dau de mâncare, certându-le când erau neastâmpărate, Anna simțea ceva asemănător cu dragostea. Era fascinată de formele feței Friedei, de moliciunea părului ei și de rochia roz de dantelă pe care o purta. Era un interes detașat, științific, dar totuși unul profund captivant. Iar când pe terenul de joacă în ziua aceea a scăpat-o din greșeală și un băiat pe nume Walter — tot din greșeală — a călcat pe mâna dreaptă a Friedei și i-a făcut-o bucăți, imposibil de reparat, Anna a simțit acel gen de deznădejde care le cuprinde pe fetițe când se strică păpușa și a plâns tot restul zilei. Acasă, Anna a pus-o pe Frieda înapoi pe raft, nu s-a mai jucat și nu a mai studiat-o niciodată. Nici nu realizase cât de mult o iubise.

Și mai este și Wilhelm Tell, eroul național elvețian care, refuzând să cedeze în fața unui suzeran, a fost obligat să tragă într-un măr așezat pe capul fiului său mai mic. Cu o singură săgeată trasă cu arbaleta, a crăpat mărul în jumătăți perfecte. Dacă povestea aceasta avea o morală, Anna nu putea spune care era aceea.

El nu-i spusese niciodată că nu o iubește.
Dar nici nu-i spusese că o iubește.

Archie, Mary, Nancy, Roland și Ed s-au adunat lângă gustări. Archie îi întorsese spatele Annei, respectându-i dorința de discreție maximă. Afară, Bruno și prietenii lui stăteau pe stradă, se uitau la noua mașină a lui Guido. Bruno o ținea pe Polly pe șold. Daniela s-a aplecat și a gâdilat-o. Polly Jean zâmbea și chicotea.

Petrecerea era în continuare la fel de plictisitoare. Cum se întâmplase și la petrecerea lui Edith, invitații se împărțiseră în două grupuri — deși aici geografia, mai degrabă decât sexul, îi separase pe invitați: prietenii localnici ai lui Bruno erau afară, iar Anna și cunoștințele ei din străinătate rămăseseră înăuntru. E emblematic, s-a gândit Anna. Ei pot să iasă în aer liber în lumea lor. Noi suntem încuiați într-o cutie a alterității. Există o linie de demarcație. Ne tolerează prezența, dar nu ne vor primi niciodată cu brațele deschise.

Mary a anunțat că a adus jocuri pe tablă. Edith a mârâit de pe locul pe care îl ocupase pe canapea, iar Anna i-a aruncat o privire pe care ea nu și-a ridicat ochii din mobil ca s-o vadă. Nancy a fost înțelegătoare și a spus că ea vrea să joace, dacă mai vor și alții. Mary a aranjat opțiunile pe măsuța de cafea. *Life. Risk. Trivial Pursuit. Sorry*[15]. Până și jocurile pe tablă o arătau cu degetul pe Anna. I-a prins privirea lui Archie și a mimat: „Te rog, pleacă". Archie a clipit la cererea ei și, la rândul lui, a mimat: „Imediat". Drept răspuns, Anna s-a retras în bucătărie.

Un minut mai târziu, a venit și Mary.

— Aici erai! Ratezi toată distracția! Ai zice că încerci să scapi de petrecerea ta.

— Mary, a spus Anna exasperată. Ți-am zis că nu vreau o petrecere.

---

[15] În traducere, Viață. Risc. Țeluri banale. Scuze.

Anna a deschis frigiderul. Înăuntru era un tort cu mai multe etaje așa de mare, încât rafturile de sus ale frigiderului cu tot ce era pe ele fuseseră scoase să încapă tortul. *Unde mi-e dressingul pentru salată? Unde mi-e muștarul? Vreau să știu unde e muștarul.* Anna a împins ușa. Frigiderul a scos un zăngănit puternic.

— Ai înnebunit, Anna? a spus Mary cu un tremur în glas.

Anna nu voia s-o jignească. Nu avea ce face, trebuia să țină pentru sine tot acest afront.

— Nu, Mary. Deloc. E o surpriză plăcută. Mulțumesc.

— La ce te pricepi? a întrebat-o Doktor Messerli într-o după-amiază.

Anna și-a căutat în memorie, încercând să-și amintească ultima oară când i se pusese această întrebare, dacă-i fusese pusă vreodată. A dat un răspuns rudimentar, născut din repetiție și experiență.

— Nu știu, a răspuns, și amândouă femeile au înțeles. Aș prefera să nu vorbesc despre asta.

Doktor Messerli a insistat.

— Nu te las să scapi așa de ușor, a spus ea, apoi și-a încrucișat mâinile și picioarele și s-a lăsat pe speteaza scaunului, pregătindu-se pentru lunga așteptare ce se anunța în discuțiile cu Anna care necesitau ademenire. Ferestrele erau închise, iar în cameră era umed și rece. Doktor Messerli a schimbat direcția.

— Bun. Hai să încercăm așa. Ce-ți place să faci? Nu-mi pasă dacă te și pricepi la asta.

Îmi place să mi-o trag, a fost răspunsul spontan al Annei, dar l-a ținut pentru ea. În schimb, a închis ochii strâns, și-a mușcat buza și a încercat să se gândească la altceva decât la sex, în timp ce Doktor Messerli îi aștepta răspunsul.

— Când eram mai tânără — Anna a făcut o pauză, accentuând „mai tânără", de parcă ar fi fost esențial să se înțeleagă că exista o distincție între atunci și acum — îmi plăcea să cos.

Doktor Messerli a bătut o dată din palme.

— În sfârșit! A recunoscut și ea ceva!

Frivolitatea ei a părut o lipsă de respect.

— Bine. Erai bună la asta?

Anna nu mai cususe de ani de zile. Ultima oară când scosese mașina — Pe unde mai era? În pod? În pivniță? —, Victor era bebeluș și ea încă avea hotărârea necesară să cultive o anume viață casnică. Anna i-a spus acest lucru doctoriței.

— Și de ce ai renunțat?

Anna a mormăit ceva despre lipsa de timp și energie.

— Și acum ce te împiedică să coși?

Răspunsul a rămas același.

— Timpul. Energia.

Îi lipseau amândouă. Le oferea la liber bărbaților ei toate orele ei libere. Nu mai avea putere și pentru sine.

(Anna nu se gândise niciodată la această corelație, dar în timp ce scotoceau prin această parte din trecutul ei, paralelele erau evidente și corespondența clară: m-am lăsat de tivit haine și m-am apucat de tivit bărbați. Anna a zâmbit în sinea ei. Era haz în povestea asta. Și mai era și claritate. *Bie. Tipar. Cusătură.* Putea să-i fi spus pur și simplu psihoterapeutei că se pricepea la jocuri de cuvinte și ar fi fost și acesta un adevăr. Dar această mărturisire ar fi smuls o alta: că în momentele în care era spirituală era de asemenea șireată și, cel mai adesea, pentru ea acestea jucau rolul cernelii caracatiței. Perdele de fum, în spatele cărora se ascundea. *Pensă. Margine. Cupon.* Acum *ac* devenise *tac. Cută* devenise *cucută.* Dar Anna a tresărit când s-a gândit la asta. În acest caz, nu erau replici istețe sau coincidențe. Erau faptele rele, necosmetizate și se aliniau perfect.)

— Mama ta te-a învățat să coși? a venit întrebarea doctoriței, readucând-o brusc pe Anna în cameră.

Întrucât Anna nu a răspuns imediat, Doktor Messerli a întrebat din nou. De data aceasta, întrebarea a stimulat o amintire neclară. Anna era mică. Avea șase sau șapte ani. Nu putea spune exact. După-amiaza aceea fusese la fel de cețoasă ca amintirea ei de acum. După-amiaza aceea. Era destul de târziu, încât atunci când lumina pătrundea prin fereastră, tăia camera pieziș, iar praful și scamele ce pluteau prin aer păreau jucăușe și adorabile ca niște fulgi mititei de zăpadă. Mama Annei era așezată la mașina de cusut, o Singer de acum învechită, pe care o moștenise la moartea mamei ei. Făcea pernițe pentru canapea din cel mai frumos velur pe care îl văzuse Anna până atunci sau de atunci încoace — moale ca puful, de culoarea vinului de Burgundia încă în butoi. Alături, Anna stătea gravă pe podea la picioarele mamei ei și-și făcea de lucru cu ursulețul, prinzând pe el cu ace de siguranță resturi de material moale, de culoare mov. Mai târziu, mama ei a luat-o în poală și împreună au cusut acele bucățele făcând o fustiță; mâinile Annei erau pe material, iar ale mamei peste ale Annei, călăuzindu-le pe amândouă printre mișcările ca de piston ale acului. Când tatăl Annei a venit de la serviciu, și-a sărutat fetele și le-a întrebat ce-au făcut în ziua aceea. În cuptor era friptură, aerul vibra de bâzâitul neîntrerupt și suplu al mașinii străvechi și de cântecul incert pe care mamei Annei îi plăcea să-l fredoneze. Era o după-amiază blândă. Dar evenimentul zilei aceleia se topise de mult. În schimb, persista o melancolie generalizată care, dacă Anna medita prea mult la ea, o devora cu disperarea ei. Sigur că mama ei a învățat-o să coasă. Și asta o întrista aproape la fel de mult ca orice altceva. Un soț agreabil. O fiică adorabilă. O soție credincioasă. Ce familie fericită!

— Poți să-mi mai povestești puțin?

Anna putea, dar nu a făcut-o.

— Anna, nu te-am întrebat niciodată. Unde ai crescut?

Întrebase. Anna evitase întrebarea. Și-a trecut degetele prin păr și și l-a răvășit, de parcă gestul ar fi alungat amintirile.

— Contează?

— Sigur că da.

Era unul dintre puținele momente când Anna era așa de deschis în dezacord cu doctorița, direct și cu glas tare. Cele mai multe controverse luau forma minciunilor.

— Nu. Nu contează. Locul în care ai fost nu e niciodată la fel de relevant precum cel în care ești.

Anna credea pe deplin acest lucru.

Spre ușurarea Annei, nimeni nu voia să joace jocuri, așa că sugestia a fost dată uitării și petrecerea a lâncezit mai departe. Archie încă nu plecase. Anna s-a întrebat dacă Bruno știa că este acolo. Nu se îndoia că-și amintea numele lui. Cincisprezece minute mai târziu, toată lumea s-a strâns în salon și a cântat „la mulți ani". Ursula a adus tortul. Anna era în parte îmbujorată, în parte furioasă. *Te rog, pleacă acasă, Archie. Te rog, pleacă acasă, Karl. Vă rog, plecați cu toții.* Nu putea să respire. Erau prea mulți oameni în cameră. Archie stătea departe de Bruno. Ce binecuvântare! Anna a mâncat o jumătate de felie de tort și a ieșit. Fusese la mai multe petreceri în ultimele trei săptămâni decât în tot anul. Se săturase să privească oameni stând într-o cameră și discutând.

David era pe alee, își fuma pipa. Anna era dezamăgită. Sperase să fie singură măcar un minut. Aerul se răcise foarte repede după apusul soarelui, iar Bruno și prietenii lui nu mai ieșiseră după servirea tortului. În schimb, îi luase în pivniță dintr-un motiv care nu stătea în picioare (să le arate una, alta, Anna nu asculta cu atenție când i-a spus). Totuși îi auzea și le vedea siluetele prin sticla călită a ferestrei de la pivniță. Anna își cunoștea soțul. Motivația lui era evidentă și pe deplin elvețiană: nu voia să interacționeze cu cei pe care nu-i cunoștea deja.

— Scuze. N-am vrut să te deranjez...

Anna și-a ferit privirea și s-a uitat iar la fereastra pivniței, aflată la nivelul solului, și s-a gândit la Doktor Messerli, la labirinturi și dedaluri, la simbolismul murmurului umbrelor subterane. David a ridicat ușor din umeri, spunând parcă *E casa ta, eu îți sunt oaspete, nu m-ai deranjat de la nimic*. Anna a ridicat și ea din umeri și s-a așezat pe treptele verandei. Nu voia să vorbească. Nu avea nimic de spus.

David fuma, se plimba și fluiera un cântec sinistru într-o tonalitate minoră pe care Anna îl mai auzise, dar nu știa unde. Când a început să vorbească, nu era apropo de nimic și nu i se adresa nimănui.

— Noi, francezii, suntem experți în multe lucruri. Mâncare și filosofie. Vin. Dorință. David i-a făcut cu ochiul și Anna a zâmbit slab. Dar cei mai buni amanți sunt cel mai adesea și cei mai mari mincinoși, Anna. E o lege a firii.

David a dat o dată înțelept din cap și nu a mai adăugat nimic.

Era un vis pe care Anna și-l notase, dar pe care nu i l-a împărtășit doctoriței: *Sunt într-o cameră cufundată în beznă. Orbecăi, nesigură de pământul pe care merg. Țin mâinile înainte, caut ceva de care să mă apuc. Ating un zid și cedează sub presiunea mâinilor mele. E ca peretele unui castel pneumatic, de care închiriezi pentru ziua unui copil. Doar că, cu cât apăs pe el, cu atât cedează mai mult, până când, în cele din urmă, trec prin el. De partea cealaltă a acestei camere întunecoase, este o lume nouă, luminoasă, o alta, exterioară. Sunt la Zürichsee. Apa e de un albastru intens. E cea mai albastră apă pe care am văzut-o vreodată. Sunt înotători, oameni cu bărci, și alții care fac plajă pe mal. Și cerul este și el de un azuriu uluitor. Am trecut de la întuneric absolut la lumină absolută. Am pășit într-o lume hrănitoare. E uluitor. Sunt uluită. Și totuși, nu e lumea mea. Nu-mi aparține. Eram mai în siguranță în întuneric. Dar zidul s-a dărâmat și întunericul s-a risipit. Nu mă pot întoarce sub aripa lui. Sunt prizoniera conștiinței luminii.*

15

Anna era pregătită să chiulească de la cursul de germană de luni. Nu voia să vadă pe nimeni. Putea spune că-și plănuise o zi de răsfăț, un drum la spa, orice. Era ziua ei, putea face ce voia. Dar nu-și făcuse niciun plan și perspectiva de a sta acasă singură o deprima mai mult decât o neliniștea gândul de a da ochii cu cei din clasă. Iar Mary o pusese să promită că o va lăsa să o scoată la masa de prânz. Ar fi fost dezamăgită dacă Anna anula. Așa că a pornit spre Oerlikon.

Nu dormise. Stătuse în pat toată noaptea, iar evenimentele de peste zi i se zvârcoliseră în cap precum hainele în uscător. Fusese o zi a revelațiilor. *Am simțit în treacăt fericirea, mi-a plăcut și vreau s-o mai simt.* Când au plecat și ultimii oaspeți, Bruno i-a dus acasă pe soții Gilbert. Anna le-a făcut cu mâna de la fereastra bucătăriei. Băieții erau sus, se jucau în liniște. Polly dormea de o oră. Bruno avea să se întoarcă peste cel puțin patruzeci și cinci de minute. Casa era numai a ei. Avea loc și timp de gândire din belșug.

Auzise ce spusese David. Este periculos să ai secrete. Iar ea nu și le păzise prea bine pe ale ei. A bifat o listă mentală. Edith făcuse o aluzie. David îi făcuse o mărturisire. Vocea Ursulei, de mai multe ori, dăduse glas suspiciunii. Margrith o văzuse chiar în Kloten. Anna crezuse despre ea că fusese calculată și grijulie. Aproape că fusese mândră de discreția ei. *Asta e problema,* s-a gândit Anna. Auzea vocea fantomatică a doctoriței: *Hybrisul este asasinul oricărei eroine.*

Anna nu avea nevoie de o plimbare pe deal sau de o porție de plâns pe banca ei ca să-și dea seama de asta. *Am terminat-o cu aventurile,* s-a gândit ea, *gata.* Când Bruno s-a întors de la soții Gilbert, au făcut dragoste. A fost plăcut, satisfăcător. Au avut orgasm amândoi odată. În liniște. Tandru. Era un mod respectabil și ritualic de a o lua de la capăt, a decis Anna. *Gata. S-a terminat.*

Toată noaptea s-a gândit la un plan. Avea să fie activă, nu pasivă. Avea să se implice din plin în viața de zi cu zi a familiei. Nu intenționa să conserve smochine sau să coasă goblenuri de pus pe perete (deși gândurile despre redecorarea dormitorului i-au ocupat o jumătate de oră din noaptea albă), dar și-a jurat acest lucru: *Familiei mele îi dedic toată ființa mea. Timpul, talentele, atenția mea. O să termin cu sexul, care m-a ajutat să termin cu tristețea din viața mea, și s-o trăiesc din plin. Cât de circular! Cât de... jungian!* Doktor Messerli ar fi încântată de răsturnarea de situație din sufletul Annei. *Poate chiar e momentul să-i spun tot.* Anna a ajuns la concluzia asta, apoi s-a îndepărtat de ea și s-a apropiat din nou de ea, cu precauție. Ciclul acesta s-a derulat toată noaptea.

Anna a ajuns devreme la școală și l-a așteptat pe Archie în fața clasei lui Roland. Când a ajuns și el, l-a tras deoparte.

— Vreau să stăm de vorbă.

Anna intenționase să fie cât mai puțin ceremonioasă posibil, dar pe holul din afara clasei nu era pic de intimitate și, deși nu plănuia să-i spună prea multe, Anna prefera să nu se dea în spectacol. Archie a așteptat să continue, dar Anna a clătinat din cap.

— Nu aici. Și-a masat tâmplele și s-a gândit o clipă. Mary mă duce la prânz la grădina zoologică. Hai să ne întâlnim în fața grădinii la unu și jumătate.

Dramatismul nu prevestea nimic bun. Nu asta fusese intenția ei. Sau asta credea, dar nu e același lucru.

Însă mai puțin teatrală a fost descâlcirea încurcăturii cu Karl. Anna îi trimisese un sms înainte să se întoarcă Bruno după ce-i dusese acasă pe soții Gilbert: *Îmi pare rău. Trebuie să încetăm. Bruno. Copiii. Totul. Bine?* Nu-i părea tocmai rău, și curiosul „bine?" de la finalul mesajului nu avusese alt rol decât îndulcirea pastilei. Nu a trecut niciun minut până să primească răspunsul. Jo. *Aduc.* „Aduc" era prea mult până și pentru Karl. În cele din urmă, Anna a înțeles că voia să spună: „Înțeleg."

Întâlnirile dintre Anna și Stephen vizau rareori altceva decât sexul, deși o dată s-au întâlnit la Friedhof Fluntern, aproape de grădina zoologică. Fusese sugestia Annei. James Joyce era înmormântat acolo. Era un simbol al Zürich-ului. Ea nu-l vizitase niciodată.

Era mijlocul lui ianuarie și, cu o noapte în urmă, căzuse o ninsoare ușoară. Anna tocmai îl lăsase pe Charles la *Kinderkrippe* când s-a întâlnit cu Ursula pe stradă (cât de des părea să se întâmple!). I-a spus soacrei ei că se ducea să înapoieze niște cărți la biblioteca din centru. Poate că Ursula avea îndoieli în privința timpului petrecut de Anna în oraș, dar nu o provoca niciodată. În orice caz,

Anna avea pregătite mai multe povești: am fost să mă întâlnesc cu Edith. Sau: Am fost să cumpăr mirodenii de la un magazin de delicatese. Sau: Era un film care nu rula nicăieri altundeva. Minciuni subțiri ca un voal, dar în loc de altceva mai bun, trebuiau să meargă.

Stephen s-a arătat indiferent.

— De ce nu? a spus de parcă oricum nu avea nicio opinie.

Era o tendință pe care Anna nu a realizat că nu o suporta, până să se termine aventura lor. Friedhof Fluntern se află într-un crâng din Zürichberg, muntele care se află exact între Dietlikon și oraș. Dacă s-ar fi putut cățăra în copaci, Anna și-ar fi putut vedea casa.

Au mers spre mormânt, fără să vorbească. Anna citise Joyce în facultate, dar în afară de „scriitor irlandez celebru" nu putea spune prea multe despre el. Mormântul a fost simplu de găsit. Era marcat de o statuie a autorului meditând. Avea zăpadă în poală. Soția și fiul lui erau înmormântați lângă el.

— Auzi? a spus Anna cu un glas ștrengar. Hai s-o facem aici.

Stephen s-a uitat în sus, a privit-o, apoi și-a întors ochii spre mormântul lui Joyce.

— Cred că e cel mai nepotrivit lucru pe care l-am auzit vreodată. A trecut o clipă, apoi Stephen și-a strâns mai tare haina pe corp. Hai să mergem. E frig.

Anna a venit în urma lui, târându-și picioarele prin zăpadă.

Mary făcuse rezervare pentru două persoane la 12:15 la Altes Klösterli, un restaurant tradițional elvețian destul de aproape de grădina zoologică încât să audă elefanții.

Prima călătorie pe care a făcut-o Anna singură în Zürich a fost la grădina zoologică. Era de trei sau patru săptămâni în țară. Acasă totul începea să intre pe un făgaș normal, puțin câte puțin. Anna găsise un obstetrician care vorbea engleză. Ursula deborda de serviabilitate, a dus-o pe Anna la piață, i-a arătat orașul și a văruit camera copilului împreună cu ea. Anna a retrăit acele prime zile. Ochii îi zburdau la tot ce vedea. Fiecare drum crea o posibilitate.

Mai fusese în oraș, cu Bruno. A dus-o într-un tur rapid, la finalul căruia i-a dat o hartă, o cartelă ZVV și i-a spus că era pe cont propriu (nu putea face o previziune mai adevărată!) „Du-te să explorezi!" i-a spus el. De obicei, Anna nu era o exploratoare. Dar lucrurile mergeau așa de bine și fericirea părea posibilă, dacă nu plauzibilă. Și dacă există vreodată un moment în care să-ți depășești limitele, este acela când, la propriu, ai trecut dincolo de ele. Anna a acceptat provocarea. Unde să se ducă? Ce să facă? Să se uite la vitrine pe Bahnhofstrasse? O vizită la Muzeul de Artă? La Muzeul Cuțitelor? La Muzeul Ceasului? Pentru prima ei ieșire singură, Anna a ales Grădina Zoologică.

Ziua era frumoasă, dar toridă. Însărcinată, Anna mergea agale printre grădini, fotografia animalele, s-a relaxat la cafenea, a băut o limonadă și apoi încă una. A simțit un val de mulțumire de sine. Și-a făcut planuri în minte să se oprească în drum spre casă să cumpere piersici pentru o plăcintă. S-a gândit la seară și la o cutie pe care nu o deschisese încă, în care avea o cămașă de noapte neagră de mătase care credea, dar nu era sigură, că nu o mai cuprindea. Dar mulțumirea de sine este o dovadă periculoasă de trufie. Anna era prea mulțumită de sine. Când a plecat de la grădina zoologică, a luat autobuzul care trebuia, dar a mers în direcția greșită vreo șase stații până când să-și dea seama de greșeala ei. Apoi a coborât într-o intersecție nepotrivită și a trebuit să meargă cvartale întregi până să găsească o stație de tramvai. Și când a venit tramvaiul, l-a luat și pe acela într-o direcție greșită. În cele din urmă, a ajuns la *Bahnhof* Wiedikon, unde, văzând-o plângând, o femeie (al cărei vocabular în engleză din nefericire era comparabil cu germana deficientă a Annei), a stat cu ea și, împreună, au găsit o cale prin care să ajungă acasă. Mersul acasă a fost partea ușoară; S8 trecea prin Wiedikon. Anna nu avea decât să ia trenul (care trebuia) până la Dietlikon. Era aproape impresionant cum reușea să hoinărească așa de departe prin oraș, din greșeală. Inteligența pe care Anna își permisese s-o simtă s-a risipit într-o clipă.

Încrederea în sine a Annei se șubrezea.

De la plecarea lui Stephen, Anna a luat S8 spre Wipkingen de patru ori, a coborât și a mers până la apartamentul lui de pe Nürenbergstrasse de parcă nu s-ar fi schimbat nimic. Prima oară a făcut acest lucru a doua zi după plecarea lui. S-a dus la ușă, a sunat și, când nu a răspuns nimeni, s-a prefăcut că el era la piață sau în laborator. Alteori, stătea în fața clădirii și se prefăcea că vorbește la telefon sau se uită la ceas, de parcă i-ar fi dat cuiva întâlnire acolo. Orice putea da legitimitate hoinărelii ei. Ocolea agale cvartalul. Închidea ochii și-și imagina că era cu o lună, opt, un an în urmă. Ieri. Ultima oară când făcuse acest lucru, Polly Jean avea șapte luni. Ce declanșase călătoria? Anna abia dacă își amintea. *Era gălăgie în casă. Lui Bruno îi era frig. Ursula mă certase pentru ceva ce făcusem. Voiam să mă întorc la locul crimei. Voiam să mă întorc.* Și-a lăsat copiii cu bunica, a luat-o pe Polly Jean în oraș și a trecut cu căruciorul pe lângă apartamentul lui Stephen. *Și aici te-am inventat pe tine, Polly Jean.* Își îngăduia un lux, dezvăluirea trecutului ei încremenit, inalterabil.

Prânzul cu Mary a fost plăcut, afabil. Conversația lor era relaxată, dar asta, pentru că Annei nu-i stătea mintea la lucruri profunde. Mary vorbea despre Rapperswil, despre petrecerea Annei, cursul de germană din ziua aceea, ce drăguț era inelul Annei. Au mâncat *Gschnätzlets mit Rösti*, un fel de mâncare tradițională din Zürich, cu carne tocată de vițel și crochete de cartofi. Mary nu mai mâncase niciodată. Anna mai mâncase de o sută de ori. Pentru ea era obișnuit, banal, la fel.

Când a sosit desertul, Mary i-a dat Annei un cadou de ziua ei.

— Mary, nu trebuia, a apus Anna.

Uneori generozitatea lui Mary o exaspera. Nu știa niciodată cum să reacționeze.

— Suntem prietene, a răspuns Mary. Practic, surori. Sigur că trebuia.

Anna a deschis cutiuța lucioasă legată cu o fundă din grogrenă roșie. Înăuntru era o duzină de batiste *vintage* cu monograma Annei. Mary le cususe. Batista de deasupra era bleu. Anna a trecut degetul mare peste A și arătătorul peste B. A oftat așa de adânc, încât a părut un scâncet.

— Ai pățit ceva, Anna?

Anna și-a dus batista la nas. Mirosea a levănțică. A închis ochii și a dat din cap, apoi a oftat iar.

— Știi? Făceam și eu așa ceva pe vremuri.

— Serios? Coși?

Recunoașterea acestui lucru a amuzat-o pe Mary. De parcă Anna ar fi tachinat-o sau ar fi făcut o glumă.

— Pare așa de străin de tine.

Anna a deschis ochii. Înțelegea că putea părea așa.

— Nu, serios. Cos. Adică știu să cos. M-am lăsat.

Mary a zâmbit mulțumită de sine, dar nu arogant. Când i-a atras atenția asupra acestui lucru, rânjetul i-a devenit un simplu zâmbet.

— Ce e?

— Îmi place când am ocazia să aflu despre tine ceva ce încerci să ascunzi.

Anna s-a prefăcut că nu a auzit, a pus batista bleu peste celelalte și a schimbat subiectul.

— Aproape că sunt prea frumoase ca să le scot din cutie.

— Aiurea! a spus Mary. La ce e bun un obiect util dacă nu poate fi folosit?

— Narcisismul nu e vanitate, Anna. Cu toții suntem narcisiști într-o oarecare măsură. O doză de narcisism e sănătoasă. Dar când există un dezechilibru, ceea ce mai demult a fost adecvata încredere în sine devine pompos, patologic și distructiv. Ai prea puțin respect față de cei din jurul tău. Faci ce vrei cu entuziasmul libertinului. Se instalează plictisul. O femeie plictisită e periculoasă.

— Ai mai spus asta.

Doktor Messerli a dat din cap.

— Și?

Era un „și" nerăbdător.

— Și sunt fapte care nu pot fi anulate. Rezultate imposibil de reparat. Narcisistul va vedea acest lucru când e prea târziu.

— Hai să recapitulăm timpurile verbale, a spus Roland și clasa a mârâit la unison. Nu era prima oară când le preda acest lucru. „Zu viel Fehler!" Prea multe greșeli, a spus Roland.

Anna s-a simțit imediat jignită, deși știa că în comiterea de greșeli exista un punct critic în care gafele nu mai erau educative, ci pur și simplu deveneau o obișnuință. O indiferență față de consecințe în explorarea limbajului, a iubirii, a vieții. Pasivitatea imperturbabilă în acțiune.

Dar greșelile, s-a gândit Anna. Sunt ale tale. Numai ale tale. Ale tale îți aparțin ție și nimănui altcuiva. Când se gândea așa la asta — lucru pe care alesese în mod conștient să-l facă — se simțea nobilă. De parcă recunoașterea sau asumarea unui eșec — chiar dacă numai în fața oglinzii, în singurătate și tăcere — era un act de iertare a păcatelor.

Așa că lui Roland i-a spus: *Ohne Fehler, ohne Herz*. Dacă nu faci greșeli, ești fără inimă. *Suntem marcați de ratările noastre. Suntem formați din ratările noastre*. Anna voia să fie adevărat. Și dacă-și dorea destul de mult să fie adevărat, poate că așa avea să fie.

Dar au venit și zile în care simpla durere cauzată de amintire îi măcina Annei înțelegerea istoriei personale. Atunci tânjea după ora chiar de dinainte să-l întâlnească pe Stephen Nicodemus. *Cât de diferit ar fi fost totul dacă m-aș fi dus pur și simplu acasă!* În alte zile simțea o asemenea durere, încât o lega de bucurie. Doar disperarea îi aparținea indiscutabil. O alinare nejustificată, dar totuși alinare. Singurul lucru pe care îl simțea rareori era vina. Dragostea călca în picioare vina tot așa cum piatra bate foarfeca.

— E fundamental, dragi cursanți. Prezentul. Ce se întâmplă acum. Viitorul. Ce se va întâmpla. Trecutul simplu: ce s-a făcut. Prezentul perfect? Ce se făcuse.

Dar cât de des este trecutul simplu? Este prezentul vreodată perfect? Anna nu mai asculta. Erau reguli în care nu avea încredere.

Anna a condus-o pe Mary la autobuz, spunându-i că de ziua ei avea obiceiul să se plimbe singură, timp în care medita la anul anterior și-și reevalua prioritățile. Avea să meargă pe Zürichberg în ziua aceea, a spus ea. Anna a arătat spre Dietlikon.

— Poate chiar mă duc pe jos acasă.

Era o minciună acceptabilă. Întotdeauna voia să meargă pe jos acasă de pe Zürichberg, dar nu o făcuse niciodată. Dacă nu ar fi plănuit să se întâlnească cu Archie în ziua aceea, poate că ar fi pornit în drumeție. Mary a îmbrățișat-o pentru ultima oară de ziua ei și i-a trimis bezele ridicole de la fereastră, în timp ce autobuzul pleca. Anna a clătinat din cap și s-a întors la grădina zoologică. L-a întâlnit pe Archie lângă casa de bilete. El a plătit ambele biletele.

— Hai să ne plimbăm puțin, a spus Archie. Vreau să văd animalele.

— Sigur, a răspuns Anna, dar voia să spună „mă rog".

Formau o pereche visătoare, căci Anna știa că în curând avea să-i spună lui Archie că se terminase cu distracția lor, iar Archie bănuia că asta avea să-i spună. Au mers indiferenți și s-au plimbat printre animale și habitate, fără să spună prea multe în afară de *Uită-te aici* și *Îhî.* Tigrii dormeau în spatele stâncilor și nu puteau fi văzuți cu ușurință. Urșii panda erau timizi și nu ieșeau deloc. Maimuțele voiau să fie privite. Țipau în cuști și zgâlțâiau barele.

— Da, chiar urăști Elveția. Și — Doktor Messerli a făcut o pauză de efect — îți și place. Îți și place, o și urăști. Nu simți apatie. Nu ești indiferentă. Ești ambivalentă.

Anna se mai gândise la acest lucru în nopțile în care nu putea face altceva decât să hoinărească pe străzile adormite din Dietlikon sau să urce pe dealul din spatele casei ei ca să stea pe banca pe care cel mai adesea se ducea să plângă. Se gândise la ambivalența ei de multe, multe ori și, în final, se diagnosticase cu o boală pe care o inventase tot ea. Sindromul Elveția. Precum sindromul Stockholm. *Dar în loc de răpitori, sunt atașată de camera în care sunt prizonieră. De închisoare sunt atașată, nu de paznic.*

Anna avea pe deplin dreptate. Peisajul. Geografia. Câmpurile, pâraiele, lacurile, pădurile. Și munții. În zilele extraordinar de senine, când vremea era potrivită, dacă mergeai spre sud pe Bahnhofstrasse din Dietlikon, vedeai contururile clare ale Alpilor cu zăpadă pe vârfuri proiectate pe orizontul de un albastru-aprins, optzeci de kilometri mai departe. În aceste zile, ceva din magia atmosferei îi făcea tangibili și-i aducea mai aproape. Mutabilitatea acestor munți îi amintea Annei de sine. Și nu se atașase emoțional doar de peisaj. Ci și de drumurile pavate din zona veche a orașului Zürich, de fleșele unei biserici și de turlele alteia. Și de trenuri, de trenuri, de afurisitele de trenuri. Putea lua trenul oriunde voia să meargă.

Dar când s-a întrebat *Încotro?*, singurul ei răspuns a fost imposibil de ilogic: *Vreau să merg acasă*. Aparent, era deja acolo.

— Unde se duce focul când se stinge? a întrebat Anna.

Stephen a clătinat din cap. Răspunsul pe care l-a dat a fost rece.

— Nicăieri, Anna. Se stinge pur și simplu. Am mai discutat lucrul ăsta.

Așa era. Iar Annei încă nu-i plăcea răspunsul. Și, în primul rând, de ce trebuie să se stingă focul? Nu voia să accepte. Nu când spunea el și nu — aproape doi ani mai târziu — când își amintea că spusese lucrul acesta.

Cu o săptămână în urmă, Nancy le-a invitat și pe Mary și pe Anna în apartamentul ei după ore, să ia prânzul. Nancy locuia în Oerlikon, foarte aproape de Migros Klubschule. În afara pauzelor de cafea de douăzeci de minute și a celor câteva cuvinte schimbate la curs, ea și Anna nu-și mai vorbiseră. Dar Mary și Nancy erau prietene.

— Hai cu mine, Anna, a spus Mary. Nancy e extraordinară.

Nancy era o femeie înaltă și slabă, blondă în stilul nordicilor, elegantă, cu o atitudine prietenoasă și generoasă și al cărei apartament, într-un fel, îi semăna: modern, curat, aerisit, concentrat, deschis. Avea patruzeci și unu de ani, nu era căsătorită, nu avea copii și, în prezent, nu avea o slujbă. Când Anna a întrebat-o cum era posibil (orașul Zürich este teribil de scump), Nancy a spus că nu era nicio problemă și apoi, cu o circumspecție jenată, le-a mărturisit femeilor că familia ei deținea plantații de ceai în Africa și, deși ea lucrase mulți ani ca jurnalist, de fapt nu era nevoie să muncească.

— Nu mă confundați cu o răzgâiată care a avut la dispoziție un fond fiduciar, a adăugat ea repede. M-am spetit muncind. Întotdeauna m-am întreținut singură.

Așa i se părea și Annei; Nancy lucrase pe întreg continentul, informând despre politica internațională, mai ales din orașe străine, exotice, pe care americanii nu le pomenesc niciodată când li se cere să numească capitale europene: Tallinn, Sofia, Chișinău, Skopje, Vaduz. Nancy nu era doar o fată de treabă; era și o aventurieră. Nu acceptase misiunile — se oferise voluntar pentru fiecare dintre ele. Dacă exista vreun loc în care nu fusese, exact acolo voia să meargă.

— Și ce faci aici?

Anna nu voise ca întrebarea să sune a acuzație.

— Am auzit că e un oraș de top. Un loc frumos. Nancy a ridicat din umeri. Voiam să văd cum este. Nu trebuia să mă întorc undeva anume.

— Cât stai?

— Sunt aici doar de patru luni. Nu am de gând să plec. Îmi place.

— Serios?

Anna nu se așteptase la asta.

— Da. Ție nu?

Anna nu a răspuns.

Mary a început să o măgulească în stilul ei caracteristic. Fără conținut, repetitiv.

— Ești admirabilă, Nancy. Te admir sincer, Nancy. Îți faci bagajele, te dunci unde vrei și faci ce vrei tu, a spus Mary. Mi-ar plăcea să pot și eu. Te admir sincer pentru asta.

— Ce e de admirat? Doar îmi trăiesc viața.

— Totuși. Mary a oftat. Ești așa de curajoasă! Mie mi-e frică de locurile necunoscute. Sunt neliniștită și numai când iau autobuzul de la Schwerzenbach la Dübendorf!

Mary a oftat din nou. Ei îi era greu să se îndepărteze prea mult de curtea ei din față. Asta făcuse ca mutarea din Canada să fie așa de groaznică, îi mărturisise Annei încă de la început.

Nancy i-a oferit lui Mary o consolare care se situa undeva între empatie și mustrare.

— Mary! Fiecare cu frica ei. Dar nu vreau să-mi privesc viața cum se derulează. Vreau s-o derulez eu, dacă pot spune așa. Dacă vreau să fac ceva? Fac. Dacă vreau ceva? Caut să obțin. Și obțin. Dacă eu cred în ceva, susțin acel lucru. Dacă nu e niciuna din astea? Atunci... nimic. Și apoi renunț.

— De-aia nu te-ai măritat niciodată? a întrebat Mary.

— Sigur, a spus ea pe un ton indiferent, în timp ce se ridica și strângea farfuriile goale ale femeilor.

Anna și Mary tăceau. Nancy a clătinat din cap.

— Serios, acum vreau să mă înțelegeți bine. Viața mea nu este mai vrednică de laudă decât ale voastre.

Chipul lui Mary sa căpătat un aer întrebător. Anna a privit-o inexpresivă pe Nancy și a așteptat să continue.

— Suntem femei moderne, într-o lume modernă. Nevoile ne sunt satisfăcute, și multe dintre dorințe. Mary a dat din cap. Nancy a continuat. Avem drepturi și mijloacele să ni le exercităm. Viața fiecăreia dintre noi e a noastră și, din câte știu eu, avem fiecare doar câte una. Ar trebui să facem ceva cu ea. Dacă putem. Dacă suntem în stare. E păcat când o femeie se irosește pe sine. Nimic mai mult.

E păcat să-ți irosești sinele. Era un adevăr pe care Anna nu-l putea respinge.

Nancy a dus farfuriile în bucătărie și s-a întors cu cafea și biscuiți. La desert i-au bârfit pe cei de la cursul de germană.

— Eu tot mai cred că Archie e îndrăgostit de tine, Anna, a chicotit Mary.

— Eu știu sigur, a adăugat Nancy.

Anna le-a spus să înceteze. Da, erau amici. Dar nimic mai mult.

— Ah, nu, Anna! Mary aproape că se înecase cu apa. Nu asta am vrut să spun! N-aș sugera niciodată așa ceva!

Sigur că nu, s-a gândit Anna. Vorbea doar romantismul din ea. Bunătatea lui Mary făcea ca răutatea Annei să pară și mai mare. Nerușinarea Annei se simțea rușinată. Era un sentiment ciudat, recurent.

— Care e povestea lui? a întrebat Nancy.

Nancy și Mary așteptau un răspuns de la Anna. Dacă cineva știa, Anna era aceea.

Anna a răscolit prin gândurile ei ca să vadă ce le putea spune, dar nu găsea niciun detaliu care să nu fie de natură sexuală. Îi place când stau eu deasupra. Îi place să muște și să vorbească porcos. Îi place să mă miroasă — să le spun asta? Își pune fața între picioarele mele și mă inspiră de parcă aș fi un bol cu potpuriu. Dar când era ziua lui de naștere? Ce a învățat la școală? A fost la școală? Fusese vreodată însurat? Avea copii? Mai trăiesc părinții lui? Are alergii? Știa că nu avea cicatrici vizibile. Doar asta știa despre el? Gândește-te, Anna. Nu poate fi doar atât.

— Are un frate.

Atât a putut scoate.

Archie a încercat s-o ia pe Anna de mână. Nu mai făcuse niciodată lucrul acesta și stânjeneala încercării a făcut-o să tresară, așa că l-a lăsat să i-o prindă, chiar și așa, fără vlagă. A trecut doar un minut până să și-o desprindă. Nu era în regulă, plus că tipul avea palmele umede.

S-au plimbat prin grădina zoologică un sfert de oră și nu și-au spus nimic.

În rezerva tropicală, au privit șopârlele care dormeau în copaci și s-au ferit de păsările care țopăiau libere pe alei. Anna s-a uitat la plăcuțe, dar nu a recunoscut nici numele german, nici pe cel englezesc al acestor animale exotice. În habitatul sud-african, s-au sprijinit de o balustradă și au privit o capră de munte în fruntea unei adunări de babuini pe stânci colțuroase, crem. Cel mai mare dintre babuini, un mascul, s-a ridicat în picioare, s-a întors direct spre Anna și Archie și și-a etalat penisul roșu, în erecție, în timp ce șuiera și-și dezvelea colții.

— Bun, Archie, a spus Anna. E momentul să stăm de vorbă.

Anna nu mai ținea minte de când nu o mai încheiase cu cineva. *Oare încheierea unei aventuri e la fel ca încheierea unei relații?* Anna a decis că era destul de asemănător și asta i-a spus și lui: Archie, trebuie s-o terminăm.

Archie s-a uitat dincolo de babuini.

— Deci așa.

Nu se așteptase să fie distrus și nici nu părea.

— Da, a spus Anna. Așa. Nu a întrebat de ce, deși Anna i-ar fi spus dacă ar fi întrebat. Trebuie să plec, Archie.

Anna și-a pus iar pe umăr geanta cu cărți. O purtase în tot acest timp. L-a mai privit încă o dată în ochi și a dat să plece.

Archie a prins-o de încheietură și a tras-o înapoi spre el.

— Nu fără un sărut de rămas-bun, a spus în timp ce-și lipea buzele de ale ei și o strângea tare, în ciuda protestelor ei.

Anna s-a zbătut puțin să scape de gura și brațele lui, dar apoi a cedat, căci un sărut de rămas-bun nu putea face prea mult rău, iar ea era prea slabă emoțional ca să se împotrivească. Așa că, în plină grădină zoologică din Zürich, în ziua în care împlinea 38 de ani, Anna l-a lăsat pe tipul ăsta scoțian să-i caute gura cu limba și sânii cu mâinile pentru un ultim moment de pasivitate.

Manifestarea publică a afecțiunii atrage întotdeauna atenția; Archie și Anna formau o pereche evidentă. Erau singurii adulți din toată grădina zoologică neînsoțiți de copii în cărucioare sau de școlari aflați în excursie cu clasa, cum era cazul grupului care se îndrepta spre habitatul sud-african, în plin sărut de final al perechii. Copiii din toată lumea sunt la fel. La o anumită vârstă, doi oameni care se sărută vor atrage invariabil chicote, îîîh-uri și oooh-uri și fiecare deget disponibil va arăta spre cuplu. Așa s-a întâmplat și cu Archie și Anna. Și totuși, s-au sărutat. A fost doar un moment. Anna i-a acordat gravitate momentului. Un ultim sărut, s-a gândit ea, este o ocazie.

Sărutul se apropia de final. Anna vroia să-i pună capăt. A inspirat, și-a lins buzele, apoi a făcut o mișcare, două să se retragă, după care, în final, și-a dezlipit gura de a lui.

— Ei bine, a spus. Cam asta e.

Dar nu era așa.

O voce slabă, firavă s-a ridicat deasupra corului copiilor care strigau:

— Mami?

Anna s-a întors să se uite. Era Charles.

Uitase. Era plănuită de săptămâni bune. Anna fusese așa de prinsă cu viața ei intimă, secretă, încât uitase.

Clasa lui Charles făcea o excursie la grădina zoologică.

O prinsese.

16

— Se întâmplă destul de des ca subconștientul să creeze scenarii intenționate care te forțează să admiți ceva ce ai ignorat. Visele tale ar putea deveni mai zgomotoase și mai violente. Ai putea deveni uitucă sau predispusă la accidente. Psihicul va face orice să-ți rețină atenția. Îți va sabota conștiența dacă trebuie.

— Cum adică?

— Gândește-te la un abces. Netratată, rana se umflă, cauzează durere și, în cele din urmă, se sparge.

— E revoltător.

— Da. Așa sunt infecțiile. Asta e o infecție. A sufletului.

Anna nu a știut imediat ce să facă, așa că nu a făcut nimic. Era un moment crucial de stăpânire de sine. Nu s-a uitat la Archie, dar nici nu era nevoie.

— Dispari, a spus ea în timp ce arbora zâmbetul pregătit pentru Charles.

Anna a pornit spre fiul ei.

— Hei, Schatz, dragostea mea! Vocea Annei tremura când s-a aplecat, l-a cuprins pe Charles cu brațele și l-a tras aproape, așa că trupul ei îi bloca imaginea și nu-l vedea pe Archie îndepărtându-se. Profesoara lui Charles părea să înțeleagă ce întrerupsese clasa. Frau Kopp era tânără, experimentată și europeană și știa diferența dintre Herr Benz și bărbatul pe care tocmai îl sărutase Anna. Privirea îi era înțelegătoare, continentală.

— De ce ai venit, mami? Cine era bărbatul ăla?

Anna a ignorat a doua întrebare.

— Am venit să te iau acasă, Schatz, a spus ea, apoi i s-a adresat lui Frau Kopp pentru confirmare. E în regulă, da?

Frau Kopp a dat aproape imperceptibil din cap. Deja atenția copiilor se mutase de la Anna și Archie la babuinul excitat. Au hohotit, până când *Frau* Kopp i-a potolit și i-a dus spre pinguini. Era aproape ora la care îi hrăneau, iar un îngrijitor de la zoo le promisese copiilor că puteau să se uite și ei. Charles părea uluit.

— Vrei să luăm o Eis?

Mintea Annei căuta cu disperare moduri în care să-l distragă de la ceea ce văzuse lui Charles îi plăcea înghețata și ar fi mâncat în fiecare zi dacă Anna îi dădea voie.

— Verde? a întrebat el.

Anna s-a forțat să zâmbească.

— Sigur!

Aroma de fistic era preferata lui. Charles a țopăit, iar Anna l-a luat de mâna stângă și a plecat împreună cu el, în timp ce, cu dreapta, copilul își lua la revedere de la colegii de clasă, care deja erau complet absorbiți de pinguinii pe care, în curând, aveau să-i privească cum mănâncă.

Anna și Charles au luat autobuzul, apoi tramvaiul spre Stadelhofen și, dintr-un magazin Mövenpick de lângă gară, i-a cumpărat fiului ei o cupă mică cu înghețată de fistic, pe care el a mâncat-o în magazin. Anna a pălăvrăgit tot timpul. Nu a lăsat goluri în conversație ca să vorbească și Charles. Respectuos cum era, Charles s-a predat în fața trăncănelii mamei lui. Pentru supușenia lui, Anna îi era recunoscătoare.

Charles și-a terminat înghețata și Anna i-a sugerat să meargă să privească trenurile. Charles a zâmbit larg, Anna l-a luat de mână, au pornit de la magazinul Mövenpick spre gară și au urcat scările spre pasarela ca o galerie ce dădea spre șinele de cale ferată în aer liber ale gării Stadelhofen. De deasupra, au privit mai multe trenuri trăgând pe peron și plecând, inclusiv un S5 în drum spre Uster, trenul pe care îl lua cel mai adesea Mary să vină și să plece din oraș. Promenada de deasupra șinelor se sprijinea pe niște nervuri de oțel cu muchii ascuțite, aflate la distanțe egale unele de altele, pe lungimea întregii pasarele. Efectul i se părea Annei demn de povestea lui Iona. *E tortură în burta unui pește.* Charles a răspuns cu mult entuziasm când Anna l-a întrebat despre animalele pe care le văzuse în ziua aceea. A pălăvrăgit mai multe minute despre lei, urși negri, păsări flamingo și hipopotami, dar după un timp, întrebarea iminentă a ieșit din nou la suprafață.

— Cine era bărbatul ăla?

— Ce bărbat, Charles?

— Bărbatul pe care îl sărutai. Te-am văzut sărutând un bărbat.

Anna s-a prefăcut surprinsă, a încercat să-l tachineze.

— Serios? Ce ciudat! Eu cred că inventezi tu, Charles. N-am sărutat pe nimeni.

Nu era o minciună sfruntată. Archie a sărutat-o pe ea. Anna se simțea groaznic că miza pe logica copilărească a exactității.

Charles nici n-a vrut să audă.

— Ba l-am văzut eu!

Copilul era sincer supărat.

Anna s-a crispat.

— Charles.

Vocea ei era fermă și severă. Nu-i vorbea niciodată pe acest ton și, de aceea, nu era obișnuit să-l audă. S-a crispat vizibil.

— Charles, a repetat ea. N-ai văzut nimic. Charles a făcut ochii mari. A încercat să-și ferească privirea. Ascultă-mă! Anna a plesnit din degete și i-a atras din nou atenția spre fața ei. M-ai auzit? Am zis că n-ai văzut nimic. Și nu trebuie să spui nimănui. Înțelegi?

Charles nu a răspuns. Anna i-a cuprins fața cu amândouă mâinile și i-a întors-o spre a ei. Le văzuse făcând așa pe mamele furioase. Vocea Annei era nazală:

— Înțelegi? Charles a clipit. Cuvintele ei erau înfierbântate și șoptite: Ascultă-mă! Îți spun pentru ultima oară că te-ai înșelat. Nu mă face să repet. Charles a scâncit. Nu spune nimănui. Nici lui Papi, nici lui Victor, nici lui Max nici lui Grosi. Dacă spui, o să mă supăr foarte tare. Anna a dat grav din cap de efect. O să le spun că minți și or să se supere și ei. Eu sunt mama. Or să mă creadă pe mine. Charles a început să plângă. Anna a clătinat din cap. Charles, vorbesc serios. Dacă nu vrei să se întâmple ceva rău, trebuie să taci. Să nu spui nici măcar că m-ai văzut la grădina zoologică. Și apoi a adăugat: Să nu spui nimănui că am venit să ne uităm la trenuri.

Indiferent pe ce efect mizase Anna, a părut să dea roade. Charles părea serios și îngrozit. S-a smiorcăit, s-a cutremurat și a scos un *bine* chinuit, aproape imperceptibil. Anna era mulțumită. Nu era nevoie să dea mai multe detalii. L-a lăsat pe Charles să-și imagineze care puteau fi lucrurile acelea foarte rele. Își cunoștea fiul. Știa că nu avea să sufle niciodată nicio vorbă. Nu mai fusese niciodată așa de crudă.

— Hai acasă!

Anna s-a ridicat, și-a aruncat geanta pe umăr și și-a atins în treacăt coapsele cu mâinile. Charles s-a întors spre ea, iar ea l-a cuprins cu brațul și l-a lipit protectoare, iubitoare de șold. Gestul acesta a părut să-l consoleze; au traversat împreună podul de pe care, coborând treptele, ajungeau pe peron.

Tocmai trecuseră de jumătate, când Anna și-a amintit speriată de ceva.

— Stai, vino încoace. S-a oprit, a îngenuncheat, l-a apucat pe Charles de mâini și și-a întors fiul cu fața spre ea. Mai ții minte când am mers prima oară acasă la tante Mary? Când l-ai cunoscut pe Max?

Charles a ezitat. Oare era un truc? Oare era și acesta, asemenea sărutului pe care nu-l văzuse, o amintire pe care trebuia s-o ignore?

— Nu, stai liniștit. Spune-mi. Mai ții minte? Charles a aprobat precaut din cap. Mai ții minte când ai coborât și Max le-a zis tuturor că i-ai spus un secret? Charles a dat încă o dată din cap, apoi și-a lăsat privirea să cadă pe podeaua pasarelei. Bravo! Acum spune-mi care era secretul. Era întrebarea unui paranoic. Se temea că secretul lui era și al ei. Spune-mi!

Charles s-a mutat ușor de pe un picior pe altul.

— I-am spus lui Max că mi se pare drăguță Marlies Zwygart.

S-a înroșit tot ca racul de rușine. Annei i s-a strâns inelul pe deget. Niciodată în viața ei nu se mai simțise așa de groaznic.

Cele mai uzuale verbe din germană sunt neregulate. Conjugarea lor nu urmează un tipar anume. *A avea. A trebui. A vrea. A pleca. A fi. Posesie. Obligație. Dorință. Zbor. Existență.* Toate, concepte. Și neregulate. Verbele acestea sunt apogeul insuficienței. Viața este o pierdere. Pierdere frecventă, obișnuită. Nici pierderea nu urmează un tipar anume. Îi supraviețuiești numai memorând cum trebuie s-o faci.

Anna l-a urmărit cu mare atenție pe Charles în noaptea aceea. Și în noaptea următoare. Și în următoarea. L-a ținut sub observație până a fost sigură că nu spusese și că nu avea să spună nimănui ce se întâmplase la grădina zoologică. Deja în a treia noapte a început să se relaxeze. Nu fusese nici măcar o dată neascultător — de ce ar fi altfel de data aceasta? Nu avea motive să creadă că ar fi așa.

Ce altceva puteam face? s-a justificat Anna.

În noaptea aceea, după ce copiii s-au dus la culcare, a bătut la ușa de la biroul lui Bruno.

— Te duci la plimbare? a întrebat el.

Nu și-a luat privirea de la ecranul computerului.

— Nu.

Era o presupunere destul de corectă. De cele mai multe ori, asta venea Anna să-i spună în biroul lui, la această oră târzie. Anna s-a dezumflat puțin pentru că Bruno crezuse că e singurul motiv pentru care Anna i-ar bate vreodată la ușă. S-a mai dezumflat încă puțin când a recunoscut că cel mai adesea așa era.

— Ai nevoie de ceva?

Îl întrerupsese de la vizionarea unor filme online despre Schweizer Luftwaffe, forțele aeriene elvețiene. Mai devreme în după-amiaza aceea, familia Benz auzise din casă zgomotul incomparabil al unor avioane supersonice care străpungeau cerul. Un spectacol aviatic? Antrenamente? Manevre generale? Greu de spus. Zgomotul era teribil. Toată familia s-a dus afară să privească. Lui Polly Jean nu i-a plăcut deloc. Anna a ținut-o lipită de ea și i-a acoperit urechile. Victor și Charles au fost captivați, apoi alarmați. *Cât de iute zburau! Cât de mult se apropiau unul de altul!* Charles a prins-o pe Anna de mână, iar când unul dintre avioane a executat un tonou deasupra casei, Victor i-a cuprins picioarele cu mâinile. Era un gest neașteptat. După necazurile din săptămâna aceea, Anna primea cu bucurie orice cerere de consolare.

Annei nu i-au plăcut avioanele. Zgomotul îi zgâria auzul și o îngrozea cât de aproape de pământ zburau. *Mai au puțin și se prăbușesc peste mansardă,* s-a gândit Anna. Însă Bruno era încremenit. Nu-și putea smulge privirea. În copilărie fusese la fel de fascinat de avioane cum era Charles de trenuri. După zece minute, Anna, Polly și băieții au intrat înapoi în casă. Bruno a rămas afară o jumătate de oră, cu ochii căscați și privind așa de intens, încât ai fi zis că numai atenția lui era de ajuns să țină avioanele în aer.

Volumul era aproape la maximum. Renunțase la propria regulă privind zgomotul excesiv. Același vuiet ucigător care o speriase pe Anna mai devreme străpungea acum aerul din birou.

— Crezi în Dumnezeu?

Anna s-a uitat la rafturile cu cărți ale lui Bruno. Cărțile erau așezate alfabetic și pe domenii.

— Hm? Bruno a oprit filmul și s-a întors să-și privească soția. Pe asta de unde ai scos-o?

Anna a arătat spre monitor.

— Mă gândeam la avioanele de azi. Și-a mutat privirea spre peretele pe care, prinse cu o pastă adezivă care nu lăsa urmă, erau mai multe desene făcute de băieți. Lui Victor îi plăcea să deseneze animale. Lui Charles, desigur, trenuri.

— Nu înțeleg.

Nici Anna nu era sigură că înțelege. Legătura păruse perfect logică în mintea ei cu o clipă mai devreme. Acum, când le spunea cu glas tare, cuvintele nu mai aveau sens și păreau prostești. Anna era tulburată.

— Zgomotul pe care îl făceau. A căutat explicația cea mai clară. Ai fi zis că spintecă cerul. Fața lui Bruno era boțită, chinuită. Anna a renunțat la orice urmă de logică și stăpânire de sine. Ce crezi că se află de partea cealaltă a cerului?

— Cerul nu are o „parte cealaltă", Anna.

— Nu, vreau să spun... Bruno, crezi în Dumnezeu?

— Sigur că da.

— Serios?

Nu știa ce se aștepta să-i spună. Orice răspuns ar fi surprins-o.

— Tu nu?

Ridicarea din umeri a Annei spunea adevărul.

Bruno a ridicat și el din umeri.

— Dacă nu există Dumnezeu, atunci ce rost mai au toate? Fără Dumnezeu, ce contează?

Anna nu știa. Și asta a și spus.

— Fără Dumnezeu, nimic nu contează. Dar, Anna! Lucrurile contează.

A spus pe un ton care se voia profesoral.

— Crezi în destin? Izbăvire? Crezi că ne putem izbăvi?

Bruno a clătinat din cap spunând parcă *De ce dracu' discutăm subiectul ăsta?*

— Tata credea că suntem oameni sfărâmați, care trăim într-o lume sfărâmată. Și eu cred la fel. Asta nu înseamnă că nu există Dumnezeu. Înseamnă numai că noi nu suntem el. Bruno și-a dres glasul. Asta e tot?

— Da.

Bruno s-a întors iar spre monitor.

— Plimbare plăcută.

Uitase că Anna spusese că nu iese la plimbare. Ea nu l-a corectat.

— Incendiile domestice pot fi aproape întotdeauna evitate, a spus Stephen, deși Anna știa deja acest lucru. Dar în anumite împrejurări, e probabil să aibă loc.

— De exemplu?

Anna îi dădea apă la moară.

— Fumatul în pat, desigur. Gătitul. Lumânările aprinse și nesupravegheate.

— Vorbești ca un pompier, nu ca un om de știință.

Stephen a ridicat din umeri.

— Focul e foc.

Da, s-a gândit Anna. *Și nu e niciodată sigur.*

— Un om poate fi pe deplin conștient și totuși să facă alegeri groaznice. Nu ești obligatoriu și moral dacă ești conștient.

Discutaseră despre cel mai recent vis al Annei. Începea în magazinul alimentar, unde se derula o parte așa de importantă din viața Annei. Avea coșul plin, dar când a ajuns la casă, a realizat că nu avea bani. I-a spus casierului că avea să pună înapoi pe raft cumpărăturile, dar când s-a dus pe culoar cu coșul, a ascuns în buzunare cât de multă mâncare a putut. Știa că nu e bine ce face, dar nu-i păsa. La ieșirea din magazin, a oprit un bărbat care se pregătea să intre și i-a spus ce făcuse; era mândră de fapta ei. Bărbatul a fost șocat și a amenințat-o că sună la poliție. Anna i-a spus că-i face o felație dacă nu sună. S-au dus în spatele magazinului. Dincolo de alee, era liceul local. Anna a îngenuncheat și i-a făcut felația, în timp ce elevii se uitau de la fereastra unei clase. Ca să nu spună nimănui ce văzuseră, Anna și-a ridicat bluza și le-a arătat sânii, din care, în visul ei, îi curgea lapte. Visul se termina în stația de autobuz. Poate se urcase în autobuzul care trebuia, poate că nu, nu-și amintea.

— În visul ăsta nu faci altceva decât să comiți infracțiuni — furt, adulter, expunere indecentă...

Anna a întrerupt-o:

— Nu poți judeca serios pe cineva după ceea ce face în vis. Nu pot să controlez ceea ce visez.

— Nu e chiar adevărat, Anna. Suntem ceea ce visăm.

Anna s-a încruntat. Nu-i plăcea câtuși de puțin discuția asta.

Doktor Messerli i-a vorbit fără ocolișuri.

— Recunoști fiecare consecință. Dar faci rău oricum. Visul este clar: lucrurile îți scapă de sub control.

17

La câteva săptămâni și uneori mai des, familia Benz primea în cutia poștală — prinsă pe peretele de lângă ușa de la intrare — un anunț imprimat pe o bucată de hârtie albă cât o jumătate de pagină, cu un chenar negru, gros. Erau necrologuri. Ein Bestattungsanzeige. Le aducea poștașul odată cu corespondența ori de cât ori murea un locuitor din Dietlikon. Era o dovadă de respect provincial, nu o practică în Elveția. Anunțul începea cu numele decedatului și, dedesubt, data nașterii și a morții. În încheiere erau informații despre înmormântare.

Anna păstra fiecare necrolog pe care îl primea. Le ținea pe toate într-o cutie de pantofi în *Kleiderschrank*[16]. Strânsese cel puțin trei sute, în nouă ani. Când Bruno a găsit cutia de pantofi, a amenințat că o aruncă.

— Ai o fixație nesănătoasă cu moartea, a spus el.

Anna a fost de o hotărâre atipică ei.

— Nu care cumva să îndrăznești. Le păstrez pentru că cineva trebuie s-o facă. Cel mai rău lucru care i se poate întâmpla unui om este să fie uitat.

---

16 În orig. în lb. germană, dulap.

— Nu e cel mai rău lucru, Anna.
— Să nu te atingi de cutie, ascultă ce-ți spun!

Două zile, Anna a evitat orele de germană. O îngrozea gândul să-l privească pe Archie în ochi.

Deși era furioasă pe sine, era la fel de furioasă și pe el. Știa că furia ei era irațională (*Oare? Archie era cel care se repezise și o sărutase când ea nu-i ceruse asta, Archie era cel care venise la petrecere, Archie era cel care îi făcuse avansuri la început*), dar trufia o ajuta pe Anna să se concentreze asupra sarcinii actuale, aceea de a se purta bine. Resentimentul era arma secretă din arsenalul ei. Când Mary a sunat-o marți după-amiază, Anna i-a servit o scuză care putea trece drept adevăr: că epuizarea cauzată de petrecere îi venise de hac cu o zi mai târziu și trebuia să se odihnească. Mary s-a oferit să-i aducă notițele, dar Anna i-a spus să nu-și bată capul. Așa că a stat acasă și s-a jucat de-a mama cu fiica ei. A făcut prăjituri pentru prima oară după mai bine de un an și a pregătit la cină felul de mâncare preferat al lui Bruno. Era o încercare de ispășire. Cea mai mică încercare.

La un moment dat spre finalul celei de-a doua zile consecutive petrecute acasă, Anna a început să se simtă neliniștită, plictisită și singură. *Dumnezeule, Anna, tu ești serioasă?* Se chinuia să-și găsească justificări. Mai întâi a dat vina pe apusul soarelui și apoi pe cusururile fundamentale ale persoanei ei. Stricăciunea pe care încerca s-o dreagă. În definitiv, nu era doar o chestiune de sex.

Știa că lucrul acesta era adevărat în linii mari.

Nu putea spune că îi era dor de ei. Nu le ducea deloc dorul (*Oricum, cine erau ei să le ducă dorul?*). Anna citise că este mult mai greu să te dezbari de un obicei decât să-ți faci unul nou. În cazul heroinei, poți deveni dependent în trei zile. *Sunt dependentă?* Nu voia să folosească cuvântul ăsta. Bărbații erau pur și simplu întruchiparea unor porniri pe care nu mai voia să și le refuze. *De fapt, este doar o strângere de mână. Un salut normal cu diferite părți ale corpului.* Putea trăi fără favorurile bărbaților. Aventura cu Archie nu ținea nici de două luni, iar relația ei cu Karl abia dacă se putea numi distracție. Dar prin natura lor, obiceiurile sunt așa: repetitive. Se sting greu, cele care se sting.

Anna și-a reprimat agitația spălând rufe.

Joi, Anna s-a dus iar la cursul de germană. În definitiv, îl plătise și, până lunea trecută, chiar îi plăcuse de cele mai multe ori. Așa că a chemat-o pe Ursula iar ea s-a dus în Oerlikon. Și-a făcut curaj să-l înfrunte pe Archie, dar a fost ușurată când a văzut că nu a venit la curs.

Roland a predat comparativele. *Acesta* este mai mult decât *acela. Acela* este mai puțin decât *acesta. Acesta* și *acela* sunt exact la fel cu *acela* și *acesta.*

S-a terminat cursul înainte ca Roland să apuce să predea superlativele, proclamarea a ceea ce este *cel mai cel dintre toate.*

Ca multe altele, era un concept pe care Anna îl înțelegea deja.

Vineri, Anna s-a trezit cu mult înainte să se lumineze de ziuă. Ceasul arăta 4:13. S-a uitat în dreapta. Bruno dormea. Desigur. S-a ridicat, s-a îmbrăcat, a ieșit în vârful picioarelor din dormitor și a plecat din casă fără să facă nici un zgomot. Avea experiență. Așa și trebuia.

Răcoarea din octombrie de dinainte de răsăritul soarelui era mușcătoare. Anna și-a ridicat gulerul hainei, și-a înfundat mâinile în buzunare și s-a aplecat înfruntând vântul care bătea din față, în timp ce peste tot, primprejurul ei, Dietlikonul dormea netulburat, tihnit. Nu avea o destinație anume; a mers unde o duceau picioarele: mai întâi spre sud, către biserică, apoi pe Riedenerstrasse, pe lângă sensul giratoriu spre cimitirul orașului.

În mod obișnuit, Anna nu mergea la cimitir, mai ales în ceasurile întunecoase, teribile de insomnie; plimbarea din dimineața aceea nu era premeditată. Dar sunt momente când trebuie să vorbești cu morții, momente în care morții vor să vorbească. În aceste rare momente, morții te atrag la ei; dorința ta nu contează. Anna nu-și dădea seama dacă acesta era unul dintre acele momente, dar se afla în cimitir, așadar toate semnele indicau că așa era. Poarta era încuiată, așa că Anna a luat-o printr-un tufiș rar. Nu avea de gând să stea mult. *Nu sunt fantomă, sunt oaspete.*

A trecut ușor printre șirurile de morminte. A încercat să dovedească un dram de sobrietate, dar s-a oprit la grijă și oboseală, care, combinate, treceau drept solemnitate. Ar trebui să fie de ajuns. Pentru Anna, întotdeauna ceva trebuia să fie de ajuns.

Vizavi de poarta cimitirului se afla o parcelă separată, destinată mormintelor copiilor din oraș. În lumina zilei, era imposibil să treci pe lângă aceste morminte și să nu fii dărâmat. Însă pe întuneric, dacă zăboveai în prezența lor, aveai parte de o experiență suportabilă, aproape frumoasă. *Sunt bebeluși care dorm în pătuțul lor*, și-a imaginat Anna. *Dorm numai*. În anul acela, nepoata unei prietene de-a Ursulei se înecase în piscina municipală din Dietlikon. Se numea Gaby și era înmormântată aici. Era prea întuneric pentru ca Anna să poată citi numele; nu știa care era mormântul ei.

Anna a făcut greșeala de a se întâlni cu Edith la o cafea, după cursul de germană. Deseori era o greșeală să se întâlnească cu Edith la o cafea, fiindcă ea nu bea cafea, bea whisky și întotdeauna devenea agitată. Anna s-a întâlnit cu ea în capătul sudic al Bahnhofstrasse la Café Müntz, un bar din apropiere de sucursala din Zürich a Băncii Naționale a Elveției. SNB fusese cea care adăpostise aurul naziștilor în timpul și după cel de-al Doilea Război Mondial. Pe parcursul primului an petrecut în Elveția, Anna fusese obsedată de gândul că, ascunși sub străzile pe care mergea ea, bancherii — așa-zișii gnomi ai Zürichului — hoinăreau prin galeriile subterane și scurmau după comorile evreilor de mult morți. Îl implicase și pe Bruno retroactiv, până când într-un final el i-a interzis să mai aducă subiectul în discuție.

Anna a comandat cafea fierbinte cu frișcă și Edith, contrazicându-se chiar și pe sine, a comandat bere. Anna a ridicat dintr-o sprânceană, iar Edith a dat indiferentă din mână.

— Niklas mă învață berea, a spus ea, de parcă berea ar fi fost o materie precum algebra sau educația civică. Încă nu-mi place. Dar de dragul lui aș încerca orice.

Edith a făcut cu ochiul. Anna a înțeles că „orice" însemna mai mult decât „bere". Anna nu voia să discute despre iubiți. De fapt, nu voia să discute deloc. Dar erau ore pe care trebuia să le umple cu ceva, iar dacă nu le petrecea cu Archie sau cu Karl, trebuia totuși să le petreacă cu cineva, iar Mary era ocupată în ziua aceea. *Dacă-ți iei un iubit, ți-ai putea lua la fel de bine douăzeci*, s-a gândit Anna. *Sunt ca snackurile. Nu te poți opri la unul.*

Edith a ținut-o una și bună cu egoismul ei tipic, sărind de la un subiect la celălalt cum sare o broască de pe un nufăr pe altul. Mai întâi a vorbit despre Niklas, apoi despre Otto, apoi despre gemene, apoi despre călătoria pe care plănuiau s-o facă la Ticino, apoi despre o rochie de bal pe care și-o cumpărase de curând. Anna nu știa că se ducea la un bal.

— Nu mă duc, a spus Edith. Dar era prea frumoasă rochia să mi-o refuz. O s-o port zilele astea.

Anna și-a terminat cafeaua, apoi a mai cerut una. Nu avea multe de adăugat și nici măcar nu încerca până când — sau dacă — nu era întrebată.

De la bere, Edith a trecut la vin. Nu erau singure în cafenea. În spatele lor, un cuplu lua un prânz întârziat. La bar era un bărbat înalt, slab, în costum, care fuma și bea o bere. Lângă fereastra de la stradă, o tânără cu un cercel în nas și cu păr bogat, blond, prins în coadă de cal, la ceafă împingea ultimele câteva frunze de salată pe farfurie și răsfoia absentă o revistă.

Anna se uita la fata cu coadă când Edith a făcut ceva ce Anna nu știa dacă mai făcuse vreodată.

— Bun, Anna. Ești cu gândul aiurea. Abia dacă ești atentă. Ce se întâmplă? Edith nu se arătase niciodată cu adevărat îngrijorată față de Anna și Anna a fost descumpănită. Vrei să-mi spui ceva?

Anna nu știa ce să spună. S-a uitat la vasul gol de plastic cu frișcă de pe farfurioară și la lingurița de lângă el, de parcă s-ar fi putut ridica și pleca la plimbare.

— Edith, cu ce se ocupă Otto la bancă?

Edith a clipit.

— Asta te preocupă pe tine?

Anna a ridicat din umeri.

— Poate. Oarecum.

Edith și-a sorbit vinul cu poftă și a oftat zgomotos.

— Nu știu. Numără bani? De ce întrebi?

— Adică, ce anume? Ce anume face efectiv?

— Tu știi ce face Bruno efectiv?

— Nu, nu știu. Anna a clătinat din cap. A coborât tonul și glasul i-a devenit sobru. Edith, ar trebui să știm cu ce se ocupă, eu așa cred.

În toți acești ani, Anna nu-i ceruse niciodată lui Bruno să-i explice. Manipula banii altora, cu asta se ocupa. Și atât știa Anna.

— Ar trebui să ne pese de bărbații noștri suficient de mult încât să știm cu ce se ocupă.

Anna a sorbit ușor, cu atenție, din ceașca de cafea, și tot cu atenție a pus-o la loc.

— Anna, ție-ți lipsește o doagă. Eu nu văd care e problema. Edith nu vedea. Discuția asta o buimăcea. Singurul lucru pe care trebuie să-l știm e ăsta: aduc salariul acasă. Edith a sorbit îndelung din băutură. Au grijă de noi. Mai contează altceva?

Roland făcuse o digresiune. Cineva sugerase că Schwiizerdütsch era un dialect german, nu o limbă în sine. Roland a fost vehement. *Nein! Nein! Nein!* a strigat el, accentuând fiecare „nu!" lovind cu caietul de notițe de masă.

— Elveția nu este o colonie germană! Nu trăim sub Bundesflagge! Schwiizerdütsch e a noastră! Nu ne-au dat-o ei — ne-am construit-o singuri! Roland a continuat argumentația pe un ton filosofic. Limba pe care o vorbește un om îl definește. Limba unui om spune lumii cine este el.

Anna a meditat la lucrul acesta. Fiecare om se naște într-o limbă maternă. Majoritatea celor pe care îi cunoștea stăpâneau perfect o a doua limbă (și potrivit ideii fixe a lui Roland, o a treia): *Bruno, Ursula, Daniela,* Doktor *Messerli.* Până și fiii Annei. Cu Anna vorbeau în engleză. Dar între ei și cu tatăl lor, când Anna nu era prin preajmă (și uneori chiar și când era ea, deși le ceruse insistent să n-o facă), recurgeau la Schwiizerdütsch. Acest lucru o dezumfla. Chiar dacă reușea să ajungă la un nivel avansat în germană, Anna nu avea să stăpânească niciodată Schwiizerdütsch la nivelul unei native din Dietlikon. Nu va avea niciodată legătura aceea a limbii împărtășite cu copiii ei. Pur și simplu, nu avea să fie așa niciodată.

Anna nu era în dezacord cu Roland. Era foarte adevărat — limba în care te naști (sau, în cazul Annei, cea în care nu te naști) îți dă identitatea de bază. Dar Roland se oprise. Era mai mult de-atât. Limba maternă îți dă locul în societate. Limba dobândită este cea care îți dezvăluie caracterul. Uită-te la greșeli, și-a spus Anna. Greșelile pe care le face un om îți spun tot ce trebuie să știi. Era logic. În definitiv, leoparzii nu-și schimbă petele. Dacă un om se poartă într-un fel într-o situație A, atunci de ce s-ar aștepta cineva să se comporte diferit într-o situație B? Karl, de exemplu. Când vorbea, confunda sensul primar și secundar al cuvintelor și al sinonimelor. Era un obicei apărut din indolență. Trata cuvintele de parcă ar fi fost interschimbabile. Acesta, acela — un cuvânt, o femeie. Era oricare la fel de bună ca alta. Nu o făcea din răutate... dar ce voia să spună? Era mereu așa de greu să-l înțelegi!

Și Mary? Tendința ei era să se încurce și în propozițiile cele mai simple. Se emoționa repede. Voia așa de tare să se exprime corect! Când vorbea, vorbea încet și fără înflorituri. Engleza lui Niklas era și ea nespecifică. Anna nu-l cunoștea destul de bine, încât să spună ce putea însemna asta. Edith nu vorbea deloc germană. Asta însemna că nu-i păsa câtuși de puțin. Nancy încerca mereu să alcătuiască propoziții care o depășeau. Dacă voia să spună ceva, nu exista. Dacă nu-i ieșea bine, stâlcea sintaxa și trecea peste impediment, de parcă ar fi evitat cu mașina un pilon de beton. Exista mereu o cale prin care să rezolve o problemă. Germana lui Archie era genul de germană vorbită de bărbații care aveau aventuri cu femei triste. Se descurca groaznic cu posesivele. Nu conta ce cui îi aparținea. Totul era la liber.

Dar Anna? Care erau tendințele ei? Nu era niciun mister. La Anna, verbele erau problema. Nu era atentă la conjugări, era nepăsătoare față de poziționare. Încurca timpul și modul și recurgea prea des la diateza pasivă. Anna a râs la aceste concluzii. *Cât de transparentă sunt!* Și așa era. Chiar era așa. Transparentă, de netăgăduit, neatentă și tristă.

Polly Jean a început să miște când Anna era însărcinată în cinci luni. Lovea tare, mult mai tare decât oricare dintre băieți, și neîncetat. Nu-și lua niciodată răgaz. Lovea în pereții uterului cum lovește un nebun într-o ușă capitonată. Toată sarcina a fost dificilă. Grețurile matinale au durat luni de zile. Avea fața când uscată și cojită, când grasă și plină de coșuri. Nefericirea o epuiza. Când se plimba, se uita spre vest și vorbea tare spre Boston. *Te iubesc. Te urăsc. Mi-e dor de tine. Nu vreau să te mai văd niciodată.* Vorbea serios în tot ce spunea. Era împărțită între sentimente contradictorii.

Această tristețe hiperbolică o mistuia. Mai puțin atunci când nu o mistuia. Lucru care se întâmpla rar.

Anna nu avusese de gând să accepte. Se întâmplase parcă de niciunde. Se întâmplase parcă de pretutindeni. De vină era vremea. Era fluturarea de mână pe care Charles s-a întors să i-o ofere când a plecat la școală și jumătatea de fluturare pe care i-a aruncat-o și Victor, o concesie pe care i-o făcea rareori. Era țâfna lui Bruno când Anna i-a oferit iaurt în loc de brânză quark. Încurcase borcănașele la magazinul alimentar. Nici nu era greu să le încurci. De vină era mohoreala Ursulei și pielea boțită din cauza anilor de încruntare. Era tema la germană, pe care Anna nu o făcuse cu o noapte în urmă. Era faptul că se întrebase de ce se mai deranja să se ducă la orele de germană. Era faptul că știa că Mary avea să fie dezamăgită dacă renunța, ce a rezultat din asta, în schimb, a fost un oftat mare de resemnare. De vină era fiecare motiv de iritare din dimineața aceea, iar suma acestor motive era o înfrângere așa de amenințătoare, încât orice om cu un dram de judecată avea să fugă de ea unde vedea cu ochii. Dar Anna nu a fugit. Așa că atunci când a venit — această deprimare anume —, a primit-o ca pe un prieten de mult pierdut (cum și era, într-un fel) și și-a strâns bine multele nefericiri în jurul umerilor, învăluindu-se în familiara plapumă a dorului inefabil și inconsolabil. Când i-a răspuns Karl la sms-ul trimis dintr-o pornire de moment, deja slăbise strânsoarea de pe volanul voinței. Era miercuri, ultima zi din octombrie. Anna se afla în tren spre Oerlikon când a primit mesajul. Era Halloweenul, pe care majoritatea elvețienilor nu-l sărbătoresc, și Anna se gândise iar la fantome.

A schimbat trenul în Oerlikon și a luat S7 spre Kloten. Nici măcar nu s-a gândit de două ori. Dacă ar fi făcut-o, tot s-ar fi dus.

Anna a bătut la ușă și Karl i-a dat drumul înăuntru. A deschis gura să spună ceva, dar ea l-a redus la tăcere.

— Nu. Nu spune nimic.

Anna l-a împins și ușa s-a închis în urma ei.

Și-a apropiat fața de a lui și s-au sărutat necugetat, fără rost. Nu era niciun mister. Anna și-a dat haina jos, și-a aruncat geanta într-un colț și și-a scos năvalnic puloverul pe cap, smulgând și un cercel în același timp. L-a împins pe Karl în pat cu destulă forță încât să-l sperie. Anna era umedă de nerăbdare.

— Ai auzit de Teufelsbrücke? Anna nu auzise. Doktor Messerli i-a explicat. Este o trecătoare din Kanton Uri — defileul Schöllenen. Este teribil de abruptă. Pereții sunt verticali, foarte abrupți. Anna a dat din cap. Înțelegea. În ultima vreme, oriunde se uita vedea o prăpastie. Există un pod care traversează defileul și râul de dedesubt.

— Teufelbrücke? Puntea diavolului?

— Genau. Doktor Messerli a continuat: A fost construită în Evul Mediu. Dar peisajul este așa de imprevizibil și puntea construită așa de minunat, încât la vremea aceea s-a crezut că numai mâinile omenești nu puteau construi niciodată o asemenea structură. Așa că legenda spune că a construit-o chiar diavolul.

Doktor Messerli a continuat pe un ton de povestitor, modificându-și intonația și viteza, pentru a obține un efect teatral.

— Dar diavolul nu face favoruri. El își cere întotdeauna răsplata. În acest caz, a cerut sufletul primului om care a traversat-o.

Mi se pare corect, s-a gândit Anna.

— Nimeni nu s-a oferit, desigur. Cine s-ar oferi să fie sacrificat? Anna avea un răspuns, dar l-a ținut pentru sine. În schimb, locuitorii din Uri au decis să-l păcălească și să-i trimită diavolului o capră. Diavolul s-a înfuriat tare. Nu! Nu mergea așa! Era sătul. Așa că a luat cea mai mare stâncă pe care a găsit-o și a pornit spre defileu. Le arăta el lor. El o construise, el avea s-o distrugă.

— Dar n-a făcut-o.

Doktor Messerli a clătinat din cap.

— În drum spre punte, a întâlnit o bătrână care căra o cruce. Diavolul a fost așa de îngrozit de cruce, încât a aruncat stânca uriașă și a fugit. Oamenii din Uri n-au mai auzit niciodată de el. Și-au păstrat puntea. Și-au păstrat sufletele.

— Așa că binele învinge răul, asta vrei să spui.

Doktor Messerli a clătinat din nou din cap.

— Vreau să spun că părțile noastre cele mai sinistre sunt ca o punte între conștient și inconștient. Asta este funcția cea mai utilă a materiei întunecate. Dar ascultă: nu-i datorezi întunericului sufletul tău.

— Nu plănuiesc să i-l dau.

— Planurile nu au nicio legătură. Facem planuri. Dar diavolul râde de planurile noastre.

Anna s-a trezit dintr-un somn înăbușitor, spasmodic, singurul fel în care putea să doarmă într-o cameră de hotel, într-o după-amiază de la sfârșitul lui octombrie, lângă un iubit de care nu-i păsa deloc. A stat o clipă să se întindă și să-și obișnuiască ochii. S-a uitat la ceas. Era patru și un sfert. *Rahat, rahat, rahat.* Karl a mormăit, apoi s-a ridicat în fund în pat.

— E ceva imoral?

Anna a bănuit că voia să spună „în neregulă", dar nu conta. În acest caz, avea dreptate pe ambele fronturi. S-a îmbrăcat foarte repede, și-a luat pantofii, și-a apucat geanta cu intenția de a pleca precum venise, fără tam-tam. Când se îndrepta spre ușă, și-a scos telefonul mobil din geantă să-și verifice mesajele.

Luminița roșie licărea intens. Ratase treizeci și două de apeluri.

O mână nevăzută i-a străpuns inima cu o sabie invizibilă. *Nu.* Anna și-a lăsat geanta să cadă pe podea.

— Bine?

Karl se încheia la blugi. Anna nu i-a răspuns. A derulat lista. O sunase Ursula. Apoi Bruno. Apoi Ursula, Ursula, Ursula, Bruno, Mary, Bruno, Daniela. Lista cu apeluri pierdute părea infinită.

— I-am oprit sonorul. Anna a vorbit pentru sine. Avea mesaje. Îi tremura mâna. Degetele nu nimereau tastele. Dar a reușit. Trebuia. Prima oară, Anna l-a ascultat pe ultimul. Era de la Bruno. Vocea îi era cutremurată de hohote. Anna. Vino acasă, te rog. Trebuie să vii acasă. Acum, Anna. Vino acasă acum.

— Trebuie să plec.

Anna a rostit aceste cuvinte în timp ce-și smulgea geanta și țâșnea pe hol, pe scări și în lumina zilei aflate la apus. Taxiul era mai rapid. A traversat strada în fugă spre gara Kloten și s-a aruncat în primul taxi la care a ajuns. *Dietlikon.* Avea răsuflarea tăiată. Vorbea printre icnete. *Di. Et. Li. Kon.* Taximetristul nu părea să înțeleagă.

Dietlikon! a strigat și a lovit cu piciorul în scaunul lui. Asta i-a atras atenția tipului. A băgat mașina în viteză și a intrat pe stradă fără să se uite.

Noiembrie

18

Lacrimile sunt ude, dar nu sunt apă. Deopotrivă, lichide și potabile, le poți îngheța și, după cum se spune, te poți îneca în ele. Dar nu sunt apă. Sunt formate din grăsime, zahăr, sare, anticorpi, minerale și cel puțin o duzină de alte substanțe care sălășuiesc în corpul omenesc pe care, pe toată durata acestei digresiuni, îl vom considera uman.

Sunt trei feluri de lacrimi.

Lacrimile al căror unic rol este să umezească ochii se numesc lacrimi bazale și lubrifiază pleoapele așa cum unge uleiul o balama. Lacrimile de reflex apar când ochii sunt supuși la substanțe iritante precum praful sau vaporii de ceapă. Și deși ar putea curge și când omul cască sau tușește, rolul lacrimilor de reflex este să spele și să curețe. Scopul lor este purificarea.

Lacrimile declanșate de durere sunt psihice și nu trebuie analizate.

Sunt trei feluri de durere.

Prima este anticipativă. Este o durere cauzată de grijă. Durerea prevestitoare. Este durerea pe care o simți când îți duci câinele la veterinar pentru ultima oară. Este durerea familiei condamnatului la moarte. Vezi durerea aceea în depărtare? *Vine.* Aceasta este durerea pentru care, într-un fel, este posibil să te pregătești. Îți termini toate treburile. Accepți. Îți iei iar și iar rămas-bun. Suferința îți bântuie cămările inimii și te pregătești pentru prezența iminentă a unei absențe eterne. Durerea aceasta este un instrument de tortură. Strânge, trage și apasă.

Durerea de după o pierdere imediată este ca o lovitură de pumnal. Acesta este al doilea tip de durere. E o durere ascuțită și mereu surprinzătoare. Nu o anticipezi niciodată. E o durere care nu poate fi oblojită. Rana e letală și totuși nu mori. Asta e imposibila ei agonie.

Dar durerea nu e o simplă tristețe. Tristețea este un sentiment care nu vrea decât să stai cu el, să-l ții în brațe, să-l asculți. Durerea este o călătorie. Trebuie să o străbați. Cu un rucsac plin de pietre, mergi printr-o pădure întunecoasă, fără nicio potecă, cu rugi sub tălpi și haite de lupi pe urmele tale.

Durerea care nu se mișcă niciodată se numește durere complicată. Nu cedează, tu nu o accepți și niciodată — niciodată — nu adoarme. Aceasta este durerea posesivă. Aceasta este durerea delirantă. Este durerea isterică. Poți să fugi dacă vrei, dar durerea aceasta este mai iute. Este durerea care te va urmări și te va învinge.

Aceasta este durerea care te va înghiți.

Nu fusese atent.

Nu fusese atent și alergase pe stradă.

De-a ce se jucau Charles și Victor? De-a hoții și vardiștii? Leapșa? Statuile? Anna nu credea că cei mici mai joacă aceste jocuri. Poate doar se alergaseră, veseli. Frații se jucau bine împreună aproape jumătate din timp.

Poate aceasta a fost una dintre jumătăți, s-a gândit Anna. De parcă ar fi știut că asta avea importanță... dacă avea vreo importanță.

Dar nu avea.

Nu fusese atent.

Din câte povestea toată lumea, fusese un accident. Teribil și de neînțeles? Da. Dar și complet accidental. Ursula și Margrith au văzut toată nenorocirea derulându-se. Stăteau în fața șopronului în care își ținea Hans tractorul, la vreo șase metri distanță. Margrith o ținea pe Polly Jean în brațe. Ursula tocmai strânsese ultimele legume târzii din grădină și le adusese să i le arate lui Margrith. Un coș cu păstârnac și cartofi îi era atârnat la încheietura brațului. S-a întâmplat într-o clipă cutremurătoare. Charles a alergat pe stradă și aproape imediat l-a izbit mașina. Trupușorul lui s-a lovit de pământ. *A alergat în fața mașinii! Pur și simplu, a alergat în fața mașinii!* Șoferul era un bărbat cu puțin peste treizeci de ani. *A alergat în fața mea! Nu am putut opri!* Jesses Gott! *Iisuse Hristoase!*

Victor a văzut și el accidentul. Tot restul vieții avea să-și amintească, cu detalii exacte, imuabile, scârțâitul roților când au oprit violent, panica incomparabilă și uluirea din ochii sticloși ai șoferului, absurditatea unui cartof roșu care a căzut din coșul bunicii și s-a rostogolit aproape de capul lui Charles, așa că a trebuit să fie dat la o parte cu piciorul.

Un accident. Șoferul — se numea Peter Oesch — nu băuse, fusese atent și nu avea viteză. Charles a fugit pe stradă. *A venit în fugă în fața mea! Nu aveam viteză!* Era adevărat. Peter nu avusese viteză. Dar nu lovitura îl omorâse. Din viteza cu care alergase Charles pe șosea, Peter călcase frâna și virase destul de brusc încât să nu-l lovească frontal. Îl retezase. I-a rupt piciorul și șoldul. Atât. Dacă ar fi fost doar asta, Charles ar fi supraviețuit. Dar când Charles a căzut, și-a crăpat capul. Deși improbabilă, fractura nu era imposibilă. Căpșorul i s-a lovit de pământ în unghiul potrivit, cu destulă forță și viteză, încât să se crape. Dacă pariai, nu ai fi câștigat niciodată. Șanse de o mie la unu să se întâmple. Dar s-a întâmplat. A fost o fractură deschisă, o arteră retezată. Paramedicii nu au putut opri sângerarea. Charles a murit repede, deși nu pe loc.

Anna dormea în hotelul Allegra, când el a murit.

19

În germană, „a muri" se spune *Sterben*. Este un verb neregulat. E logic; nicio moarte nu seamănă cu alta. La participiu, *Sterben* își schimbă vocala din mijlocul cuvântului: un obișnuit și previzibil *e* devine un *o* ca o gură căscată de uimire. *Sterben* se conjugă la trecutul compus cu *sein*, care înseamnă „a fi". *Er ist gestorben. Du bist gestorben. Ich bin gestorben.* El și tu și eu. Ființa prezentă devine trecută.

Căci mort e ceva ce ești. Veșnic. Ești mort și nu vei mai fi niciodată altceva.

Taxiul a tras la locul accidentului și Anna a sărit din el înainte ca mașina să se oprească de tot. Nu a plătit călătoria. Șoferul a strigat la ea să se întoarcă, dar când a văzut poliția, pe femeie mergând în cerc și plângând și pe bărbatul înalt ieșind din mulțime și prinzând-o pe femeia care sărise din taxiul lui, a bănuit restul. A întors taxiul și a plecat. Anna a întins gâtul să se uite dincolo de Bruno, în locul de pe șosea unde erau strânși polițiștii. Bruno nu a lăsat-o să vadă, deși deja nu mai avea ce vedea. Anna a strigat cu sufletul la gură o groază de întrebări. *Unde e Victor? Unde e Polly? Unde e Charles?*

Nu trebuia să întrebe; știa cine fusese rănit, fără să i se spună. E talentul unei mame. *Rănit*, și-a spus ea. *E rănit. Nimic mai mult. E bine. Îi* comand *eu să fie bine.* Dar același instinct matern îi spunea că nu era așa. Când Bruno i-a explicat ce se întâmplase, țipătul Annei s-a transformat în urlet. I s-au înmuiat genunchii și a leșinat.

Margrith s-a repezit s-o prindă, dar Bruno a scuturat din cap.

— Pune-mi brațele pe după gât, Anna. Așa. Încearcă!

Bruno a ridicat-o și a dus-o în casă așa cum un mire își trece mireasa peste pragul primei lor case. A dus-o în dormitor, a întins-o pe pat, s-a așezat lângă ea, i-a cuprins mâinile tremurătoare cu ale lui și i-a spus tot. Fiecare detaliu o făcea pe Anna să se crispeze și mai tare. Numele șoferului. Ora decesului. Ce picior și-a rupt la impact. Bruno a mângâiat-o pe cap cu mâna dreaptă, iar cu stânga și-a șters lacrimile.

— Am încercat să te sunăm.

Anna a vorbit în perna de sub capul ei.

— Am avut telefonul oprit. Am uitat să-l pornesc.

Bruno nu a răspuns. Nu avea niciun motiv.

Visez că sunt la Hauptbahnhof cu două femei însărcinate, una destul de tânără, iar cealaltă puțin mai în vârstă. Nasc amândouă în același timp, dar copilul celei mai vârstnice fie moare, fie s-a născut mort. Ridică din umeri și zice: „Nu-i nimic. Găsesc eu o soluție." Îi spun că-mi pare rău, dar că nu știu ce să mai zic. Când mă întorc, femeia mai tânără nu mai este. A lăsat un bilet în care spune că trebuie să ajungă acasă, să nu-și facă griji soțul ei. A uitat să-și ia copilul. Mă supăr tare și încep s-o caut, dar femeia mai în vârstă mă oprește și mă obligă să-i dau copilul. „Vezi?", spune ea. „S-a rezolvat." Eu spun că probabil are dreptate.

Mary a venit după douăzeci de minute și s-a dus în dormitor la Anna și la Bruno. Femeile s-au privit una pe alta și au început să urle amândouă de disperare. Bruno s-a ridicat și s-a dat într-o parte. Mary i-a luat locul pe pat, s-a apropiat de Anna, a lipit-o de corpul ei moale și matern și a legănat-o în timp ce plângea în părul Annei; iar Anna, la rândul ei, a plâns la pieptul lui Mary. Un polițist a apărut în cadrul ușii și i-a făcut semn lui Bruno să iasă cu el. Mary a dat din cap că *E-n regulă; am eu grijă de ea.* Apoi s-a uitat din nou la Anna și a continuat s-o legene.

— Gata, gata. Am eu grijă de tine.

Mary a frecat-o pe Anna pe spate și i-a netezit părul. A observat că-i lipsește cercelul.

— Îl găsim mai târziu, i-a șoptit, iar Anna a început să plângă și mai isteric.

— Mi-e groază de moarte, a spus Anna.

— De ce? a întrebat-o Doktor Messerli. La ce bun să-ți fie frică de inevitabil?

Dar frica vine din inevitabilitate, s-a gândit Anna. Crezi în Dumnezeu?

— Cred într-o forță binevoitoare în jurul căreia gravitează universul.

Anna a făcut o grimasă.

— Crezi în rai?

Doktor Messerli a evitat întrebarea.

— Nu știe nimeni ce se întâmplă după moarte. Morții. Rareori se întorc.

Anna a repetat.

— Mi-e frică de moarte.

— Moartea e o transformare, Anna. Nimic mai mult. Nu era răspunsul clar pe care și-l dorea Anna. Moartea este modul prin care sufletul se înnoiește. Toate ființele vii mor. Așa suntem noi. Așa stau lucrurile.

— Mie tot mi-e frică.

În următoarele câteva secunde, doctorița și pacienta s-au privit una pe alta, solemn, așteptând ca cealaltă să vorbească prima. Doktor Messerli a rupt tăcerea.

— Moartea înseamnă schimbare. Nimic mai mult. Metamorfoză. Trecerea dintr-o stare în alta. E ca și când ai merge într-o altă cameră din casa ta, Anna. Te ajută dacă privești lucrurile în termenii aceștia?

Nu o ajuta. Doktor Messerli a oftat.

— Anna, eu știu un singur lucru: când e rândul tău să mori — rândul meu, al oricui —, când e momentul să renunți la o viață și să te îndrepți spre o alta, nu vei avea de ales, va trebui să te arunci de bună-voie în brațele materne ale transfigurației. Nu e un sfârșit. E un început.

Anna nu s-a implicat deloc în organizarea înmormântării. Se simțea prea rău ca să fie de vreun folos. Înmormântarea a avut loc la trei zile după accident. Era o zi de sâmbătă, iar biserica — cea în care bunicul lui Charles fusese pastor — era plină. Au venit așa de mulți oameni. Toți prietenii familiei Benz, rudele, colegii și colegele lui Bruno, colegii Annei de la cursul de germană, enoriași, locuitori ai orașului, prietenii Ursulei — oameni pe care Anna nici măcar nu-i cunoștea, pe care nici măcar nu-i întâlnise vreodată —, au venit cu toții la înmormântare. Profesoara lui Charles, Frau Kopp, venise și ea. Anna nu îndrăznea să o privească în ochi, iar Frau Kopp a avut bunătatea să evite orice privire directă. Mulțumesc, a spus Anna în sinea ei. Archie a venit la înmormântare, dar a plecat pe nesimțite înainte de final. Anna îl văzuse stând în spate, când s-a întors pe scaun să se uite prin biserică înainte de începerea slujbei. Avea capul plecat și se prefăcea că citește etapele slujbei. Pe Anna a cuprins-o greața. A jurat să nu-l mai privească niciodată. Și nu a mai făcut-o. Era și Karl de față, desigur. Era prieten de familie. Anna nu a simțit nimic când l-a văzut. S-a uitat la el și a simțit un gol emoțional. Un neant, pustiu. Așa de pustiu, încât era brutal. Au venit la biserică părinții majorității copiilor din clasa lui Charles, deși mulți își lăsaseră copiii acasă. Tim și Mary au venit și ei, singuri. Anna înțelegea. Nici ea nu l-ar fi adus pe Charles la o înmormântare, nici măcar la înmormântarea unuia dintre prietenii lui. Este prea mic, prea delicat, a gândit Anna la prezent. Încă nu începuse să se gândească la el la trecut.

Pfarrer a ținut slujba în germana elvețiană. Au bătut clopotele.

Slujba de înmormântare avusese loc mai devreme. Anna se baza pe Bruno și pe Ursula s-o sprijine, în timp ce plângea în una dintre batistele pe care i le dăduse Mary de ziua ei.

Charles a fost incinerat. I-au îngropat urna în zona din cimitir rezervată copiilor.

Era tot ce-și amintea Anna din cele două slujbe. După înmormântare, Bruno, Ursula și ceilalți îndoliați au mers la *Kirchgemeindehaus* să ia un prânz ușor, să bea o cafea și să verse din nou lacrimi. Anna nu a mers cu ei. Mary a dus-o acasă, a ajutat-o să-și scoată hainele și a băgat-o în pat. *Te rog, nu pleca,* i-a cerut Anna când Mary s-a îndreptat spre ușa de la dormitor. Mary a clătinat din cap și a spus că sigur nu pleacă, dar că se întoarce imediat. Câteva minute mai târziu, Mary a revenit cu o tavă cu mâncare, care pe Anna n-o interesa. Mary i-a cerut să se străduiască să mănânce ceva, amintindu-i delicat că Victor și Polly vor avea nevoie de ea și că nu se putea înfometa dacă voia să fie puternică. Anna a mușcat de două ori din sendviș și a sorbit doar o dată din ceai. Mary a plecat cu tava și apoi s-a întors. S-a așezat în balansoarul de lângă pat și a vegheat-o pe Anna tot restul zilei.

Victor și Polly vor avea nevoie de tine, Anna. În zilele de după moartea lui Charles, Anna s-a surprins că uitase că mai avea doi copii. Vecina Annei, Monika, a stat cu Polly Jean mai multe zile, spre ușurarea imediată a lui Bruno, a Annei și a Ursulei. Dar pe Victor nu-l puteau feri de această experiență. El împărțise camera cu Charles. Avuseseră jucării și părinți în comun. Mohoreala obișnuită a lui Victor fusese înlocuită de o expresie neutră, uluită, care trăda o tristețe aflată undeva dincolo de granița alinării. La biserică a stat între Anna și Bruno. Nu-i dăduseră voie să vină la înmormântare. Victor nu trebuia să vadă asta. Nici Anna.

Cu o zi înainte de înmormântare, familia Benz a primit în cutia poștală necrologul lui Charles — Bestattungsanzeige al. Anna l-a găsit în sertarul noptierei lui Bruno. Căuta tranchilizante; din cauza plânsului, avea o migrenă. Bruno alunecase pe gheață iarna trecută și-și luxase spatele. Anna miza pe cel puțin o pastilă.

Anunțul se afla pe un teanc de alte hârtii: un desen pe care îl făcuse Charles la școală, o fotografie în care Anna o ținea pe Polly Jean, cartea poștală pe care i-o trimisese mama lui de ultima zi de naștere. Împăturise cu grijă anunțul. Când Anna l-a deschis, nu a putut citi mai mult decât numele fiului ei. Era un sentiment mai aproape de rușine decât de durere. *Se presupune că nu trebuie să văd așa ceva.* Anna a pus necrologul la loc în sertarul în care Bruno își păstra lucrurile personale.

Bruno nu a întrebat-o niciodată unde fusese în ziua în care a murit Charles.

20

De două ori în ultimul an, Anna fusese în oraș când o femeie cu un clipboard (o alta, de fiecare dată) a abordat-o și a întrebat-o în germana elvețiană dacă avea puțin timp la dispoziție. Femeile făceau studii de piață și căutau oameni obișnuiți care să participe la degustări. În ambele ocazii, Anna fusese de acord (ce altceva era să facă?) și de fiecare dată le-a urmat pe femei în sala de conferințe a unui hotel din apropiere. La prima probă, Annei i s-a cerut să deguste și să evalueze mai multe tipuri de cafea. E amară? Îi puteți descrie aroma? Ce ați spune despre „corpul" cafelei? L-ați descrie drept „plin"? Anna încă nu începuse cursurile de germană, iar ea și femeia s-au chinuit în următoarele douăzeci de minute, femeia formulând întrebările din gesturi, iar Anna răspunzându-i clipind și aprobând din cap. Pentru efortul ei, Anna a câștigat un borcan de cafea instant și o pungă mare de bomboane de ciocolată asortate. Anna a băgat borcanul în fundul cămării, dar — în următoarele trei zile — a mâncat singură toată punga de bomboane. De ce să împart cu cineva? s-a gândit ea. Eu am dat proba. O considera recompensa ei pentru că încercase. Câteodată, Anna încerca. Uneori, încerca din greu.

A doua oară, Anna a fost abordată (culmea, la același colț de stradă) după ce terminase prima lună de germană. Proba a decurs mult mai bine decât cea de dinainte. Anna a zâmbit tot timpul, încurcându-se numai la câteva propoziții și la și mai puține cuvinte. În ziua aceea evaluase murături, iar de data aceasta a primit un borcan de arpagic murat, care, asemenea cafelei instant, fusese și el împins în fundul cămării. Nu primise bomboane, dar nu era nimic. Atitudinea ei, faptul că vorbise fără poticneli — asta îi era răsplata.

Anna a vorbit despre asta cu Doktor Messerli, la câteva zile după a doua întâlnire, mai reușită. Doktor Messerli a întrebat-o ce credea ea că înseamnă.

Anna a spus că ea credea că lucrurile stăteau mai bine.

La o săptămână și jumătate după accident, Victor s-a întors la școală, iar Bruno, la bancă. Ce puteau face? Bruno și-a abordat durerea afundându-se în muncă. La bancă era concentrat, eficient, ocupat. Acasă își umplea orele libere cu treburile casnice și cu reparațiile. A vopsit beciul și a înlocuit panourile putrede din magazie. A cumpărat o mașină de vase și a instalat-o. Îl ajuta dacă avea mâinile ocupate.

Încercaseră să facă dragoste cu o noapte înainte să se întoarcă la birou. A fost un eșec. Bruno a stat în spatele Annei în pat, a cuprins-o cu brațele și a tras-o spre erecția lui. Și-a afundat fața în părul ei, și-a lipit trupul șubred de spatele frumos și fragil al soției lui și a zvâcnit în ea delicat, dar cu hotărâre.

— Te rog, Anna, a spus el. Am nevoie de tine. Simt nevoia să fiu cu tine.

Dar Anna nu se putea opri din plâns și, la rândul ei, l-a făcut și pe Bruno să plângă. S-a îndepărtat. Anna s-a ghemuit în sine. Timp de o oră, Bruno s-a uitat în tavan, de parcă acesta s-ar fi putut mișca. În cele din urmă, s-au scufundat amândoi într-un somn neliniștit.

Anna stătea mai mult în pat. Timpul îngheța. Casa își pierduse farmecul. Nu se deranjase să ceară să-i fie returnați banii pentru cursul de germană, dar nici nu avea de gând să se întoarcă. I se părea inutil, o lipsă de politețe față de memoria fiului ei. De parcă ar fi reușit să se concentreze. Durerea îi mistuia fiecare clipă. Annei îi era greață tot timpul. Mânca doar supă și pâine prăjită. Slăbea. Când se plimba, i se părea că vede păsări. Negre și imprevizibile, o urmăreau când urca și cobora dealul. Se țineau la marginea câmpului ei vizual, dar cu fiecare zi stolul era mai mare și mai puțin periferic.

Mary s-a oferit să se retragă și ea de la curs, ca să poate veni acasă la familia Benz în fiecare zi, să aibă grijă de Anna și de Polly Jean (desigur, Monika nu putea avea veșnic grijă de Polly). Anna a convins-o pe Mary să renunțe la idee, argumentând că ce învăța Mary, o putea la rândul ei învăța și pe Anna imediat ce se simțea mai bine, deși Anna se îndoia că lucrul acesta avea să se întâmple vreodată. Și venea Ursula; Anna nu avea să fie singură. Mary a acceptat și a făcut cum i-a sugerat Anna.

Când Victor venea acasă de la școală, își aducea gustarea în living, iar mama și fiul stăteau împreună pe canapea și se uitau la televizor. Niciunul dintre ei nu voia să vorbească. Victor suferise o regresie. Noaptea își sugea degetul mare, o dată sau de două ori a făcut în pat, iar emisiunile pe care le urmărea la televizor erau pentru copii mult mai mici. Erau desene animate care îi plăcuseră lui Charles. Emisiuni stupide pentru copii cu tractoare roșii, constructori sau trenuri. Pe canapea, Victor se apleca ezitant spre Anna în timp ce le urmărea. Anna îi trecea ușor degetele prin păr.

E prea timid să ceară mângâiere, se gândea Anna. *El nu e Charles.*

— Crezi în iad? a întrebat Anna.

— Ce-i asta?

Stephen a tras-o pe Anna mai aproape. Era o dimineață extraordinar de rece, de la începutul lui februarie. Stăteau îmbrățișați sub o plapumă pentru o persoană.

— Ah! Are legătură cu focul.

Anna a zâmbit când a spus acest lucru. Vocea ei era senină, relaxată și veselă. Era tot ce voia, să stea așa, lipită de el, fără niciun spațiu între ei, precum scândurile unei mese Mennonite.

Stephen a răsuflat.

— Nu prea mă gândesc la asta.

— La iad, vrei să spui?

— Da.

— Nu ești credincios.

— Deloc.

— Părinții?

Stephen s-a întins, s-a cutremurat și s-a uitat la ceas. Era timpul să se ridice.

— Bunicii. Greco-ortodocși.

S-a ridicat, a căscat și a tras repede pe el o pereche de pantaloni de trening.

— Ești grec? Anna nu se gândise niciodată să-i pună întrebări despre originile lui.

— Cipriot.

— Ah. Anna nu mai avea nicio întrebare pe moment.

— Totuși... Stephen s-a întors în pat și Anna s-a ridicat în fund. Uite un lucru despre foc, pe care probabil că nu-l știi. Și pentru că-ți plac așa de mult divagațiile astea... I-a oferit o copie perfectă a zâmbetului pe care i-l adresase prima oară când se întâlniseră.

— Spune-mi.

Annei îi plăcea foarte mult când se prindea în joc. A clipit și a imprimat un ritm săltăreț propriei voci.

Stephen s-a așezat lângă ea, pe marginea patului.

— În Ierusalim, de fiecare Paște, un preot duce câteva lumânări în biserica despre care se spune că a fost ridicată pe mormântul lui Iisus.

— E o tradiție ortodoxă?

Stephen a dat din cap și a continuat:

— Se duce singur în criptă, spune o rugăciune străveche, iar când se întoarce, lumânările sunt aprinse.

— Bun. Și care e miracolul?

Anna a ascultat povestea atentă, cu încântarea unei școlărițe.

— Ah! Miracolul e că îl percheziționează înainte să intre în biserică, pentru a dovedi faptul că nu ascunde chibrituri sau o brichetă în sutană. Și mormântul. Îl verifică. Și atunci, de unde e focul? Ăsta e misterul.

— De unde e?

— Se spune că apare o lumină albastră dintr-un nor, care se materializează din senin. Lumina și norul dansează împreună, până când formează o coloană plutitoare de foc.

Stephen i-a arătat cu mâinile cum s-ar putea uni elementele.

— Cine zice?

— Preoții zic. Și de la lumina asta aprinde lumânările. Annei îi plăceau aceste efecte teatrale moderate. Apoi le dă și celorlalți lumină, iar oamenii se cutremură de uluire. Se numește Lumina Sfântă. Pentru că vine de la Dumnezeu. Stephen a căscat și s-a ridicat din nou. Așa se spune.

Anna era fascinată.

— Tu ai văzut-o? Crezi în miracol?

— Anna, nu fi prostuță! Nu e niciun miracol. Are chibrituri ascunse pe undeva.

Anna s-a gârbovit. Sperase că avea să spună *Da, cred fără nicio reținere.*

— Dar nu e neobișnuită o flacără albastră?

Stephen s-a aplecat și a sărutat-o pe ceafă.

— Focul poate să aibă o mulțime de culori. Ăsta este un truc de lumină, de atmosferă. Isterie în masă.

— Deci nu crezi în iad?

— Anna, eu nu cred nici măcar în rai.

Asta se apropia cel mai mult de o mărturisire din partea Annei. La o săptămână după înmormântare, într-o sâmbătă dimineață, Mary venise, cum făcuse în fiecare zi de la accident. A adus mâncare gătită în casă, o cutie de prăjituri cu scorțișoară pentru ceai, încă o cutie cu fondante cu nuci și o pungă cu alte gustări care credea că le-ar putea plăcea Annei, lui Bruno sau lui Victor.

— Mary, nu e nevoie, a spus Anna.

Știa că nu avea să guste nicio bucățică. Mary a fluturat din mână și i-a spus că era plăcerea ei. *Așa își face ea durerea acceptabilă*, a realizat Anna în final. Mary dădea un rost suferinței. În această privință, era la fel de practică precum Bruno sau Ursula. Dar Mary avea o tandrețe care lor le lipsea. *Oare pentru că e canadiancă?* s-a întrebat Anna. *Nu, pur și simplu că e Mary.*

Mary a venit în dormitor cu căni de ceai și și-a tras un scaun chiar lângă pat. I-a spus Annei că este alături de ea. Puteau vorbi sau tăcea. Mary avea să asculte sau puteau să stea în liniște împreună.

— Cum simți tu nevoia, Anna.

Anna a tăcut câteva minute și a ascultat-o pe Mary vorbind pe un ton neutru, spunând banalități despre Tim și copii. A pomenit că a vorbit cu Nancy, care îi transmitea dragostea ei și îi spusese lui Mary s-o anunțe pe Anna că, dacă avea nevoie de ceva, să nu ezite să ia legătura cu ea. Anna i-a mulțumit; Mary a spus că îi va transmite. Conversația a lâncezit.

— Mary, care e cel mai rău lucru pe care l-ai făcut vreodată?

Mary și-a pus cana pe noptieră, coatele pe genunchi și bărbia în palme ca o fetiță și a meditat un moment.

— Nu știu. Am încercat întotdeauna să fiu respectabilă. Presupun că așa sunt eu, plictisitoare, s-a autocriticat ea.

— Nu, Mary, așa ești tu, bună.

Mary a roșit. Anna o făcuse să se rușineze.

— Stai să mă gândesc. Poate atunci când... Mary s-a oprit și s-a așezat mai bine pe scaun. Of, Anna, nu vreau să spun! De ce vrei să știi?

— Așa o să mă simt eu mai bine.

Mary nu a înțeles ce voia să spună, dar nu a insistat să-i explice.

— Bine, Anna. Vrei să știi? O să-ți spun. Dar e secret — te rog, serios — să nu spui nimănui. Anna a dat din cap. În liceu am dat foc la magazia din spatele casei antrenoarei mele de volei.

— Mary!

Anna nu știa dacă să fie impresionată sau îngrozită.

Mary a bătut în retragere.

— N-am fost doar eu. Toată echipa. I-am dat toate foc. Și în primul rând că era o magazie veche, părăginită, așa că...

Anna era șocată.

— De ce?

Mary a oftat.

— Fetele din echipă, majoritatea, fuseserăm foarte, foarte rele cu o colegă. Crude de-a dreptul. Am lansat bizvonuri despre ea, i-am dezumflat cauciucurile de la bicicletă, i-am spus că un băiat de care era îndrăgostită voia să iasă cu ea când de fapt el nu voia, am tuns-o...

— Ați tuns-o?

Mary a dat din cap rușinată.

— Anna, eram groaznice. O făceam dinadins. Voiam s-o facem să se simtă groaznic. A plecat din echipă. De fapt, s-a mutat la altă școală.

— Dar de ce ați făcut așa ceva?

Mary a ridicat din umeri.

— A fost pur și simplu o decizie de elevă de liceu pe care o iei la întâmplare și repede. Nu eu am luat-o. Nici măcar nu pot spune că o uram. Mary era rușinată. Anna își dădea seama că ani de zile se simțise prost din cauza asta. Sincer, nu pot să spun cum de a devenit dușmana noastră.

— Și faza cu magazia?

— Ah! Antrenoarea noastră a aflat și ne-a făcut să pierdem sezonul. Ne-a stricat recordul. Eram supărate. Așa că, într-o noapte, ne-am strecurat pe proprietatea ei. O fată avea canistra cu benzină, o alta avea niște ziare. Eu am aprins chibritul și i-am dat foc. Apoi am fugit.

— Și nu v-a prins nimeni? Sigur v-a bănuit...

Mary a clătinat din cap.

— Ne-am acoperit urmele. Și ne-am ținut gura. Nu puteam fi acuzate doar pentru că ne bănuiau. Nu existau dovezi. Anna a dat din cap. Ăsta e. Cel mai rău lucru pe care l-am făcut vreodată.

— Și a trebuit să te gândești înainte să răspunzi?

— Nu. Dar încerc să nu mă gândesc prea mult la el.

— Ce s-a întâmplat apoi?

— După aceea ne-am luat o antrenoare nouă de volei. Așa că am scăpat și de ea. Anul următor am câștigat fiecare meci pe care l-am jucat. Apoi am absolvit. Mary a meditat un moment. Hm, poate că ăsta e cel mai rău lucru. Că am obligat-o să plece. Și fata aia, săraca. Mary a clătinat din cap. Știi, nici măcar nu-mi mai amintesc cum o cheamă.

— Asta e cam rău.

— N-am spus nimănui povestea asta, Anna. Nici măcar lui Tim.

— El nu a fost la același liceu?

Mary a dat din cap.

— După cum spuneam, n-am scos o vorbă. Mary a răsuflat. Eram așa de proaste și de nepăsătoare! Fata aia nu merita tratamentul pe care i l-am aplicat. Însă nu cred că eram groaznice. Doar distructive. O faptă rea o alimenta pe următoarea. Nu ne gândeam. Ar fi trebuit. Dar nu am făcut-o. Poți să înțelegi lucrul ăsta?

— Mary, e numai vina mea.

Mary s-a apropiat de marginea scaunului, s-a întins spre pătura Annei și i-a netezit-o pe corp cum făcea cu copiii ei când îi băga la culcare, îngrijind-o ca o mamă.

— Ce anume, draga mea? Și sigur că nu e. Sunt sigură.

Anna nu era destul de curajoasă să continue.

— Anna, a gângurit Mary. Mie poți să-mi spui orice.

Anna credea că da, probabil că putea.

Dar nu avea nicio îndoială că nu-i va spune nimic.

Karl a venit acasă numai o dată după înmormântare. El, Bruno și Guido mergeau la un meci al echipei ZSC Lions. Bruno nu se întorsese de la serviciu. Ursula îi dusese la plimbare pe Victor și pe Polly. Anna era îmbrăcată, dar neîngrijit. Karl a bătut la ușă timid.

— Bună, Anna. Cum atingi?

Anna a privit prin și dincolo de el. Putea ghici cum se simțea, nu trebuia să o întrebe. Dar întrebarea era obișnuită. Răspunsul era opțional.

— Intră, a spus Anna și l-a poftit în living.

Karl a intrat pe hol și, de acolo, în casă. Anna se uita la un concurs TV. *5 Gegen 5*. Cinci împotriva altora cinci. Era o versiune elvețiană a emisiunii *FamiliaDA*.

Karl nu știa exact ce să facă cu mâinile, așa că și le-a înfundat cât de adânc a putut în buzunarele de la geacă și apoi s-a uitat la Anna, în așteptarea unui semnal. Anna a ridicat din umeri și i-a făcut semn spre un scaun, în timp ce ea se ducea să se așeze din nou pe canapea. Și-au petrecut următoarele cinci minute complicate prefăcându-se că niciunul nu-l văzuse vreodată gol pe celălalt.

Anna nu închisese televizorul. Una dintre echipe era formată din membrii unui club de iodlere din Burgdorf, iar cealaltă era o echipă feminină de hochei de sală din Winterthur. Întrebarea — adresată în Schwiizerdütsch — era, din câte își dădea ea seama: „Numește o aromă preferată de înghețată". Răspunsul cel mai popular, ciocolată, fusese dat deja. Una dintre femeile din echipa de hochei de sală a răspuns: „Căpșune!". Era penultimul de pe listă. Anna a privit televizorul cu ochi injectați și s-a întrebat dacă varianta fistic era pe panou. Nu era.

— Să nu-i spui niciodată în viața ta lui Bruno.

Karl a dat din cap. Solemn și abia schițat. Apoi au stat amândoi în liniște. Afară, soarele a apus așa de repede, încât aproape că s-a auzit.

La spatele caietului de însemnări, Anna avea o listă deschisă cu expresii în germană posibil utile. *Liniște! Multe mulțumiri! Pentru puțin! Ah, e cu schepsis. Fără scuze! Pe locuri, fiți gata, start! Toate lucrurile bune sunt trei! Când ești la Roma... Ai o scobitoare? Ochi pentru ochi. Cât pe ce. Unde e farmacia? Unde e gara? Ce faci? Bine! Excelent! Nu prea rău! Binișor. Sunt tristă. Sunt bolnavă. Am nevoie de ajutor.*

La o ședință de dinainte de moartea lui Charles, Doktor Messerli a încercat s-o învețe pe Anna diferența dintre motiv și scuză. A despicat firul în patru, în stilul Annei.

— Presupun că așa e, a acceptat Anna fără entuziasm.

Nu o asculta prea atent pe doctoriță.

Doktor Messerli s-a încruntat, dar și-a continuat explicațiile.

— Ești nefericită? Bine. Ai motive să fii tristă din când în când. Încă îți scapă obiceiurile elvețiene. Ai o căsnicie dificilă — toate căsniciile sunt dificile, Anna, chiar și cele reușite —, ai puțini prieteni și nicio distracție. Copiii tăi sunt mici. Sunt solicitanți. Totul este dificil. Dar, a continuat Doktor Messerli, pentru fiecare motiv pe care îl găsești ca să-ți justifici tristețea, oferi și o scuză care nu are alt scop decât să-ți prelungească nefericirea. „Nu-i pot schimba pe dificilii elvețieni", te plângi. „Nu am cum să-l fac pe Bruno să fie mai atent" — Anna, ai încercat pur și simplu să-i ceri să fie mai atent? — „Sunt prea timidă să-mi fac prieteni", „Îngrijirea unui copil mic îmi consumă toată energia". Nu poți face nimic să-ți schimbi viața? Asta e cea mai mare scuză dintre toate. Anna nu putea să nu fie de acord.

Doktor Messerli s-a înmuiat.

— Hai să lucrăm la asta, Anna. Doar la asta. Va fi de ajuns. Te porți ca un refugiat într-un ghetou din timpul războiului când, de fapt, ai la dispoziție toate forțele aliate. N-ai niciun motiv să trăiești așa. Anna a dat din cap. Nu avea. O viață de succes. Anna. Vreau să reușești.

Fiind doar pe jumătate atentă, Anna a auzit: „răușeș".

21

Polly Jean a împlinit un an pe 29 noiembrie, într-o joi. Anna nu era interesată să-i sărbătorească ziua de naștere. Orice tentativă de veselie părea obscenă. Dăduseră mici petreceri când băieții împliniseră un an. O cină simplă, apoi tortul în familie. Pe Anna o interesa tortul. Era o tradiție: sărbătoritul, rege în scaunul său, cu mâinile până la coate într-un tort pe care nu trebuia să-l împartă cu nimeni, cu glazură în păr, cu firimituri în nas, iar Anna făcându-i fotografii. Asta o interesa în definitiv: fotografiile. Lui Bruno i se părea ridicol obiceiul asta. *Se face mizerie și irosim tortul*, spunea el. Totuși, undeva în mansardă, era un album foto la care nu se mai uita nimeni, iar în el, instantanee cu fiecare băiat, cu toată fața murdară de glazură de ciocolată.

Ursula a fost cea care a venit la Anna cu o săptămână înainte de ziua lui Polly. I-ar face plăcere să pregătească ea tortul, a spus, și s-a oferit să țină petrecerea la ea acasă. Era o ofertă generoasă. Pe Anna a uimit-o această sugestie amabilă din partea Ursulei, dar nu a spus nimic. Ursula a ieșit din cameră cu spatele, în liniște, lăsând-o pe Anna singură tot restul după-amiezii.

Asemenea lui Bruno, Ursula trata cu înțelepciune suferința. S-a refugiat în tricotat, s-a oferit voluntar să strângă haine pentru copii împreună cu *Frauenverein* și, o dată pe săptămână, se întâlnea cu aceleași femei în *Kirchgemeindehaus* să lucreze la alte proiecte, unele caritabile, altele creative, precum atelierul de săptămâna următoare despre decorații pentru postul Crăciunului, la care Ursula avea de gând să participe. Și, în fiecare zi, Ursula se ducea pe Rosenweg să aibă grijă de Polly Jean. În această perioadă, și-a lăsat deoparte nerăbdarea pe care o manifesta față de nora ei și a căutat moduri practice prin care s-o ajute să treacă cu bine de ziua aceea. De cele mai multe ori, Ursula pregătea cina pentru toată familia și se ocupa în mare măsură de piață și treburile casei. Nu-i putea oferi o altfel de consolare. Nu fusese niciodată afectuoasă cu Anna. Ar fi fost ciudat și forțat dacă acum se arăta prietenoasă și efuzivă.

Subiectul zilei de naștere a lui Polly Jean a fost abordat din nou în seara aceea, de data asta de Bruno. A fost delicat. A vorbit pe un ton vesel. Făcuse un mare efort în ultimele săptămâni să o trateze pe Anna cu o compasiune excepțională.

— Nu vrei s-o fotografiezi pe Polly cum mănâncă tortul? Haide, Anna. Dacă n-o fotografiezi, o să-ți pară rău apoi. Pe băieți i-ai fotografiat.

Nu era nevoie să-i amintească. Anna a început să plângă și Bruno nu a găsit nici măcar un cuvânt de consolare, deși a încercat multe. A oftat când s-a ridicat și i-a spus peretelui că se duce sus să vadă ce face Victor. Și așa a făcut.

Ziua de naștere a lui Stephen a fost în prima zi din mai. Împlinise patruzeci și doi de ani când plecase din

Elveția. Acum, în acest an de ziua lui, Anna a mers în oraș, la Neumarkt, și s-a așezat la o masă din Kantorei unde se duseseră și ei împreună să bea ceva, în ziua în care se cunoscuseră. De fiecare dată, și atunci, și acum, ea venise aici cu unica intenție de a plânge, deși în niciuna dintre ocazii nu a găsit lacrimile necesare. De fiecare dată, a început cu începutul și și-a spus toată povestea. Păruse a fi un ritual obligatoriu, răzbunându-se pe sine, parcă.

Oare chiar era dragoste? se întrebase. *Era ceva aproape de dragoste? Era măcar vecină cu dragostea?*

Sigur că era dragoste. O versiune a dragostei. Polly Jean era dovada.

Anna se întâlnise numai o dată cu Doktor Messerli, de la moartea lui Charles. Doktor Messerli a vorbit mult mai lent decât de obicei și pe un ton mai blând. Între propoziții făcea pauze. I-a pus întrebările necesare: *Cum faci față, Anna? Cum îi cinstești memoria fiului tău? Cum interacționezi cu familia? Cum ai grijă de tine? Ai grijă de tine?* I-a mai dat Annei o rețetă de tranchilizante. Anna nu se deranjase să o ia pe prima.

— Unde se duc morții?

Doktor Messerli a răspuns sincer.

— Nu știu.

Mai discutaseră acest subiect.

— Ce se întâmplă cu ei?

— Nici asta nu știu, Anna.

— O să-l mai văd vreodată? a spus Anna disperată.

— Sper, a spus Doktor.

Și vorbea serios.

În final nu aveau ce face, trebuiau să țină petrecerea lui Polly Jean. Ursula și Bruno insistau. Moale ca o cârpă de bumbac, Anna nu avea forța să li se opună. Nu plănuiseră ceva extravagant — o cină în familie acasă la Ursula. Nimic mai mult.

Aveau să vină și Daniela din Mumpf, și, de asemenea, Mary. Tim avea meci, iar Max și Alexis aveau să stea cu soția unui coleg de echipă. Max nu se mai dusese la Dietlikon după accident. Era cel mai bine. El nu înțelegea că moartea era pentru totdeauna.

Ursula a făcut supă de mazăre. Anna a reușit să guste de câteva ori. Asta i-a atras aprobări din cap din partea lui Bruno și a lui Mary, pe care Anna s-a prefăcut că nu le observă. De asemenea, Ursula pregătise două torturi, fiecare acoperit cu glazură roz pal: unul de care să se bucure familia și unul mic de care să se bucure doar Polly Jean. Polly Jean s-a lansat în distrugerea lui, țipând de încântare. Avea firimituri în păr și bucățele de glazură în gene. Bruno a făcut fotografii. Chicotelile lui Polly Jean i-a făcut pe toți ceilalți să râdă. A zâmbit chiar și Anna, deși se rușina și încerca să se abțină. Mary a cuprins-o cu brațul și i-a șoptit că nu trebuie să te rușinezi niciodată că ești vesel.

— Dacă Charles ar fi aici, Anna, ar râde și el.

Până atunci, de câte ori era pomenit numele lui Charles, Anna izbucnea în lacrimi. Dar tonul lui Mary era înțelegător, iar convingerea ei sinceră că Charles, oriunde se afla, era bine și fără îndoială fericit și în siguranță — da, Anna, în rai! — a smuls-o pe Anna din disperarea ei. Mary era sigură.

— Da, Anna. Sunt sigură. Fiul tău e bine, a spus ea.

Mary nu-i dăduse niciodată Annei motive de neîncredere. Așa că în momentul acela, cu familia în jurul ei,

Anna a încercat să-și imagineze raiul și pe Charles în el. *Unde ești? Ce faci? E posibil? Oh,* Schatz, *dragostea mea! Mă vezi? Mi-e dor de tine! Pe tine te iubesc cel mai mult!*

Spre mirarea Annei, încercarea a reușit. Nu erau harpe și nimburi. Nu era nicio poartă. În raiul acesta nici măcar Dumnezeu nu era. Și nu era o dimensiune care să existe imediat dincolo de cele trei tangibile din lumea reală și în afara cronologiei imateriale a celei de-a patra. Era doar o străfulgerare, și încă una rapidă — iar ceea ce a văzut era o vecinătate, ceva aproape de-a ei (de fapt, mai aproape decât s-ar fi așteptat), în care timpul și forma fizică nu mai contau, dacă vreodată contaseră, și acolo, pe acel tărâm, se afla Charles. Nu avea chip și nici formă și totuși era complet întreg. Forța universală binevoitoare în care credea Doktor Messerli ținea sufletul fiului ei în palmă. Palma era caldă. Căldura era adevărată. Asta putea accepta. Putea trăi cu ea.

Anna a început să simtă că ceva din ceața deasă și neagră i se ridica de pe umeri și, cu permisiunea lui Mary, a primit sentimentul cu brațele deschise. *N-o să fie mereu rău,* s-a alinat Anna. *Nu trebuie să mă simt prost mereu.* Era plină de speranță, dar precaută. Dispoziția este un lucru nestatornic. Poate pleca la fel de repede pe cât a venit.

Polly Jean era un minunat dezastru. Avea tort până și-n urechi. Când a fost de-ajuns, Anna a dat s-o ridice și să plece cu ea, dar a intervenit Ursula.

— Îi fac eu baie. Stai cu oaspetele.

Oh, a făcut Anna, sperând că prin asta se înțelegea *Mulțumesc.*

Victor a mâncat două felii de tort și a fugit să se uite la televizor în livingul Ursulei. Părea și el mai liniștit. Bruno, Mary și Daniela au băut cafea și au stat de vorbă.

Toate interacțiunile evitau frivolitatea. Anna se simțea mai bine, era evident. Totuși, toată lumea a rămas precaută în afirmații. Nu voia nimeni ca Anna să fie iar prost dispusă.

Discuția a început cu o inocență sinceră. Mary spusese cât de mult semăna Victor cu Bruno.

— La ochi și la nas. Și forma feței. E Bruno tras la xerox!

Mary a râs la această observație care numai ei i se părea inteligentă. Anna a dat din cap, în timp ce sorbea din ceașca de cafea. Era adevărat, Victor semăna leit cu Bruno. *Se și poartă ca el. În zilele cele mai bune și în cele mai rele.*

— Max și Tim nu seamănă deloc. Mă rog, poate la ochi. Puțin. Toată lumea spune că seamănă în partea familiei mele. Dar ascultați aici. Străbunicul meu Alexander a avut doi copii...

Mary, care deja trecea de la una la alta, s-a lansat într-o poveste și mai întortocheată despre sora geamănă a lui Alexander și cum arăta Alexis când era bebeluș. Anna nu asculta. Ea își amintea întruna de ziua în care Charles împlinise un an. Era o zi înmiresmată de la jumătatea lui aprilie, toată familia și toți vecinii stăteau la umbra merilor și îl priveau pe Charles cum făcea primii pași, fără ajutor. A făcut trei pași și apoi a căzut pe iarbă chicotind. Era o zi frumoasă.

Mary continua. Bruno asculta atent... sau se prefăcea. A zâmbit când trebuia, a făcut comentariile care se impuneau când o permiteau momentele și și-a păstrat un aer interesat, în timp ce Mary o ținea una și bună cu bebelușii și asemănările în familie. Mary nu făcuse niciun secret din faptul că își dorea un al treilea copil. Când Anna a întrebat-o de ce, Mary a recunoscut că, dacă mai făcea un copil, își dădea de lucru. Anna a râs, până când a realizat că Mary nu glumea. La vremea aceea, Anna se gândea că s-ar descurca mai bine cu un iubit, ei îți dădeau mai puțin de furcă.

— ...în orice caz, era o asemănare așa de mare, încât oamenii au presupus pur și simplu că era copilul ei! Așa că — a punctat Mary finalul buclei, întinzându-se după ceașca de cafea — de unde a moștenit părul ăla negru ca smoala și năsucul dulce? Nu seamănă cu niciunul dintre voi.

Mary s-a uitat și la Anna, și la Bruno. Niciunul nu a vorbit o clipă.

Anna a înghețat. Nu trebuise să răspundă niciodată la această întrebare, deși deja de un an repeta mai multe răspunsuri. *Așa arătam eu în copilărie, mi s-a deschis la culoare părul numai când am mers la școală. Bunica mea era italiancă (sau spaniolă). Păi când și mama, și tata au trăsături genetice recesive, sunt mari șanse ca ceea ce e latent la părinți să devină dominant la copil. Călugărul augustin din secolul al XIX-lea Gregor Mendel a încrucișat mazărea...* Acestea și multe altele, Anna le repetase. Dar nu le repetase îndeajuns, pentru că atunci când avea mai mare nevoie de ele, nu i-a venit nimic în minte. *Doamne! Nu-mi amintesc nimic.* Anna a tras de timp îndesându-și o bucată mare de tort în gură. A evitat să vorbească tare, prefăcându-se că nu poate.

Din câte știa Anna, nici Bruno nu trebuise să răspundă vreodată la această întrebare. Dar a răspuns el. Fără ezitare, fără ocolișuri.

— Unchiul tatălui meu. Polly Jean seamănă cu el. La păr. Nu la nas. El avea nasul mult mai mare.

Bruno a arătat mărimea nasului unchiului său la momentul oportun, ca personajul serios dintr-o comedie.

— Care unchi? a întrebat Anna.

Nu auzise niciodată lucrul acesta.

— Rolf.

Bruno nu mai avea nimic de adăugat. Anna a încercat să-și amintească dacă văzuse vreodată vreo fotografie.

— Așa e, a intervenit Daniela, Rolf avea părul des și negru când era mai tânăr, jo?

Anna nu-și dădea seama dacă Daniela își amintea cu adevărat de o rudă moartă demult sau dacă încerca să ajute — iar dacă încerca să ajute, venea în ajutorul Annei sau al lui Bruno?

— Avea și o mustață mare, neagră și țepoasă. Și — a început să râdă — îmi amintesc că și-o răsucea ca un bavarez!

— Și-ți dădea cincizeci de Rappen dacă îi lustruiai bocancii când venea în vizită, a adăugat Ursula din bucătărie.

O schimbase pe Polly și o dusese la culcare în dormitor, iar acum se ocupa de vase. *Și ea e la curent?* Anna a mai luat o bucată de prăjitură, una și mai mare, ca să-și poată veni în fire și să se convingă să se rupă de iraționalitate. *Nu e nimeni la curent cu nimic. Vorbesc și ei. Mănâncă tort, Anna. Nu trebuie să spui nimic. Mănâncă tort. Ți-ai primit prăjitura, savurează-o!*

Bruno s-a ridicat și și-a dus ceașca goală de cafea în bucătărie.

— Da. De la el le-a moștenit. De la Rolf. În mod sigur. Răspunsul a mulțumit-o pe Mary, care a schimbat subiectul. Anna s-a relaxat. Dar numai puțin.

Cu doi ani înainte să-l cunoască pe Stephen, Anna era în Dietlikon Coop. Făcuse o listă, dar o lăsase acasă și, o jumătate de oră, se chinuise să-și amintească ce scrisese pe ea. *Ce avem? Ce ne lipsește?* Pusese în coș salam, niște chifle, un praz, un borcan cu pepperoncini umpluți și cinci conserve de ton. Fusese ineficientă, căuta produsele pe măsură ce și le amintea, în nicio ordine, haotic. Se simțea ca o bilă de pinball, aruncată de pe un culoar spre ținta opusă. *Tilt*-ul era doar o chestiune de timp. *Trăiesc în magazinul alimentar*, și-a amintit Anna că gândise. *Sunt angajata, servitoarea.* Era cu câțiva ani înainte de ședințele de psihanaliză, așa că Doktor Messerli nu era prin preajmă ca să pună în discuție autenticitatea acelor afirmații și să sugereze că, dacă Anna se simțea reprimată, sentimentul și-l crease chiar ea. *În definitiv, asta este viața pe care ți-ai ales-o singură*, ar fi certat-o ea, cu siguranță. Dar Anna nu o avea atunci pe Doktor Messerli. Avea însă doi fii, un soț irascibil, o soacră rezervată și, în ziua aceea, o durere de cap. Anna și-a amintit că nu mai aveau zahăr, a întors căruciorul și s-a dus la raionul cu produse pentru prăjituri să ia zahăr, pentru că își puneau în cafea și ea, și Bruno. Anna cumpăra întotdeauna cubulețe. Îi plăceau cubulețele. Forma lor uniformă o încânta. *Forma. Cu ea știi întotdeauna cum stai.* A întins mâna după cutia obișnuită, dar s-a oprit când privirea i-a căzut pe cea de lângă ea. *Glückzucker*, scria pe ambalaj și în loc de pătrățele adevărate geometric, cubulețele aveau forma culorilor de la jocurile de cărți. Însemna zahăr norocos. Zahăr fericit. Asta a înseninat-o pe Anna. *Cum de nu l-am remarcat până acum?* Își imagina că sunt amulete sau talismane. Boabe dulci și magice care aveau darul de a atrage norocul. Era o promisiune prostească din partea unei substanțe bună numai să-ți carieze dinții. Dar acesta era zahărul pe care și-l dorea Anna.

A luat o cutie și a așezat-o în coș cu gesturi ceremonioase, demne de un asemenea lucru supranatural. *Și acum?* s-a gândit și apoi și-a amintit că Bruno ceruse niște brânză. A pornit spre vitrina cu lactate. *La asta s-a ajuns? La asemenea răsfățuri idioate?* Presupunea că așa era.

În timp ce o melodie a formației ABBA era pe terminate (oare era Take a Chance on Me? Anna nu-și amintea, dar se gândea că ar fi fost frumos să fie așa), s-a auzit inimitabilul început la clape al melodiei The Final Countdown a formației Europe. La Coop puneau fără oprire cântece familiare, vechi, între care strecurau reclame scurte la oferte și produse cu preț redus. Promoția acestui sezon era un set de cuțite. Anna păstra abțibildurile — Merkli —, dar rareori le folosea. De obicei își amintea de ele numai după ce expirau (tendință care avea să se repete în așa de multe moduri). Reclamele care se auzeau în difuzoare se încheiau întotdeauna cu sloganul magazinului: Coop — für mich und dich. Pentru mine și pentru tine. Pentru noi. Precum cuvintele pe care le rostea un preot peste pâine și vin, citându-l pe Hristos: Acesta este trupul meu. Dar nimic nu-ți este dat pur și simplu, s-a gândit Anna. Totul are un preț. Întotdeauna totul are un preț. Pornim spre Venus! se văicărea cântărețul, iar vocea îi plutea stupid, prostește în aer.

Stupid, prostesc, s-a gândit Anna. *Ca atunci când încerci să le dai cu forța o semnificație cuburilor de zahăr.* Anna s-a oprit în fața unui șir de sortimente de brânză și unt, deserturi și sucuri ambalate individual care trebuiau puse la frigider și a ascultat mai departe cântecul. *Sunt sigur că tuturor ne va fi dor de ea!*

Dacă aș pleca, mi-ar duce cineva dorul? Anna s-a uitat în coș. Pe fiecare ambalaj era scris în trei limbi diferite, dintre care ea o înțelegea numai pe una, și pe aceea așa și-așa. *Zahăr norocos.* Brusc, i s-a pus un nod în gât. *Fir-ar să fie!* Atunci a lovit-o. *Aici o să-mi petrec tot restul vieții. N-o să mai trăiesc nicăieri altundeva.* Anna avea o bucată de brânză Gruyère într-o mână și un triunghi de Appenzeller în cealaltă. *Fir-ar să fie!* A lovit-o din nou. *Aici o să mor.*

Cântecul s-a terminat, a urmat un altul. Un bărbat cu salopeta portocalie a lucrătorilor la căile ferate elvețiene a trecut prin fața ei fără să spună un cuvânt.

— Combustia nu are loc fără oxigen, a spus Stephen. Focul e viu și trebuie să respire.
— Are suflet focul? a întrebat Anna.
— Plec peste o săptămână, a răspuns Stephen.

Daniela a plecat puțin înainte de șapte. Anna nu se așteptase să vină, a realizat doar când o conducea la ușă cât de recunoscătoare îi era că făcuse acest efort. Este un drum întortocheat și stătuse numai câteva ore. *Eu n-aș fi făcut-o*, s-a gândit Anna, dar apoi și-a amintit că o făcuse cu două luni înainte. *Au trecut două luni?* Gândul ăsta a descumpănit-o. *Au trecut doar două luni.* Dar Anna a încercat să nu se gândească la trecut. În schimb, s-a străduit să revină la momentul prezent și s-a vârât cu de-a sila în costumul recunoștinței. *Oamenii sunt așa de amabili cu mine. Oare așa au fost mereu? Nu știu de ce sunt așa de amabili.* Știa de ce, sigur că știa. Ce voia să spună era: *Oamenii sunt așa de amabili, iar eu nu merit.*

Ursula a mai adus o carafă cu cafea la masă, apoi s-a întors în bucătărie. Anna nu a interpretat nicicum gestul ei. Bunătatea Ursulei nu era niciodată fățișă, iar prietenia și politețea ei erau mereu temperate de o situație imediată, care în cazul ăsta era sarcina de a curăța. Era și recunoștință, presupunea Anna. Avea să încerce să-i mulțumească mai târziu. Poate a doua zi. Anna nu știa sigur cum. Mary a dat s-o ajute, dar Bruno a asigurat-o că mama lui se descurca singură cu vasele, așa că Mary a stat pe loc. Mary ciugulea din tort cu degetele și pălăvrăgea cu Bruno când s-a întors Anna, după ce o condusese pe Daniela.

Mary încerca să vorbească cu el în germană. S-a chinuit construind mai multe propoziții. Bruno i-a corectat cu delicatețe greșelile și o încuraja cu structurile care încă o nedumereau.

— La naiba! Nu pot!

Dar Bruno a insistat că poate, așa că au mai bălmăjit amabilități groaznice preț de câteva fraze. Anna a remarcat că, deși Mary avea o lună de curs în plus, germana ei era mai și greoaie decât a sa. Și apoi Anna s-a gândit cât era de superficială că remarca asta.

În general, conversația a rămas ușoară. Bruno i-a lăudat progresul și apoi, prefăcându-se că o ceartă, i-a interzis să mai vorbească engleză în prezența lui de atunci încolo. *De acum înainte, doar germană! Nur Deutsch!* Asta a făcut-o pe Mary să roșească. A fluturat din mână, a cedat și și-a mai tăiat o felie de tort.

— N-ar trebui, a spus ea, dar e așa de bun!

Anna nu mai mâncase tort, în afară de bucățile pe care și le îndesase în gură ca să evite să răspundă la întrebările lui Mary. Nu era sigură că ar fi făcut față unei felii întregi. Dar Mary avea dreptate, chiar avea gust bun. Mary a văzut-o uitându-se la tort.

— Vrei să-ți tai o felie? Anna nu a răspuns. Bine, îți tai o felie. Mary a pus o felie pe farfurie și a împins-o spre Anna. Multă glazură, pentru că e partea cea mai bună!

Mary i-a făcut cu ochiul. Anna a luat o furculiță și a gustat ezitant. A mai gustat o dată. Ea nu era genul care să se refugieze în mâncare. *Nu, asta era ideea sexului.* Dacă mâncarea ar fi fost drogul ei, ar fi ajuns cât casa. *Am nevoie de multă alinare.* Însă în acel moment, a înțeles de ce mâncarea era atractivă. Într-adevăr, glazura era partea cea mai bună. Poți ascunde multă tristețe într-o floricică roz de zahăr.

Mary și Bruno au discutat despre Tim. Bruno a întrebat-o dacă Tim și Max erau interesați să meargă la muzeul transporturilor din Lucerna. Bruno îi promisese lui Victor că îl duce. Deși Bruno se comportase întotdeauna contradictoriu cu Anna, cu copiii lui nu fusese niciodată altfel decât atent și patern. *Copiii lui,* s-a gândit Anna. În ultima lună, Bruno făcuse tot ce face un tată bun și toate eforturile lui avuseseră drept scop să-l ajute pe Victor să uite de durere. Nimeni nu vrea să-și vadă copilul suferind. Dar și Bruno și Anna știau că nu aveau ce face ca Victor să uite de suferință. În cel mai bun caz, i-o puteau domoli, diminua sau alina un timp. Așa că să iasă la o pizza sau la un meci de fotbal, să viziteze muzeul trenurilor și să meargă la fiecare meci al echipei ZSC Lions din program, promisiunea unor excursii la Zermatt la schi și plănuirea vacanțelor de vară la Bodensee pentru înot și navigat nu aveau alt scop decât alinarea disperării băiatului. Dar durerea este nerăbdătoare. Nu peste mult timp, avea să ceară atenție.

— Ah, lui Max i-ar plăcea la nebunie. Sunt trenuri sau doar avioane sau — ce anume e? a trăncănit Mary.

Anna nu știa dacă de vină era felia în plus de tort, a doua ceașcă de cafea sau altceva. Dar bălmăjea și, printre multele lucruri care o agitau pe Anna (în general și în acel moment), sporovăiala lui Mary era unul dintre ele. Bruno a spus că da, muzeul avea trenuri în colecție.

— Minunat. Da, sunt sigură că vor vrea să meargă. Îl știi pe Max. Adoră trenurile! Exact ca Charles.

Imediat ce a spus aceste cuvinte, Mary s-a întrebat dacă ar fi trebuit s-o facă. A căutat confirmarea Annei. Avea ceva dacă vorbea despre Charles? La prezent?

— Nu-i nimic, Mary. Anna a plecat capul și și-a privit tortul, de parcă și-ar fi putut trage din el hotărâre și putere. Serios! Nu-i nimic. A ridicat capul și a încuviințat. Ai dreptate. Oriunde ar fi, sunt sigură că încă îi plac trenurile.

Cei de la masă au ținut un moment de reculegere și apoi au trecut la o altă discuție.

Mary a preluat frâiele conversației. A menținut un ton vioi și așa de optimist, încât părea frivol. Au trecut cinci minute, iar Bruno și Mary trecuseră de la Max și Victor la Tim și echipa și la planurile familiei Gilbert de a-și petrece Crăciunul în Uster.

— E prima oară când îl petrecem departe de casă! a spus Mary cu nostalgie.

Bruno a mustrat-o blând, dar hotărât.

— Unde ți-e familia, acolo e acasă.

Mary a acceptat această muștruluială ușoară cu o aprobare înțelegătoare din cap.

Era noaptea de dinaintea zilei de naștere a lui Polly Jean, iar Anna stătea în pat, trează. Implorase somnul s-o fure, timp de trei ore întregi. Însă nu se întâmplase așa.

Lamelele jaluzelelor erau desfăcute, dar ferestrele erau închise. Nu era lună. Norii nu lăsau deloc să treacă lumina stelelor. Era o atmosferă care nu prevestea nimic bun.

În fiecare zi de la moartea lui Charles încoace, Anna plânsese. Învățase să-și înghită lacrimile, deși erau groaznice. O ardeau pe gât. Întotdeauna după aceea i se făcea greață. Nu-l văzuse pe Charles mort pe pământ, dar asta nu o împiedica să-și imagineze scena. Fiecare imagine pe care o vedea era mai rea decât cea de dinainte. A văzut sânge. I-a văzut șoldul, rupt și sucit într-o direcție imposibilă. I-a văzut o gaură în ceafă. I-a văzut vertebrele, i-a văzut creierul. A împins departe aceste imagini, dar ele s-au întors și mai puternice, iar detaliile scenei erau și mai agresive. L-a văzut în cuptorul în care a fost incinerat. A văzut cum pielea i se înnegrește și arde. L-a văzut țărână.

Bruno? I-a dat cu cotul soțului ei, care dormea încă înainte să vină ea la culcare. *Bruno?* S-a mișcat, dar s-a liniștit la fel de repede. *Bruno, trezește-te. Atinge-mă. Am nevoie de mâinile tale.* L-a înghiontit din nou. De data asta el nu s-a trezit deloc. *Trezește-te, trezește-te.* Anna a strecurat mâna sub pătură și i-a urcat-o pe braț, apoi i-a coborât-o pe piept, dincolo de abdomen, spre betelia pantalonilor de la pijama. Și-a trecut degetul pe sub elastic. Bruno a tors, dar nu s-a trezit. Anna și-a lăsat mâna să călătorească mai departe. I-a scos pijamaua, apoi a coborât, a tras la loc plapuma, și-a culcat capul între picioarele lui și i-a prins penisul cu buzele. Era moale. L-a supt cum suge bebelușul sfârcul, sau un copil, degetul mare. *Trezește-te, Bruno. Fă dragoste cu mine.* Penisul i s-a întărit puțin, apoi s-a oprit. Nu avea să se întâmple nimic. I-a ridicat pantalonii la loc și a căzut înapoi pe pat. Când a închis ochii, l-a văzut pe Charles închizând ochii pentru ultima oară. I-a văzut ultima răsuflare.

S-a ridicat, a tras pe ea o pereche de pantaloni, o bluză de trening, pantofi și a fugit din casă fără să încuie ușa. *Dealul meu, banca mea.* Era aproape două noaptea.

Plângea în hohote. *Am pierdut așa de mult! Așa de mult!* În ziua aceea, se dusese în camera băieților. Hainele lui Charles erau încă în dulap. S-a dus să ia cămașa pe care el o purtase cu o zi înainte să moară (încă nu o spălase nimeni; Anna nu voia să-i lase). Și-a apropiat-o de față, dar mirosul lui se topise. Aproape se dusese. A scotocit prin tot dulapul, prin comodă. Nimic nu mirosea a el. Era ca și când l-ar mai fi pierdut o dată. Nu avea să-și mai vadă niciodată băiatul.

Era prea mult. În vârful dealului a strigat, a scuturat din mâini, a dat din picioare. *La naiba!* A căzut în genunchi. S-a făcut ghem pe poteca rece, pietroasă. *Îndreapt-o pe asta! Fă să înceteze, fir-ar să fie!* Era o rugăciune, poate către sine, *fir-ar să fie. Trezește-te, Bruno,* a strigat, de parcă el ar fi putut-o auzi. *Vreau să mă atingi!*

Anna s-a zvârcolit, și-a apucat pielea prin bluza de trening, pământul era o pernă de piatră. *Mâini, am nevoie de mâini.* În momentul acela, Bruno era inutil. Archie și Karl erau posibilități nerezonabile. Iar Stephen era plecat, plecat pentru totdeauna. Anna și-a strecurat mâinile pe sub bluză și și le-a dus la sâni. S-a apucat de sâni destul de tare încât să și-i învinețească. S-a ciupit de sfârcuri. *Așa, Anna. Da. Da.* Nu se putea baza decât pe sine. Și-a băgat mâna dreaptă în blugi. Se excitase singură. *Așa. Așa.* Și-a băgat degetul mijlociu înăuntru și și-a pus degetul mare pe clitoris. *Da, da.* În bezna fără de rușine, a încercat să-și provoace singură un orgasm.

Era groaznic, greșit și, în ciuda nopții înnorate, fără stele, simțea o mie de ochi ațintiți asupra ei. *Niciun secret nu-i poate fi ascuns lui Dumnezeu*, s-a gândit ea. *El știe deja.*

A lătrat un câine. Anna a sărit imediat. *Rahat.* S-a repezit să se ridice în picioare, s-a răsucit în toate direcțiile, dar nu a văzut nimic. Câinele a lătrat din nou. *Trebuie să plec de aici.* A coborât dealul în fugă, țipând tot drumul. *La dracu, Doamne. La dracu, universule. Am nevoie de mâini! De mâini!*

Acasă, nu suporta dormitorul. *N-am unde mă duc, doar jos.* Și s-a dus. Pe scările pivniței și, după colț, în beciul cu alimente. Podeaua era de pământ și pereții miroseau a mere putrede. S-a ghemuit într-un colț și a adormit pe pământ. Era locul cel mai îndepărtat în care se putea feri de teribilul Ochi al lui Dumnezeu.

În dormitorul Ursulei, Polly Jean a început să plângă. Anna a dat să se ridice, dar Ursula, regina intervenției în noaptea aceea, le-a spus tuturor să stea pe loc, a ieșit din dormitor și a trecut prin sufragerie, ducându-se spre copil. Bruno și Anna au dat amândoi din cap când a trecut, o irelevantă manifestare a unității conjugale. Când Ursula s-a întors, doar o clipă mai târziu, o aducea în brațe pe Polly care se smiorcăia. Din nou, la unison, și Anna și Bruno au întins brațele s-o ia. Bruno era mai aproape. Ursula i-a dat-o lui pe Polly Jean. Bruno a pus copilul în poală și l-a întors spre masă. Smiorcăitul a încetat când Polly a văzut tortul. S-a întins spre el, dar Bruno a spus „nu" și l-a împins pentru ca ea să nu ajungă la el. Polly Jean a scâncit și a mai încercat o dată, după care a renunțat. Era prea obosită să protesteze, chiar dacă era vorba de tort. Bruno și-a tras copilul mai aproape de el. Polly Jean a căscat și a oftat, apoi a închis ochii.

— Cred că voia doar să fie cu noi, a spus Mary. Nu voia să stea singură în camera aia cretină și veche!

Anna și-a privit soțul și fiica. I s-a strâns inima. Nu voise să fie mamă. Dar era mamă. Versiunea unei mame. Iar Bruno era tată. Nu al lui Polly Jean. Dar era. Bruno a sărutat-o pe cap. *Uite cât de mult o iubește.* Oare mai observase acest lucru? Anna nu era sigură că se gândise vreodată să observe. *Nimeni nu vrea să fie încuiat singur într-o cameră.* Însă Anna voia. Așa își aranjase ea viața. Un secret are un singur scop, acela de a izola, spusese Doktor Messerli. La vremea aceea, Anna nu fusese de acord. Dar doctorița avea dreptate.

Singură, singură.

Anna a mai mâncat tort și a încercat să-și găsească echilibrul.

Dar ori de câte ori se schimba subiectul de conversație, la fel se întâmpla și cu echilibrul Annei. Și rămăsese fără tort pe farfurie când s-au întors la subiectul la care ea crezuse să renunțaseră cu o oră mai devreme.

— Știi, sincer, nu-mi vine să cred cât de puțin seamănă Polly Jean cu voi. Ați adus acasă de la spital copilul altcuiva? i-a tachinat Mary.

Nu era rău intenționată.

Zâmbea când vorbea. Aproape întotdeauna Mary zâmbea când vorbea. Nu putea fi crudă nici dacă încerca — nu ar fi știut de unde să înceapă. Totuși, Anna a simțit o acreală în stomac. Cu cât Mary vorbea mai mult, cu atât i se făcea mai greață Annei. Bruno a închis strâns ochii, dar numai Anna a observat.

— E superbă, desigur. Ca o păpușă de porțelan — și cu părul ăla negru ca tăciunele! Bruno a bătut darabana în masă cu degetul mare. Ce feste mai joacă și genetica asta!

Anna a zâmbit slab. Bruno nu a zâmbit deloc. Dar Bruno zâmbește rar, a meditat Anna. Nu avea rost să interpreteze acest lucru acum.

Când Mary nu a mai avut ce spune, în sufragerie atmosfera a devenit apăsătoare, înăbușitoare. Mary și-a luat farfuria și a mâncat ultima bucățică din a doua felie de tort.

— E al naibii de delicios!

Ursula se întorsese la masă, în timp ce Mary trăncănea. Nu avea nimic de adăugat la discuție, era doar un martor inexpresiv. Polly Jean a tresărit în somn, cum fac câinii când visează. Mary îngâna ceva și lingea glazura de pe furculiță. Anna auzea emisiunea pe care o urmărea Victor în camera cealaltă. Anna s-a uitat la Mary, la Ursula, la Polly Jean și la Bruno, la tavan și apoi în podea, și apoi la propriile ei mâini, pe care, inconștient, începuse să și le frângă. *Greșelile pe care le-am făcut nu le pot îndrepta.* Își luase o pauză doar de o seară de la lacrimi. Dar acum reveniseră. I se scurgeau drept și repede din ochi. Lacrimi reci, lunecoase, rotunde, destul de mari încât să se lovească de masă. Mary s-a întins s-o mângâie pe Anna pe umăr, dar Anna s-a ferit de atingerea ei.

Polly nu seamănă cu Bruno. Cui îi pasă? Niciodată până atunci asta nu fusese o problemă. De ce astă-seară? Anna nu putea gândi cât timp era privită. A strâns tare ochii și a scotocit prin beznă după răspuns. Nu-l găsea.

Dar apoi l-a găsit.

Era un nume pe care nu-l mai auzise. Dar Bruno îl rostise ușor, imediat, răspicat. Fără să ezite. *Rolf.* Era un răspuns pregătit. De parcă ar fi repetat. De parcă s-ar fi gândit bine la el.

Iisuse Hristoase, s-a gândit bine.

Anna s-a ridicat destul de repede încât să o ia amețeala. S-a îndepărtat de masă și s-a împiedicat în propriile ei picioare. Mary a prins-o.

— Anna. Nu trebuie să pleci. Nu-i nimic dacă plângi în fața noastră. Mary a prins-o de mână: Vrei să...

— Nu, a întrerupt-o Anna. Indiferent ce era, nu voia. Trebuie... singură. Nici măcar nu putea forma o propoziție întreagă. Privirea lui Bruno era de nedeslușit. Îmi pare rău.

Scuza era compulsivă și redundantă. Anna a ieșit cu spatele din cameră, apoi a ieșit din casă, apoi a fugit până înapoi la Rosenweg.

22

Anna a stat lângă scările de la intrare câteva secunde, până să-și aducă aminte cum să-și scoată haina. Când și-a amintit în sfârșit procesul scoaterii mâinilor din mâneci, a lăsat haina să cadă pe podea, fără să se deranjeze să o ridice sau s-o atârne în cui. Bruno detesta asemenea dovezi de indolență. Le dădea un exemplu prost băieților, spunea el. *Dar acum nu mai poate spune așa,* s-a gândit Anna. *Nu mai avem decât unul.* A mai stat la intrare câteva secunde, apoi s-a dus la bucătărie cu speranța că nu uitase cum se face un ceai.

A dat aragazul la maximum, a umplut ibricul cu apă, l-a pus pe foc și apoi a căutat o cană într-un dulap. *Da.* Anna se simțea puțin mai bine. *Mai țin minte cum se face.* Lacrimile se opriseră, dar era îmbujorată de rușine. Nu era demn de ea să cedeze așa. *Oare ar trebui să mă duc înapoi la petrecere?* A decis că nu. Sigur înțelegeau că inima îi era rănită și sensibilă, că durea când apăsai pe ea și că era un spectacol hidos. *Sigur că înțeleg.* Și-a dorit în sinea ei ca Bruno, Polly Jean și Victor să mai stea puțin la Ursula. Voia să fie singură cu suferința ei. Mary avea să înțeleagă și ea de ce îi părăsise Anna. *Am s-o sun mâine,* s-a gândit

Anna, deși știa că, cel mai probabil, Mary avea să sune prima.

— Anna.

Nu-l auzise pe Bruno intrând în bucătărie. Nici măcar nu-l auzise intrând în casă. Vocea lui a făcut-o să tresară; a scăpat cana. S-a spart în două bucăți mari și mai multe mici.

— Iisuse, Bruno! Inima îi bătea de zece ori mai repede. M-ai speriat.

Annei nu-i plăcuseră niciodată surprizele, iar acum, fiecare atac o umplea de groază. S-a aplecat să ia bucățile mai mari. Aplecatul i-a consumat și ultimul strop de energie.

— Copiii?

— La Grosi.

— Hm.

În ultima lună, Victor petrecuse mai multe nopți la Ursula decât tot anul anterior. Sigur că da. Jumătate din camera lui îi aparținea unei fantome. Nu scoseseră patul lui Charles. Nu-i dăduseră hainele. Nu reușeau să-și facă deloc curajul necesar. Nici Victor nu era pregătit. Dimineața, când Bruno se ducea să-l trezească, îl găsea pe Victor dormind pe salteaua lui Charles, cu capul pe perna lui Charles și cu corpul sub păturile și cearșafurile lui Charles. Așa se consola Victor. Intenția lui Bruno era să schimbe dormitorul băieților cu al lui Polly Jean, dar încă nu o făcuse. Era o idee bună, Anna era de acord. Victor avea coșmaruri în camera aceea. Dormea mai bine la Ursula. Și trebuia să doarmă așa de profund. Iar nopțile pe care nu le petrecea acasă o scuteau pe Anna de trauma de a-l privi cum suferă. Era o ușurare egoistă, pe care Anna știa că nu trebuie s-o împărtășească.

S-a întors spre coșul de gunoi, cu bucățile de cană în mână, dar s-a oprit să se întrebe dacă ceramica era reciclabilă. Apoi s-a întrebat de ce nu știe. Apoi a decis că nu-i pasă și a aruncat pur și simplu bucățile în coșul de gunoi.

— Mary a plecat?

Anna umplea aerul cu vorbe, evitând liniștea. Bruno a străbătut bucătăria și s-a așezat între ea și aragaz, cu brațele încrucișate la piept dând ciudat de politicos din cap. Anna era exasperată.

— Stai în drumul meu.

Bruno nu s-a mișcat.

— Cât timp?

Întrebarea era directă.

— Ceaiul? Cât durează de obicei? Două minute?

Bruno a dat din cap o dată în dreapta, o dată în stânga, apoi l-a oprit iar la jumătate.

— De cât timp? Bruno vorbea măsurat. Răspunsul Annei a fost liniștea. Cine e, Anna?

— Ce vrei să spui?

În bucătărie era o atmosferă tensionată.

— Vreau să știu cum îl cheamă.

Anna nu era pregătită pentru asta.

— Nu, Bruno. Nu.

O durea capul. A închis ochii, și-a frecat tâmplele cu mâinile și a încercat să-și dea seama numele cui voia Bruno să-l știe. Erau mai multe din care să aleagă.

E un moment parcă de pe altă lume când perdelele în spatele cărora s-a ascuns o minciună sunt trase în lături. Când stinghiile storurilor sunt deschise cu forța și o străfulgerare de adevăr explodează în cameră. Simți cum aerul se crapă. Lumina face pulbere sticla fiecărei minciuni. Nu ai altă soluție decât să mărturisești.

— Ba da. Acum. Archie?

Anna a făcut ce-a putut să se țină cu firea.

— E veche. Vocea Annei a devenit mai ascuțită. Nu am...

Bruno a întrerupt-o. Privirea lui a străpuns-o ca un burghiu.

— Mă minți. Cine e? Spune-mi un nume. Acum.

Anna nu putea avea nicio reacție. De doi ani îi era teamă să n-o prindă. Iar acum o prinsese. Oarecum. *Cât știe?* Nu era sigură. *De unde știe?* Nu avea de gând să-l întrebe. *Și acum ce se întâmplă?* Trebuia să aștepte să afle. Anna s-a detașat de situația ei aruncând întrebări ca pe saci cu nisip și ascunzându-se în spatele lor. *Ce o să spună acum? Eu ce ar trebui să-i răspund? Ne despărțim? Ce-o să facă în continuare?*

În continuare, Bruno a repetat, dar cu un glas mai puternic. Nu țipa, dar nici nu era nevoie. Chiar și calmă, vocea lui Bruno avea un bubuit intrinsec. Când era furios, vocea i se cutremura încordată, plină de ură. S-a oprit să respire după fiecare cuvânt: *Mă. Minți. Anna.* Un corset de frică îi strângea corpul, strivindu-i-l. Nu știa ce o făcuse să-și trădeze secretul.

Toată lumea se trădează.

— Termină. Mă sperii. Anna s-a dat un pas înapoi. Dacă mai făcea un pas, nu mai avea unde să se ducă. Hai să vorbim mâine, te rog. Mi-e rău.

Era o rugăminte pe care Anna știa că el nu avea s-o audă. Bruno a pășit în locul în care tocmai stătuse Anna. Și a mai făcut un pas, forțând-o să se lipească de perete. I-a vorbit direct în față.

— Când a început? De când durează? Și Victor e un mic bastard?

Răspunsul Annei a fost liniştea. Toate eforturile ei se îndreptau spre opritul tremurului.

Bruno a prins-o de mână, dar ea s-a tras. Au repetat mişcarea până a prins-o. A prins-o de degetul pe care purta inelul de mamă şi a încercat să i-l smulgă. Anna a ţipat.

— Şi Charles? Cine e tatăl lui, la dracu'?

Încetează, te rog, încetează, te rog, te rog, încetează! Anna a încercat, dar nu putea vorbi, aşa că a gândit cât de tare putea. *Mă doare, Bruno! Termină! Te rog, termină!*

Bruno s-a apropiat aşa de mult de ea, încât o putea săruta. Ochii lui căprui erau maronii în noaptea aceea, iar pupilele aşa de negre, încât aproape că luceau. Ochii Annei, plini de lacrimi, au întrebat: *Cum?* Şi: *Cine mai ştie?* şi, încă o dată: *Cum?* Bruno nu i-a dat prea multe explicaţii.

— Habar n-ai să minţi şi ştiu totul.

Bruno a mai tras o dată de inel. S-a blocat în nodul degetului Annei. La a treia încercare, a smuls şi a răsucit tare, iar inelul a ajuns în mâna lui. Anna a urlat şi a încercat în mod inutil să scape. A sesizat cât de caraghioasă era încercarea ei. Forţa şi statura lui Bruno le depăşiseră întotdeauna pe ale ei. În parte, de aceea se îndrăgostise de el. O versiune a îndrăgostirii. O versiune a îndrăgostirii de o versiune a lui. Bruno i-a arătat inelul foarte de-aproape. Anna avea o privire de copil; nu găsea niciun punct la care să se concentreze. Cele trei pietre frumoase s-au redus în ceaţă la una. A scuturat inelul în faţa ei.

— E de aruncat la gunoi.

Cea mai proastă idee, în acest moment, părea a fi să-i spună adevărul. *Te înşeli!* a strigat Anna. *Ce tot spui? Cine e bastard?! Polly e fiica ta!* Cuvinte aşa de prost alese. Ele l-au făcut pe Bruno să-și piardă cumpătul. A întrerupt-o din nou. Bruno era elvețian. Bruno era rezervat. Bruno era țâfnos, morocănos, rece și exact, dar niciodată, niciodată nu fusese cu adevărat violent. La gelozie, putea fi crud și rece. La mânie, era dur. Dur, da. Mai fusese dur și până atunci. În bucătărie, Bruno era mai mult decât furios.

— Cine e? Câți? Spune-mi numele lor.

Anna a clătinat din cap: *Nu, nu!*

S-a întâmplat foarte repede. Bruno a apucat-o pe Anna de păr. Ea s-a opus, dar efortul ei era ineficient. A tras-o spre el și apoi, la fel de repede, a împins-o, apoi a izbit-o cu capul de peretele din spatele ei. O dată, de două ori, s-a lovit de faianță. Bruno a strigat ceva neinteligibil — în sfârșit, ridicase tonul. Anna nu înțelegea niciun cuvânt. Vorbea în același timp în dialectul elvețian și-n engleză. A tras-o din nou spre el pentru ultima oară, a scuturat-o, a plesnit-o peste față, apoi a aruncat-o la podea, ca pe un lucru detestabil în mâinile lui. În cădere, Anna s-a lovit cu bărbia și obrazul de colțul noii mașini de spălat vase și s-a izbit cu nasul de podea. Bruno a privit-o căzând, reținându-și lacrimile. Bucătăria era o mare de lacrimi. Bruno a mormăit o înjurătură care a ieșit ca un scâncet și și-a șters nasul cu dosul mâinii. Când a plecat din bucătărie, a aruncat inelul în capul Annei. A aterizat aproape de fața ei cu un clinchet vesel, firesc.

Anna și-a dus mâna la nas. Era plin de sânge. Poate chiar spart. O durea prea tare ca să pipăie. Și-a dus mâna la ceafă, care sângera și ea, iar durerea pulsa, amenințând-o cu orbirea din pricina suferinței. S-a gândit să încerce să se ridice, dar a renunțat la idee. S-a întins după inel și a încercat să și-l pună înapoi pe degetul umflat, julit. Nu l-a putut trece dincolo de nod, așa că l-a lăsat să cadă iar pe podea.

Nu știa cum să se ridice. Mușchii ei uitaseră cum să se miște, așa cum mai devreme mintea uitase pașii necesari ca să-și scoată haina. S-a resemnat să stea pe podea până când avea să aibă din nou forță și un plan clar de acțiune. Au trecut două, trei, cinci minute. Deci Bruno știa. *Hm*, s-a gândit ea. Apoi nimic altceva. Apa a dat în clocot. Ibricul a șuierat. L-a lăsat. Neavând ce altceva să facă, Anna s-a scufundat într-o versiune a somnului pe podeaua bucătăriei.

La două săptămâni după moartea lui Charles, Edith a venit în Dietlikon neanunțată, cu un ghiveci mic de violete, o sticlă de vin și o cutie cu bomboane de ciocolată. Era o combinație superficială de cadouri. *Parcă ar vrea să mă agațe*, s-a gândit Anna.

— Nu ești îmbrăcată? Anna! E aproape ora unu!

Nu, Anna nu era îmbrăcată. O durea pielea când purta haine. O durea capul dacă le lua din dulap. O durea inima când mergea prin lumea celor vii de parcă nu s-ar fi întâmplat nimic. De parcă nimic nu s-ar fi schimbat fundamental. Edith a urmat-o pe Anna în living, iar Anna s-a întors în același colț al canapelei în care timp de două săptămâni încercase să se ascundă. A luat o pătură de pe podea și și-a tras-o până la bărbie. Era murdară. De ce, Anna nu știa. Edith a făcut-o pe jignita.

— Nu-mi oferi ceva de băut?

Anna a arătat spre bucătărie.

— Servește-te.

Edith a pus ciocolata și florile pe măsuța de cafea și și-a dus în bucătărie sticla de vin și atitudinea blazată.

Anna a încercat să se simtă ofensată. Sentimentul ăsta o putea distrage. Dar Anna încă nu era pregătită să se lase distrasă. Încă mai existau suferințe pe care trebuie să le simtă.

Edith s-a întors cu un singur pahar de vin.

— Ah, voiai și tu?

Anna a clătinat din cap, în timp ce Edith se trântea la capătul opus al canapelei și scotea un oftat prelung. De parcă tocmai ar fi făcut ceva dificil. De parcă prezența Annei era aproape prea mult de îndurat. A făcut conversație la modul cel mai prost cu putință.

— Îmi pare că n-am fost prin preajmă.

Anna i-a spus că nu are nimic.

— Fetele. Le-am dus la Paris. Era în plan de luni de zile.

Edith a lungit finalul.

— Știu, a spus Anna lipsită de emoție.

Edith a sorbit din vin.

— Bun. Încă mai sunt cu Niklas.

— Da.

Nu era o întrebare.

Edith și-a dres vocea.

— Da. Palpitant, ca întotdeauna.

Anna a clipit și ea de mai multe ori, ciudat și scrutător, și s-a întrebat de ce, dacă era așa de palpitant, Edith vorbea despre aventură, parcă într-o doară.

— Tot aerul ăsta viclean, Anna. Ha! Mă simt ca un spion! E așa plin de intrigă! Mor de plăcere! Și nu e doar o chestiune de sex. Nici măcar nu are legătură cu sexul în principal. Edith și-a mușcat buza de jos.

Ce zici de chestia asta? Constatarea a surprins-o.

Nici pentru Anna nu fusese doar o chestiune de sex.

— Unde te duci?

Annei nu prea îi păsa. Erau cuvinte menite să împodobească aerul. Nimic mai mult.

— Să mi-o trag? Nu știu. Într-o mulțime de locuri. În multe locuri. În apartamentul lui. La un hotel. Acasă — mă rog, numai o dată acasă — așa de interzis! Am petrecut o săptămână la Bodensee acum trei săptămâni.

— Ce i-ai spus lui Otto?

— I-am spus că plec cu Pauline.

— Cine e Pauline?

— Nimeni. Nu există. Am inventat-o eu. Dar dacă vine vreodată vorba — deși nu va fi cazul — o știu pe Pauline de la unul din cluburile din care mint că fac parte.

— Bine. Anna și-a ronțăit o unghie. Eu de unde o cunosc?

— Prostuțo, s-a prefăcut Edith exasperată. Nu o cunoști. E o prietenă de-ale mele. Tu doar m-ai auzit vorbind despre ea. Dar numai puțin.

Anna a aprobat din cap.

În cameră era o liniște aproape deplină, nu se auzea decât Edith sorbind din vin, șoapta serjului când se freca de serj în timp ce Edith își încrucișa, descrucișa și apoi își încrucișa din nou picioarele, și foșnetul păturii sub care tremura Anna.

— Ce crezi că s-ar întâmpla dacă te-ar prinde Otto?

— Dacă m-ar prinde? a repetat Edith întrebarea Annei. Nu m-am gândit la asta. Nu am de gând să mă las prinsă.

— Edith.

— Hmm.

Edith transmitea o plictiseală din ce în ce mai mare.

— Ce-ai face dacă ar muri una dintre gemene?

— Iisuse, Anna. Tu vorbești serios?

Anna a ridicat din umeri. Edith a mai sorbit o dată din vin și și-a luat un aer obraznic:

— Presupun că e bine că am una de rezervă.

— Edith?

— Ce mai e?

— Nu ești o prietenă prea bună.

Edith s-a uitat în paharul de vin.

— Știu, a spus ea.

Recunoștea acest lucru fără îndoieli și fără reproșuri.

La scurt timp după ce începuse aventura lor, Stephen încercase să-i pună capăt.

— Acum s-a trezit moralitatea în tine? l-a întrebat Anna.

Era goală când a pus întrebarea.

Stephen a plecat capul și și-a ferit privirea de Anna, în timp ce-și încheia nasturii la cămașă, de parcă îmbrăcatul era un act de căință.

— Nu sunt sigur că e o idee bună.

Sigur că nu e, s-a gândit Anna, dar a spus:

— Sigur că este!

Stephen a strâns ochii și a înclinat capul. Aștepta o explicație. Anna a oftat.

— Nu mă placi?

Voise să spună „iubești".

— Bineînțeles că te plac.

A spus acest lucru simplu. Așa cum ai anunța că-ți place un sendviș sau o pereche de pantofi. *Da, e bun la gust. Categoric, sunt mărimea mea.* Orice altă femeie ar fi înțeles acest lucru ca pe un semnal. Anna l-a luat ca pe o provocare.

— E din cauză că sunt căsătorită?

— Păi, ești. Se numește adulter.

— Atunci ce bine că suntem adulți, a spus Anna. Și apoi: Ce legătura are asta? Avea toate legăturile posibile, dar Anna îi reducea din importanță. Nu-i păsa. Căsnicia ei încetase să mai conteze. Ei bine, începe să nu mai conteze, e de ajuns.

Anna a găsit portița de scăpare pe care o căuta.

— Eu nu mi-aș face griji. Practic, nu tu ești adulter. Eu sunt.

Anna l-a ațintit pe Stephen cu o privire voit chinuită. A așteptat, dar el nu i-a contrazis argumentul. Au stau alături pe marginea patului într-o tăcere aproape respectuoasă vreun minut, apoi Anna s-a îmbrăcat și a plecat.

În tren în drum spre casă, în timp ce Anna derula în minte partida de amor din ziua aceea, a realizat retrospectiv că fusese mai ezitantă decât de obicei.

— În germană, când îți faci un lucru ție însuți, folosești un verb reflexiv. Un verb reflexiv este întotdeauna însoțit de un pronume personal la acuzativ. A se îmbrăca. A se bărbieri. A se îmbăia. A-și drege glasul. A se gripa. A se întinde. A se simți bine sau rău. A se îndrăgosti. A se purta. Ești și obiectul, și agentul. Îți faci singur lucrurile astea.

Trecuse mult timp de când ibricul se oprise din șuierat și se golise când Bruno a venit în bucătărie și l-a luat de pe foc. Anna a deschis ochii și s-a uitat cum ghetele lui se târșâiau de colo-colo, împrejurul capului ei. Își simțea picioarele fierbinți în pantofi. Îi ajunseseră lângă calorifer când căzuse. Nu știa cât timp dormise.

A dat să-și miște picioarele și să se ridice de pe podea, dar nu o ajutau mușchii. A scos un sunet care nu putea fi interpretat drept cuvinte. Bruno a trecut peste ea și s-a dus la chiuvetă. A pornit apa, apoi a oprit-o aproape la fel de repede. Anna a mai încercat o dată să se ridice.

— Stai, a spus el.

Era o poruncă rostită cu furie. A mai trecut peste ea de două sau trei ori, mișcându-se cu hotărâre. Anna nu știa ce face. A auzit un sertar deschizându-se și închizându-se și cum este pornită din nou apa și apoi oprită încă o dată. Apoi Bruno a îngenuncheat lângă capul ei. Apropierea lui a făcut-o pe Anna să tresară.

— Stai, a repetat, i-a dus mâna spre fața tremurătoare și i-a pus o cârpă udă, răcoroasă pe obrazul vânăt. Ține-o. Anna a făcut ce i s-a spus. Haide!

I-a trecut mâinile pe sub brațe și, deși era inertă, a reușit s-o ridice și s-o așeze în fund. Anna a gemut când a sprijinit-o de același perete de care o izbise.

— Doare?

Bruno a prins-o de falcă, i-a întors-o spre lumină și i-a trecut un deget pe puntea nasului, care încă îi sângera.

— Da.

— Nu pare spart. Era o afirmație clinică. Pune-ți mâinile în jurul gâtului meu. Bruno i-a luat un braț și l-a petrecut peste umăr. Anna a făcut la fel cu celălalt. Ridică-te, i-a poruncit, în timp ce o ridica în picioare.

I-a cuprins talia și a ținut-o, în timp ce ea încerca să-și mențină echilibrul. Camera se clătina și Anna a scăpat prosopul.

— Haide!

Anna nu avea altă soluție decât să-l urmeze, în timp ce el o scotea din bucătărie și intra în baie.

Bruno a lăsat capacul de la toaletă și a așezat-o pe el.

— Poți să stai în fund? Anna a clătinat din cap, așa că Bruno a înclinat-o și, cum făcuse și în bucătărie, a sprijinit-o de perete. Anna ar fi râs dacă nu ar fi durut-o coastele. O parte așa de mare din mine a fost atât de frivolă, s-a gândit Anna. Atât de caraghioasă. Ha, ha. Anna era amețită și dezorientată. Și-a lăsat greutatea pe peretele placat cu faianță verde. Nu avea încredere în arhitectura camerei, dar nu putea face nimic, trebuia să aibă.

Bruno s-a întors cu spatele la ea, a pus dopul la cadă și a dat drumul la apă. Anna a întrebat din nou unde erau copiii; Bruno îi spusese, dar ea uitase. Nu i-a mai răspuns. În schimb, s-a răsucit din nou cu fața la ea. S-a întins spre piciorul stâng al Annei, i-a scos pantoful și șoseta și apoi i-a pus din nou piciorul jos. A repetat gestul cu piciorul ei drept. Apoi a ajutat-o să se ridice.

Avea picioarele ca de gelatină; Anna și-a pus mâinile pe umeri să se sprijine. Bruno a desfăcut-o la blugi, i-a coborât fermoarul și i-a tras în jos.

— Scoate picioarele.

Era o procedură obositoare, dar Anna a urmat-o fără să cadă. Apoi au urmat chiloții. Anna purta un tanga negru cu o fundiță de satin. În împrejurările astea, lenjeria ei intimă părea obscenă. Între durere și remușcări, sau o combinație variabilă a celor două, Anna a început să plângă din nou. Puloverul era mai greu de scos. I s-a agățat de nas în timp ce Bruno i-l scotea pe cap.

— Șșș, a făcut el iar.

Scopul nu era s-o consoleze. Anna nu purta sutien. Bruno a ajutat-o să intre în cadă cu aceeași lipsă de ceremonie cu care o dezbrăcase.

— E destul de caldă?

— Nu.

Anna a dat să regleze robinetul, dar Bruno i-a dat mâna la o parte și a făcut-o el.

— E mai bine?

Anna a confirmat dând din cap.

Bruno a udat o cârpă, a stors-o și a început să-i șteargă sângele de pe față. I-a dat părul la o parte. Încă sângera acolo unde se lovise cu capul de perete.

— O să fie bine, a spus Bruno.

Se uita în podea când a spus acest lucru. *M-a rănit mai mult decât a vrut,* s-a gândit Anna. A dat să-și atingă locul acela, dar Bruno a oprit-o.

— Întinde-te.

A lăsat-o ușor pe spate în apa de acum caldă, apoi a oprit-o. A scufundat-o mai mult.

— Ar trebui să te spălăm pe cap, a spus Bruno, citindu-i gândurile.

Apa din jurul capului Annei se făcuse roz. *Parcă m-ar boteza. Sunt spălată în sânge.* Anna nu știa dacă fusese botezată. Nu își întrebase niciodată părinții și ei nu-i spuseseră niciodată nici că da, nici că nu, așa că a presupus că nu fusese. Bruno și Anna își botezaseră toți cei trei copii, dar o făcuseră pur și simplu că așa era obiceiul și de dragul Ursulei, care insistase. Bruno a ridicat-o iar în fund și a șamponat-o superficial. I-a clătit părul cu dușul. Anna a strâns din ochi din cauza presiunii apei și a usturimii cauzate de săpun.

— N-ai nimic, a spus Bruno prinzându-i fața cu mâna și, ca în bucătărie, i-a întors-o încoace și încolo ca să se uite la ea în lumina puternică din baie. O să te învinețești.

Anna a clipit. Bruno s-a întins în spate după un prosop, l-a făcut sul și apoi a ajutat-o să se întindă iar pe spate. Bruno s-a ridicat în picioare și s-a uitat la ea în cadă. Anna a închis ochii, a scos cârpa din apă și și-a pus-o pe față. Lumina era așa de puternică, încât își imagina că fiecare vină era vizibilă.

— O să te faci bine, a spus Bruno pentru ultima oară, în timp ce o lăsa singură în baie, stingea lumina și închidea ușa.

Era singura scuză pe care avea s-o primească Anna.

Odată, Doktor Messerli a încercat să-i explice Annei conceptul jungian al umbrei.

— În lumea fizică, umbra este pata întunecoasă care se formează în spatele oricărui lucru pe care cade lumina. Un loc în care lumina — în prezent — nu este. În psihanaliză, punem semnul egalității între conștiență și lumină. De aceea, inconștiența există în paralel cu întunericul. Pe scurt, o umbră se formează din ceea ce un om nu cunoaște în mod conștient despre sine. Aspectele ignorate ale unui om. Locurile în care conștiența — în prezent — nu există.

— Părțile întunecate. Părțile sinistre.

Anna și-a plecat capul.

Doktor Messerli a ezitat.

— Părțile necunoscute. Umbra nu este inerent negativă. Dar așa e, o umbră negativă este foarte distructivă. Rareori va fi percepută ca o reacție intenționată sau ca o forță rațională. Este un reflex inconștient. Nu o controlezi. Ce se află în umbră te controlează.

Doktor Messerli vorbea chibzuit, încet și grav.

— Când nu încerci să atingi conștiența, rezultatul este izolarea. În loc de relații reale, vei avea parte de unele închipuite. Cu cât ești mai puțin ancorată în viața conștientă, cu atât este mai neagră și mai densă umbra ta. Nu dorești să cedezi în fața unei umbre negative. Și totuși... — Doktor Messerli a cântărit rezultatul fiecărei afirmații care ar fi putut urma — efectul unui impuls este rareori pozitiv. Ce om conștient ar sări într-o mare care colcăie de rechini? Cine ar mânca sticlă? Cine ar sta să tremure, când ar putea foarte simplu să-i fie cald și bine? Nicio persoană conștientă nu ar face așa ceva.

— Deci e rău.

Doktor Messerli a bătut în retragere.

— Nu tocmai. Potențialul nociv al umbrei este de necontestat. Un trăsnet ar putea lovi o casă și aceasta să ia foc. Dar dacă controlezi electricitatea, aceeași casă poate fi luminată prin simpla apăsare a unui buton. Gândește-te la un vaccin. În ser se află o cantitate mică din boală. Lumina are nevoie de întuneric. Este ordinea firească a universului. Ce s-ar mai topi primăvara, dacă nu am avea o iarnă de îndurat? Conștiența este condiționată de absența ei, a scris Jung. Dacă îi tai coada unui șarpe, puterea de vindecare se află înăuntru.

Anna a dat din cap. Încerca să înțeleagă.

— Autocunoașterea începe în camerele întunecate ale umbrei. Intră în camerele acelea, Anna. Dă piept cu umbra. Pune întrebările. Ascultă răspunsurile. Respectă-le. Umbra îți va spune totul. De ce urăști. Pe cine iubești. Cum să te vindeci. Cum să accepți tristețea. Cum să suferi. Cum să trăiești. Cum să mori.

Când Anna a început să scrie în jurnal, scria dinadins la modul brut. Doktor Messerli o provocase să scrie așa, automat, fără să judece, fără să redacteze. Anna trebuia să-și lase gândurile să curgă neîngrădite. Într-un rar moment de concesie, Anna a urmat sfatul doctoriței și a făcut așa cum o sfătuise. Textele care au rezultat erau pripite și excesive, iar scrisul îi era ilizibil. Dar așa se întâmpla, i se spusese și așa avea să încerce și ea să facă. Și era plăcut că avea un loc în care își putea da frâu liber. Pagina era singurul ei confident. *Confidentul sufletului meu*, s-a gândit ea. După moartea lui Charles, scrierile Annei s-au rărit, iar logica ei deja abstractă a devenit și mai confuză.

Și ce este steagul Elveției dacă nu o cruce albă care înoată într-o mare de roșu? Nu am unde mă duce, pot doar să înnebunesc. E ca și când ai încerca să-ți găsești ochelarii fără ochelari pe nas: imposibil. Ca greșelile AutoTextului la telefonul mobil: greșit, greșit, greșit. Ca masarea unui os rupt: o faci pentru că trebuie făcută. O binecuvântare, un blestem asupra mea. Merit fiecare durere.

Nu mai vreau să am de-a face cu viața mea.

La o oră după ce a lăsat-o singură în baie, Bruno s-a întors s-o ajute să iasă din cadă. Apa se răcise. Anna desfășurase prosopul de sub cap și se folosea de el să se acopere, deopotrivă de rușine și pentru că tremura. Petrecuse toată ora aceea întunecoasă încercând să-și golească mintea de gânduri. Nu reușise, dar încercarea îi umplea timpul și o făcea să uite de durere.

Nu reușea să înțeleagă. *Știu totul despre tine.* Anna se îndoia că era adevărat, dar nu avea de gând să ceară amănunte. Nu că el i le-ar fi dat. Așa făcea el mereu cu băieții. *Știu ce-ai făcut. Acum du-te în camera ta.* Îndoiala era și ea o parte din pedeapsă. Cât știa de fapt Bruno? Anna trebuia să se lipsească de acest răspuns.

Bruno era singurul tată pe care îl avusese vreodată Polly Jean. *Iar ea e singura fiică pe care a avut-o el vreodată.* Părinții aveau copii cu care nu se înrudeau mereu genetic. O iubea. O adora. Oare era așa de neobișnuit? Ar fi făcut orice pentru ea. Ar fi păstrat toate aparențele de dragul ei. Și-ar fi înghițit durerea de dragul ei. Pentru Victor și pentru Charles.

Pentru Anna.

Pe care o iubea. Cu adevărat, mult.

Bruno a ajutat-o să se ridice, apoi a înfășurat-o într-un prosop și a șters-o. Ea se simțea ca un copil. Bruno nu era nici tandru, nici dur. A șters-o indiferent cu prosopul. Îi adusese o cămașă de noapte — preferata Annei, a observat ea — în baie și i-a spus să ridice mâinile în timp ce o îmbrăca. A arătat dincolo de ușa deschisă a băii spre dormitor.

— Poți să mergi singură? Întinde-te. Vin și eu imediat.

Anna a făcut cum i-a spus Bruno. Era regina supunerii.

Câteva minute mai târziu, Anna a auzit șuierul subțire, diafan al ibricului de ceai. *Făceam ceai și apoi...* A lăsat gândul să se risipească. A mai trecut un minut și Bruno a venit pe partea Annei, întinzându-i ceașca de ceai pe care ar fi putut-o pregăti ea cu două ore mai devreme. Bruno a pus-o pe noptieră. Anna s-a ridicat fără putere.

— Poftim.

Bruno i-a oferit palma deschisă. În ea avea trei pastile mici.

— Trei?

Erau pastilele pe care i le prescrisese cel mai recent Doktor Messerli. Anna luase doar câteva și nu mai mult de una o dată. Dar a luat pastilele din mâna lui Bruno, le-a băgat în gură și le-a înghițit cu o gură de ceai.

— Bruno, a dat Anna să spună.

Bruno a clătinat din cap.

— Nu discutăm în seara asta.

Apoi a plecat din cameră și a închis ușa. Anna a pus ceașca pe noptieră și și-a lăsat corpul să devină una cu patul. *Ajută-mă, ajută-mă, ajută-mă,* a plâns ea în pernă. Avea pleoapele umflate și o dureau. Și-a repetat rugămintea până când pastilele au început să-i înmoaie hotărârea de a rămâne trează, iar conștiința i s-a retras într-un loc singuratic dinăuntru, care nu avea nume.

Apoi a adormit.

23

Culoarea flăcării îți spune ce temperatură a atins. Flăcările galbene sunt cele mai reci. Flăcările cele mai fierbinți sunt albe. Se numesc flăcări orbitoare. Focul roșu nu este la fel de intens ca cel albastru. Recordul pentru cea mai mare temperatură de pe Pământ este de 3,6 miliarde de grade. A fost atinsă în laborator. Cum este posibil? Depășește temperatura din centrul soarelui. În fiecare an, două milioane și jumătate de americani se prezintă cu arsuri. Incinerarea soției odată cu soțul decedat este sinuciderea religioasă a unei văduve indiene. Autoincendierea este o formă frecventă de protest. Fiecare cultură străveche a avut un zeu al focului: Pele, Hefaistos, Vulcan, Hestia, Lucifer, Brigit, zeul mesopotamian Gibil, zeița aborigenă Bila, Prometeu. Stăpânirea domestică a focului a început acum 125.000 de ani. Nicio țară modernă nu permite execuția prin ardere. Arderea înăbușită este forma lentă, scăzută și fără flacără a combustiei. Dumnezeu i-a apărut lui Moise într-un rug de foc. O substanță intumescentă se umflă când este expusă la foc. Gretel a împins-o pe vrăjitoare în cuptor, unde a murit. Cenușa este materia solidă rezultată în urma focului. Incinerarea este actul prin care obții cenușă, iar focul, dacă vrei să fii poetic, este mama cenușii. În puține împrejurări, focul va deveni o tornadă, un vârtej de flăcări. Când lovești o bucată de cremene de una de oțel, se produc scântei. Flacăra care chinuie purifică în același timp. Nu te poți împotrivi oricărui foc.

24

Anna s-a trezit brusc din somn. Efectul celor trei pastile pe care le luase cu o noapte în urmă se dusese brusc și, cum se întâmplă cu feliile de pâine care sar din toaster, amândoi ochii i s-au deschis în același timp și Anna era trează.

Casa era dominată de o atmosferă încremenită și mohorâtă. Scândurile din podea nu vorbeau. Pereții nu respirau. Casa de pe Rosenweg era plămădită din liniște. Era neobișnuit. Chiar și cu ferestrele închise, de regulă diminețile erau zgomotoase de cântec de păsări, mașini și oameni care treceau pe stradă. Dar Anna nu a auzit nimic în ziua aceea. Liniștea te înviora. A considerat-o un efect al pastilelor.

Mai întâi i s-a limpezit privirea și apoi a văzut ceasul. Era aproape șapte. În curând aveau să bată clopotele. *O să stau întinsă până bat clopotele.* Annei îi zvâcnea capul. O să aștepte clopotele și apoi o să se ridice. *Ce zi e?* Era vineri. Avea să-și permită luxul de a aștepta clopotele.

Când s-au auzit, Anna s-a ridicat. Se mișca încet, ca un invalid; fiecare pas o făcea să tresară. I-a luat un minut întreg să intre în baie. Claritatea dimineții fusese închipuirea ei. Dietlikon era aglomerat ca întotdeauna. Un om care plimba trei câini ciobănești a trecut pe lângă casă, în drum spre deal. Poștașul era treaz și la lucru. A trecut în viteză pe Dorfstrasse, pe motocicleta lui galbenă. Era un bărbat cu un ten deschis, trecut de douăzeci și cinci de ani, cu capul ras și cu o gură mare și stupidă. În primele câteva luni de când începuse să lucreze pe ruta asta, avusese impresia că Bruno și Anna erau frați, nu soț și soție. Într-o engleză stângace, flirta cu Anna, o întreba unde se duce în weekendul acela, ce va face. Apoi, își detalia propriile planuri și încheia conversația spunând ce frumos ar fi dacă s-ar întâlni din întâmplare într-o seară. În cele din urmă, Bruno l-a potolit. *De ce nu i-ai spus că sunt soțul tău?* a întrebat-o Bruno. De ce l-ai lăsat să flirteze cu tine? Anna i-a spus că nu-și dăduse seama că flirtează. De atunci, tipul păstrase distanța la modul cel mai elvețian posibil: neiertător de politicos, dar plictisitor de rezervat. Era poștașul lor de cinci ani. Anna i-a aflat numele, dar după aceea îl uitase și îi era rușine să-l mai întrebe o dată.

Anna s-a forțat să-și privească fața. Partea dintre obraz și nas începuse să se învinețească; orbita — tot ochiul, de sub genele de jos și până deasupra sprâncenelor — era de un verde-gălbui pal, teribil ca fierea. O durea degetul de pe care îi smulsese Bruno inelul. O dureau mâinile și picioarele, dar nu erau vătămate. Însă fața... Avea să fie vânătă o lună.

Asta e fața mea, s-a gândit ea. Era de necontestat. Asta era ea. Ea era asta. Era imaginea cea mai reală pe care și-o văzuse vreodată. Geamăna ei perfectă. Dublura ei.

Bună, Anna. Mă bucur să te cunosc.

Bruno a strigat-o din birou. Văzând că nu răspunde, s-a dus în baie. A scos un număr generos de zgomote când s-a apropiat, din dorința de a nu o speria, cum făcuse cu o noapte în urmă (dar, serios, ce mai putea fi scăpat, crăpat, spart?). Când i-a văzut fața Annei în oglindă, a fost uluit.

— Îmbracă-te. Vino în living.

Bruno avea gura uscată, iar cuvintele i-au zgâriat buzele când le-a rostit.

— Bine, a spus Anna.

Bruno s-a întors în biroul lui, în timp ce Anna a mers șchiopătând câțiva pași, din baie în dormitor.

Ziua era cenușie. Pantalonii ar fi fost mai practici, dar Anna se simțea mai frumoasă în fustă și rareori i se întâmpla să nu se simtă puțin mai bine dacă se îmbrăca frumos. *Ce prostesc!* Întrebarea nu era irelevantă. Este înțelept să iei singur medicamentul vanităților ridicole? *Da,* s-a gândit ea. Apoi, *Nu,* când a mai meditat. *O rochie, un bărbat, nu contează. Te acoperă, te ascunzi în ele.* Apoi Anna și-a alungat toate filozofiile din minte și a început să-și caute prin *Kleiderschrank. Orice doză de alinare e bună.*

Detaliile cețoase ale nopții anterioare au început să capete precizie pe margini și s-a conturat o imagine. *Bruno m-a bătut,* s-a gândit fără ocolișuri, de parcă ar fi fost un fapt pe care abia îl conștientizase. *M-a bătut rău.* Anna s-a privit în oglinda din dormitor să vadă dacă se schimbase ceva în ultimul minut. *Ah, Anna. Ți-ai căutat-o,* s-a gândit ea. Anna știa că era o fractură în raționamentul ei. Nimeni nu și-o caută, desigur. *Dar...* nu era exemplul tipic de soție abuzată. Nu fusese forțată să creadă că merita ce primea. A decis singură. Într-o lume violentă, complicată, s-a gândit Anna, era o soluție rapidă, lucidă într-o chestiune de posesiune și lipsă. *Mi-am căutat-o și am primit ce meritam.* Nu o mai lovise niciodată și nu avea s-o mai lovească niciodată.

Bruno nu era un om violent. Nu avea un comportament abuziv. *Eu mi-am cerut-o. Eu l-am provocat.* Fața îi zvâcnea. S-a agățat de gândurile astea până și-a ales hainele, lăsându-le deoparte pe primele și luându-le pe cele din urmă. *Nu mai pot duce mai mult de-atât.* S-a îmbrăcat cu o fustă neagră, un pulover albastru pe gât și ciorapi gri. A luat în picioare o pereche de balerini eleganți și s-a uitat iar în oglindă. Dacă nu țineai seama de vânătăi, Anna arăta drăguț.

Își prindea părul în coc când a intrat în living. Se gândise să-l lase desprins, să se poată ascunde mai bine în spatele lui. *La ce ar servi?* a decis în final. *Nu mai am ce ascunde.* Bruno se uita pe fereastră la Hans și Margrith, care stăteau în fața hambarului lor și vorbeau cu omul cu câinii ciobănești, care deja se întorsese de la plimbarea de pe deal. Bruno s-a întors când Anna a intrat în cameră. Și-a dres glasul.

— Arăți bine.

— Mulțumesc.

Atmosfera era marcată de politețe și bună-cuviință. Amândoi erau emoționați. Ca la o întâlnire pe nevăzute la un bal. El o complimentase pentru aspect și ea îi mulțumise. *O să-mi ofere flori de pus la încheietură? O să mă ducă cu limuzina la bal?* Dar Bruno nu era partenerul ei; era soțul ei și ea era soția lui, iar în momentul acela Anna își dorea cel mai mult să-și ceară scuze, să-i explice și apoi să-și ceară iar scuze. Pentru tot. Și chiar pentru tot: pentru fiecare ironie sau gând murdar pe care îl avusese din clipa în care coborâse din avion la terminalul E, acum nouă ani. Fiecare clipă de ranchiună pe care o simțise în timp ce umblase pe dealul din spatele casei lor în miez de noapte. Fiecare moment de singurătate, fiecare moment de groază. Fiecare rană măruntă. Fiecare frică socială. Fiecare dorință. Totul, totul, totul. Fiecare lucru inevitabil. Fiecare greșeală. Problema cu greșelile este că rareori par greșeli atunci când le faci. Somnul o refăcuse. Era pregătită să spună nume. La ce mai serveau acum secretele? Totul fusese dărâmat. Iar ea stătea în moloz, gata să reconstruiască.

Bruno a citit asta în postura ei.

— Nu. A întrerupt-o înainte ca ea să vorbească măcar. Era un „nu" trist, lin. Trebuie să pleci.

Anna a auzit, dar de fapt nu a auzit.

— Trebuie să pleci imediat.

Bruno era calm și trist. Avea fața roșie și o expresie incertă. Părea că plânsese toată noaptea. Anna și-a întors fața. Lângă masă era o geantă mică pe care Anna o folosea numai când era plecată o zi, două. O luase la spital când se născuseră copiii. De atunci, nu mai plecase nicăieri. Avea fermoarul închis. I-o pregătise Bruno.

— Ah!

Bruno a făcut un pas spre geantă, a luat-o și i-a dat-o soției lui. Era ușoară. *Nu vrea să plec mult timp. Asta vrea să spună.* Timp de nouă ani, Anna nu voise să numească „acasă" acest loc. În acea dimineață, ultimul lucru pe care îl voia era să-l părăsească. Ironia ironiilor. Nici Anna și nici Bruno nu știau ce să mai spună acum. Fereastra scuzelor Annei se închisese și părea inutil să-i ceară să-și spună versiunea lui, de la bănuieli generale la fapte incontestabile. Anna a rupt tăcerea chinuită:

— Am... terminat-o?

„Terminat" nu era tocmai cuvântul potrivit. Dar era singurul pe care îl găsea.

Bruno a răspuns sincer.

— Nu știu.

Vocea lui era neutră.

— Copiii? Victor trebuie să se fi dus direct la școală de la Ursula. Dar Polly Jean?

Bruno a clătinat din cap.

— Nu trebuie să-ți vadă fața.

— Unde să mă duc?

Bruno a oftat într-un fel care sugera că ea trebuia să decidă. Era o reacție sinceră. Nu era nici urmă de lipsă de respect. Paradoxul sincerității lui Bruno o nedumerea. Momentul ăsta avea supușenie și omenie. Ăsta era Bruno pe care și-l dorise de la bun început. Dar trebuise să-l trădeze ca să ajungă la el.

— Ah, a făcut ea, dar mai puțin sigură pe sine.

Bruno și-a dres glasul pentru a doua oară.

— Haide, Anna.

S-a apropiat de ea, i-a pus mâna pe umăr și a condus-o ceremonios și lent spre ușă. A ajutat-o să-și ia haina și i-a dat geanta. Apoi i-a pus cu grijă mâinile pe fața lovită, s-a apropiat de ea și a sărutat-o. Era tandru, intens și încărcat de suferință. Anna nu l-a sărutat și ea, nu putea.

— La revedere, Anna.

Cuvintele lui de rămas-bun au căzut cu un pocnet greu. O ușă de oțel s-a închis în spatele lor. Spusese că nu știa dacă au terminat-o. Dar Anna știa. Sărutul îi spusese.

O terminaseră.

Bruno a intrat înapoi în casă și a închis ușa fără s-o încuie. Nu s-a uitat înapoi.

În germană, substantivele se scriu cu majusculă. De ce? Nu știu. Așa se scriu, pur și simplu. Nu Zürich e capitala

Elveției, ci Berna. Berna și „burn"[17]*sunt aproape omofone. „Capital"*[18] *mai înseamnă și bani. Bruno lucrează cu bani. Nu poți scrie Bruno fără majusculă*[19]*. Alfabetul german are o literă în plus care se numește* Eszett. *Seamănă cu un B de tipar și uneori este înlocuit cu doi s. În 1945, SS-ul german a fost interzis, dar asta nu prea are de-a face cu gramatica. Sau are? În definitiv, ce este gramatica dacă nu o lege care guvernează? Ordin după ordin și regulă după regulă. Elveția e așa de curată, încât își spală chiar și banii. Cioc-cioc. Cine e? Alpin. Alpin și mai cum? Când ai plecat, Alpin pentru tine. Wagner a spus despre turlele bisericii Grossmünster din Zürich: seamănă cu niște râșnițe de piper. Wagner a plecat din Zürich când s-a îndrăgostit de o femeie care nu era soția lui. Naziștii îl iubeau pe Wagner. Poliția din Zürich își poartă puștile ca Gestapoul. Pușca standard a armatei elvețiene este SIG SG 550. Stindardul orașului Dietlikon, stema sa, este o stea cu șase colțuri pe fundal albastru. În germană, stea se spune* der Stern[20]*. O stea este severă, luna este exigentă, cerul e treabă serioasă. Raiul este deseori hain. Nu ar trebui să contezi niciodată pe bunătatea străinilor. Bună-tatea*[21] *străinilor. Sunt de mai multe feluri, ca lemnul dulce.* Das Kind. *Așa se spune „copil" în germană.*

Mi-e dor de ei. De toți. De fiecare.

Anna a stat nedumerită în stradă timp de un minut, după care s-a îndepărtat de casă spre *Bahnhof*. Vecinii plecaseră, poștașul se dusese mai departe și Anna nu știa

17 Joc de cuvinte intraductibil; în engleză *burn,* înseamnă *a arde.*

18 În engleză, *capital* înseamnă și *capitală,* și *capital.*

19 În engleză, „majusculă" se spune *capital.*

20 În engleză, *stern* înseamnă *sever.*

21 În engleză, *bunătate* se spune *kindness.*

încotro s-o apuce. Dar toate călătoriile încep la gară. A ajuns la *Bahnhof* puțin după 7:45. Pierduse S3 cu două minute. Încă șase minute și avea să ia S8. Era trează de mai puțin de o oră. Se întâmplase totul în mai puțin timp decât îi ia unui minutar să străbată tot cadranul.

Ce lucru ciudat e timpul! E nestatornic. Se grăbește și încetinește. Se retrage și atacă. Dar ceasurile elvețiene se laudă cu cea mai mare și infailibilă precizie din lume. O acuratețe incomparabilă. Precizie. Precizia este o formă de adevăr. Dar nimic nu este tocmai adevărat. Adevărul, asemenea timpului, este nestatornic. Amândouă sunt *relative*. Amândouă sunt *spuse*. Când este 7:45 dimineața în Zürich, este 2:45 după-amiaza în Tokyo. Fiecare oraș trăiește după propria lui oră. *Gleich und nicht gleich*. La fel și totuși nu. Pământul se rotește pe o axă de mărimea Pământului. Totul oscilează. Nimeni și nimic nu e scutit. Planeta se rotește într-o poziție înclinată. De aceea, fiecare zi durează cât durează o zi. Orele sunt arbitrare. Un minut poate dura o mie de ani. Și un eveniment se poate petrece într-o clipă.

Anna a mers la Hauptbahnhof la ora de vârf a dimineții. A stat aproape de uși și s-a străduit să se uite pe fereastră la peisaj. Ținea fața aplecată în jos. Nu voia să și-o arate. Anna nu se machiase deloc. Vânătăile nu atinseseră intensitatea maximă, însă dacă cineva voia s-o privească cu atenție, le găsea. Dar lucrul cel mai sigur legat de un oraș este cât de impenetrabil devii când intri în el.

A coborât din tren la peronul 53 și a mers aproape o jumătate de kilometru pe Sihl, când a realizat că-și lăsase și geanta mică pe care i-o pregătise Bruno, și pe cea de umăr în tren. Și-a înfundat mâinile în buzunarele hainei. Nu avea decât telefonul mobil. *Și acum ce urmează?* -Poșeta și geanta Annei erau acum la jumătatea drumului spre Pfäffikon. *Declar? Cui? Unde?* Totul părea așa de complicat! Tocmai astăzi. Nu se putea gândi prea bine. Dar a încercat și a tot încercat până când ceva din adâncul ei a ridicat din umeri și a spus *și ce?*, după care a inspirat adânc și fără grabă și a mers mai departe spre sud, spre Löwenstrasse.

Anna a rătăcit pe Löwenstrasse fără țintă, până a ajuns la o stație de tramvai. S-a așezat pe ultimul loc și când o femeie în vârstă a intrat în adăpost, Anna nu s-a ridicat să-i ofere locul. Nu conta. Un tramvai a venit și a plecat, și femeia în vârstă a plecat la fel de repede pe cât apăruse. Anna și-a luat Handy-ul din buzunar și a analizat opțiunile serioase — erau așa de puține. Acțiunea cea mai evidentă era și cea mai corectă și a fost prima care s-a prezentat. Mary. O s-o sun pe Mary. Anna i-a telefonat. Telefonul a sunat, dar Mary nu a răspuns și Anna a închis înainte să lase un mesaj. Urăsc telefonul. Nu vreau să las un mesaj. Ce-o să spun? Anna nu avea parte de luxul nevrozei în dimineața aceea. A sunat iar. Încă o dată, telefonul a sunat de patru ori și apoi a intrat robotul. A doua oară la rând, Anna nu a lăsat mesaj. Nu mai fi idioată! s-a mustrat ea. Așa de rar cerea cuiva ajutorul, încât nu știa exact cum să procedeze. Oare asta fac? Cer ajutor și nu reușesc? A închis telefonul și l-a strâns în palme, de parcă simpla atitudine de rugăciune l-ar fi putut face să sune. Un minut mai târziu, telefonul a început să tremure și a intrat un sms. Anna nu și-a permis să creadă că rugăciunea ei avusese vreo legătură cu asta. Ajut în clasa lui Max — te sun mai târziu. Sper că ești mai bine. Îmi pare rău că ești tristă. Sunt lângă tine. Pupici — M.

Ba nu ești lângă mine, s-a gândit Anna. Ești departe. Și nu răspunzi la telefon. Gândurilor Annei le era milă de gândurile ei. A încercat să mai sune la Mary pentru a treia și ultima oară, dar a intrat direct robotul. Mary închisese telefonul. Anna nu a lăsat mesaj. În orice caz, nu-și dăduse seama ce ar fi trebuit să-i spună. Și-a strecurat din nou telefonul în buzunar și s-a ridicat. O femeie în vârstă — alta decât cea de dinainte — i-a zâmbit recunoscătoare și a dat din cap, în timp ce se așeza pe scaunul Annei. Crede că-i cedez locul. Nu era așa, dar și-a asumat oricum meritul pentru fapta ei bună.

Anna rătăcise de multe ori prin Zürich. În oraș era singură cu suferința ei altfel decât atunci când mergea prin pădure sau se așeza pe banca ei. În pădure, tristețea îi ajungea într-un punct tăios și incontestabil. Fiecare copac, fiecare trunchi căzut, fiecare semn cu *Wanderweg* rostea același cuvânt trist: *singură, singură, singură*. Însă în oraș, singurătatea Annei era un obiect bont, un ciocan de cauciuc. O lovea. Așa că atunci când, pe străzile aglomerate din centrul Zürichului o ataca singurătatea, se separa de ea, aluneca într-o fugă disociativă. *Unde sunt? Cum ajung acasă? Cred că mi-e foame. Am uitat cum să mănânc. Cum mă cheamă?* În acele momente, se detașa de sine și de propria ei voință la modul cel mai odios. O forță (din interior? din exterior? Anna nu-și dădea seama) lua frâiele și-i conducea autobuzul unde voia ea. *E o zi din acelea?* s-a întrebat Anna. Nu credea. Vântul i-a răvășit părul, scoțându-i-l din agrafă. Nu-și luase căciulă. S-a îndreptat spre Bahnhofstrasse și a mers fără un scop anume, doar resemnarea și fața dureroasă o călăuzeau prin călătoria ei.

Deși Annei îi plăceau lucrurile frumoase, consumerismul ostentativ de pe Bahnhofstrasse din Zürich nu o ademenise niciodată. Era din cauza excesului. Nu vedea dincolo de el. Dar posomoreala zilei dădea strălucire vitrinelor. Totul o invita înăuntru. Ochelarii de soare de marcă expuși în vitrina de la Fielmann o priveau binevoitor, iar manechinele albe, fără trăsături, din vitrina de la Bally păreau să se plece curtenitor și cu grație. La ceasornicăria Beyer, s-a sprijinit cu capul de vitrină și (oare?) a leșinat când a văzut un Cartier *vintage* de 20 000 de franci elvețieni. Trăia de nouă ani în Elveția și nu avusese niciodată un ceas frumos. Anna a visat o clipă la el, apoi a mers mai departe. A trecut pe lângă magazine de ciocolată și de jucării. A trecut de magazinele Dior și Burberry, librăria de limbă engleză și mai multe magazine de suvenire. S-a oprit la unul și s-a uitat pe fereastră. Cărți poștale și tricouri și sticlărie și hărți și ceasuri de masă și de mână și bricege. Bricegele o încântau pe Anna. Erau unelte bune de folosit, lame cu o întrebuințare. Dintre toate lucrurile care nu-i plăceau la elvețieni, ingeniozitatea lor în treburile practice nu era unul dintre ele. Așa spusese Mary despre batistele pe care i le dăduse de ziua ei: *La ce e bun un obiect util, dacă nu poate fi folosit?* Elvețienii nu erau doar maeștri ai preciziei, erau *Meisters* ai utilizării. De aceea, ceasurile lor erau categorice, cuțitele lor bine ascuțite, ciocolata lor așa de delicioasă, băncile lor așa de eficiente. Anna era aproape de Paradeplatz, locul în care își aveau sediul UBS și Credit Suisse. Era inevitabil; când se gândea la bănci, se gândea la Bruno, dar nu era pregătită să se gândească prea profund la subiectul Bruno. Știuse tot timpul. Tot timpul știuse. Anna nu reușea să înțeleagă, așa că nici măcar nu încerca. În schimb, și-a mutat atenția de la bricegele din vitrină chiar la vitrină. Și-a văzut fața în geam și a meditat la reflexia ei. Era de pe altă lume, diformă. Putea merge oriunde voia. Nu mersul era problema. Problema era să mai și aparțină de locul în care se ducea. Asta a fost problema de la început. Era aproape zece și jumătate. Umblase fără țintă două ore. Dar nu ajunsese departe.

Gândește, Anna, s-a implorat pe sine. Mary nu era disponibilă. Nu se putea întoarce la Dietlikon. *Poate mai târziu.* Anna s-a agățat de această posibilitate. Dacă nu se putea duce acasă, nu o putea suna pe Ursula. Cu siguranță că Bruno îi spusese deja totul sau, dacă nu totul, o versiune a evenimentelor, din care Anna tot prost ieșea. Îi putea suna pe David și pe Daniela, dar opțiunea era aproape la fel de jenantă precum cea de a da ochii cu Ursula. A deschis telefonul și a început să caute printre nume. Așa de mulți prieteni pe care nu-i avea. Toate rudele îndepărtate cu care nu păstrase legătura. Prieteni de la școală. Iubiți.

În timp ce se pregătea să o sune pe Edith, știa că nu era o idee prea bună, iar înainte ca Edith să termine de spus „bună", Anna a avut sentimentul inutilității. *Nici prin gând nu-mi trece să-i cer ajutorul. N-am s-o las să mă vadă așa.*

— Ah. Scuze, Edith. N-am apăsat pe butonul care trebuie, a venit pretextul Annei.

— Ha! Păi să nu mai faci! a tachinat-o Edith. Răscumpără-ți greșeala. Vino în oraș. Eu sunt deja aici. Poți să-mi faci cinste cu masa de prânz.

Anna s-a prefăcut că ia în calcul posibilitatea, înainte de a refuza. Din instinct, s-a uitat peste umăr. *Zürichul e un oraș mare, Anna. N-o să te întâlnești cu ea.*

— Treaba ta!

Și cu asta, Edith a închis. Discuția a durat mai puțin de o jumătate de minut.

Trebuie să pleci, îi spusese Bruno. Și Anna plecase.

Anna a traversat podul la Bürkliplatz și a luat-o spre sud, pe lângă Zürichsee. *O să stau în oraș azi și apoi, diseară când începe să-i fie dor de mine, o să sun. O să vrea să ne împăcăm. O să se simtă prost. Deja se simte prost. Pot să merg acasă și putem sta de vorbă.* Bruno fusese calm în dimineața aceea, așa de calm! Era o grijă pe care Anna încă n-o înțelegea. Una dintre opțiuni era să meargă acasă, dar era ultima de pe listă.

Anna era aproape singură, în timp ce hoinărea pe Seefeldquai. Majoritatea *Züricher* erau la serviciu, iar turismul merge prost în afara sezonului. Era bine. Prefera așa. Lacul era gri-albăstrui și neprietenos. Totuși, o alina. Acesta era orașul pe care îl cunoștea ea. Aproape întotdeauna alinarea vine din familiaritate. Ursulețul unui copil. O pereche preferată de pantofi. În vremuri de năpastă, gravităm spre lucrurile pe care le cunoaștem sau pe care știm să le facem. În ziua unei înmormântări, îndatorirea de zi cu zi de a face patul, de a călca rufe, de a spăla vasele este cea care leagă o persoană de momentul fizic și o eliberează temporar de tărâmul durerii. De aceea, alinarea venea în primul rând din ostilitatea cenușie a lacului și în al doilea rând din obișnuința Annei de a fi singură, de a hoinări pe cărări singuratice. Dacă ar fi fost altfel, Anna s-ar fi simțit mai rău.

A mers pe mal până la Zürichhorn, micul port unde Zürichsee începe să se lărgească cu adevărat. S-a așezat pe trepte, dar le simțea reci chiar și prin fusta de lână, așa că s-a ridicat la fel de repede. În zilele senine, conturul

Alpilor separă pământul de cer. *Eiger. Mönch. Jungfrau.* Insesizabil, dar totuși incontestabil. Și ascunsă într-o trecătoare din munți peste defileul Schöllenen din *Kanton* Uri, Teufelsbrücke, Puntea diavolului. *Jungfrau.* Anna a clătinat din cap. *Noi intenționăm și el râde de intențiile noastre.* Asta a vrut să spună Doktor Messerli. Toate astea.

Anna s-a întors și a refăcut drumul și cu fiecare pas, stomacul i se făcea ghem și i se răsucea. Aceasta era nefericirea de care încercase să se ferească toată ziua. Presupunea că era inevitabilă. O amintire. O duzină de amintiri. Vremuri fericite și în același timp groaznice. Veneau la ea ca niște păsări ce coboară în picaj. Nu le putea respinge. Dar până și amintirile groaznice erau mai fericite decât aceasta. Anna se simțea neputincioasă și nesăbuită. A trecut pe lângă Grădina chinezească. Vara, peticul dreptunghiular de pământ este ticsit de familii, oameni care stau la plajă și alții veniți la picnic. În ziua aceea, câmpul era aproape gol: doar un singur cuplu, tânăr, care se săruta aproape de poartă, el cu mâinile sub geaca ei, iar ea cu mâinile în blugii lui la spate. O femeie foarte bătrână, pe o bicicletă, a trecut prin stânga Annei. Purta o fustă închisă la culoare, ciorapi groși și pantofi practici. Își ascunsese părul sub un batic cu roșu și albastru. A apăsat pe claxon când a trecut. Anna s-a amuzat puțin. În America, femeile foarte bătrâne nu se plimbau cu bicicleta pe malul lacului în zile groaznice și cenușii. Dar Anna nu mai fusese în America de când plecase. Nici măcar o dată. Nu avusese pe cine să viziteze și, ca azi, nici unde să se ducă.

— Sunt două grupe de verbe în germană, a spus Roland, tari și slabe. Verbele slabe sunt verbele regulate care urmează regulile obișnuite. Verbele tari sunt neregulate. Nu urmează tiparul. Verbele tari le tratezi în condițiile impuse de ele.

Ca oamenii, s-a gândit Anna. *Cei puternici ies în evidență. Cei slabi sunt toți la fel.*

Cea mai recentă programare la Doktor Messerli ar fi fost cu o zi înainte, dar o anulase. *N-ar fi trebuit s-o anulez. Am nevoie de ea. Nu a încercat decât să mă ajute.* De ieri a trecut un secol. *Ce i-aș fi spus?* Ar fi vorbit despre ziua lui Polly Jean și despre cât de tristă era Anna, iar Anna ar fi întrebat-o pe Doktor Messerli dacă ea crede că durerea va trece vreodată. Doktor Messerli ar fi ascultat cu compasiune și ar fi răspuns cum o făcea așa de des: *Tu ce crezi, Anna?* Anna s-a uitat la ceasul de pe *Handy*. Era unu și un sfert. Probabil că Doktor Messerli era la birou. Ar putea merge acolo. I-ar putea spune că e o urgență și doctorița ar primi-o. Sigur că da. Nu? *Este o urgență?* Nu era o neurgență, Anna era sigură. Trecuse deja de ora prânzului. Anna trebuia să găsească o soluție. Doktor Messerli va ști ce să facă. *Da, asta e. Mă duc.* Era o decizie rațională, corectă.

Anna s-a întors de mai multe ori în cerc înainte să se orienteze și a pornit spre cabinetul doctoriței. *Acum, trebuie să mă duc acum,* s-a gândit ea, deși deja pornise. Cu cât se apropia mai mult de Trittligasse, cu atât grăbea pasul. În stomac i s-a strâns un nod ca un piton în jurul unui porc. Era un avertisment pe care Anna nu l-a luat în seamă. A mers mai repede. *Acum. Trebuie să mă duc. Acum.* Panica a început să înlocuiască hotărârea care îi călăuzise pașii din Utoquai spre Rämistrasse. Pe ultimul sfert de kilometru spre cabinetul doctoriței a alergat și nu s-a oprit decât să se ridice de jos după ce s-a împiedicat pe treptele pietruite, la capătul vestic al străzii. S-a zgâriat în palme și și-a rupt ciorapii în genunchi. Și-a amintit de ziua aceea din Mumpf, când și-a rupt ciorapii în *Waldhütte* unde și-a tras-o prima oară cu Karl. *Cum am devenit așa?* Nu trebuia să spună cu glas tare. Fiecare atom din Anna gemea. Fața îi zvâcnea, sufletul i se zvârcolea, iar ea și nu-și putea liniști răsuflarea.

Până să ajungă la cabinetul doctoriței, Anna era așa de tulburată, încât nu ar fi reușit să treacă un test de trezie. Se clătina. Abia putea sta în picioare. A apăsat o dată pe sonerie, apoi a decis că o dată nu era de ajuns, așa că a apăsat iar și iar, de parcă ar fi bătut un cui cu tocul pantofului, în timp ce scotea Handy-ul din buzunar și încerca să ia legătura cu doctorița la telefon. Era mai mult decât nepoliticos, Anna știa acest lucru, și telefonatul și sunatul. Doktor Messerli avea o ședință. Programările sunt sfinte, nu trebuie întrerupte. Anna știa că o să se enerveze. Dar ziua trecea cu fiecare secundă și, pe măsură ce Annei i se împuținau opțiunile, grijile i se înmulțeau pur și simplu. Pe drum spre Zürichhorn, repetase ca pe o mantra: *O să fie bine, o să fie bine.* Dar când a căzut pe treptele pietruite, ritmul devenise ezitant, iar incantația se transformase: *Oare o să fie bine?* Își pierduse orice talent pentru autoconsolare. Când i-a intrat robotul, a renunțat să mai sune frenetic la sonerie și a început să lovească violent în ușă cu pumnul cu toată forța. *Dă-mi drumul, dă-mi drumul, dă-mi drumul, la naiba!*

În cele din urmă, Doktor Messerli a deschis fereastra și s-a uitat în jos. Anna era nepăsătoare, tremura, tot corpul îi zvâcnea ca un mușchi la care ai conectat un electrod. Nu-i vedea expresia doctoriței până la etajul al treilea, dar aceasta avea o atitudine furioasă și jignită. Ochelarii îi atârnau în jurul gâtului pe un lănțișor, așa că nici ea nu ar fi putut vedea ce epavă ajunsese fața Annei. Pe parcursul zilei, începuse să i se umfle. Asta ar fi putut conta. *De m-ar vedea!* Anna i-a strigat o rugă inințeligibilă. Doktor Messerli a întrerupt-o și a strigat și ea. Anna trebuia să nu mai sune și să plece imediat. Doktor Messerli avea să-i telefoneze după programări, la sfârșitul zilei. Dacă Anna avea vreo urgență, trebuia să sune la 144 și s-o ducă o ambulanță la spital. Apoi Doktor Messerli a închis fereastra, cu un pocnet furios, răutăcios. Anna nu o învinovățea. *Dar, la naiba, am nevoie imediat de ajutor.*

Groaza Annei s-a pietrificat. Ca o piatră în gât sau ca o tumoare. Agresivă, inoperabilă, terminală. Sfatul doctoriței fusese ferm exprimat. *Sună la 144. Așteaptă să te sun eu mai târziu. Indiferent de situație! Pleacă. Imediat. Du-te.* Fereastra trântită a fost răspunsul cel mai clar al zilei.

Anna a plecat de la cabinet.

În vis sunt la o clinică cu mama. Poartă o pălărie albastră și are geanta plină cu sendvișuri. Nu-mi pot stăpâni râsul. Asta o enervează, și-mi spune. Când ne strigă doctorul, zice că am nevoie de o operație să-mi vindec vederea. Eu nu vreau. Mama e furioasă. Mă amenință că mă va obliga să fac operația apelând la poliție. Îi spun că n-are decât. Iese vijelios din cabinet. Mă duc după ea, dar afară e întuneric. Caut un timp, dar apoi renunț și pornesc spre casă, iar pe întuneric mă rătăcesc. Când mă trezesc, am uitat că mama a murit. Îmi mai ia o jumătate de minut să-mi amintesc. Când în sfârșit îmi amintesc, mi-e un dor groaznic de ea. Mai mult decât i-am dus dorul de ani de zile, decât am vreodată dreptul. Știu că nu e așa, dar totul pare pierdut.

Anna a plecat stupefiată de la cabinetul doctoriței. Mustrarea a scos-o din isteria ei și a lăsat-o pradă căinței, și, aproape imediat, Anna s-a simțit groaznic.

Ajunsese la jumătatea Trittligasse când i-a vibrat Handy-ul. Era Mary. Anna a bâjbâit după el și l-a deschis.

— Anna, îmi pare foarte rău că nu am putut vorbi mai devreme. Eram în clasă și...

— E-n regulă, a întrerupt-o Anna. *Chiar e-n regulă*, s-a gândit ea. *O să mă ajute Mary.* Anna a rostit cu greu următoarele cuvinte: Am nevoie.

Nu a adăugat niciun complement. Avea nevoie de multe lucruri. Ajutorul era numai unul dintre ele.

— De ce-ai nevoie, Anna? Pot să-ți aduc ceva? Ești acasă? Te simți mai bine?

Anna a încercat să răspundă o dată la toate întrebările, iar rezultatul a fost o bălmăjeală.

Mary a întrerupt-o:

— Nu te aud bine. Sunt în tren. De fapt, în drum spre Dietlikon. Mă întâlnesc cu Tim. Mergem la târgul ăla de mașini de lângă fabrica aia Coca-Cola — știi unde este?

Anna știa. Era mai jos de gară. Până atunci, familia Gilbert închiriase o mașină. Dar numai cu o săptămână înainte, Mary reușise să-și ia permisul de conducere (*Îți vine să crezi??? Exact!!!* îi spusese iar și iar Annei), iar cum Tim era plecat așa de des și familia Gilbert avea acum o rutină, deciseseră că era momentul să-și cumpere o mașină.

— Putem să trecem pe la voi după aceea? Ești acasă? a întrebat iar.

Anna a încercat să explice că nu era, dar legătura era slabă și nu credea că Mary a auzit-o.

— Anna, abia te aud și ne pregătim să intrăm într-un tunel. Vorbim mai târziu. Mă bucur că te simți...

Apelul s-a întrerupt înainte ca Mary să poată termina propoziția. Anna rămăsese cu urarea bine intenționată, dar inoportună: Mă bucur așa de mult că te simți! De-ar ști ea. Sentimentele ei nu aveau nimic de care să te bucuri. Mary avea carnet de conducere. Își lua o mașină. Mary se oferea să lucreze voluntar la școala lui Max și a lui Alexis. Ce mai făcea, avea, era Mary? Când s-a întâmplat? Pe Anna o sâcâia evoluția ei. De ce ea? Anna a căutat un răspuns rapid de logică sau un truism jungian care să situeze (dacă nu să aline) palma pe obraz a acestei înfrângeri. O înfrângere? s-a certat Anna. Ar trebui să te bucuri pentru prietena ta. Răspunsul poetic la dilema Annei trebuie să fi avut de-a face cu necazurile care modelează caracterul, așa cum focul prelucrează oțelul și cum Anna — hai, fată! curaj! — ar trece prin flăcări, s-ar curăța de defecte, apoi și-ar primi și ea marea răsplată. Ar învăța și ea să conducă. Și-ar cumpăra o mașină. Ar avea un cont bancar! Ar fi din nou fericită. Ar fi și ea fericită o dată. Dar regretabilul adevăr se reducea la atât: Anna își primise deja răsplata. Răsplata ei era suferința. Iar caracterul îi fusese deja modelat. Mai bună de atât n-am să fiu niciodată.

Anna a umblat fără țintă în următoarele treizeci de minute. Schimbul de cuvinte cu Doktor Messerli o făcuse să uite de panică. Dar, ca urmare a discuției cu Mary, era din nou pradă familiarei fugi disociative de care se ferise pe Bahnhofstrasse. *Alerg în cerc. Am ajuns de unde am plecat.* Nu era chiar adevărat. Nu alerga în cerc. Ci în spirală. Arcurile aproape paralele dau iluzia de identitate. La fiecare răsucire însă se apropia mai mult de centru. În ziua aceea, Anna trecuse prin fiecare zonă a spectrului emoțional. Nu avea niciun motiv să creadă că ceea ce o strângea în pumn era gata să-i dea drumul. Acum și-a strunit calmul și a încercat să-și limpezească mintea pe cât putea. Voia să ia decizii cât mai lucide. Iar următoarea ei decizie a fost să se ducă la Archie.

Era o decizie care nu necesita prea multă analiză anterioară — era deja în Niederdorf —, dar presupunea o umilință pe care poate n-ar fi reușit s-o arate dacă nu se apropia de magazin și nu o copleșea grija din ce în ce mai dureroasă că, la venirea nopții, nu avea unde să meargă. Nevoia actuală făcea ca această posibilitate să devină o prioritate. În ciuda a ceea ce se întâmplase între ei — poate chiar datorită poveștii lor — știa că avea s-o ia cu siguranță la el, cel puțin în noaptea aceea. Nu mai vorbiseră din ziua când fuseseră la grădina zoologică, iar ultima oară îl văzuse la înmormântarea lui Charles. Avea să se ducă la Archie, el avea să-i dea o pungă cu gheață, un pahar cu whisky și un adăpost peste noapte. Nu îndrăznea să se gândească mai departe de atât. S-a uitat la fereastra apartamentului lui, dar era închisă. Îi ștersese numărul din telefon cu mai bine de o lună în urmă, așa că nu-l putea suna. Cine mai memora numere de telefon? Anna s-a plimbat vreo zece minute prin fața magazinului de băuturi până să-și adune curajul să intre. Chiar și atunci, nu curajul a împins-o, ci resemnarea.

Când a deschis ușa, s-a auzit un clopoțel. Un bărbat care a presupus că era Glenn stătea la tejghea. Nu se cunoșteau. Era mai scund decât Archie și mai tânăr. Dar

Anna vedea asemănarea în ochii lui și în buclele răvășite și roșcovane. Verifica o factură și compara o listă prinsă într-un clipboard cu un teanc de cutii. Glenn a ridicat ochii când a intrat Anna.

— Pot să vă ajut?

Da. Glenn o să mă ajute, s-a gândit Anna. *El o să-mi spună unde e Archie.*

Anna nu se gândise ce avea să spună. Nu putea scoate nicio propoziție.

— Archie. Unde?

Glenn a mijit ochii și i-a studiat fața. Privirea lui era temătoare.

— Nu e aici, doamnă. Vocea lui era calmă și politicoasă.

Anna uita mereu cum arăta fața ei.

— Unde e?

Tonul Annei era vlăguit. A pus întrebarea repede și cu o inflexiune ciudată.

— În Scoția. Se întoarce săptămâna viitoare.

Glenn a măsurat-o din priviri. Avea umerii lăsați și mâna în care ținea telefonul îi tremura. Neîncrederea inițială a lui Glenn s-a îmblânzit, lăsând locul îngrijorării față de femeia ciudată din fața lui.

— Doamnă, pot să vă ajut cu ceva? Vă simțiți bine?

Anna a scuturat din cap ușor și a chicotit. *E destul e amuzant. Așa de multe măsuri de siguranță și toate dau greș.* Nu, nu avea ce face.

— Poftiți?

Râsul lăsa loc la interpretări.

— Nimic. Îmi cer scuze că v-am deranjat.

Anna a adoptat un ton pompos, să-și ascundă dezamăgirea, dar era tot ce avea de spus. Glenn a strigat-o în timp ce ea ieșea pe ușă, dar Anna a dat indiferentă din mână și a mers mai departe. După ce a ieșit din magazin, Anna și-a strâns mai bine cordonul hainei și și-a frecat palmele una de cealaltă.

Asta e. Asta e.

Era mai frig decât înainte să intre și totuși stătuse în magazin doar un minut. Temperatura se schimba la fel de repede ca dispoziția ei. A râs iar. Nu putea avea o altă reacție. Ziua aceea se dovedea a fi plină de un umor negru. Fiecare cale de scăpare se bloca. Toate opțiunile ei erau deja eliminate de pe o listă invizibilă. Fiecare opțiune era sumbră. *Și acum?* A ciulit urechea inimii să audă răspunsul. Nu a primit niciunul. Anna a încercat să se consoleze. *Haide, haide,* s-a îmbunat ea. *Găsim noi o soluție. O să găsim. O să găsim!* La plural se simțea alinată. *Fă un joc din povestea asta, Anna. Prefă-te că accepți seria asta de coincidențe nefericite.* Apoi și-a mângâiat din nou în cor eurile: *Haide, haide.* Anna a oftat și a pornit spre sud către Stadelhofen.

Ajungând în Stadelhofen, a urcat dealul din spatele gării, a traversat parcul mic de după *Kantonsschule*, a urmat cotul străzii, a făcut la stânga pe Promenadengasse și a continuat să meargă până a ajuns la biserica Sfântul Andrei, biserica anglicană de limbă engleză din Zürich. Mai fusese la biserica asta, de trei sau patru ori în primele luni de la venirea în Elveția, când își dorea cel mai mult compania cuiva. Dar apoi s-a născut Victor și îngrijirea unui copil a înlăturat propriile ei suferințe. După aceea a cunoscut-o pe Edith și, o vreme, existența ei se apropia de ideea de prietenie. Anna a ocolit clădirea până a ajuns la intrare. *De ce nu?* Mersese în direcția asta fără un plan conștient. Dar a intrat. A mers prin locașul sfânt, a intrat în sala de evenimente, a străbătut un coridor, și a ajuns la un birou care a presupus că-i aparținea preotului. Ușa era trasă, dar nu închisă. A deschis-o; nu s-a deranjat să bată.

Creștinismul medieval spunea că sunt opt, nu șapte păcate capitale. Al optulea era disperarea, și era singurul păcat ce nu putea fi iertat. Căci dacă disperi, negi puterea supremă și domnia universală a lui Dumnezeu. Disperarea este neîncrederea totală, deznădejdea care-și îngăduie excese, respingerea înțelepciunii lui Dumnezeu, a bunăvoinței și controlului său. *Depravarea totală*, s-a gândit Anna. *Durerea de azi mi-a aparținut dintotdeauna. Mi-este rezervată doar mie.*

— Cred că am nevoie de ajutor, a spus Anna.

Ajutor. Era prima oară în ziua aceea când spunea cuvântul cu voce tare. Nu se simțise la fel de bine pe cât sperase și voia să și-l retragă imediat ce îl pronunțase.

Preotul și-a ridicat privirea de la birou, tresărind.

— Da?

Scria un e-mail și nu o auzise intrând. I-a studiat fața, dar nu i s-a părut că ar fi o enoriașă. S-a ridicat și a întins mâna. Anna i-a strâns-o fără vigoare. I-a făcut semn spre un scaun liber de pe partea cealaltă a biroului. Nu a clipit când i-a văzut vânătăile.

Preotul era un bărbat mai în vârstă, scund, rotofei, cu o față bronzată, o barbă grizonantă, și vorbea cu accent galez.

— Da, sigur. Haideți să vorbim.

I-a zâmbit ca un bunic, deși nu putea avea cu mai mult de cincisprezece ani decât ea. La fel ca în magazinul de băuturi, Anna nu plănuise ce avea să spună. Fiecare din discuțiile zilei porniseră în direcții diferite. *Trebuie să mă spovedesc. Trebuie să mă spovedească.* Voia să-și spună povestea, toată povestea, cuiva. Bruno nu voise s-o asculte în dimineața aceea. Nu o auzise nimeni. *O să-i spun adevărul și el o să mă ierte.* Anna a inspirat greu și a expirat fără vlagă, căutându-și curajul. *O să spun adevărul. Și totul va fi bine.*

Dar când a deschis gura, afară a năvălit o întrebare.

— Credeți în predestinare?

Nu erau cuvintele pe care voise să le spună, dar nu-i erau nefamiliare. Purta pretutindeni cu sine această nesiguranță.

— Eu? Sau biserica?

— Dumneavoastră.

Voia să vorbească cu un om.

Preotul s-a lăsat pe speteaza scaunului și și-a cântărit răspunsul. Fața Annei îi dădea motive s-o ia în serios. Nu a întrebat-o cum o cheamă.

— Să vedem... A mai meditat puțin. Bun, domnișoară. Preotul s-a așezat mai bine pe scaunul de la birou, iar Anna i-a zâmbit scurt când i s-a adresat cu „domnișoară". Când erați mică, vă jucați vreodată cu piesele de domino? Le așezați în șir și le răsturnați? Le puneați teanc? Le împingeați?

— Da.

— Sigur. Petreceați atâta timp așezându-le bine, aranjându-le, apoi, cu un mic bobârnac, cade totul.

Anna a dat din cap.

— Gândiți-vă la viață ca la un lung șir de piese de domino, da? Un șir de zile și ani. Fiecare piesă este o alegere. Piesa asta e locul în care ați făcut școala. Asta este bărbatul cu care v-ați căsătorit. Asta e casa în care v-ați mutat. Asta este friptura pe care ați pregătit-o pentru cina de duminică...

Preotul se prefăcea că așază piese de domino.

— Viața noastră este formată din cauză și efect. Contează până și cele mai mici alegeri. O piesă lovește o alta, apoi pe următoarea și apoi pe următoarea.

Preotul a lovit prima piesă invizibilă de domino cu arătătorul și cu aceasta, tot regimentul imaginar s-a aplecat înainte. Anna aproape că auzea zgomotul pieselor de bachelită, de culoarea osului, în timp ce construcția se prăbușea.

— Dumnezeu este cel care distribuie piesele. Și noi suntem cei care le așezăm în șir și le răsturnăm. Nu putem controla ce piese primim. Dar putem alege în ce fel le aranjăm. Și putem alege să o luăm de la capăt, când totul a fost răsturnat și distrus. Cred în predestinare, mă întrebați? Nu. Eternitatea prestabilită mă lasă pe drumuri.

A chicotit și i-a zâmbit Annei, care a încercat să-i zâmbească și ea.

Era o analogie simplă, sinceră, creată pentru un copil. Un adevăr blând rostit cu blândețe de un om blând. Lacrimile pe care le așteptase toată ziua au podidit-o, în sfârșit.

Dar oricât își dorea să creadă ce-i spusese preotul, nu putea. Accidentele menite să aibă loc vor avea pur și simplu loc. Anna voise ca el s-o convingă de contrariu. El aproape că reușise.

Preotul a privit-o cu înțelegere.

— Și acum, a continuat, îmi puteți spune ce e cu vânătăile astea?

Anna și-a tras nasul, dar nu a răspuns. Preotul și-a dres glasul când a deschis sertarul de jos de la birou și a scos un dosar. A răsfoit paginile în timp ce vorbea.

— Vreau să vă ajut. Dar..., a continuat el, scoţând o foaie de hârtie din dosar, nu sunt convins că problemele de teologie doctrinară sunt cele mai presante griji ale dumneavoastră în momentul de faţă.

Vocea lui paternă era aşa de liniştitoare, încât o dărâma.

— Poate ar fi mai bine dacă aţi apela la un specialist.

I-a dat hârtia Annei. Era o listă cu psihiatri locali vorbitori de limba engleză. Doktor Messerli era a patra de sus.

— Sau dacă vreţi, pot să sun eu...

Anna a clătinat din cap, deşi fără prea mare convingere. *Nu, nu, nu.*

Preotul aştepta ca Anna să continue, când o bătaie în tocul uşii i-a făcut pe amândoi să se întoarcă şi să se uite. Era un bărbat înalt, slab, cu ochii depărtaţi. S-a uitat pe deasupra capului Annei fără să-i ia în seamă prezenţa şi a început să i se plângă preotului în legătură cu muzica din biserică, reparaţia orgii, dirijorul corului, corul şi, în final, cu preotul însuşi, care nu-i răspunsese destul de repede la un e-mail extrem de urgent. Bărbatul a vorbit nerăbdător; tonul lui era arogant şi poruncitor.

Preotul s-a încruntat la bărbat — organistul, a presupus Anna — care lovea din picior şi se strâmba şi el. Preotul şi-a întors din nou privirea spre Anna, la fel de înţelegător.

— Iertaţi-mă, vă rog. Nu durează mult. Vreţi un ceai? Vă aduc un ceai.

Anna a clipit, preotul s-a ridicat şi a plecat din birou. Îl auzea bombănindu-l pe organist în timp ce mergeau pe hol, iar ţăcănitul pantofilor pe podea se auzea tot mai slab cu cât se îndepărtau.

Anna a așteptat până nu i-a mai auzit, apoi s-a ridicat de pe scaun, a ieșit din birou și apoi din biserică cu aceeași ușurință tristă cu care se strecura deseori din haine.

Deci asta e. Și asta, exact asta era.

S-a întors pe drumul pe care venise, a trecut pe lângă liceu, prin marginea îngustă a parcului orașului de deasupra Stadelhofen, a traversat aleea, a coborât scara abruptă, scheletică și a ajuns în piața din fața gării, îndreptându-se spre sud, spre operă și lac.

Nu s-a gândit de două ori când i-a venit ideea.

Era un număr la care nu sunase niciodată. *Cât era ceasul?* Era trecut de trei în Zürich. În Boston era nouă dimineața. S-a așezat pe treptele operei. Telefonul a sunat de două ori până să i se răspundă.

— Stephen Nicodemus.

Nu repetase ce avea să spună. Nu se gândise dinainte la acest apel. S-a întâmplat așa de repede, încât a fost aproape compulsiv. Și-a dres glasul și a continuat.

— Stephen.

— Da?

— Sunt Anna.

— Anna? Îl surprinsese, asta era clar. Anna! I-a repetat numele cu veselie. Annei i s-a luat o piatră de pe inimă. Ce faci tu?

Accentuase cuvântul „tu".

— Fac... Nu avea de gând să-i spună ce făcea de fapt. A vorbit arborând un zâmbet imaginar. Fac bine. Exista un oarecare adevăr în aceste cuvinte. Acum ori niciodată, Anna. Spune ce ai venit să spui. M-am gândit la tine. Voiam să te sun să te salut. Știi? Dacă știa, nu a spus-o. Mi-e dor de tine.

Piesele de domino au început să se prăvălească.

S-a auzit un pârâit în conexiunea wireless. Era la o distanță de șase mii patru sute de kilometri și totuși erau din nou în aceeași cameră. Întârzierea era empirică.

— Știu. A fost bine.

Vocea lui era neutră, dar hotărâtă. Nu rece, dar directă. „Bine“ era unul dintre ultimele feluri în care ar fi numit Anna relația lor. Groaznică? Intensă? Supărătoare? Vulcanică? Deplorabilă? Productivă? În definitiv, avuseseră un copil, deși Stephen nu putea ști acest lucru. Dar *bine*? Ce fusese bine în povestea aceasta?

— Da.

Anna nu-și putea masca dezamăgirea. Și-a cântărit cu grijă cuvintele. Ultima lor discuție fusese melodramatică. Vântul i-a smuls o șuviță din agrafa de păr, cum făcuse toată ziua. Șuvița i se agita în jurul feței.

Stephen și-a tras nasul.

— Anna. Am ținut la tine, știi foarte bine. A făcut o pauză, neștiind ce să mai spună. Înțelegi?

Era o întrebare pe care Anna o auzea ca pe un ordin: *Tu. Înțelege.*

— Ah!

Gura Annei fusese toată ziua o vocală deschisă.

Discuția a luat-o într-o altă direcție. Așa voia Anna. Era modul cel mai rapid de a scăpa din clădirea cuprinsă de flăcări, cel mai puțin rușinos, cel din care ieșea cel mai puțin prost. L-a întrebat de experimentele lui, despre muncă, ce mai făcea. Stephen s-a lăsat dus. I-a spus despre cercetările lui. I-a mai spus că se căsătorise, că soția lui aștepta o fetiță. Nu era o afirmație răutăcioasă. Stephen nu asta voise și Anna nu a înțeles-o așa. Totuși, o ușă s-a închis.

N-am fost eu. N-am fost niciodată eu. Nu voi fi niciodată eu.

A lovit-o ca un baros. Mitul pe care se clădiseră ultimii doi ani. Se înșelase. De parcă ar fi urcat în autobuzul greșit. Sau luase paharul altcuiva la o petrecere.

Deci asta era. Asta era.

Stephen i-a pus și el aceleași întrebări. Anna nu a spus nimic, în afară de *Bine, bine, suntem bine cu toții.* Nu avea de gând să-i spună de Charles. La ce ar fi servit? Nu avea nici cea mai mică intenție să-i zică de Polly Jean. Totuși, a vorbit rar, cum făcuse în prima zi și a încercat să întindă de discuție cât de mult. Îl auzea dând din cap și uitându-se la ceas la telefon. Până și el știa că nu-i spusese ce voia să audă.

— Anna, trebuie să plec. Întârzii la ore.

Bine, Stephen. Era o afirmație cât se poate de respectuoasă.

— Dar mă bucur că am vești de la tine. Mă bucur foarte mult că ai sunat.

Și asta a fost tot.

Asta e. Se înșelase. O greșeală deghizată în dragoste. O amăgire de sine, acum veche de aproape doi ani. Mergea în picioare și vorbea în propoziții întregi. *A mea!* striga. Niciodată nu se învăța să împartă cu ceilalți. Anna îl sunase pe Stephen. Și acum știa. Era politicos, în toane bune și se bucura sincer să o audă. Dar era așa de departe de aventura lor pe cât era oceanul Atlantic de întins, iar doi ani înseamnă mult timp. Era bine pentru un sezon. Dar sezoanele se schimbă.

Și acum știu.

S-a ridicat de pe trepte, și-a netezit fusta și s-a uitat în jur până să decidă unde să se ducă apoi. A mers prin

Bellevueplatz, unde vara, municipalitatea din Zürich ridica o roată Ferris și unde, în timpul Cupei Mondiale, instala ecrane uriașe și tribune, pentru ca toată lumea să se adune și să susțină echipa Elveției. *Hopp Schwyz!* asta aclamau. *Hai, Elveția!* Anna a mers până la jumătatea podului Quaibrücke, care se întindea peste Limmat dinspre Bellevueplatz spre Bürkliplatz. Când a ajuns la jumătatea podului s-a întors spre sud, spre Alpi. I-a privit un minut, de parcă munții s-ar fi mișcat. *Munților, nu însemnați nimic pentru mine,* s-a gândit Anna, deși știa că nu era adevărat. Însemnau ceva pentru ea. Dar nu ceva bun. *Alpii sunt ușa în dosul căreia sunt prizonieră.* Se săturase să se simtă prizonieră. O lebădă plutea în cercuri pe apă, sub ea. Avea penele cenușii și mate, și gâgâia și sâsâia la propria imagine deformată de valuri. *Chiar și lebăda cea mai urâtă e mai frumoasă decât cioara cea mai drăguță de pe gard,* s-a gândit Anna. Apoi și-a zis: *E momentul să cobor de pe gard.* Și apoi, fără să-i pese de consecințe, și-a scos telefonul din buzunar și l-a aruncat în apa rece, mohorâtă. Era un gest impulsiv, dar cel mai potrivit. Anna s-a simțit mai ușoară ca niciodată în ultimele luni de zile. Și-a frecat mâinile de parcă și le-ar fi curățat și și-a spus: *Ei bine, gata.*

Un cârlig care nu o mai ținea. O ușă se deschidea. O stranie rază de lumină lumina exact locul în care stătea Anna.

Era momentul să plece.

— Forma de bază a unui verb este infinitivul, a spus Roland. Nu este finită. Posibilitățile lui nu sunt exploatate încă. Să dea cineva un exemplu de verb la infinitiv...

— Leben, a spus Nancy. A trăi.

— Versuchen, a spus Mary. A încerca.

— Küssen, a spus Archie. A săruta.

Fiecare verb oferea o sută de posibilități. Altele au fost strigate. *Fragen.* A întreba. *Nehmen.* A lua. *Lügen.* A minți. *Laufen.* A alerga. *Sein.* A fi.

— Anna? Roland a privit-o pe Anna, ca ea să-i spună un verb.

Avea o duzină la îndemână, dar s-a hotărât la unul. *Lieben.* Forma de infinitiv a verbului „a iubi".

Căci, s-a gândit Anna, *dacă dragostea nu este infinită sau eternă? Atunci nu-mi trebuie.*

Anna mergea cu un pas relaxat, hotărât. E momentul să mă gândesc la viitor, și-a spus ea. E momentul să mă gândesc că trebuie să mă gândesc la viitor. A intrat în Hauptbahnhof prin holul principal. În zilele de miercuri, devenea locul unei enorme piețe a fermierilor. Peste cincizeci de vânzători își instalau tarabele. Producători locali, crame, producători tradiționali de brânză, vânzători de cârnați, de clătite, brutari — lista comercianților era lungă și variată. Anna încerca să meargă în fiecare săptămână. Cumpăra ulei de măsline bio și cârnați de vară din carne de la vacile din ținuturile muntoase și se desfăta de obicei cu un con cu migdale glasate sau cu un Schoggibanane. În perioada Crăciunului, holul era și mai plin cu tarabe și tonete cu preparate de sezon și obiecte meșteșugărești, îngrămădite toate în jurul unui uriaș brad de Crăciun. În ziua aceea, holul era pustiu și tonetele dispăruseră. Se auzea ecoul. Bătea vântul. I se făcea frig.

Și totuși, Anna a rătăcit prin pustiul întins, mângâiată de plângerea găunoasă, rapidă a pașilor ei pe podeaua încăperii mari și goale pe când o traversa. S-a oprit sub îngerul păzitor al gării, ciudata sculptură de o tonă făcută Dumnezeu știe din ce, care atârna de grinzile de pe tavan. *Doamne, ce urâtă e,* s-a gândit Anna. Fusese instalată cu zece ani în urmă. Anna și îngerașul locuiau în Elveția de aproape tot atâta timp. Avea capul țuguiat, fața fără trăsături, avea un sutien push-up și o fustă scurtă, ambele vopsite. Avea aripile găurite. Modelul nu se asorta. Și era grasă. Anna citise că artistul voise ca formele lascive, robuste ale îngerului să evoce o feminitate la fel de generoasă, o atitudine specifică femeilor cărora nu le pasă câtuși de puțin de ceea ce gândesc alții. Artă modernă pentru femei moderne. Nu era de mirare că Anna n-o suporta. Și nu-i păsa nici de instalația de pe partea opusă a încăperii: douăzeci și cinci de mii de luminițe aranjate într-un pătrat mic, tridimensional care atârna din tavan. Pulsau în modele schimbătoare de culoare, formă și profunzime. Luminițele își pierdeau din intensitate, apoi străluceau, apoi se opreau, apoi deveneau intermitente. Efectul era hipnotic și omniscient. Cum era uneori lumina.

Ca noaptea trecută. Felul în care bucătăria nu mai păruse niciodată atât de despuiată, sub becurile fluorescente de deasupra. Nicio cameră nu mai fusese vreodată așa de luminoasă, a decis Anna. Nimic nu era în umbră. Era groaznic. Doktor Messerli o avertizase că acesta era efectul cel mai obișnuit al recăpătării cunoștinței, iar Doktor Messerli avusese dreptate.

Anna a privit cutia luminoasă de deasupra ei. Se făcea roz. Galbenă. Albă. *Oh, Anna. O singură viață și totuși atâtea minciuni.* Luminile s-au făcut albastre. *Mă întreb care e cea mai rea?* Anna nu se întrebase niciodată. Dar răspunsul era simplu.

N-am mai fost niciodată așa de groaznic de singură cum spun mereu că sunt.

Adevărul era că existau oameni pe care Anna îi putea suna. Oameni la care putea apela. De exemplu, verișoara ei, Cindy. În copilărie fuseseră nedespărțite, ca niște surori. Poate că Anna înlocuise numărul ei cu al lui Stephen în lista de contacte din Handy, dar nu l-a aruncat. Era pe undeva prin casă. Putea să-l găsească. Totuși, Anna n-o mai sunase de ani de zile. Și mai era o mătușă din partea cealaltă a familiei, cu care Anna păstrase oarecum legătura. Cu doi ani în urmă trecuse prin Zürich cu ocazia unui tur european și petrecuse un weekend cu familia Benz. Anna aproape că uitase. *Cum am putut să uit?* Și fetele din cartierul de dinainte. Nu mai vorbiseră de aproape două decenii, dar crescuseră împreună și familiile lor fuseseră prietene. Dacă îi telefona pe neașteptate uneia dintre ele, abia dacă avea să merite un clipit. Poate chiar și profesoara preferată a Annei, bibliotecara liceului, care într-o zi a găsit-o pe Anna ascunzându-se printre șirurile de cărți, în timp ce marea nefericirea interioară încerca s-o mistuie. I-a șters lacrimile, i-a adus un suc și a spus (Anna își amintea perfect): *Draga mea, nu trebuie să te mai simți niciodată așa de groaznic,* lucru care, în momentul acela, a fost de ajuns. Anna păstrase legătura cu ea până la facultate. Venise la înmormântarea părinților ei. Venise la nunta ei. Trecuseră mai bine de zece ani, dar putea s-o sune, nu? Sigur că putea. Anna o putea suna pe oricare dintre aceste femei.

Dar telefonul Annei era pe fundul lacului. În tot cazul, faptul că suni pe cineva nu înseamnă că ai încredere în acea persoană. În cele mai multe privințe, Annei îi era mai ușor să-și poarte singură povara decât s-o împărtășească cuiva. Efortul de care ar fi nevoie pentru a explica era mai mare decât apăsarea suferinței pe care ar mărturisi-o, și-a spus ea. Dacă se izola, evita riscul apropierii autentice dintre doi oameni și, în cele din urmă, pierderea, inevitabilă, care însoțește întotdeauna dragostea. De asemenea, eliberarea de grija altora servea unui singur scop. Erau mai puțini oameni cărora trebuia să le dea socoteală. Este modul cel mai simplu prin care să minți fără să fii prins: ai grijă să nu contezi pentru nimeni.

Luminile au pulsat din nou în culoarea roz, apoi alb, mai alb, cel mai alb. Anna era cu adevărat singură. Ea era de vină pentru asta. Dar cea mai mare minciună era că singurătatea ei fusese inevitabilă. Obligatorie. Prestabilită. Toate celelalte falsități erau brațele aceleiași stele-de-mare.

Tabela uriașă de sosiri a scos câteva sunete, pe când o serie de cifre actualizau informațiile. Anna s-a uitat la un ceas din gară. Peste cincisprezece minute putea lua un tren spre Dietlikon. Anna nu era pregătită. A străbătut gara spre partea opusă.

Zece minute mai târziu, mai traversa unul din rezerva de poduri aparent nesfârșită a orașului Zürich și a luat-o spre nord. *Toate nenorocitele astea de poduri.* Doktor Messerli ar spune că simbolizează tranziția, călătoria dinspre o stare spre alta.

Ei bine, iată, și-a mai spus o dată. *Ce caraghios lucru în care să fi crezut, dragostea.*

Dar nu era dragoste. Era o versiune a dragostei. Toate sunt versiuni ale dragostei. Zece minute mai târziu, era pe Nürenbergstrasse. Nu a aruncat nici măcar o privire casei lui Stephen. Se lecuise.

Ultima scrisoare pe care i-o scrisese Anna lui Stephen, dar pe care nu i-o trimisese, fusese scurtă: *Dacă nu a însemnat totul, nu a însemnat nimic. Dacă nu a contat cel mai mult, a contat cel mai puțin.* Sperase că nu era adevărat când scrisese. Dar acum știa că era. Totuși, se bucura că sunase, se bucura că el răspunsese. Și se bucura că acum înțelegea. *Da,* se gândea Anna. *Înțeleg. Inima este un mușchi, nu un os. Nu se poate frânge.* Dar mușchii se pot rupe. Îi era dor de Charles cu o disperare care nu avea nume și care avea să existe câte zile trăia. *Restul vieții mele.* Și regreta căsătoria ei schilodită. Și toate astea pentru ce? Anna a ridicat din umeri în sinea ei. Cine știe cum, nu conta. Pe durata unei zile și în umbra carapacei așa-zisei iubiri, Anna se împăcase cu sine: *Ce s-a făcut nu mai poate fi desfăcut.* Acest lucru îi aducea împăcare.

Era aproape patru și jumătate. Îi luase o oră și jumătate să traverseze orașul. Ajunsese în Wipkingen pe la aceeași oră ca trenul care mergea în Dietlikon.

Prima ceartă pe pământ elvețian a Annei și a lui Bruno avusese loc pe peronul ăsta. Era la o săptămână după mutare și Anna nu învățase trenurile. Bruno îi spusese să se întâlnească cu el în gara Wipkingen, dar pierduse trenul pe care se înțeleseseră să-l ia. L-a luat pe următorul, iar când a ajuns, Bruno plecase. Nu avea telefon. Nu știa cum să ajungă înapoi acasă. Așa că a făcut singurul lucru pe care îl putea face. S-a așezat pe bancă și a plâns.

Când Bruno a ajuns, o oră mai târziu — se întorsese în Dietlikon când văzuse că ea nu ajunge și se dusese înapoi în Wipkingen când nu o găsise acolo —, era furios. A încercat să-i explice, dar el a tunat și a fulgerat, a apucat-o de braț și i-a spus că au întârziat — nu-și mai amintea la ce — și a scos-o din gară fără niciun cuvânt. Cât de furios a fost în ziua aceea! Cât de furios a fost noaptea trecută!

Inima nu se subdivizează dacă nu trebuie, îi spusese ea odată cu dezinvoltură doctoriței. Iar Doktor Messerli nu avusese niciun răspuns.

Ce zi! Anna se simțea calmă acum. În timp ce se apropia de gară, s-a întrebat cum avea să-i explice Bruno absența ei lui Victor. *O să-i spună că sunt într-o călătorie și apoi vor merge la o pizza.* Acesta era scenariul cel mai plauzibil. Începea să-i fie la fel de dor de Victor pe cât îi era de Charles. De atâtea ori nu se putuse abține să nu-l iubească mai puțin! Și acum, în sfârșit, se rușina. *Rușinea este umbra iubirii,* s-a gândit ea. Și apoi s-a gândit la Polly Jean și s-a întrebat dacă cealaltă fiică a lui Stephen va semăna cu ea. Nu-i spusese. Nu avea să-i spună niciodată. Polly Jean nu va ști niciodată că are o soră.

Fusese o zi a revelațiilor. A legăturilor ratate. A sentimentelor rănite. A deziluziilor. A disperărilor. A purtării urâte. Oare făcuse ceva ce nu putea fi desfăcut? *Oh, da. Da, da, da.*

S-a gândit la Elveția. Unde un zâmbet te trădează că ești american. Unde ceea ce nu e tabu e obligatoriu. Recea și eficienta Elveție. Unde femeile sunt atrăgătoare, bărbații sunt îngrijiți și toată lumea afișează o față hotărâtă. Elveția. Acoperișul Europei. Cioplită într-un ghețar. Cea mai frumoasă unde e cel mai puțin locuibilă. Elveția cu cele douăzeci și șase de cantoane ordonate. Vrednica Elveție. *Novartis. Rolex. Nestlé. Swatch.* Așa de des era considerat orașul Zürich unul dintre cele mai frumoase orașe din lume! S-a gândit la asta, apoi a acceptat că, dacă nu ar fi fost așa de tristă în ultimii nouă ani, poate că ar fi observat. I-a urat lui Victor să aibă o soție elvețiancă atentă. I-a dorit fiicei ei libertatea de a pleca, dacă voia vreodată.

Și apoi s-a gândit din nou că uneori și măsurile de siguranță dădeau greș. Vapoarele de nescufundat ajung pe fundul oceanului, iar rachetele nu supraviețuiesc mereu reintrării în atmosferă. Dragostea nu este un dat. Nimănui nu i se promite o a doua zi. Se înșelase în privința fiecărui bărbat pe care îl iubise sau pe care spunea că-l iubește. Se înșelase în toate privințele. Intrase în propria ei viață la jumătatea poveștii. Se confundase cu actrița care îi juca rolul.

Și s-a gândit la predestinare. Cum suma zilelor ei avea acest rezultat. Intriga vieții ei fusese deja publicată. Totul este prestabilit. Totul este predestinat. *Nu mă pot abține să nu fac ceea ce fac. Tot ce se va întâmpla s-a întâmplat deja.* Ce învățase ea despre verbe? La trecut și viitor, verbul venea la sfârșit. Iar la prezent, venea după subiect. Oriunde se ducea, o urmărea. Îl trăgea după ea ca pe un sac cu bolovani.

Și s-a gândit la Doktor Messerli care, acum Anna era sigură, se înșela; problema nu era că găleata ei era goală, ci că era plină. Așa de plină, încât deborda. Așa de plină și așa de grea! Anna nu era destul de puternică s-o care. Trebuia s-o verse. *Am tăiat șarpele,* Doktor Messerli! *Uite ce-am făcut!*

S-a gândit la pădurea din spatele casei ei. S-a gândit la deal. S-a gândit la banca ei. S-a gândit la Karl și la Archie, dar analiza ei a fost fugitivă. S-a gândit la Mary. N-o mai văzuse de mai puțin de douăzeci și patru de ore, dar Anna își dorea să fie acolo acum. Nu avusese niciodată o prietenă așa de apropiată încât să-i ducă dorul. A încercat să se gândească la Edith, dar nu știa la ce să se gândească. S-a întrebat ce le va spune Ursula doamnelor din *Frauenverein*, dacă le va spune ceva. S-a gândit la mama și la tatăl ei. Trecuseră atâția ani cumpliți de când tatăl ei o iubise, de când mama ei o ascultase.

S-a gândit la Bruno. Pe care îl iubise și nu-l mai iubea. Dar pe care îl iubise. Care o iubise la rândul lui. *Am fost o soție bună, în general.*

Și s-a gândit la foc.

A ajuns pe peronul din gara Wipkingen cu trei minute înaintea trenului. Ziua o epuizase. Era prea obosită ca să fie neliniștită. Era ceva nou. Dar asta nu era tot. Nu mai avea de ce să-și facă griji. Ce autonomie! O liniștea. S-a așezat în mijlocul propriei ei spirale, într-o poziție fixă. Anna era calmă, directă și echilibrată. *Fă să nu devin asta,* se rugase. Dar așa fusese.

S-a uitat la ceasul din gară. Apoi, la șine. Apoi, la tunel. Apoi a închis ochii.

Tot restul după-amiezii și până noaptea târziu, trenurile din oraș au avut întârziere.

Mulțumiri

Îi sunt extrem de recunoscătoare primei și celei mai bune cititoare ale mele, Jessica Piazza, care nu m-a lăsat să renunț. Și celorlalți cititori ai mei: Emily Atkinson, Lisa Billington, Janna Lusk, Laureen Maartens, Neil Ellis Orts — toată dragostea mea și mulțumiri. Și toată dragostea.

Merci vielmal lui Stefan Deuchler, principala mea sursă pentru tot ce are legătură cu Elveția.

Toată recunoștința mea Ginei Frangello pentru publicarea unui fragment în *The Nervous Breakdown.*

Mii de mulțumiri celorlalți care m-au călăuzit în procesul de scriere și redactare: colegilor mei din programul UCR Low Residency MFA, în special lui Tod Goldberg, care mi-a oferit sprijin și mi-a dat un curaj extraordinar, și lui Mark Haskell Smith, ghidul meu spiritual prin lumea ficțiunii și sfătuitor; lui Nick Hanna, prima persoană care mi-a spus să scriu mai departe povestea asta; lui Michelle Halsall, specialist în psihanaliză jungiană și sfătuitoare în cel mai mare grad; Susanei Gardner și Andreei Grant, a căror prietenie peste hotare mi-a salvat viața; lui Sivert Høyem și trupei Madrugada, pe a cărei muzică am scris cartea asta și ale cărei cântece au devenit, în conștiința mea artistică, cântecele Annei; lui Axel Essbaum, cu care am pornit în aventura expatrierii cu atât de mulți ani în urmă; Annei Tapsak, care mi-a permis într-o seară s-o interoghez la nesfârșit despre viața de provincie din Elveția; și lui Jill Baumgaertner, Reb Livingston, Cheryl Schneider, Jay Schulz, Louisa Spaventa, Becca Tyler și lui Andrew Winer, fără a căror prietenie și încurajare nu m-aș fi descurcat niciodată. Și nici nu mi-aș dori.

Eternă recunoștință lui Sergei Tsimberov, care mi-a ușurat etapele de început ale acestei experiențe și a cărui redactare extrem de atentă este în parte meritorie pentru cartea pe care o citiți astăzi.

Recunoștință fără margini agentului meu Kathleen Anderson. Nu există un cântec destul de pătimaș care să exprime cât de mult o prețuiesc.

Mulțumiri colosale, de asemenea, agenției National Endowment for the Arts. O parte din această carte a fost scrisă cu sprijinul financiar al unei burse pentru literatură. Sprijinul financiar a fost un dar din cer. Sprijinul creativ a fost o mare favoare.

Cele mai mari mulțumiri redactorului meu, David Ebershoff, care m-a menținut pe drumul cel bun și m-a încurajat în ciuda ocazionalelor momente de descurajare și tristețe. Îi mulțumesc și lui Denise Cronin și întregii și minunatei ei echipe pentru drepturi de autor. Și lui Caitlin McKenna pentru sprijin și ajutor și lui Beth Pearson pentru resursele inepuizabile de răbdare. Îi mulțumesc, în cele din urmă, editurii Random House. Tuturor. Cu toții ne-ați făcut pe mine și pe Anna să ne simțim bine-venite.

Orașului Dietlikon, care mi-a permis să-l locuiesc puțin — sunteți adorabili.

Și soțului mei, Alvin Peng. Care este preferatul meu.

Și în sfârșit: nu sunt psihanalist și de aceea nu trebuie să considerați cuvintele spuse de Doktor Messerli drept altceva decât s-au vrut a fi: ficțiune. Dacă vă simțiți vreodată la fel de groaznic ca Anna, vă rog — vă implor — cereți ajutor.

LIANE **MORIARTY**

Secretul soțului

NEW YORK TIMES BESTSELLER

ADEVĂRUL POATE SCHIMBA TOTUL!

FICTION CONNECTION

Secretul soțului

Titlul original: The Husband's Secret
Autor: Liane Moriarty
Traducere din engleză de Luminița Gavrilă

Imaginează-ți că soțul tău ți-a scris o scrisoare pe care nu trebuie să o deschizi decât după moartea lui. Mai mult, imaginează-ți că acea scrisoare conține secretul lui cel mai întunecat și mai bine ascuns – ceva atât de teribil, încât poate să distrugă nu numai viața pe care ați construit-o împreună, ci și viețile altora. Imaginează-ți apoi că dai peste acea scrisoare în timp ce soțul tău este încă în viață...

Un roman tulburător despre secretele pe care alegem să nu le împărtășim cu partenerul nostru de viață.

Liane Moriarty este una dintre cele mai iubite autoare australience, ale cărei romane (*Three Wishes, What Alice Forgot, The Hypnotist's Love Story* ș. a.) au cunoscut un mare succes internațional.

Secretul soțului a cunoscut o ascensiune fulminantă în topul New York Times, ajungând pe locul 1 la doar două săptămâni de la apariția în Statele Unite. Compania de televiziune CBS a achiziționat drepturile de ecranizare a romanului.

LIANE

MORIARTY

Marile minciuni nevinovate

DE LA AUTOAREA BESTSELLERULUI SECRETUL SOȚULUI

TREI

FICTION CONNECTION